W0310756

FEDERHERZ
VERLAG

CAROL DELIGHT

tempting DARKNESS

RETTE MICH

Enthält sensible Themen

Eine ausführliche Triggerwarnung befindet sich am Ende des Buches

TEMPTING DARKNESS

Rette mich

ISBN: 978-3-98942-052-6

Bildmaterial: Shutterstock, Freepik, Rawpixel
Korrektorat: Katharina Lorenz
Druck und Bindung: Smilkov Print Ltd, Blagoevgrad
Bestellung und Vertrieb: Nova MD GmbH, Vachendorf

Federherz Verlag
Bergmannsweg 7
31867 Lauenau
www.federherzshop.de
Instagram: @federherz.verlag

Für alle, die auf Männer in Uniform stehen.
Kniet nieder.

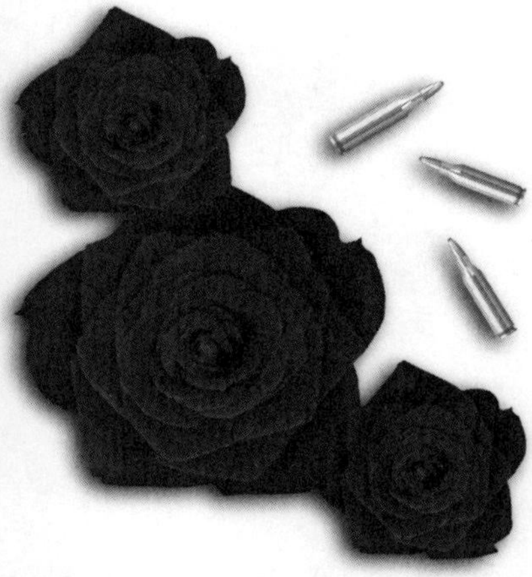

Triggerwarnung

Meine Aufgabe ist es, dich zu beschützen. Deshalb obliegt es meiner Verantwortung, dich zu warnen: Sobald du dieses Buch aufschlägst, wird es dich in einen Sog ziehen und nicht mehr loslassen.

Die Geschichte steckt voller Dunkelheit, menschlicher Abgründe und Begierde. Du wirst dem Tod ins Auge blicken und dabei ein Lächeln auf den Lippen tragen. Eine Flucht ist nahezu unmöglich, das Buch – und ich – werden dich nicht lassen.

Es ist wohl deiner Naivität geschuldet, dass du immer noch nicht abgeschreckt bist. Wenn du glaubst, dass das hier ein seichter Liebesroman ist, muss ich dich leider enttäuschen. Dieses Buch ist alles andere als seicht; es ist brutal, blutig, spicy und voller Gefahren. Du wirst mehr als einmal in Schwierigkeiten geraten und um dein Leben bangen.

Aber sei dir gewiss, dass ich bis in den Tod gehen würde, um dich zu retten, Prinzessin.

Und jetzt sei ein braves Mädchen und lies endlich weiter! Denn du willst es doch auch!

Prolog

Die Sonne wärmt mein Gesicht, der Wind fährt mir durch die Haare und ich habe das Gefühl zu fliegen, endlich frei zu sein. Aber dann öffne ich die Augen und befinde mich wieder am Hafen von Havanna, bin gefangen in diesem Leben und auf dieser verdammten Insel. Nichts zehrt so sehr an mir wie der Gedanke, endlich von hier wegzukommen. Endlich meinen Vater hinter mir zu lassen und frei zu sein. Aber jeder Versuch wird vereitelt, immer findet er mich und schickt mir seine Männer hinterher, die mich mal mehr, mal weniger freundlich zurück nach Hause bringen. Doch das hält mich nicht davon ab, es weiter zu probieren. Ich muss hier fort, für mich, für Mutter, für meine Zukunft …

KAPITEL 1
Faviola

Eingeengt sitze ich zwischen meinen beiden Bodyguards auf der Rückbank und inhaliere die kühle Luft der Klimaanlage. Rafael und Leonardo sind beide breit gebaut und lassen kaum Platz für mich. Ich fühle mich wie ein Fisch in einer Sardinenbüchse. Aber mein Vater besteht darauf, dass mich seine Männer begleiten, wenn ich das Haus verlasse. ›Zu deiner Sicherheit, *mi corazón*‹, sagt er dann immer. Wohl eher zur Kontrolle, damit ich nicht wieder versuche abzuhauen. Würde ich die beiden Männer nicht schon seit meiner Kindheit kennen und uns dadurch so etwas wie eine Freundschaft verbinden, würde ich sie hassen.

»Sind wir bald da?«, frage ich genervt, ohne dabei jemanden Bestimmten zu meinen.

»Ja, Señorita Rodriguez, nur noch wenige Minuten«, antwortet mir der Fahrer. Er ist neu, daher kenne ich seinen Namen noch nicht. Der Letzte ist mit seiner Frau in die Staaten ausgewandert – wie gern ich das doch auch machen würde. Einfach meine Koffer packen, ein Boot besteigen und nie wieder zurückblicken. Wäre da nicht mein Vater, könnte das sogar klappen.

»Gut«, murmle ich und setze meine Sonnenbrille auf. Kurz krame ich in meiner Handtasche herum, suche meinen Lippenstift und den kleinen Handspiegel. Nachdem ich beides gefunden habe, ziehe ich die dunkle Farbe auf meinen Lippen nach, die perfekt zu meiner bronzefarbenen Haut passt, und prüfe zum Schluss den Sitz meiner Haare. Sie sind noch immer glatt, was sich vermutlich wegen der Luftfeuchtigkeit draußen schnell ändern wird.

Den Ausschnitt meiner Seidenbluse rücke ich auch noch zurecht. Ich trage einen Spitzen-BH, den ich nur zu gern präsentiere. Hätte mich mein Vater heute so gesehen, hätte er mir einen Poncho übergeworfen. Aber zum Glück musste er mal wieder ›Geschäfte‹ auswärts erledigen, was auch der einzige Grund ist, warum ich das Landhaus verlassen durfte. Mein Wunsch nach frischem Kaffee ist dabei nur ein Vorwand, um endlich mal aus meinem goldenen Käfig herauszukommen. Daher fühle ich mich wie eine Rebellin.

Wenige Minuten später hält der Wagen vor dem kleinen Café und Leonardo – zu meiner Rechten – steigt zuerst aus. Er sieht sich um, rückt sein Jackett zurecht, sodass ich kurz einen Blick auf sein Schulterholster und die Waffe darin erhasche. Ich muss schlucken, die Präsenz von Waffen in meiner näheren Umgebung war mir schon immer unangenehm. Als er mir bedeutet, auszusteigen, komme ich der Aufforderung sofort nach. Kaum stehe ich auf der Straße, sauge ich die stickige Luft tief in meine Lunge. Ohne die beiden Hünen in direkter Nähe kann ich endlich wieder frei atmen.

Leonardo gibt mir nur einen winzigen Augenblick, bevor

er mich zur Seite zieht, damit Rafael aussteigen kann. Erneut bin ich zwischen den beiden Männern wie eingekesselt. Um das Trio komplett zu machen, steigt jetzt auch Mario aus, der vorn auf dem Beifahrerplatz gesessen hat.

»Bleiben Sie immer in der Nähe«, befiehlt er dem neuen Fahrer, der daraufhin mit »Sí, entendido«, antwortet.

Mario ist ein bisschen kleiner als Rafael und Leonardo, aber ebenso breit, und hat eine Glatze. Alle stecken sie in maßgeschneiderten Anzügen und tragen versteckt Waffen am Körper.

›Nur zu deinem Schutz‹, höre ich wieder meinen Vater sprechen und muss ein Augenrollen unterdrücken. Wie sehr er doch mein Leben kontrolliert, selbst wenn er nicht da ist.

Der Wagen fährt an und Mario gesellt sich zu uns. Er ist der Älteste und Erfahrenste, daher hat er das Kommando. »Wohin jetzt, Señorita Rodriguez?«

Statt ihm zu antworten, drehe ich mich nur auf den Hacken um und stöckle davon. Doch es dauert keine Sekunde, da spüre ich bereits Leonardo und Rafael an meinen Seiten und Mario im Rücken. Sie flankieren mich, wollen mich so vor Blicken und Gefahren abschirmen, erzeugen damit aber das genaue Gegenteil: Aufmerksamkeit. Die Augen aller Passanten liegen auf mir. Sie mustern mich, manche abschätzig, manche bewundernd. Ich kann sie dadurch in zwei Kategorien einteilen: Unwissende, die keine Ahnung haben, wer ich bin und warum mich drei Männer begleiten. Sie denken vermutlich, ich sei irgendein Promi, der hier seinen Urlaub verbringt oder ein Landhaus besitzt. Und dann gibt es die Wissenden, Menschen, denen mein Nachname Angst einjagt und die über die Geschäfte meines Vaters bestens informiert sind. Diese Blicke sind abschätzend, vorsichtig und die Leute halten sich fern. Niemand will sich mit Maceo Rodriguez anlegen.

Endlich kommen wir beim Café an und ich betrete den kleinen Laden. Mehrere der runden Holztische zu meiner Rechten sind besetzt und die Sonne strahlt durch zwei große Fenster von dort herein. Die Besitzerin, Rosita, steht wie immer hinter der Theke, die die linke Seite des Raums einnimmt, und bedient bereits eine Kundin.

»Ein Stück Kuchen und Kaffee, soll es sonst noch etwas sein, *Señora*?«

Die alte Dame schüttelt den Kopf, dabei bleibt ihr Blick an mir hängen und sie stockt. Es dauert eine Sekunde, dann weiten sich ihre Augen und sie öffnet erstaunt den Mund. Ich trete an sie heran, sehe auf sie herab und schwanke zwischen einem höflichen Lächeln und dem arroganten Heben einer Augenbraue. Sie nimmt mir die Entscheidung ab, indem sie sich an Rosita wendet und stammelt: »Ich habe es mir anders überlegt, ich komme später wieder.«

Rosita lächelt sie wissend an und verabschiedet sie. Nach dieser Kundin fliehen auch alle weiteren Gäste aus dem Café, lassen einfach volle Teller und Tassen stehen. Niemand will mit der Tochter des gefährlichen Maceos gesehen oder in Verbindung gebracht werden. Diese Ablehnung bin ich gewohnt, was aber nicht heißt, dass sie nicht mehr wehtut.

Ich atme tief durch, setze nun doch das falsche Lächeln auf und trete an Rosita heran. Sie ist kleiner als ich, hat eine Schleife in ihrem Pferdeschwanz und trägt ein lockeres Hemd. »*Buenos días*, Rosita, einen Mokka mit Karamellsirup zum Mitnehmen.«

»Natürlich, Señorita Rodriguez. Möchten Sie ihn wie immer draußen am Tisch trinken?« Ich nicke kurz, daraufhin erwidert sie mein Lächeln und macht sich sofort an der Maschine hinter ihr zu schaffen. »Wie geht es der Familie?«

Desinteressiert sehe ich mich um, schaue durch die Fenster nach draußen und starre die Menschen an, die mich durch das Glas beobachten. Zu häufig fragen die Leute nach meiner Familie, dabei interessiere ich sie kein Stück. Alle wollen über mich nur an meinen Vater herankommen. Daher habe ich gelernt, damit umzugehen und nie zu viel preiszugeben.

»Meinem Vater geht es leider wie immer zu gut.« Ich kann den abfälligen Ton in meiner Stimme nicht zurückhalten. »Nur meine *abuela* macht mir in letzter Zeit Sorgen, sie schläft nicht so gut.«

»Oh, das liegt sicher am Wetter. Wenn es so schwül ist, schlafe ich auch immer schlecht.«

Die Kaffeemaschine rauscht und Stille kehrt zwischen uns ein. Ich bin froh, dass sie nicht weiter nach meinem Vater bohrt.

Unsicher blickt Rosita zwischen den Männern hin und her, begegnet dann wieder meinem Blick durch die Sonnenbrille und lächelt mich unsicher an. Ich kann es ihr nicht verübeln, dass sie sich von den Personenschützern eingeschüchtert fühlt. Der Mokka ist durchgelaufen, sie nimmt die Tasse unter der Maschine hervor, stellt diese auf eine Untertasse und schiebt mir das Getränk über die Theke zu. »Das macht fünf Dollar.«

Ich hole mein Portemonnaie aus der Handtasche, zücke daraus einen Zehn-Dollar-Schein und überreiche ihn ihr. »Passt so«, sage ich und ergreife die Untertasse.

»Vielen Dank, ich wünsche noch einen schönen Tag, *Señorita*.«

Ohne etwas zu erwidern, wende ich mich von ihr ab.

Sobald ich auf die drei Männer zugehe, stieben sie auseinander wie Fliegen.

Wie sehr wünsche ich mir einen Moment nur für mich allein, in dem ich ICH sein kann und nicht die Tochter des mächtigen Maceo Rodriguez. Dann würden mich die Menschen nicht fürchten und ich hätte nicht ständig das Gefühl, dass sie sich nur mit mir abgeben, um an meinen Vater heranzukommen. Dann könnte es zwischen Rafael, Leonardo und mir auch wieder so sein wie früher, als wir heimlich Alkohol getrunken und uns gegenseitig gruselige Geschichten erzählt haben.

Ich bin keinen Schritt weit gekommen, da sind mir die drei Männer wieder auf den Fersen. Mir ist nicht eine Sekunde des Friedens gegönnt. Als ich bei der geöffneten Tür ankomme, betritt ein hochgewachsener Mann den Laden, mit dem ich fast zusammenstoße. Ich schrecke zurück, der Kaffee schwappt gefährlich, bleibt aber in der Tasse. An meinem Ellenbogen spüre ich eine Hand, werde zurückgezogen und in der nächsten Sekunde steht Mario vor mir.

Doch der unbekannte Mann sieht mir über Marios Kopf hinweg fest in die Augen, sodass ich das Blau in seinen Iriden erkennen an – es erinnert mich an Meeresblau, an Freiheit. »*Perdón, Señorita.* Ich habe Sie nicht gesehen«, spricht er fast akzentfrei Spanisch. Wäre seine Haut nicht hell und sein mit grauen Strähnen durchzogenes Haar nicht blond, wäre mir kaum aufgefallen, dass er Ausländer ist.

»Passen Sie gefälligst auf, wo Sie hinlaufen«, pflaumt ihn Mario an.

»Schon gut«, versuche ich beide Männer zu beschwichtigen. Noch immer hält der Fremde meinen Blick fest, sieht nicht auch nur für eine Sekunde weg. »*Adiós*«, verabschiede ich mich von ihm, was er erwidert. Noch für eine Sekunde bin ich wie festgefroren, kann nicht anders, als in sein markantes Gesicht zu blicken, sein stoppeliges Kinn zu mustern und in seinen tiefblauen Augen zu versinken. Dann kommt endlich wieder Bewegung in meine Füße und ich trete an ihm vorbei durch den Ausgang. Erst jetzt fällt mir auf, wie schnell mein Herz schlägt. Das hat es noch nie getan, erst recht nicht bei einem *Gringo*, wie er einer ist.

»Der Fahrer ist gleich da, um Sie nach Hause zu bringen«, erklärt mir Mario, der wieder an meine Seite getreten ist.

»Ich möchte aber noch meinen Mokka trinken«, will ich sagen, da fällt der erste Schuss.

Mario sackt neben mir zusammen, brüllt auf vor Schmerz und vor Schreck lasse ich die Tasse fallen. Sie zerspringt mit einem Klirren auf dem Asphalt und Scherben ergießen sich genauso wie der heiße Mokka auf die Straße. Gleichzeitig kreische ich, werde nach hinten gerissen und entkomme somit einer Verbrennung durch das heiße Getränk. Weitere Schüsse folgen, treffen die Mauer des Gebäudes hinter uns und auch die Fenster. Glas zersplittert und laute Stimmen rufen Unverständliches. Chaos bricht aus, ich werde noch weiter nach hinten zurück ins Café geschoben, während Leonardo und Rafael sofort in Stellung sind. Ich stolpere rückwärts, bis ich mit der Theke zusammenstoße. Ich werfe einen Blick über meine Schulter und sehe nur noch Rositas Pferdeschwanz, als sie hinter einem Vorhang verschwindet und vermutlich gerade zum Hinterausgang rennt. Als ich wieder nach vorn blicke, ziehen meine verbliebenen Personenschützer Mario ins Café. Sein Gesicht ist vor Schmerz verzerrt, seine Brust hebt und senkt sich in einem rapiden Tempo und er presst sich eine Hand auf seinen Oberschenkel. Blut dringt zwischen seinen Fingern hervor – er scheint schwer verletzt.

Schwindel kommt auf, mir wird übel und ich muss mir eine Hand auf den Mund legen. Doch dann folgt bereits eine neue Salve Schüsse, ich schreie panisch auf, presse meine Hände auf die Ohren und sinke in die Knie. Leonardo und Rafael brüllen sich über den Lärm hinweg Anweisungen zu, postieren sich an den beiden mittlerweile zerstörten Fenstern und schießen abwechselnd nach draußen.

Plötzlich berührt mich etwas an meiner Schulter, wodurch ich zur Seite zucke und erschrocken aufschreien will. Eine raue Hand legt sich auf meinen Mund, unterdrückt so den Schrei. Ich blicke erneut in die tiefblauen Augen des Mannes, der mir jetzt so nahe ist, dass ich seinen Duft einatme: Er riecht nach Motoröl, Kiefern und harter Arbeit. Er legt einen Finger an seine Lippen und bedeutet mir damit, leise zu sein. Ich nicke stoisch, sogleich verschwindet seine Hand von meinem Mund und ich sauge die Luft tief in meine Lunge.

Er bewegt sich in geduckter Haltung vorwärts, hält auf den Tisch zu, der am weitesten von den Fenstern entfernt ist. Als er nach ein paar Schritten bemerkt, dass ich ihm nicht folge, dreht er sich zu mir um und streckt mir eine Hand entgegen. Ich zögere nur einen Moment, bevor ich ihm nachkomme, sie ergreife und mich von ihm zu dem Tisch führen lasse. Dieser ist gerade mal groß genug, dass ich mich darunter hocken kann. Als ich mich ganz klein gemacht und unter die Tischplatte gequetscht habe, legt er erneut einen Finger an seine Lippen und bedeutet mir, still zu sein. Ich nicke bloß als Antwort. Der Fremde dreht sich um, zieht einen weiteren Tisch heran, dreht ihn um und positioniert die Platte so vor mir, dass sich ein geschützter Raum ergibt und ich von außen nicht mehr zu erblicken bin. Genauso wenig kann ich meine Bodyguards sehen, was mir ein ungutes Gefühl beschert.

Mein Herzschlag beschleunigt sich, meine Kehle wird trocken und ich schnappe unregelmäßig nach Luft. In meinen Ohren rauscht es mittlerweile, wodurch die Schüsse wie unter Wasser klingen. Etwas scharrt neben mir über den Boden und ich schreie auf.

Der Rand meines Sichtfeldes färbt sich schwarz, zieht sich immer enger, bis ich nur noch einen Punkt auf der Tischplatte vor mir erkennen kann. Die Dunkelheit holt mich wieder ein, verschlingt mich und reißt mich aus der Realität. Genau wie früher, als es für mich kein Licht mehr gab, um die Schwärze zu vertreiben. Seitdem ist sie mein ständiger Begleiter.

Jemand umgreift meinen Oberarm, woraufhin sich die Dunkelheit schlagartig zurückzieht. Blaue Augen tauchen vor mir auf, ich erkenne den Fremden. Er hat sich unter dem Tisch neben mich gequetscht, sein weißes Shirt ist mittlerweile verdreckt und auf seiner Khakihose – die mich ans Militär erinnert – sind Glassplitter zu sehen. Doch was mich den Atem anhalten lässt, ist die Waffe in seiner rechten Hand.

»Sind Sie …«, wispere ich und rücke automatisch von ihm ab.

Sein Blick wandert von mir zu der Waffe und wieder zurück. »Nein«, erwidert er einfach nur.

Mit aufgerissenen Augen starre ich ihn an, weiß nicht genau, was ich von ihm halten soll. Wenige Schritte weiter kämpft Mario um sein Überleben, Rafael und Leonardo versuchen wahrscheinlich, die Stellung zu halten, und ein Fremder ist bei mir. *Gehört er etwa zu den Männern, die auf uns schießen?* Mein Misstrauen ist geweckt. Ich denke an den Moment, als er den Laden betreten hat. Das war, kurz bevor das Feuer eröffnet worden ist. Könnte es also sein …?

Ich fasse unterbewusst an meine Kette, spüre die glatte Oberfläche des Holzkreuzes, schicke ein Stoßgebet in den Himmel.

Eine Kugel bohrt sich in die Tischplatte vor mir, Holzsplitter fliegen nach allen Seiten und einer trifft mich an der Wange, sodass sich ein brennender Schmerz dort bemerkbar macht. Bevor ich zu lange darüber nachdenken kann, hechte ich zur Seite und renne.

»Rafael!«, brülle ich, als ich ihn erkenne, und laufe auf ihn zu. Ich will nur weg von dem Mann mit den stahlblauen Augen und dem grimmigen Gesichtsausdruck.

Mein Bodyguard dreht den Kopf zu mir, sieht mich und reißt die Augen auf. »Faviola …« Weiter kommt er nicht, denn im nächsten Moment trifft ihn eine Kugel in die Brust. Er wird nach hinten gerissen, keucht laut auf und prallt mit dem Rücken auf den Boden.

Mit einem Schrei auf den Lippen bleibe ich wie angewurzelt stehen, schlage die Hände vor den Mund und starre auf Rafael.

»Versteck dich«, ruft mir Leonardo zu, doch ich höre ihn kaum.

Ich kann mich nicht von dem Anblick losreißen, der sich mir bietet, und erwarte jeden Moment, Blut aus Rafaels Brust dringen zu sehen, das sein weißes Hemd rot färbt. Doch da ist nichts. Mit einem tiefen Atemzug kommt er wieder zu sich, hustet und mir schießen Tränen in die Augen. *Er trägt eine Schutzweste!*

»Verschwinde, Faviola«, keucht Rafael und richtet sich hustend auf. Er reibt sich über die Brust und lehnt sich gegen die niedrige Mauer unterhalb des Fensters. »Hau ab!« Wütend starrt er mich an, als wäre ich der Feind.

Endlich kommt Leben in mich und ich wende mich ab. Doch sofort ist da der Fremde wieder. Er kniet inzwischen weiter hinten im Gastraum, hält seine Waffe in der Hand und sieht sich konzentriert um. Ich habe das Gefühl, dass das zu seinem täglichen Geschäft gehört. Damit verstärkt sich nur mein Verdacht, dass er ein Söldner ist oder zu einer Miliz gehört. *Ich sollte hier schleunigst verschwinden.*

Mir fällt der Hintereingang ein, durch den Rosita verschwunden ist. Also stürze ich auf die Theke zu, werde aber plötzlich von den Füßen gerissen.

»Vorsicht!«, schreit eine männliche Stimme, woraufhin zwei Schüsse folgen.

Ich stürze zu Boden, habe dabei freien Blick auf das Fenster, wo gerade ein Mann in schwarzer Kleidung getroffen zurückstolpert. Mein Gehirn war viel zu langsam, um zu verstehen, dass mich der Fremde gerade davor gerettet hat, erschossen zu werden, doch langsam sickert die Erkenntnis durch.

Rafael merkt anscheinend, dass hinter ihm etwas passiert ist, er dreht sich um, lugt aus dem Fenster und hebt seine Waffe. Doch er ist zu langsam. Eine Sekunde später ertönt erneut ein Schuss und er wird zurückgeschleudert.

»Neeiiin!«, schreie ich laut. Dieses Mal weiß ich, dass er tot ist. Ein roter Punkt prangt auf seiner Stirn, Blut rinnt daraus hervor und läuft in seine Augen und hinab auf den Boden.

Der Mann unter mir regt sich, schiebt mich von sich und ich finde mich auf allen vieren wieder. Ich krabble los, will zu Rafael, während Tränen meinen Blick verschleiern. Ich möchte zu ihm, ihn halten, um ihn weinen. Er ist ein Freund gewesen, auch wenn ich seine Gegenwart nicht immer zu schätzen wusste. Doch jemand packt mich am Fußknöchel, zieht mich zurück und schleift mich über den Boden. Es brennt fürchterlich, als die Haut an meinen Knien aufreißt, weil ich nur einen Rock trage.

Da ich noch immer nicht weiß, ob ich diesem Mann vertrauen kann oder er mich einfach nur entführen will, drehe ich mich herum und trete mit meinem Absatz nach ihm. Trotz seines Alters ist er unglaublich schnell und packt spielend leicht meinen Fuß, bevor ich ihn auch nur erreichen kann.

»Wehr dich nicht, ich will dir nur helfen«, knurrt er mich an, zieht mich näher an sich heran, sodass er meine Hüfte packen kann.

Ich schreie auf, will mich gegen ihn wehren.

»Faviola!«, höre ich Leonardo brüllen, doch noch immer geht ein Kugelhagel auf das Café nieder und er hat alle Hände voll damit zu tun, dagegenzuhalten.

Ich bin auf mich allein gestellt! Vor Angst wird mir eiskalt und meine Finger zittern. Die Dunkelheit kehrt zurück, ruft nach mir und lockt mich zu sich.

Der Mann vor mir ist groß und stark, es fällt ihm viel zu leicht, meine Taille zu umschlingen und mit mir in seinem Arm über den Tresen zu rutschen. Dabei verliere ich meine Sonnenbrille, die herunterfällt und auf dem Boden in mehrere Teile zerspringt. Ungelenk komme ich auf der anderen Seite auf den Knien auf, bin aber noch immer zu betäubt von dem gerade Geschehenen, um zu reagieren. Daher wirft der *Gringo* mich über seine Schulter und beginnt geduckt den Rückzug.

Dieses Mal wehre ich mich nicht, sondern klammere mich an seinem Gürtel fest. Dabei fällt mein Blick auf die

Waffe, die er sich einfach locker hinten in den Bund gesteckt hat. Ich denke nur eine einzige Sekunde nach, dann ergreife ich sie. Ein paar Meter später quietscht eine Tür und wir treten nach draußen. Die Schüsse sind noch immer zu hören, klingen nun aber aus weiter Ferne. Ich werde auf meine Füße gestellt und sofort richte ich die Waffe auf den Mann.

»Keine Bewegung oder ich schieße«, schreie ich, doch meine Stimme zittert. Ich schüttle den Kopf, um die Dunkelheit zu vertreiben. Endlich kann ich den *Gringo* etwas genauer mustern.

Der Mann – der zwei Köpfe größer, doppelt so breit und sicher doppelt so alt wie ich ist – sieht mich einfach nur stoisch an. Seine Kiefer mahlen, was der einzige Hinweis darauf ist, dass ihm die Situation nicht gefällt. Mir springt eine metallene Kette um seinen Hals ins Auge. *Dogtags vom Militär?* Der Gedanke wird durch meine Panik verdrängt; ich muss hier so schnell wie möglich weg.

»Lass mich gehen«, wispere ich, bemerke meinen Fehler sofort und setze etwas lauter erneut an: »Ich gehe jetzt! Und du bleibst da stehen.«

Noch immer reagiert er nicht.

Panisch blicke ich mich um, mein Herz flattert in der Brust, meine Finger sind feucht und die Waffe ist viel zu schwer. Ich muss sie mit beiden Händen halten, um nicht zu stark zu zittern.

Nachdem ich mich etwas umgesehen und bemerkt habe, dass ich mich in einer Seitenstraße neben dem Café befinde, gehe ich langsam rückwärts. Ich kenne Havanna wie meine Westentasche, schließlich habe ich noch nie eine andere Stadt gesehen. Ich weiß also, dass ich mich, wenn ich zwei Häuserblocks weit komme, im Hinterhof einer Werkstatt verstecken kann.

Meine Beine beben, während ich mich immer weiter von dem Fremden entferne.

Er bleibt dort einfach stehen, als hätte er keine Angst vor mir.

»Allein kommst du nicht weit, *Señorita*.«

Er nennt mich Fräulein, als wäre ich noch immer ein kleines Kind. Dabei bin ich mittlerweile dreiundzwanzig Jahre alt. »Keine Sorge, das ist meine Stadt. Hier bin *ich* zu Hause, *Gringo*!«

Meine Worte scheinen etwas in ihm auszulösen, er verzieht das Gesicht und kommt dann mit schweren Schritten auf mich zu.

»*Mierda*«, fluche ich, drehe auf dem Absatz um und laufe davon. Natürlich muss er geahnt haben, dass ich noch nie eine Waffe auch nur in der Hand gehalten, geschweige denn abgefeuert habe. Ich komme nur wenige Schritte weit, da werde ich zurückgerissen und finde mich zum zweiten Mal an diesem Tag an seiner Brust wieder. Erneut dringt mir sein Geruch in die Nase, den ich vehement zu ignorieren versuche.

»Lassen Sie mich los! Wissen Sie denn nicht, wer ich bin?« Das lässt ihn innehalten und etwas Abstand zu mir gewinnen. Noch immer hält er mich am Arm fest, weshalb ich ihm wütend ins Gesicht blicke. Seine Augen erforschen meine intensiv, sodass ich eine Gänsehaut bekomme. Eine Strähne meines Haars wird mir ins Gesicht geweht und ich streiche sie schnell zur Seite – nicht, ohne zu bemerken, dass sie sich wie befürchtet mittlerweile wieder kräuseln.

»Eine kleine Zicke, die sich gegen ihren Retter wehrt?«

Ich öffne bereits den Mund, um ihm eine weitere Beleidigung an den Kopf zu werfen, da lässt mich das Quietschen von Reifen innehalten. Der Fremde sieht auf einen Punkt hinter mir und ich drehe mich ebenfalls um. Ein schwarzer SUV hält vor der Querstraße, die Türen gehen auf und drei Männer mit Waffen springen brüllend heraus.

»Hände hoch!« »Lass das Mädchen los!« »Auf den Boden.« Die Stimmen überschlagen sich und erklingen durcheinander.

Ich kann nicht sagen, ob die Männer Freund oder Feind sind und bin dennoch erleichtert, nicht mehr allein mit dem Fremden zu sein.

Dennoch drehe mich zu ihm um und sehe ihm ins Gesicht.

Er erwidert meinen Blick, dann lässt er mich mit einem Ruck los und hebt wie befohlen die Hände.

»Drei Schritte zurück und umdrehen!«, erklingt der nächste gebellte Befehl.

Genau wie im Café liegt der Blick des Fremden jedoch nur auf mir, während er sich langsam um die eigene Achse dreht und dann auf die Knie geht. Selbst jetzt ist er noch fast so groß wie ich.

Die bewaffneten Männer stürzen auf ihn zu, zwei treten ihm in den Rücken, sodass er zu Boden geht. Kabelbinder werden ihm um die Gelenke gelegt, ein weiterer Tritt folgt in seine Rippen, dennoch bleibt er die ganze Zeit über stumm.

Jemand kommt an meine Seite und erst jetzt kann ich mich vom Anblick des Fremden losreißen. »Señorita Rodriguez, ich soll Sie zurück zum Anwesen bringen.«

Ich blicke dem Söldner ins Gesicht. Er kommt mir vage bekannt vor, daher vertraue ich ihm und lasse mir von ihm die Waffe abnehmen.

Nach kurzem Zögern steige ich – nicht, ohne mich noch einmal zu dem *Gringo* umzudrehen – in den schwarzen, gepanzerten Wagen. Mein Retter liegt auf dem Boden, während ihn das Bein eines meiner Männer auf seinem Rücken dort hält. Sein Blick ruht auf mir. Ein Schauer erfasst mich.

Die Schüsse sind mittlerweile verstummt, der Kampf scheint vorbei.

Als der Söldner meines Vaters die Tür schließen will, halte ich ihn auf und frage: »Was ist mit Mario, Leonardo und …« Ich schaffe es nicht, Rafaels Namen auszusprechen. Das Bild von ihm mit dem Loch im Kopf blitzt auf und ich muss schlucken.

»Die anderen kümmern sich um sie.«

Ich nicke bloß, die Tür wird geschlossen und ich schaue durch die getönte Scheibe nach draußen. Der Fremde wird gerade auf die Füße gezogen und in ein zweites Fahrzeug, das ich gar nicht bemerkt habe, gedrückt. Die ganze Zeit über wehrt er sich nicht, obwohl er vermutlich alle mit Leichtigkeit erledigen könnte. Und ich frage mich – obwohl ich es vermutlich nicht sollte –, ob ich ihn jemals wiedersehen werde.

KAPITEL 2

Bold

Was für ein Scheißtag. Der Morgen hat schon scheiße damit begonnen, dass der Kaffee leer war und ich in die Stadt musste, um neuen zu besorgen. Nur deshalb habe ich mich ausgerechnet zu der Zeit, als ein Bandenkrieg in Havanna ausbrach, in diesem kleinen Café befunden. Wer hätte ahnen können, dass ich dadurch an die Tochter von Maceo Rodriguez gerate? Ich habe auch immer so ein Scheißpech.

Die Männer bei mir im Wagen sagen nicht ein Wort, der Fahrer – der ebenso gerüstet ist wie der Rest der Söldner – wirft mir immer wieder Blicke durch den Rückspiegel zu, ansonsten werde ich ignoriert. Es werden keine Fragen gestellt, niemand droht mir mit Gewalt und keine Waffe ist direkt auf mich gerichtet. Ob das wohl daran liegt, dass ich offensichtlich nicht von hier bin und für mich daher andere Regeln gelten? Ein toter Europäer sorgt vermutlich für einen größeren Aufschrei als ein toter Kubaner. Daher schweige auch ich, schaue dabei durch die Frontscheibe und merke mir den Weg – nur für den Notfall. Ich werde schon früh genug erfahren, was man von mir will. Und sobald geklärt ist, dass ich nichts mit dieser Sache zu tun habe, wird man mich sicher gehen lassen. Falls nicht, werde ich sie dazu bringen.

Die Schusswaffen habe ich bereits ausgemacht, jeder der vier Männer trägt eine Maschinenpistole und mindestens zwei weitere Handfeuerwaffen. Ihre Munitionsgürtel sind beachtlich und allgemein sind sie schwer bewaffnet. Dass ich es nicht mit Anfängern zu tun habe, war mir schon im Café klar. Mittlerweile verstehe ich auch, warum die Angreifer es auf das Mädchen abgesehen hatten: Sie ist die Tochter des berüchtigten Maceo Rodriguez. Selbst mir ist dieser Name ein Begriff, wurde ich doch oft genug von den Einheimischen gewarnt.

Die Fahrt dauert erstaunlich lang, es geht immer weiter Richtung Westen und langsam frage ich mich, wohin die Reise führt. Ich habe keine Ahnung, wo sich das Anwesen der Rodriguez' befindet – was vermutlich auch besser so ist –, dennoch bin ich mir unsicher, ob wir uns wirklich auf dem Weg dorthin befinden.

Ganze zwei Stunden später biegen wir endlich auf einen Schotterweg ab und kurz darauf tauchen elektrische Tore vor uns auf. Der andere Wagen, dem wir die ganze Zeit gefolgt sind, steht bereits davor und der Fahrer drückt auf einen Knopf, der vermutlich eine Freisprechanlage bedient. Es dauert ein paar Sekunden, dann fahren die Tore automatisch zurück und es geht weiter.

Der Weg hinauf zum Anwesen führt an einigen schwarzen Mangrovenbäumen vorbei, alles ist saftig grün. Hier herrscht kein Wassermangel, was für den Reichtum der Familie spricht. Ein paar Minuten später kommen wir zu einer kreisförmigen Auffahrt, in deren Mitte sich eine Statue befindet. Ich mustere diese kurz durchs Fenster und erkenne einen alten Mann mit Bart und Hut, der eine Zigarre im Mund hat. Er stützt sich auf einen Stock und trägt eine Art Uniform. Das scheint der Gründer des Rodriguez' Imperiums zu sein.

Der Wagen vor uns kommt zum Halt und wir stoppen kurz hinter ihm.

»Get off the car«, befiehlt mir einer der Männer in gebrochenem Englisch. Er steigt vor mir aus, hält mir die Tür auf und beobachtet mich dabei, wie ich umständlich aus dem Wagen steige. Es ist nicht so leicht, mit meinen einsneunzig und gefesselten Händen, sich aus einem so engen Kasten zu quetschen.

Als ich endlich den Boden unter meinen Füßen spüre, werde ich vorwärts geschubst. »Go!«

Auch diesem Befehl komme ich, ohne zu murren, nach. Ich werde zu einem prächtigen Herrenhaus mit zitronengelber Außenfassade geschoben. Ein halbes Dutzend Stufen, auf denen sich Säulen befinden, die vermutlich einen antiken Charakter versprühen sollen, führt hinauf zu einer Veranda. Dabei ist das Gebäude höchstens hundert Jahre alt.

Mein Blick fällt auf die brünette Schönheit, die mitten auf der Treppe steht und mich anblickt. Sie hat sich inzwischen ihr Haar gerichtet, das ihr nun leicht gewellt auf die Schultern fällt. In der rechten Hand trägt sie ihre Schuhe, deren Absätze sie mir noch vor wenigen Stunden in die Brust rammen wollte. *Die Kleine hat Mumm*, musste ich feststellen.

»Señorita Rodriguez!« Ein Söldner ruft ihren Namen. Er steht bereits am obersten Absatz der Treppe und mustert mich ebenfalls. Die junge Frau wendet sich daraufhin von mir ab und geht die restlichen Stufen hinauf.

Dieselben werde ich nun hochgeschubst. Ich verbeiße mir

einen Kommentar. Vielleicht wird es mir noch zum Vorteil gereichen, zu verbergen, dass ich perfekt Spanisch spreche und verstehe.

Ich betrete das Gebäude und ich spüre einen kalten Luftzug auf meiner Haut; die Temperatur ist drinnen um ein paar Grad niedriger als draußen. Immer weiter hinein werde ich gebracht, es geht einen langen Flur entlang und dann durch eine elektronisch gesicherte Tür. Der Code wird fahrig eingegeben und ich kann ihn mir merken: 21052001. Vermutlich das Geburtsdatum der Tochter, wie einfältig. Eine Treppe taucht dahinter auf, die in einen Keller führt.

Hier ist es noch einmal ein paar Grad kühler, Feuchtigkeit liegt in der Luft und mir ist klar, ich befinde mich in ihrem Geheimversteck oder in der Folterkammer. Die Gänge sind sehr verzweigt und wir biegen mehr als einmal ab, bevor ich vor einer Metalltür zum Halt gebracht werde. Auch hier ist ein elektronisches Schloss und dieses Mal kann ich die Zahlenkombination nicht sehen, als der Söldner sie eingibt. Mit einem Piepen entriegelt die Tür und wird aufgezogen. Die Kabelbinder um meine Hände werden zerschnitten und ich in das Zimmer geschubst. Dort drehe ich mich um, blicke meine Entführer an. »What comes next?«

Eigentlich rechne ich nicht mit einer Antwort, deshalb bin ich überrascht, als mir der Söldner aus dem Auto antwortet: »We are waiting for Senior Rodriguez, he will decide about you.«

»When?«

»Soon.« Damit wird die Tür vor meiner Nase zugeschlagen. Ich kann noch gedämpft Stimmen vernehmen, verstehe aber die Worte nicht. Schritte entfernen sich und jemand brüllt Befehle. Vermutlich wird in den nächsten Stunden keiner nach mir sehen, sie werden ihre Verluste betrauern, die Verletzten versorgen und die Sicherheitsvorkehrungen erhöhen. Zumindest würde ich das machen, wenn ich noch im Dienst wäre. Was ich aber auch gemacht hätte, wäre, den Gefangenen zu durchsuchen. Das haben diese Möchtegernkriminellen vergessen.

Ich sehe mich in dem kleinen Raum um. Er hat keine Fenster, nur roher Beton ist zu sehen und lediglich eine Pritsche mit einem Eimer bilden das Mobiliar. Kameras entdecke ich keine – sehr fahrlässig. Ich gehe hinüber zu der Pritsche, stelle meinen rechten Fuß darauf ab und ziehe mein Jagdmesser aus dem Stiefel. Die Pistole hat mir die Kleine abgenommen, aber damit würde ich sowieso nicht weit kommen. Sie hat nur fünfzehn Schuss und ich habe bereits zwei Kugeln an die Männer im Café verschwendet. Mit nur dreizehn Kugeln würde ich die großen Jungs hier gerade mal kitzeln, denn allein vorhin bei der Ankunft habe ich zwei Dutzend Söldner gezählt. Allerdings bin ich mit einem Messer nicht weniger tödlich als mit einer Pistole. Momentan hoffe ich aber noch darauf, dass wir eine friedliche Lösung finden. Was jedoch nicht heißt, dass ich nicht im Notfall doch zuschlagen würde.

Um das Jagdmesser immer griffbereit zu haben, stecke ich es mir in einen kleinen Riemen an meiner Hose auf Höhe des Oberschenkels, der genau dafür vorgesehen ist. Obwohl ich nicht mehr in der Bundeswehr diene, habe ich das Militär verinnerlicht. Der Dienst war mein Leben, ich habe auf jeden Auslandseinsatz hingefiebert und es gehasst, wenn sie mich nach Hause geschickt haben. ›So sind die Vorschriften‹, hieß es dann immer. ›Scheiß auf die Vorschriften‹, hätte ich damals gern gesagt, aber das wäre einer Befehlsverweigerung gleichgekommen. Als sie mich dann für immer nach Hause geschickt haben, ist mir der Kragen geplatzt. Sie haben nach Ausflüchten gesucht, nach Gründen, um mich rauszuwerfen. Ich habe Fehler gemacht, ja, aber dennoch war ich der Mann mit den meisten Dienstjahren, meisten Auszeichnungen und Einsätzen. Mich frühzeitig zu pensionieren, kam einer Ohrfeige gleich. Sie hätten mir genauso gut das Genick brechen können, das wäre weniger schmerzhaft für mich gewesen. Und wohin hat es mich gebracht? In diese Zelle.

Eingesperrt zu sein und nichts tun zu können, macht mich schier wahnsinnig. Daher laufe ich unruhig auf und ab, überprüfe mehrmals, ob die Tür sich nicht doch irgendwie von innen öffnen lässt. Ich taste sogar deren Rahmen ab, um eventuelle Schwachstellen zu entdecken, werde aber nicht fündig. Zwischendurch muss ich dringend pissen und erleichtere mich in dem dafür vorgesehenen Eimer. Als ich den kleinen Raum mindestens zehn Mal rastlos durchschritten habe, lasse ich mich auf der niedrigen Pritsche nieder. Ich teste, ob ich darauf passe und bin nicht überrascht, als meine Füße über den Rand hängen. Ich überrage die meisten Menschen um mindestens einen Kopf, wenn nicht sogar mehr. Mein Rücken und der linke Rippenbogen pochen noch von den Tritten, aber es scheint nichts Ernstes zu sein.

Da ich aktuell nichts tun kann, gestatte ich mir, die Augen zu schließen und Energie zu tanken. Wer kann schon sagen, wie Rodriguez über mich entscheiden wird, eventuell muss ich mir am Ende den Weg freikämpfen, dann sollte ich besser ausgeruht sein. In meiner Bundeswehrzeit gab es meistens auch nicht mehr als eine Liege oder eine Hängematte, daher bin ich es gewohnt, unter jedweden Bedingungen zu schlafen, selbst bei Sturm und Regen draußen oder unter Dauerbeschuss. Da machen mir die leichten Schmerzen auch nichts aus. Eine Pritsche in einer privaten Kelleranlage ist da fast wie ein Luxusurlaub für meinen Rücken.

Um für den Notfall gewappnet zu sein, ziehe ich mein Messer aus dem Riemen und platziere es auf meinem Brustkorb. Sollte hier jemand reinkommen, würde ich es rechtzeitig bemerken, um ihm die Spitze in den Hals zu rammen.

Erst dann gestatte ich es mir, durchzuatmen und mich zu entspannen. Egal, was kommen mag, ich bin bereit.

KAPITEL 3

Faviola

»Lasst mich hier verdammt noch mal raus!«, brülle ich und schlage mit der Faust gegen die schwere Zimmertür. Meine Handkante schmerzt bereits und mich würde es nicht wundern, wenn die Haut aufgeplatzt ist. Aber das ist mir egal. Ich bin eingesperrt. Vaters Männer haben mich nach dem Angriff im Café einfach auf mein Zimmer gebracht, mich wortlos hineingeschoben und die Tür hinter mit abgeschlossen. Als wäre ich ein zehnjähriges Kind, das man zur Strafe auf sein Zimmer schickt.

»Verdammt noch mal, macht die Scheißtür auf!«, schreie ich lauter, sodass sich meine Stimme überschlägt. Wut und Verzweiflung wechseln sich in meinem Bauch ab. Ich kann es einfach nicht fassen, dass die Männer es wagen, mich so zu behandeln. »Das werde ich alles meinem Vater erzählen!« Noch immer rufen meine Worte keine Reaktion hervor. Ich weiß noch nicht einmal, ob sie überhaupt jemand hört. Das Gebäude an sich ist zwar schon ein paar Jahrzehnte alt, aber mein Großvater und nach ihm mein Vater haben sich darum gekümmert, dass es allumfassend saniert und an die neusten Sicherheitsstandards angepasst wird. Somit sind fast alle Räume schallisoliert und manche lassen nicht einmal Handystrahlung nach außen dringen.

»*Mierda*!«, fluche ich leise, trete mit meinem nackten Fuß gegen das Holz und bereue es in der nächsten Sekunde. Schmerz schießt von meinem großen Zeh in den Oberschenkel und weiter meinen Rücken hinauf. Ich beiße mir auf die Unterlippe, um nicht aufzustöhnen, stütze mich an der Wand ab und reibe mir über die schmerzende Stelle. Es dauert ein paar Minuten, in denen ich bewusst durch die Nase ein- und ausatme, bis mein großer Zeh nur noch pulsiert.

Humpelnd gehe ich hinüber zu meinem Bett, setze mich darauf und greife nach meinen Hausschuhen, die eins der Dienstmädchen davor abgestellt haben muss. Sie sind pink und superflauschig, und als ich hineinschlüpfe, seufze ich erleichtert auf.

Ein Geräusch lässt mich aufhorchen und ich blicke zur Tür. Ja, jemand macht sich am Schloss zu schaffen. Komme ich hier endlich raus?

»Das wurde aber auch Zeit«, sage ich, erhebe mich vom Bett und gehe Richtung Tür. Als diese sich öffnet, will ich hinaustreten, doch jemand stellt sich mir in den Weg.

»Was ... Vater«, keuche ich und trete augenblicklich einen Schritt zurück. Mein Herz beginnt zu rasen, meine Hände werden feucht und ich kann ihn nur mit aufgerissenen Augen anstarren.

Wie immer ist seine Miene unergründlich, er sieht weder böse noch erfreut aus, mich zu sehen. Der Bart ist perfekt getrimmt und umrahmt seinen Mund wie gemalt. Seine schwarzen langen Haare hat er zu einem kleinen Zopf nach hinten gebunden und mit Öl glatt gestrichen, sodass sie glänzen. Das Unterhaar fällt in seiner ganzen Pracht auf seine Schultern und verleiht ihm eine erhabene Erscheinung. Genau wie sein weinroter Anzug mit den schwarzen Akzenten. »Du bist schon wieder da?«, frage ich ihn mit zitternder Stimme.

Er kommt auf mich zu und ich weiche instinktiv zurück. Die Tür schließt er hinter sich, dreht sich zu mir um und verschränkt die Hände hinter dem Rücken. Ich muss schlucken – das ist ein schlechtes Zeichen. Es bedeutet, dass er sich zusammenreißen muss, um nicht handgreiflich zu werden.

»*Mi corazón*, geht es dir gut? Dir muss elendig zumute sein.« Seine Stimme ist dunkel, samtig und gefährlich. Er umrundet mich und sieht sich dabei offen in meinem Zimmer um, als suche er etwas. Dabei fällt sein Blick auf meine hohen Schuhe, die ich vorhin aus Wut auf den Boden gepfeffert habe.

»Mir ... ich ...« Ich bekomme keinen ganzen Satz heraus. Ein Kloß bildet sich in meinem Hals, gegen den ich anschlucke. Gleichzeitig brennen meine Augen und ich muss mich zwingen, nicht zu weinen.

Vater dreht sich zu mir um und sieht mich direkt an. Sein Blick wandert hinunter zu meiner rechten Wange. »Du bist verletzt.«

»Was?« Wie automatisch legen sich meine Finger an mein Gesicht und ich zucke zurück. Ein brennendes Ziehen lässt mich die Luft einsaugen. *Der Tisch*, ein Splitter hat mich im Gesicht erwischt, erinnere ich mich. »Ist nicht so schlimm«, murmle ich.

»Das sollte sich nachher der Arzt ansehen, nicht, dass du eine unschöne Narbe davonträgst.« Seine Stimme klingt kalt und ich kann den unterschwelligen Tadel hören. Nach kurzem Schweigen fügt er hinzu: »Ich habe von Rafael gehört. Was für eine Tragödie.« Wie immer weiß ich nicht, ob er seine Worte ernst meint, oder nur das sagt, was sein Gegenüber hören will. Daher senke ich den Blick und nicke nur. »Ihr habt euch gut verstanden, nicht wahr?« Erneut nicke ich. Seine Schritte nähern sich und er legt einen Finger unter mein Kinn, zwingt mich so zum Aufblicken.

Ich kann mich nicht mehr zurückhalten und die erste Träne rinnt über meine Wange. Das Bild von Rafael, erschossen auf dem Boden, mit dem Loch im Kopf und all dem Blut, flammt vor meinem inneren Auge auf. Meine Unterlippe beginnt zu beben und meine Knie werden weich, doch ich reiße mich am Riemen und breche nicht zusammen.

»Wie ist es passiert? Kannst du mir das sagen?« Seine Stimme ist immer noch samtweich, obwohl es mir langsam so vorkommt, als wäre ich in einem Verhör. Was bezweckt mein Vater damit?

»W-wir w-waren in dem Café am Hafen …«, berichte ich mit bebender Stimme, »wo ich mir immer gern meinen Kaffee hole, als plötzlich auf uns geschossen worden ist. M-mario …« Ich schlucke. »Er wurde als Erster getroffen und ging zu Boden.«

»Hast du nicht etwas vergessen, *mi corazón*?« Mein Vater starrt aus seinen schwarzen Augen auf mich hinab.

»I-ich …«

»Der *Gringo*«, unterbricht mich mein Vater und ich nicke.

In meiner Aufregung hatte ich vergessen, von ihm zu berichten. »Ja, da war ein Fremder. Er betrat das Café, kurz bevor ich es verlassen wollte.«

»Kennst du ihn?«

»Nein«, sage ich mit fester Stimme.

Etwas flackert in seinen Augen auf. Glaubt er mir nicht? »Erzähl weiter.«

Kurz muss ich überlegen, wo ich stehengeblieben bin. Als Vater seine Hand endlich von meinem Kinn nimmt, fällt es mir wieder ein. »Mario, er ging zu Boden und es wurde weiter geschossen. Die beiden Fenster gingen kaputt und Leonardo und Rafael postierten sich jeweils vor einem. Dann kam der *Gringo*, er baute für mich ein Versteck aus Tischen. Aber als ich seine Waffe gesehen habe, bin ich geflohen. Dann ...« Erneut überflutet mich die Erinnerung an die Ereignisse. Ich kann die Schüsse hören, meine eigenen Schreie. Die Dunkelheit ist wieder da, gepaart mit Panik. Sie brennt sich durch meine Brust, tropft auf meine Eingeweide und verätzt alles. Ich schlucke und schmecke Galle.

»Weiter, Faviola.« Mein Vater zeigt noch immer keine Regung, weder Mitleid noch Zorn. Er trägt seine Maske der Gleichgültigkeit mit einer Perfektion, die ihren Meister sucht.

Ein zweites Mal schlucke ich die Übelkeit herunter, ringe um Fassung. Erst dann setze ich erneut an: »Als ich geflohen bin, habe ich nach Leonardo gerufen. Dann ... dann riss mich der *Gringo* zurück und erschoss einen der anderen Männer.«

»Wen?«, hakt mein Vater sofort nach.

»Ich weiß nicht.« Ich schluchze, meine Schultern beben mittlerweile. Vater und ich stehen immer noch mitten in meinem Schlafzimmer und starren uns gegenseitig an. Meine Beine können mich kaum noch halten und ich würde mich am liebsten setzen, doch das wäre ein Zeichen von Schwäche und das würde mein Vater nicht dulden.

»Denk nach, *mi corazón*!«

Ich schließe die Augen und versetze mich zurück in den Moment, als mich der Fremde mit sich zu Boden riss. »Es war einer der Angreifer, er trug eine Art Uniform und schwere Schusswaffen.«

»Gut, erzähl weiter.«

Ich lasse meine Augen geschlossen, lecke mir über die Lippen und schmecke Salz. Tränen laufen mir über die Wangen und hinterlassen nasse Spuren. »Kurz darauf erwischte es Rafael. Man traf ihn direkt in die Stirn.« Ich hole tief Luft, um den Rest zu erzählen. »Dann brachte mich der *Gringo* durch den Hintereingang raus. Ich nahm ihm seine Waffe ab und wollte fliehen. Er erwischte mich und dann ... dann waren schon deine Männer da.« Ich öffne die Lider, blicke meinem Vater direkt in die kalten Augen und hoffe auf eine Reaktion.

Für mehrere Sekunden schweigt er, während sein Blick sich nicht sicher zu sein scheint, welches meiner Augen er fixieren soll. Kurz darauf hebt er erneut seine Hand und – in Erwartung einer Ohrfeige – weiche ich zurück. Sein Arm bleibt in der Luft hängen, sein Blick wird weich. Erst dann verstehe ich, dass er mir nur über die Wange streicheln wollte. Ich trete auf ihn zu, senke den Blick und lasse zu, dass er mein Gesicht mit seinen Händen umschließt. Dabei streicht sein Daumen über die Schnittwunde und ich muss mich zusammenreißen, um nicht zu zucken.

Vater drückt mir einen Kuss auf die Stirn, nimmt mich dann in den Arm und streichelt mir sanft über den Rücken. »Das hast du gut gemacht! Mein tapferes kleines Mädchen.«

Seine Worte lösen ein Schluchzen aus und ich gestatte mir, den Tränen freien Lauf zu lassen. Stocksteif bleibe ich an seine Brust gelehnt stehen. Ich kenne meinen Vater, er empfindet keine Liebe für mich. Daher kann ich ihm nicht trauen, wenn er mir Zuwendung zeigt.

»Das muss schrecklich für dich gewesen sein. Ich bin froh, dass dir nichts passiert ist.«

»Mario?«, wispere ich mit einem Wimmern.

»Der Arzt kümmert sich gerade um ihn, aber es sieht gut aus.«

Das beruhigt mich, dennoch kann ich nicht aufhören zu wimmern. Mein Vater hält mich noch immer, streichelt mir über den Rücken und versucht mich so zu beruhigen. Mein ganzer Körper bebt, dennoch dränge ich die Gefühle zurück, bis ich mich beruhigt habe. Ich will ihm nicht noch eine größere Angriffsfläche bieten, als ich es schon tue. Seine Hände gleiten zu meinen Schultern und packen zu. Ich nutze die Gelegenheit und will Abstand zu ihm gewinnen, aber Vater lässt es nicht zu.

»Wieso bist du in meiner Abwesenheit in die Stadt?«

»Ich wollte mir nur einen Kaffee holen.«

»Der *Gringo*, wer ist er? Kennst du ihn?«

Ich habe es geahnt, er traut mir nicht. »Nein.« Zur Unterstützung meiner Worte schüttle ich den Kopf und wische mir mit dem Handrücken die Augen trocken, vermeide dabei, meine verletzte Wange zu berühren.

»Belüg mich nicht, Faviola. Du weißt, was das für Konsequenzen nach sich zieht.« Nun ist seine Stimme schneidend, befehlend, und mir wird augenblicklich eiskalt.

»Ich lüge dich nicht an«, flüstere ich. In meinem Magen bildet sich ein Eisklumpen, eine Gänsehaut zieht sich über meinen Rücken und die Übelkeit ist zurück.

»War er wegen dir dort? Hast du ihn angeheuert, um dich von der Insel zu schaffen? Bist du deshalb in meiner Abwesenheit abgehauen?« Seine Finger graben sich schmerzhaft in meine Schultern.

»Ich bin nicht abgehauen!« Ich winde mich unter seinem

eisernen Griff. »Vater, du tust mir weh«, wimmere ich. Als ich in seine Augen blicke, entdecke ich keine Wärme, sondern reinen Zorn.

»Wolltest du mich verlassen? So wie deine Mutter?«

Als Vater sie erwähnt, brechen erneut die Dämme. Ich kann nicht mehr an mir halten, schluchze hemmungslos und werde laut: »Ich kenne ihn nicht, Vater! Bitte glaub mir. Ich habe ihn heute zum ersten Mal gesehen. Er war nur zufällig da und hat mich gerettet. Bitte, Vater, du tust mir weh!« Ich versuche, seinen drückenden Händen zu entkommen, aber scheitere. Sein Blick wird glühend, sein Gesicht verzerrt sich vor Wut. »Ich wollte doch nur einmal kurz raus, einen Kaffee holen, Vater, bitte«, wimmere ich und dringe endlich zu ihm durch.

Er schüttelt den Kopf, lässt mich erschrocken los und macht einen Schritt rückwärts. Ich trete ebenfalls zurück, lege eine Hand schützend auf meine Schulter und starre die Abdrücke darauf an. ›Das wird blaue Flecken geben ... werde sie wohl verdecken müssen‹, schießt es mir durch den Kopf. Ich hebe den Blick wieder und bin erleichtert, als ich wieder Vaters neutrale Maske erkenne.

»Also hast du ihn nicht ins Café bestellt?«

»Nein«, wispere ich kraftlos.

»Und du hast ihn auch nicht engagiert, um dich von der Insel zu schaffen?«

Dass er mich das ein zweites Mal fragt, zeigt mir, wie wenig er mir traut. »Nein!«, sage ich daher mit fester Stimme und schüttle den Kopf.

Erneut folgen Sekunden des Schweigens, dann stößt er Luft aus, hebt einen Mundwinkel zu einem zarten Lächeln und nimmt mich in den Arm. »Bin ich froh, dass du mir die Wahrheit gesagt hast. Ich bin stolz auf dich.«

Erneut umarmt er mich, ohne dass ich es erwidere. Ich verkrampfe mich unter seiner Berührung, bewege mich kaum und hoffe, dass es schnell vorbei ist. Keine Sekunde später lässt er von mir ab, küsst mich noch einmal auf die Stirn und geht dann an mir vorbei.

»Ich fürchte, dass du vorerst dein Zimmer nicht verlassen darfst, es ist zu gefährlich.«

»Vater, ich ...«, will ich protestieren, aber er würgt mich ab.

»Nein, *mi corazón.* Wir stehen mit Fernández auf Kriegsfuß, das hat uns der heutige Tag gezeigt. Er weiß, dass du meine einzige Schwachstelle bist, und will dich gegen mich verwenden.«

»Aber warum sollte Julio das tun? Es herrscht doch Frieden zwischen unseren Familien?«

An der Tür dreht er sich zu mir um. »Das wird nur er wissen. Und solange die Sache nicht geklärt ist, wirst du bis auf Weiteres nicht mehr in die Stadt fahren.«

»Und was ist mit Rafaels Beerdigung?«, frage ich kleinlaut, schlinge dabei meine Arme um den Oberkörper.

Vater denkt kurz nach und erwidert dann: »Ich werde sehen, was sich machen lässt. Vorerst muss ich Rafaels Stelle neu besetzen. Du brauchst Schutz, verstehst du?«

Wie gefühllos er von Rafael spricht, zeigt mir, was für ein Monster in ihm steckt. Er ist zwar mein Vater, aber ich empfinde keine Liebe für ihn – das beruht auf Gegenseitigkeit. »Ja«, antworte ich ihm auf seine Frage.

Er nickt zufrieden, kehrt mir dann den Rücken zu und verlässt den Raum.

Ich renne auf die Tür zu, ergreife den Griff in der Sekunde, in der Vater abschließt. Erschöpft und ausgelaugt lehne ich meine Stirn gegen das Holz, lasse mich von meinen Gefühlen übermannen und trauere um meine Freiheit.

Mein Leben ist ein einziges Desaster, gefangen auf dieser Insel, zwischen all dem Protz und Glanz – und doch sehne ich mich nach nichts mehr, als danach, Kuba für immer zu verlassen. Meinen Vater und meine Vergangenheit hinter mir zu lassen, um irgendwo neu zu starten.

Eine Welle der Frustration überrollt mich und ich renne zum Bett, werfe mich darauf. Ich schreie laut in meine Kissen, strample mit den Beinen und lasse meine Wut an der Matratze aus. So hilflos wie heute habe ich mich bisher nur einmal gefühlt: bei Mamas Beerdigung.

KAPITEL 4

Bold

Das Klicken der Tür ertönt und ich bin hellwach. Dennoch lasse ich meine Augen geschlossen, um denjenigen – wer auch immer da kommt – in dem Glauben zu lassen, ich würde noch immer schlafen.

Schwere Stiefel schleifen über den Boden, kommen mir immer näher und bleiben kurz vor mir stehen. Ich atme einmal tief ein, fühle in meinen Körper und versuche so, das Messer zu ertasten, ohne die Finger zu bewegen. Mein Arm liegt nach wie vor auf meiner Brust, die Klinge an meinen Unterarm gepresst. Stoff raschelt und blitzschnell springe ich auf die Füße, schlinge einen Arm um den bewaffneten Mann, drehe ihn herum und drücke die Spitze des Messers an seine Kehle.

Das alles geht so schnell, dass er den Fuß – mit dem er vermutlich gegen die Pritsche treten wollte – wieder absetzen muss, dadurch das Gleichgewicht verliert und mit einem Aufschrei gegen meine Brust prallt.

In der Tür zu meiner Zelle entdecke ich weitere bewaffnete Männer. Stimmen werden laut, jemand befiehlt mir auf Englisch, das Messer fallen zu lassen. Pistolen werden entsichert und die Mündungen auf mich gerichtet.

»Waffen fallen lassen, oder ich steche ihn ab wie ein Schwein«, brülle ich gespielt gebrochen auf Spanisch, damit mich die Männer verstehen. Doch sie schreien weiterhin Befehle an mich, die sich überschlagen.

Der Mann in meinem Schwitzkasten wehrt sich, packt meinen Arm und will mir entwischen. Ich erhöhe den Druck auf seinen Hals, sodass ihm schwarz vor Augen werden müsste. Er röchelt, versucht aber weiterhin, mir zu entkommen, doch seine Gegenwehr wird schwächer. Kurz bevor er ohnmächtig wird, lockere ich den Griff und er saugt hörbar Luft in seine Lunge.

»Waffen. Runter!«, brülle ich erneut, ohne Erfolg.

Erst als ein Mann mit schwarzen Haaren und perfekt gestutztem Bart in einem feinen weinroten Anzug die Zelle betritt, kehrt Ruhe ein. Zwei Männer folgen ihm, postieren sich links und rechts von ihm und richten ihre Waffen auf mich.

Das muss Rodriguez sein, schätze ich.

»Verzeihen Sie bitte meinen Männern ihr Benehmen, sie wissen nicht genau, wie man Gäste begrüßt«, sagt er auf Englisch. Seine Stimme ist aalglatt, weder freundlich noch herablassend.

Ich mache einen Schritt zur Seite, damit ich die Pritsche nicht mehr an den Waden spüre. Kurz überlege ich, die Fassade weiterhin aufrecht zu erhalten und so zu tun, als verstünde ich kein Spanisch. Aber dieser Kerl ist vermutlich der Einzige, der mich hier heil rausbringen könnte. Daher gebe ich das Versteckspiel auf. »Dann sind Sie sicher Señor Rodriguez, mein Gastgeber«, sage ich in perfektem Spanisch.

Kurz huscht Überraschung über seine Miene, die er ganz schnell abschüttelt. Sein Mund verzieht sich zu einem kalten Lächeln, das seine Augen nicht erreicht. »Und mit wem habe ich das Vergnügen?«

Mein Blick huscht von ihm zu seinen Männern, die immer noch die Mündungen ihrer Pistolen auf mich richten. Rodriguez scheint meinem Blick gefolgt zu sein, denn er befiehlt ihnen mit einer Handbewegung, die Waffen zu senken. Daraufhin sieht er mich auffordernd an, als würde er nach seiner netten Geste etwas Ähnliches von mir erwarten.

Mittlerweile glaube ich, dass ich mir den Weg nicht einmal frei schießen müsste. Der Herr des Hauses scheint nicht erpicht darauf zu sein, Streit mit mir anzufangen. Trauen kann ich ihm trotzdem nicht, er ist ein Krimineller, ein Drogenbaron, wenn man den Einheimischen Glauben schenken kann – und das kann man meistens.

»Balthasar Thieß, aber man nennt mich Bold.« Beinahe hätte ich noch meinen Dienstgrad hinterhergeschoben, so wie es in der Bundeswehr üblich ist. Zum Glück konnte ich mich noch rechtzeitig davon abhalten.

»Balthasar also. Ist Ihnen die Bedeutung Ihres Namens bekannt?«, fragt er ehrlich interessiert.

Verwirrt blinzle ich ihn einmal an, dann fange ich mich wieder. »Gott schütze den König«, erwidere ich wahrheitsgetreu.

Es dauert eine Sekunde, dann bricht ein Grinsen aus Rodriguez' Gesicht hervor, er fährt sich mit einer Hand durch die Haare und richtet sie. Irritiert starre ich ihn an, weiß nicht, was ich von seiner Reaktion halten soll. Macht er sich über mich lustig?

»Wie passend! Ein Söldner, nicht wahr? Schütze den

König«, wiederholt er meine Worte und zwinkert mir daraufhin zu.

Ich bin mehr als verwirrt und weiß nicht recht, wie ich in dieser Situation reagieren soll, daher halte ich einfach die Füße still und warte ab, was Rodriguez von mir will.

Erneut verzieht er seine Lippen zu diesem kalten Lächeln, von dem ich nicht weiß, was es zu bedeuten hat. Dann verschwindet es, er verschränkt die Hände hinter dem Rücken und reckt den Kopf. Vielleicht um sich größer zu fühlen, da er ein paar Zentimeter kleiner als ich ist, genau wie der Rest der Anwesenden.

»Ich bitte Sie nun freundlich, meinen Mann loszulassen, damit wir uns wie zivilisierte Leute unterhalten können, Señor Bold.«

»Nur Bold«, erwidere ich.

Er legt den Kopf schief, nickt dann und wiederholt meinen Namen.

Kurz blicke ich zu den beiden bewaffneten Männern hinter ihm und dann durch die Tür, wo ich noch zwei weitere sehen kann. Erneut ist es, als könne er meine Gedanken lesen. Er winkt einmal und die Männer verschwinden aus dem Raum. Übrig bleiben Rodriguez, der schnaufende Mann in meinem Schwitzkasten und ich. Schnell rechne ich meine Chancen dafür aus, ohne zu kooperieren, erfolgreich zu fliehen. Aber ich würde vermutlich nicht einmal bis zur Tür kommen, schon hätte mich eine Kugel durchbohrt.

Daher lasse ich den Mann ruckartig los, reiße meine Arme hoch und ergebe mich. Der Typ stolpert durch die plötzliche Bewegung vorwärts, röchelt und stürzt dann zur Tür.

»Das Messer, bitte.« Rodriguez hält mir seine offene

Hand hin, scheint zu erwarten, dass ich es ihm einfach überreiche.

Ich linse zur Tür. Die Männer stehen noch immer dort, starren mich mit ihren dunklen Augen an. Sie sind alle gut ausgerüstet, ich sehe neben Schutzwesten auch Helme, Granaten, Munition und Messer. Aber keiner von ihnen richtet seine Waffe auf mich. Daher wirble ich das Messer in meiner erhobenen Hand herum, sodass die Klinge zu meinem Arm zeigt, mache einen Schritt auf Rodriguez zu und strecke ihm den Griff entgegen. Er umschließt ihn, ohne zu zögern, und mustert die Klinge.

»Ein Armeemesser, nicht wahr?« Er sieht mich dabei fragend an und ich nicke. Dann wandert sein Blick hinunter zu meiner Brust, auf der meine Dogtags ruhen. »Wo haben Sie gedient, Bold?«

»Deutschland, Bundeswehr«, kommt es von mir wie aus der Pistole geschossen.

Rodriguez nickt anerkennend, dreht das Messer etwas herum, um es mir dann zu meiner Überraschung wieder zu überreichen. Ich ziehe die Augenbrauen hoch und sehe ihn fragend an. »Nehmen Sie es schon. Ich bin mir sicher, Sie könnten jeden von uns mit weniger töten.«

Damit hat er vermutlich nicht einmal unrecht. Ich habe schon einmal ein halbes Dutzend Männer nur mit einer Gabel erstochen. Dankend nehme ich das Messer entgegen und stecke es in den Riemen an meinem Oberschenkel.

»Und nun sollten wir uns unterhalten.« Wie aufs Stichwort wird ein Klappstuhl hereingetragen, auf den sich Rodriguez setzt. Er legt dabei lässig einen Knöchel auf das Knie des anderen Beins und lehnt sich zurück. Ein weiterer Mann tritt an ihn heran, reicht ihm eine Zigarre und ein Feuerzeug. Er steckt sich die Zigarre an, pafft ein paarmal und überreicht das Feuerzeug dann wieder dem Mann, der sich daraufhin zurückzieht. Rodriguez sieht mich erwartungsvoll an, zeigt mit dem glühenden Ende auf die Pritsche und bedeutet mir damit, mich zu setzen.

Nur widerwillig komme ich der Aufforderung nach, lasse mich breitbeinig nieder und lege die Ellenbogen auf den Oberschenkeln ab. Lauernd beobachte ich Rodriguez, da ich dem Frieden nicht traue.

»Für wen arbeiten Sie?«

»Für niemanden.«

»Kennen Sie Julio Fernández?«

»Noch nie gehört.«

Daraufhin verfällt Rodriguez in Schweigen. Seine Miene ist unergründlich, weshalb ich nicht in ihr ablesen kann, ob er mir glaubt. Vermutlich würde ich mir in seiner Lage auch nicht glauben. Wie groß kann der Zufall sein, dass ein militärisch bewandter Fremder genau in dem Moment auftaucht, in dem es kritisch wird. Manchmal habe ich echt Scheißpech!

»Was macht ein Deutscher auf Kuba?«, setzt er sein Verhör fort.

»Urlaub«, erwidere ich, ohne zu zögern. Ich bin es gewohnt, ausgehorcht zu werden. In der Bundeswehr werden wir auf solche Fälle vorbereitet und trainiert. Selbst unter Folter würde ich nichts preisgeben, was schon oft genug versucht worden ist.

Rodriguez lacht kurz auf. »Das kann ich kaum glauben. Es muss einen Grund geben, warum Sie hier sind! Finden Sie es nicht auch perfekt, dass Sie genau dann auftauchen, wenn meine Tochter bedroht wird?« Er hebt eine Augenbraue und sieht mich spöttisch an.

Damit spricht er genau das aus, was ich auch schon festgestellt habe. Meine Chancen, hier heil herauszukommen, sinken gerade mit jeder Sekunde.

»Was machen Sie wirklich hier? Spionieren Sie? Arbeiten Sie für die Regierung? CIA? FBI? BND?«

»Nein«, antworte ich wortkarg.

Rodriguez schweigt für einen Moment, dann hellt sich seine Miene auf. »Sie sind ausgewandert? Aber warum ausgerechnet nach Kuba?«

»Es ist eine schöne Insel.« Ich halte seinem Blick stand, schaue nicht zur Seite, um keine Schwäche zu zeigen. Daher ist er der Erste, der auf den Boden sieht.

Er pafft an der Zigarre, sodass das Ende rot aufglüht. »Wo haben Sie gelernt, so gut Spanisch zu sprechen?«

»Ich habe in der Schule Grundkenntnisse erlernt und die während meiner Jahre in der Bundeswehr verfeinert. Es war schon immer ein Vorteil, mehr als eine Sprache zu sprechen.«

Rodriguez kneift die Augen zusammen, während er einen weiteren Zug von der Zigarre nimmt. Er scheint über etwas nachzudenken, was ihm nicht besonders gefällt. »Kennen Sie meine Tochter?«

»Nein, ich habe sie heute das erste Mal getroffen«, antworte ich wahrheitsgemäß. Doch anhand seiner Reaktion bin ich mir nicht sicher, ob er mir glaubt. Seine Augen fixieren mich, er mustert mich von oben bis unten, als könne er die Wahrheit an meiner Schuhsohle entdecken.

»Wieso haben Sie sie gerettet?«

»Es erschien mir als das Richtige.« Ich runzle die Stirn, da ich nicht genau weiß, worauf er abzielen will.

Rodriguez kaut auf der Zigarre herum, zieht einmal daran und beugt sich dann vor. »Was machen Sie wirklich hier?«

Ich schweige, denn ich kann ihm nicht die Wahrheit sagen. Kann ihm nicht sagen, dass mich die Bundeswehr nach dreißig Jahren rausgeworfen hat, weil ich ihnen ›zu radikal‹ geworden war. Aber irgendwer musste die Drecksarbeit doch erledigen, nicht alle können ihr Leben lang wie ein Weichei herumlaufen und damit durchkommen. ›Vorzeitiger Ruhestand‹ haben sie es genannt, für mich hörte es sich aber eher nach Abtritt an.

»Sie müssen schon antworten, Bold, sonst kann ich Ihnen nicht helfen.« Er lehnt sich wieder zurück, wechselt das Knie und pafft an der Zigarre.

Der Geruch des verbrannten Tabaks umgibt mich, vernebelt mir die Sinne und brennt in meinen Augen. Ich mahle mit den Kiefern, da ich ihm nicht antworten will. Aber wenn ich hier heil wieder herauskommen möchte, muss ich wohl nachgeben. »Na schön, ich bin nicht mehr im Dienst und habe mir hier auf Kuba ein eigenes Haus gekauft. Ist das verboten?«, gifte ich ihn an.

In seinen Augen glimmt etwas auf, vielleicht ist es aber auch nur die Reflexion der Glut. »Verstehe.« Er zieht erneut an der Zigarre, pustet mir daraufhin den Rauch entgegen. Ein Hustenreiz kitzelt meine Kehle, doch ich unterdrücke ihn. Einen Moment später beugt sich Rodriguez vor und steht auf. »Dann hätten wir das fast geschafft. Ich habe nur noch eine letzte Frage an Sie: Haben Sie meine Tochter angefasst?«

Damit erwischt er mich kalt. Ich presse die Zähne aufeinander, denn egal, was ich sage, es ist die falsche Antwort. Daher stehe ich ebenfalls auf, sehe auf ihn hinab und überlege, ob ich die wenigen Schritte zwischen uns rechtzeitig überwinden könnte, bevor seine Männer auf dem Flur das Feuer eröffnen würden. Aber selbst wenn ich ihn erreiche, lägen immer noch etliche Meter und Dutzende Türen zwischen mir und dem Ausgang.

»Ja«, sage ich laut. »Aber ich habe ihr nicht wehgetan, nur

dafür gesorgt, dass sie heil aus der Sache rauskommt.« Egal wie Rodriguez reagieren wird, ich wäre bereit, mich hier herauszukämpfen.

Er hält meinem stechenden Blick stand, lächelt dann am Ende und erklärt: »Das wollte ich hören.« Daraufhin macht er kehrt und geht aus der Zelle. Er lässt mich zusammen mit dem Geruch von kaltem Rauch zurück. In der Tür dreht er sich um und sieht mich an. »Begleiten Sie mich nach draußen, Bold?«

Unschlüssig bleibe ich stehen. Ich traue ihm nicht, aber gleichzeitig wäre es dumm, zu bleiben. Langsam mache ich einen Schritt vorwärts, achte dabei auf die Reaktion der bewaffneten Männer. Sie haben mich immer noch im Auge, aber zielen nicht aktiv auf mich. Die meisten haben mittlerweile ihre Waffen auch wieder gesichert. Der zweite Schritt fällt mir schon leichter und nach zwei weiteren kann ich das Zimmer verlassen. Ich stehe neben Rodriguez auf dem Flur, mustere jeden der sechs bewaffneten Männer genau. Sie beobachten mich mit derselben Skepsis.

»Ich schätze, ich bin Ihnen zu Dank verpflichtet«, erzählt Rodriguez und setzt sich in Bewegung.

Ich folge ihm, behalte dabei die Waffen im Auge. »Keine Ursache, das hätte wohl jeder getan.«

»Nicht jeder.« Dabei sieht er mich bedeutungsvoll an und ich weiß, dass er Fernández meint. Ich weiß zwar nicht, was zwischen den beiden Männern vorgefallen ist, wodurch die Tochter da mit hineingezogen worden ist, kann es mir aber vorstellen. Aus beruflichem Interesse würde ich gern nachfragen, was passiert ist, lasse es aber lieber. Er würde mir vermutlich sowieso nicht ehrlich antworten. Und zu viel Neugier könnte auch falsch interpretiert werden.

»Wissen Sie, meine Tochter ist von zartem Gemüt. Sie

verachtet Gewalt, und das, was ich tue. Daher versuche ich, sie vor solchen Dingen zu beschützen. Es ärgert mich sehr, dass es mir misslungen ist.«

Wir laufen durch dieselben Gänge, durch die ich hergebracht worden bin. Ich erkenne manche Abzweigung oder Tür wieder. Als wir schließlich bei der Treppe ankommen, bin ich mir sicher, dass mich Rodriguez wirklich nach draußen begleitet.

»Haben Sie Kinder?«

»Nein.«

»Wollten Sie nie welche?« Er sieht von der Stufe zu mir hinab, wir haben den oberen Absatz fast erreicht.

»Es hat sich nie die Gelegenheit dazu ergeben.«

Rodriguez nickt, dreht sich wieder um und überwindet die letzten Stufen. Oben angekommen tippt er in ein Eingabefeld den Code – vermutlich das Geburtsdatum der Tochter. Mit einem Klicken wird die Tür entriegelt und er drückt sie auf. Kaum habe ich ebenfalls den Treppenabsatz überschritten, umringen mich sechs weitere Männer. Sie stehen den anderen hinter mir in nichts nach, sind schwer bewaffnet und tragen eine Schutzausrüstung.

»Wieso nicht?« Rodriguez scheint ernsthaft interessiert zu sein, nur deshalb antworte ich.

»Die Arbeit. Es ist schwierig, jemanden zu finden, der damit klarkommt, dass man immer weg ist, und selbst wenn man zu Hause ist, nie wirklich anwesend.« Ich stehe inmitten der Gruppe bewaffneter Männer, blicke Rodriguez an und versuche, in seiner Miene zu lesen, was er als Nächstes vorhat.

Nur weil er mich nach oben geleitet hat, heißt das nicht, dass er mich gehen lassen wird. Es kann auch einfach sein, dass er so Vertrauen zu mir aufbauen wollte, um mich weiter auszuhorchen – was ihm zu meinem Bedauern gelungen ist. Nun stehe ich hier, umzingelt von Feinden und überlege, welchen Kerl ich zuerst überwältigen soll, um an seine Waffen zu kommen.

»Sie können also auch nie abschalten?«, horcht mich Rodriguez weiter aus.

Langsam verliere ich die Lust, ihm zu antworten. Was hat das für einen Sinn? Wenn er mich töten will, warum tut er es dann nicht einfach?

Mein Schweigen scheint ihm Antwort genug. Er vergräbt seine Hände in den Taschen seines Jacketts und fixiert mich mit seinen dunklen Augen. »Lassen Sie mich eine letzte Frage stellen und bitte beantworten Sie sie wahrheitsgemäß, Bold.«

Ich drehe mich im Kreis, sehe jedem der zwölf Männer einmal direkt ins Gesicht, denn ich will wissen, wen ich im Notfall gleich töten muss. Dann wende ich mich wieder Rodriguez zu und nicke ihm bejahend entgegen.

»Wie würden Sie lieber sterben, an Altersschwäche in einem Bett, oder mit der Waffe in der Hand?«

»Mit der Waffe in der Hand.« Ich bin knackige fünfundfünfzig Jahre alt und habe noch lange nicht vor, das Zeitliche zu segnen. Daher fiel mir die Antwort leicht.

Er grinst mich breit an, als wäre er zufrieden mit meiner Aussage. »Sie sind ein Mann nach meinem Geschmack. Ich mag Sie, deshalb werde ich Sie auch nicht töten.«

Das aus seinem Mund zu hören, beruhigt mich augenblicklich. Meine Schultern sacken nach vorn, die Anspannung aus meinen Armen verlässt mich und das Dutzend bewaffneter Kerle bereitet mir keine Bauchschmerzen mehr.

Doch dann setzt Rodriguez wieder zu sprechen an und meine Unruhe kehrt zurück: »Vielleicht ist es Ihnen bekannt:

Wenn mir jemand einen Gefallen tut, stehe ich in dessen Schuld. Daher sind Sie frei zu wählen. Gibt es etwas, das ich für Sie tun kann?«

Ich schüttle den Kopf, was sollte das schon sein?

Rodriguez spannt seinen Kiefer an, weshalb die Muskeln dort hart hervortreten. Ihm scheint meine Antwort nicht zu gefallen. »Ich habe nur ungern offene Rechnungen, normalerweise begleiche ich sie sofort. Daher überlegen Sie es sich gut!«

Auch wenn es wie ein Angebot klingt, höre ich die Drohung in seinen Worten. Er will nicht, dass ich mir den Gefallen aufspare und ihn gegebenenfalls in ferner Zukunft gegen ihn verwende. Dabei gibt es momentan nichts, was er für mich tun könnte. Obwohl ... wenn ich so darüber nachdenke. Heute wieder in Action zu sein, hat mir gefallen. Meine Gedanken waren ruhig, mein Puls hoch und das Adrenalin heiß. Ich habe mich wieder lebendig gefühlt, nicht wie das Relikt, für das mich der Bund hält.

»Es gäbe da vielleicht doch etwas, das Sie für mich tun könnten.«

Rodriguez verschränkt die Arme hinter seinem Rücken, sein Blick wird berechnend. »Und das wäre?«

Mir ergibt sich hier gerade eine einmalige Chance, auch wenn sie mit einem hohen Risiko behaftet ist. Dennoch bin ich geneigt, es einzugehen. Ich meine, was soll schon passieren? Entweder versauere ich in dem viel zu idyllischen Strandhaus, das mich vor Langeweile fast umbringt. Oder ich nehme wieder eine Waffe in die Hand und sterbe aufrecht in meinem Element. Die Entscheidung fällt mir leicht.

KAPITEL 5

Faviola

Als ich am nächsten Morgen meine Zimmertür öffne, bin ich verblüfft, dass sie aufgeht. Da mein Vater nach dem Tod meiner Mutter meine Fenster mit Gittern versehen lassen hat, ist die Tür mein einziger Weg aus diesem Gefängnis.

Ich habe eher damit gerechnet, dass er mich gar nicht mehr herauslassen würde. Nicht einmal fürs Essen. Ich habe ein eigenes Badezimmer und müsste daher nicht einmal vor die Tür, um auf die Toilette gehen zu können. Als ich nun aus dem Raum trete, fällt mein Blick sofort auf Leonardo. Er steht in einem schwarzen Anzug und Fliege links neben meiner Zimmertür, hat so freien Blick auf das untere Geschoss und die Galerie bis zur Treppe. »Guten Morgen«, begrüße ich ihn und kann einen zickigen Unterton nicht verhindern. Stellt Vater nun schon über Nacht seine Schoßhündchen bei mir ab?

Überrascht dreht er sich zu mir um und schenkt mir ein bedauerndes Lächeln. Trotz der Dusche muss ich schrecklich aussehen, schließlich konnte ich die halbe Nacht nicht schlafen, da ich immer wieder zurück ins Café versetzt wurde, sobald ich die Augen schloss. Zumindest hat sich gestern noch ein Arzt um meine Wange und die Knie gekümmert. Der Hautkleber ziept an meiner Wange und hinterlässt ein Spannungsgefühl. Die blauen Flecken auf den Schultern hat der Arzt ignoriert, aber ihm muss bewusst gewesen sein, von wem ich sie habe.

»Guten Morgen, Señorita Rodriguez.« Leonardo neigt leicht seinen Kopf zur Begrüßung.

Er siezt mich, was mir einen Stich verpasst. Ist es mit uns nun so weit gekommen, dass er eine professionelle Distanz zu mir wahren will? All die schönen Momente aus meiner Kindheit blitzen für eine Sekunde vor meinem inneren Auge auf, die heiteren Momente mit ihm, sein Lachen, die schlechten Witze, die er und Rafael immer erzählt haben. Rafael ... Meine Laune sinkt weiter und ich schlucke gegen den Kloß in meiner Kehle an. Um mir nichts anmerken zu lassen, gehe ich einfach los. Natürlich hängt sich Leonardo sofort an meine Fersen und folgt mir auf Schritt und Tritt. Mein Herz schmerzt, zeigt mir mal wieder deutlich, dass ich in dieser Welt ganz allein bin. »Ist es nun schon unmöglich, mich in meinem eigenen Zuhause frei zu bewegen?«, frage ich, ohne ihn anzusehen.

Kurz schweigt er, doch wenig später antwortet er: »Anweisung von Señor Rodriguez. Er sorgt sich um Ihre Sicherheit.«

»Er sorgt sich eher darum, dass ich einfach abhauen könnte«, murmle ich genervt. Jedes Mal, wenn mir alles zu viel wird und mich die Dunkelheit heimsucht, ergreife ich die Flucht. Regelmäßig träume ich von einem Leben außerhalb dieser vier Wände, weit weg von meinem Vater, in Freiheit.

Doch bisher hat er mich immer gefunden und wieder zurück nach Hause gebracht. Hätte ich gestern die Chance gehabt, ich hätte es erneut versucht.

Wir kommen bei der Treppe an und ich gehe die Stufen hinunter. Der Eingangsbereich ist dank der großen Fenster neben der Haustür lichtdurchflutet. Ein Kronleuchter hängt von der hohen Decke und erzeugt damit mitteleuropäischen Flair. Unten angekommen wende ich mich nach links und suche das Esszimmer auf. Vater ist zum Glück nicht hier, ich hätte seine Anwesenheit nicht ertragen. Ich lasse mich an dem langen Esstisch nieder und werfe einen Blick zurück. Leonardo hat sich – ganz der perfekte, unsichtbare Bodyguard – an der Wand hinter mir postiert, sodass er einen guten Blick über das ganze Zimmer hat. Ich seufze, gebe mich der Situation geschlagen.

Kurz darauf kommt Margareta, unsere jahrelange Bedienstete, die für das Essen und die Wäsche zuständig ist, aus der Küche und stellt vor mir ein Tablett ab, auf dem sich neben Joghurt auch zwei Scheiben Brot und Marmelade befinden. »Guten Morgen, Faviola. Ich hoffe, Sie haben gut geschlafen.« Sie lächelt mich warm an, fast mitleidig.

»Guten Morgen«, begrüße ich sie und pinne mir ein Lächeln ins Gesicht. Sie soll nicht mitbekommen, wie es in mir aussieht. Ich will nicht, dass sie meinem Vater irgendetwas erzählt. In diesem Haus hat er seine Augen und Ohren überall. »Aufgrund der gestrigen Ereignisse konnte ich nicht sonderlich gut schlafen. Man wird schließlich nicht jeden Tag mit einer Waffe bedroht.« Mein Ton ist schneidender als nötig, jedoch sinkt mit jedem Wort, das ich mit dem Personal wechsle, meine Stimmung weiter in den Keller. Margareta kann nichts für die Umstände und meistens ist sie wirklich sehr gut zu mir, weshalb sich sofort ein schlechtes Gewissen einstellt.

Margareta scheint meinen beißenden Ton nicht zu bemerken, oder zumindest stört er sie nicht. Statt mich zu rügen oder tadelnde Worte an mich zu richten, vertieft sie das freundliche Lächeln. »Das war sicher ein schreckliches Erlebnis für Sie. Aber ich habe gehört, dass Ihnen jemand zu Hilfe kam. Was für ein Glück für Sie.«

Ich seufze. Sie spielt sicher auf den *Gringo* an, aber ich habe jetzt keine Lust, über ihn nachzudenken. Das würde nur dazu führen, dass ich mich frage, was Vater mit ihm gemacht hat. Lebt er überhaupt noch? Vater hat mich scharf ausgefragt und war davon ausgegangen, dass ich ihn engagiert habe, damit er mich von der Insel schafft. Mir würde er vielleicht nichts antun, da ich seine Tochter bin, denn – obwohl er mich nicht liebt – ist für ihn Blut dicker als Wasser. Bei einem Fremden hat er sicher weniger Skrupel.

»Ja, was für ein Glück«, murmle ich nur, da mich die Kraft für diese Unterhaltung verlässt.

»Wie wäre es mit Kaffee?«

Ich schenke ihr ein zartes Lächeln. »Das wäre wirklich wunderbar, danke, Margareta.« Wie aufs Stichwort knurrt mein Magen, der seit gestern Mittag nichts mehr zu essen hatte. Vater hat niemanden mehr zu mir gelassen, nicht einmal Margareta mit dem Abendessen.

»Ich mache Ihnen gern einen. Wie immer mit etwas Milchpulver? Richtige Milch haben wir aktuell leider nicht.« Sie sieht mich wartend an.

»Das wäre nett.« Ich ringe mich zu einem echten Lächeln durch, bevor sie zurück in die Küche verschwindet. Erschöpft lehne ich mich zurück. Es ist so verdammt anstrengend, ständig eine Maske aufzusetzen und sich bloß nicht verletzlich zu geben. Oder gar angreifbar. Margareta ist zwar wirklich eine liebe Frau – und irgendwie mag ich sie auch –, aber ich habe schon zu häufig die Erfahrung gemacht, dass das Personal meinem Vater treu ergeben ist und mich jederzeit an ihn verraten würde. Daher habe ich es mir abgewöhnt, mich jemandem anzuvertrauen oder zu öffnen.

Während die Haushälterin sich um den Kaffee kümmert, esse ich schweigend. Ich gebe etwas Haferflocken, Zimt und Obst in den Joghurt, verrühre alles und nehme einen ersten Löffel. Nach ein paar Bissen drehe ich mich zu Leonardo um und frage ihn: »Willst du da die ganze Zeit stehen?« Ich funkle ihn an. Ihn in meinem Rücken zu wissen, bereitet mir heute eine Gänsehaut.

Mit einem ausdruckslosen Gesicht sieht er mich an. Statt mir zu antworten, richtet er den Blick wieder geradeaus und blickt ins Leere.

»Du kannst dich auch zu mir setzen und was essen. Margareta macht dir sicher wie früher ein Omelette.« ›Und wir könnten beisammensitzen und so tun, als wärst du nie das Schoßhündchen meines Vaters geworden, sondern wärst immer noch mein Freund‹, setze ich in Gedanken hinzu. Ihn täglich zu sehen und somit an unsere gemeinsame Vergangenheit erinnert zu werden, schmerzt. Wir waren früher so eng, ihm habe ich meinen ersten Kuss geschenkt, auch wenn nie mehr daraus geworden ist, dennoch denke ich an den Moment und das Kribbeln im Bauch wehmütig zurück.

Er dreht den Kopf wieder zu mir, sieht mich an und scheint unschlüssig. Ob ihm wohl dieselben Gedanken durch den Kopf geschossen sind? Doch dann schüttelt er den Kopf. »Nein, danke, Señorita Rodriguez. Ich bin noch im Dienst, werde aber bald abgelöst, dann hole ich mir etwas aus der Küche.«

Enttäuschung macht sich in mir breit, die ich zwanghaft versuche, zu verstecken. Daher zucke ich betont gleichgültig mit den Schultern. Aber um ehrlich zu sein, war mir von vornherein klar, dass er Nein sagen würde. Ich habe sogar eher gehofft, dass er dadurch abgelenkt genug sein würde, dass ich mich auf die Toilette verabschieden und ihn daraufhin abschütteln könnte. Weit würde ich vermutlich nicht kommen, aber vielleicht würde Vater dadurch lernen, dass er mich nicht kontrollieren kann wie einen Gefangenen. Ich bin immer noch ein freier Mensch und will auch wie einer behandelt werden.

Margareta kommt wenige Minuten später wieder, stellt mir meinen Milchkaffee hin und räumt meine bereits leere Joghurtschüssel weg. Sie wünscht mir noch einen schönen Tag und verschwindet dann wieder in der Küche, vermutlich um das Mittagessen vorzubereiten. Der Duft von Fleisch und gebratenem Gemüse dringt mir bereits in die Nase und verstärkt meinen Hunger. Daher schlage ich auch bei den Broten und der Marmelade zu. Als ich alles aufgegessen habe, stehe ich einfach auf und verlasse den Raum. Natürlich kommt mir Leonardo hinterher. Ich seufze tief. »Darf ich denn wenigstens in den Garten?« Ich bleibe stehen und drehe mich zu ihm um.

Er steht einen Schritt hinter mir, hat die Hände vor dem Unterkörper verschränkt und sieht allgemein sehr konzentriert aus. »Ihr Vater wünscht, dass Sie im Haus bleiben.«

»Das heißt, ich darf nicht einmal einen Spaziergang machen?« Kann der Tag noch beschissener werden?

Leonardo zögert, bevor er den Kopf schüttelt.

Erneut entlasse ich hörbar die Luft aus meiner Lunge, meine Schultern sacken nach vorn und meine Laune hat den Tiefpunkt erreicht. Schlurfend bewege ich mich über den

Flur an den vielen Zimmern vorbei. Eins davon ist das Ankleidezimmer meines Vaters. Überrascht, dass die Tür offen ist, bleibe ich davor stehen und luge durch den Spalt. Die dunkle Vertäfelung schluckt das Tageslicht, das durch vier hohe Fenster in den Raum dringt. Ich entdeckte den großen Spiegel, schiele hinüber zu den Regalen und mein Blick bleibt an etwas Weißem hängen. Meine Kinnlade fällt herunter, als ich den *Gringo* erkenne. Er steht auf dem Podest, trägt noch immer das helle Shirt und die Khakihose und streckt beide Arme aus. Er sieht müde und übernächtigt aus, hat leichte Augenringe und seine Kleidung ist noch verdreckter als gestern.

Keine Wunden, stelle ich fest. Er ist unverletzt. Aber wie kann das sein?

Ich stoße die Tür auf und platze in den Raum. »Was machen Sie hier? Weiß mein Vater, dass Sie hier frei herumlaufen?« Ich schneide einen herrischen Ton an und hoffe, dass er durch mein Auftreten eingeschüchtert ist.

Der *Gringo* wendet mir sein Gesicht zu und seine blauen Augen erfassen mich. »Guten Morgen, *Señorita*«, begrüßt er mich und ignoriert dabei meine Frage komplett.

Wütend gehe ich auf ihn zu, stemme meine Hände in die Hüften und funkle ihn wütend an. »Wo ist mein Vater? Weiß er, dass Sie sich einfach in seinen Räumlichkeiten aufhalten?«

Er lässt die Arme sinken und etwas bewegt sich hinter ihm. Ich zucke zusammen, mein Puls schießt nach oben und ich zucke mit der Hand zu meiner Kette. Als ich den Schneider erkenne, beruhigt sich mein Herzschlag. Der Mittfünfziger lächelt mich warm an, sein grauer Bart verzieht sich dabei niedlich und passt damit zu seiner etwas wüsten Frisur. Er ist wie immer adrett gekleidet und strahlt eine gewisse Autorität aus.

»Hallo, Señor Zapatero, Sie haben mich erschreckt.«

»Oh, das tut mir leid, Faviola.« Der Schneider kommt auf mich zu, drückt mir links und rechts zur Begrüßung einen Kuss auf die Wange und geht dann an mir vorbei zu einem Stuhl, auf dem seine Tasche mit den üblichen Utensilien liegt. »Ihr Vater hat mich gerufen, um für diesen Herren einen Anzug anzufertigen.«

»Für ihn?«, frage ich perplex und deute auf den Fremden. »Zu welchem Zweck?«

Señor Zapatero hat inzwischen einen Block für Notizen in der Hand und dreht sich zu mir um. »Vermutlich, weil er einen neuen Anzug braucht.« Er schaut von dem Papier auf und sieht mich freundlich an.

»Warum sollte Vater für ihn einen Anzug ordern? Für einen *Gringo*.«

»Hey, ich bin anwesend«, meldet sich der Fremde in perfektem Spanisch zu Wort und ich wende mich ihm zu. Er steht noch immer auf dem Podest, weshalb er mich um gut drei Köpfe überragt.

Dennoch gebe ich nicht klein bei und gifte ihn an: »Keiner hat mit Ihnen gesprochen, Mister!« Ich wende mich von ihm ab, da spricht er mich erneut an.

»Bold.«

»Was?« Ich fahre herum und sehe ihn entgeistert an.

»Mein Name, er lautet Bold.« Mit diesen Worten kommt er herunter, sodass ich einen Schritt nach hinten mache. Ich habe noch nicht vergessen, dass er im Café war, kurz bevor das Feuer eröffnet worden ist. Er könnte der Feind sein – dennoch steht er hier. Vater muss ihn freigelassen haben, aber was kann ihn dazu bewegt haben?

»Das interessiert mich nicht, ich …«

»Señorita Rodriguez, ich unterbreche Sie nur ungern«,

mischt sich der Schneider ein und ich wende mich ihm zu, »aber ich fürchte, ich muss mich verabschieden. Es wartet noch Arbeit auf mich und die Maße ihres neuen Personenschützers müssen noch weitergegeben werden.«

»Personenschützer?«, echoe ich.

»Daher muss ich nun leider gehen.« Er steckt das Notizbuch ein, klappt seine Tasche zu und nimmt sie in die Hand. Sie scheint schwer zu sein, denn er humpelt etwas beim Gehen, als er auf mich zukommt. Erneut küsst er mich auf die Wangen und verabschiedet sich dann: »Es war mir eine Freude, Sie wiedergesehen zu haben. Bitte grüßen Sie Ihren Vater und Ihre *abuela* von mir.«

»Mache ich«, murmle ich, als er sich von mir abwendet.

»Ich empfehle mich.« Er geht an Leonardo vorbei, grüßt ihn mit einem Nicken und verlässt dann das Ankleidezimmer.

Wie erstarrt stehe ich in der Mitte des Raumes, traue mich nicht, mich umzudrehen, obwohl der *Gringo* hinter mir steht. Da ich nicht weiß, was ich machen soll, sehe ich zu Leonardo. Er steht entspannt neben der Tür, scheint keinerlei Gefahr in dem Fremden zu sehen. Aber was macht er dann hier?

Ich wirble zu ihm herum und pikse mit meinem Zeigefinger in seine Brust, spüre dabei etwas Hartes, Metallisches. Seine Dogtags! »Sagen Sie schon, was machen Sie hier?«

Hinter mir piepst es und ich schaue über meine Schulter zu Leonardo. Der blickt gerade auf seine Uhr, die das Geräusch verursacht hat. Dann hebt er den Kopf und sieht an mir vorbei zum *Gringo*. »Sie gehört dir.«

»Was?«

Leonardo verabschiedet sich von mir und geht durch dieselbe Tür wie zuvor Señor Zapatero. Perplex blinzle ich, weiß nicht, was ich sagen soll, weshalb ich den Mund wie ein Fisch an Land immer wieder öffne und schließe. Langsam wende ich mich wieder zu dem Fremden – Bold, erinnere ich mich – und starre zu ihm hinauf.

»Was hat das zu bedeuten?«, will ich von ihm wissen.

Seine Miene ist genauso unergründlich wie gestern, nicht einmal das Zucken einer Augenbraue verrät mir, was in ihm vorgeht. »Ich schätze, ich bin der neue Babysitter.«

»Babysitter?«, quieke ich und richte mich vor ihm auf, so weit es möglich ist. Erneut pikse ich ihm in die Brust und merke dabei, wie hart sich seine Muskeln unter dem Shirt anfühlen. Schnell schiebe ich den Gedanken beiseite. »Wer hat Sie eingestellt?«

»Señor Rodriguez.«

»Mein Vater?« Ich stolpere einen Schritt rückwärts. »Wieso sollte er Sie einstellen?« Ich wiederhole mich, aber ich werde das Gefühl nicht los, dass ich auf den Arm genommen werde.

»Weil einer seiner Männer gestorben ist und er offensichtlich Schutz nötig hat, beziehungsweise du.«

Seine Worte lassen mich schlucken. Rafael. Er redet von Rafael. »Sie sind mein neuer Bodyguard?«, frage ich ihn, obwohl ich die Antwort schon kenne.

Er nickt.

Ich schweige.

Wie kann Vater es wagen, Rafael einfach über Nacht durch diesen ... diesen ... Ausländer zu ersetzen? Er kennt ihn nicht einmal und ruft ihn dennoch in seine Reihen. Warum? Was ist so besonders an ihm? »Wieso tun Sie das? Brauchen Sie das Geld? Ich kann Ihnen Geld geben, wenn Sie dann verschwinden.« Mir ist seine Nähe unangenehm, er verwirrt mich. Einerseits schreit mein Instinkt danach, die Füße in die

Hand zu nehmen und so schnell wie möglich zu rennen. Der Mann riecht förmlich nach Gefahr. Aber andererseits zieht mich das auch unglaublich an, sein Duft ist in diesem Raum verdammt präsent und lässt meine Hormone tanzen.

»Du willst mich mit dem Geld deines Papis bestechen?« Er schnaubt, doch kein Lächeln zeichnet sich auf seinem Gesicht ab. »Ich will es nicht.«

»Was ist es dann? Warum wird man freiwillig über Nacht Teil einer kriminellen Organisation?« Ich halte nicht hinter dem Berg damit, dass die Arbeit meines Vaters illegal ist. Wenn dieser *Gringo* wirklich diese Stelle angetreten haben sollte, wird ihm das bewusst sein.

Bold schweigt, sieht mich einfach unverwandt an.

Nach mehreren Sekunden wird mir die Stille unangenehm und ich durchbreche sie: »Ich rate Ihnen dazu, den Job selbst an den Nagel zu hängen, sonst bringe ich Sie dazu.«

Etwas flackert in seinen Augen auf, ein Anflug von Belustigung? Seine Mundwinkel bleiben, wo sie sind, dennoch habe ich das Gefühl, dass er lächelt. »Und wie willst du das schaffen?«

»Oh, ich habe da so meine Methoden.«

»Ach ja?« In seinen Augen funkelt es gefährlich und ich habe das Gefühl, dass er mich nicht ernst nimmt.

»Entweder gehen Sie freiwillig, oder ich sorge dafür, dass Sie verschwinden.« Ich verenge die Augen zu Schlitzen. Soll er doch selbst herausfinden, was es heißt, sich mit der Familie Rodriguez anzulegen. »Ich gebe Ihnen eine Woche, dann haben Sie besser freiwillig das Handtuch geworfen.«

»Abgemacht.«

»Was?« Ich starre ihn mit gerunzelter Stirn an, bin schon jetzt von der Situation genervt.

Er kommt einen Schritt näher, sodass mich sein Duft von

Motoröl, Kiefern und etwas, das ich als seinen Eigengeruch bezeichnen würde, umhüllt. Mein Herz setzt einen Schlag aus. »Ich nehme die Wette an.« Seine Stimme ist dunkel, rau. »Was ist dein Einsatz?«

Ich reiße die Augen auf. *Mierda*, er meint das ernst! Wie komme ich jetzt aus der Sache wieder heraus?

KAPITEL 6

Bold

Der Schrecken steht in Faviolas Gesicht geschrieben. Sie scheint mit meiner Reaktion nicht gerechnet zu haben.

»Hat es dir die Sprache verschlagen?« Ich ziehe eine Augenbraue hoch, will sie damit provozieren, was mir auch zu gelingen scheint.

Ein verärgerter Ausdruck legt sich auf ihre Miene und sie stemmt die Hände in die Hüften. »Um was wollen Sie wetten?«

Während ich über ihre Frage nachdenke, mustere ich sie. Sofort springt mir die kleine Schramme an ihrer Wange ins Auge. Diese muss sie sich im Café zugezogen haben. Es ärgert mich, dass ich sie nicht besser habe beschützen können. Mein Blick wandert an ihrem Hals hinunter zu der Kette und dem Kreuzanhänger, dieselbe hat sie schon gestern getragen. An dem Kragen des Shirts, der verrutscht ist und ihr Schlüsselbein freigibt, bleibe ich hängen. Mir fallen die blauen Flecken auf ihrer Haut auf. Die hatte sie gestern noch nicht.

Außerdem bin ich mir ziemlich sicher, dass während der Schießerei weder ich sie dort angepackt habe, noch jemand anders sie verletzt haben könnte. Es kann also nur einer gewesen sein. Ich balle meine Hände zu Fäusten: ihr Vater.

Ich schweige schon zu lange, was sie unruhig von einem Fuß auf den anderen treten lässt. Daher sehe ich ihr wieder fest in die Augen. »Was hast du zu bieten?«

Sie scheint meine Anspielung verstanden zu haben, zumindest schnaubt sie und zieht die Augenbrauen zusammen. Etwas verändert sich in ihrem Gesicht und plötzlich sieht sie wütend aus. »Das muss ein schlechter Scherz sein! Wo ist Vater?« Sie baut sich vor mir auf, was mir albern erscheint. Als könnte sie mir etwas sagen, sie ist noch ein halbes Kind. Ich schätze sie nicht älter als zwanzig.

»Er hat Besorgungen zu machen und kommt abends wieder«, gebe ich ihr die gewünschte Auskunft.

Sie lacht hart auf. »Besorgungen, das haben Sie schön gesagt«, verhöhnt sie mich. Kurz darauf lässt sie die Arme locker am Körper herabhängen und entspannt sich etwas. Doch plötzlich wirbelt sie blitzschnell herum und stapft davon.

Da ich meine Aufgabe kenne, setze ich mich ebenfalls in Bewegung und folge ihr wie ein Schatten. Kaum bemerkt sie das, dreht sie sich erbost zu mir um und funkelt mich an.

»Verschwinden Sie! Ich will Sie nicht um mich haben.« Ihr Ton wird immer giftiger.

»So schnell wirst du mich nicht los, Prinzessin.«

»Das heißt Señorita Rodriguez!« Ihre Stimme wird immer schriller, sie kann sich kaum noch zusammenreißen. Es ist schon fast zu einfach, sie zu reizen.

»Du solltest dringend deine Gefühle unter Kontrolle bekommen«, belehre ich sie.

Meine Worte zeigen Wirkung: Geschockt öffnet sie den Mund und starrt mich an. »Was fällt Ihnen ein? Wissen Sie nicht …«

»Ich weiß genau, wer du bist«, knurre ich und trete einen Schritt auf sie zu. Plötzlich sind wir uns so nah, dass mir der Duft von Zimt in die Nase steigt. Ihr Parfum? Oder Duschgel? Ich schüttle den Gedanken ab.

Aus ihren dunklen Augen schaut sie zu mir auf, ist zu keiner Erwiderung in der Lage.

»Du bist mein Auftrag, mein Job. Und mir passt das genauso wenig wie dir, aber finde dich damit ab!« Als ich Rodriguez nach einer Stelle gefragt habe, habe ich sicher nicht damit gerechnet, als überbezahlter Babysitter zu enden. Einerseits ist es ein Vertrauensvorschuss, dass er mir seine Tochter anvertraut. Andererseits ist es ein Schlag ins Gesicht.

Sie muss schlucken. »Das bin ich also für Sie? Ein Job?« Über ihr Gesicht huscht Verärgerung, aber für eine Sekunde kann ich hinter ihre Fassade blicken: Sie ist verletzt. Meinetwegen? Dann setzt sie wieder ihre hochnäsige Maske auf und ist das verzogene Mädchen, das ich kennengelernt habe. »Wenn das so ist, befehle ich Ihnen, mich in Ruhe zu lassen.«

Fast hätte ich gelacht, kann den Impuls aber gerade noch unterdrücken. »Netter Versuch, aber ich nehme keine Befehle von dir entgegen.«

Wütend gestikuliert sie in der Luft und wirbelt dann herum. Sie scheint die direkte Konfrontation aufgegeben zu haben und stattdessen lieber die Flucht zu ergreifen. Ich zögere keine Sekunde und setze ihr nach. Während sie zwei Schritte gehen muss, brauche ich nur einen. So fällt es mir leicht, ihr auf den Fersen zu bleiben.

Wir laufen Richtung Hauptausgang und ich ahne bereits, was sie gleich versuchen wird. Vorerst lasse ich sie gewähren, sie wird schon sehen, was sie davon hat. Sie öffnet die große Eingangstür. Obwohl ich noch zwei Schritte entfernt bin, spüre ich schon jetzt die warm-feuchte Luft auf meinen Wangen. Faviola schlüpft als Erste hinaus, dicht gefolgt von mir. Kaum stehe ich draußen, muss ich mich erst blinzelnd an die Helligkeit gewöhnen. Daher bemerke ich die bewaffneten Männer erst spät. Sie sehen mich skeptisch an, scheinen aber darüber informiert worden zu sein, dass ich ab heute hier arbeite. Zumindest halten sie mich nicht davon ab, aus dem Haus zu treten.

Mein Blick wandert die Treppe hinunter und ich muss feststellen, dass Faviola verdammt weit gekommen ist – sie ist schon auf halbem Weg zu den Parkplätzen. »Scheiße«, fluche ich und renne ihr hinterher. Sie hält auf eines der Fahrzeuge zu, die sich rechts auf einem Schotterweg befinden.

Gerade, als sie dessen Tür öffnet, erreiche ich sie und schlage sie ihr vor der Nase wieder zu. Ich verschränke die Arme vor der Brust und sehe auf sie hinab. »Was glaubst du eigentlich, was du da tust?«

Die Kleine presst sich mit dem Rücken gegen das Metall des Autos. Sie ist zwischen mir und dem Fahrzeug eingeklemmt, nur wenige Zentimeter trennen uns voneinander.

Ihr Atem geht hektisch und ihre Pupillen sind geweitet. »Was geht Sie das an? Und wie sprechen Sie überhaupt mit mir?«

»Ich spreche so mit dir, wie es mir passt«, erwidere ich herrisch.

Sie schnappt nach Luft.

»Du benimmst dich wie ein Kind, also behandle ich dich auch wie eins.« Um meine Worte zu unterstreichen, beuge ich mich vor, umfasse ihre Hüfte und werfe sie mir wie gestern über die Schulter.

»Was zum Teufel soll das?«, zetert sie und schlägt mit ihren Fäusten auf meinen Rücken.

Ich spüre es kaum, beginne den Rückweg zum Herrenhaus und lasse sie keifen.

Dutzende spanische Flüche treffen mich, manche kann ich nicht einmal ins Deutsche übersetzen. Aber vielleicht ist das auch besser so. Als ich den Treppenabsatz erreiche, wechsle ich mit den Männern dort einen kurzen Blick. Sie grinsen mich amüsiert an und einer muss sich sogar das Kichern verkneifen.

»Was gibt es da zu lachen?«, schreit sie. Ich spüre, wie sie sich auf meinem Rücken hin und her dreht, um die Wachen anzustarren. Diese verstummen daraufhin und setzen wieder eine neutrale Maske auf.

Damit sie endlich etwas Ruhe gibt, positioniere ich sie neu, was sie ordentlich durchrüttelt, und betrete das Haus. Die kühle klimatisierte Luft bläst mir regelrecht ins Gesicht und ich spüre erst jetzt den Schweiß auf der Stirn. Ich bleibe in der Eingangshalle unter dem Kronleuchter stehen und stelle die Kleine auf ihre Füße. Sie gewinnt sofort Abstand zu mir, richtet sich das wellige Haar und die Kleidung.

»Was denken Sie eigentlich, wer Sie sind?« Nachdem sie sich etwas gefangen hat, setzt sie neu an. »Wenn das mein Vater erfährt ...«

»Er hat mir die ausdrückliche Erlaubnis gegeben«, nehme ich ihr den Wind aus den Segeln.

Ihre Augen weiten sich vor Schock. »Was?«

Ich stelle mich breitbeinig vor ihr auf, falte die Hände vor dem Unterkörper, eine Haltung, die ich in der Bundeswehr nur zu oft eingenommen habe. »Er hat mich vollumfänglich über dich informiert, auch über deine häufigen Fluchtversuche. Außerdem ist mir jede Methode erlaubt, dich im Haus zu behalten.«

Das lässt sie verstummen. Sie blickt sich um, schaut mich dann wieder an. Offensichtlich ist sie unsicher, was sie jetzt machen soll. Am Ende scheint sie sich entschieden zu haben, denn sie hält auf die Treppe auf der linken Seite zu, stürmt die Stufen hinauf und läuft den Flur entlang. Ich bin ihr dabei dicht auf den Fersen, ohne mich beeilen zu müssen.

An ihrem Zimmer angekommen reißt sie die Tür auf, sieht mich über die Schulter hinweg an und schlägt sie dann hinter sich zu. Ich bleibe davor stehen, lausche und zähle dabei bis hundert. Von drinnen dringt kein Laut, was ich als positives Zeichen deute. Erst, als ich mir sicher bin, dass sie keinen Unsinn anstellt, wie die Fenster einzuschlagen oder Möbel zu zertrümmern – denn das traue ich ihr zu –, postiere ich mich links am Geländer. So habe ich ihre Tür rechts im Rücken und gleichzeitig einen perfekten Blick auf die Eingangstür und den unteren Bereich.

Nach sechs Stunden löst mich jemand ab, der sich als Antonio vorstellt. Er hat eine Narbe, die sich durch seine rechte Augenbraue zieht, und trägt wie alle Mitarbeiter einen schwarzen Anzug. Ich muss gestehen, dass die ja ganz schick sind, aber eigentlich fühle ich mich in Militärkleidung wohler.

»Der Boss ruft dich. Du sollst nach unten in den Keller kommen.«

Ich sehe Antonio in seine bernsteinfarbenen Augen. »Hat er gesagt, was er will?« Direkt am ersten Tag zum Chef zitiert zu werden ist selten ein gutes Zeichen – und das auch noch ausgerechnet in die Tunnelanlage, in der ich die halbe letzte

Nacht als Gefangener verbracht habe. Hat er sich umentschieden und will mich wieder einsperren? Mich hat von vornherein gewundert, dass er mich sofort eingestellt hat. Er hätte meinen Wunsch auch ablehnen können, vermutlich habe ich mich damit nur noch verdächtiger gemacht. Natürlich würde jemand aus den verfeindeten Reihen sich unter seine Männer mischen wollen. Aber mir ist nichts anderes eingefallen, das ich hätte fordern können. Und im Grunde ist es das Einzige, was ich wollen würde – also kämpfen, nicht den Babysitter spielen.

»Nein, nicht direkt, aber er hält heute eine Besprechung darüber ab, was gegen Fernández unternommen werden soll.«

Meine Augenbrauen wandern nach oben. Mit einem Gegenschlag habe ich gerechnet, aber nicht damit, dass ich in die Planungen mit einbezogen werde.

»Kennst du den Code?«

Ich überlege für eine Sekunde, ob ich die Wahrheit sagen soll und entscheide mich dann für die Lüge, weshalb ich verneine.

»Es ist ein achtstelliger Zahlencode, du musst ihn dir gut einprägen: 21052001.«

»Okay, danke. Und viel Freude mit ihr.« Ich nicke in Richtung Tür und meine damit Faviola.

Antonio lacht hart auf, ihm ist ihr zickiger Charakter offensichtlich auch nicht unbekannt.

Mit einem weiteren Nicken verabschiede ich mich von ihm und gehe hinunter ins Erdgeschoss. Es dauert, bis ich die Tür zum Keller erreiche. Ich gebe auf dem Tastenfeld den Code ein, mit einem Piepen entriegelt die Tür und ich ziehe sie auf.

Elektrisches Licht erhellt die Stufen nach unten. Ich überwinde sie rasch, bemerke dabei wieder, wie die Temperatur um ein paar Grad sinkt. Die Haare auf meinen Unterarmen stellen sich auf und ich fröstle etwas.

Da ich nicht genau weiß, wohin ich soll, folge ich vorerst dem Hauptgang. Mehrere Räume gehen davon ab, doch die meisten Türen sind geschlossen. Eine jedoch steht weit offen und ich erkenne eine kleine Gruppe von pokerspielenden Männern, hinter ihnen eine ganze Wand voller Monitore. Das scheint der Kontrollraum zu sein. Doch Rodriguez ist nicht zu sehen. Weitere Stimmen dringen an meine Ohren und ich lausche. Sie scheinen vom Ende des Ganges zu kommen. Während ich darauf zugehe, mache ich mir im Kopf eine Karte. Es scheint, als wäre der Keller größer als das Landhaus selbst. Ich vermute, dass die gesamte unterirdische Anlage auch als Fluchttunnel gedacht ist, falls ein Angriff erfolgen sollte.

Der Gang endet in einem Raum, dessen Tür ebenfalls offen steht. Ich blicke durch den Spalt und erkenne einen runden Tisch, um den herum Dutzende Männer in Anzügen stehen. Jemand spricht, den ich wegen des Halls kaum verstehe.

Eine Sekunde zögere ich, dann betrete ich das Zimmer. Die Tür quietscht und sogleich liegen alle Augen der Anwesenden auf mir. Viele mustern mich kritisch, der Argwohn steht ihnen ins Gesicht geschrieben.

»Ah, Bold, kommen Sie, kommen Sie.« Ein Mann, der direkt am Tisch halb über eine Karte gebeugt steht, winkt mich zu sich.

Sobald ich mich in Bewegung setze, machen mir die anderen Platz. Ich schiebe mich an ihnen vorbei, sehe Einzelnen direkt ins Gesicht. Kein einziges scheint mir freundlich gesinnt. Als ich nah genug an den Tisch herangekommen bin, erkenne ich Rodriguez. Er trägt wieder einen dunkelroten Anzug, dieses Mal aber mit einem Blumenmuster und Manschettenknöpfen. Vor ihm liegt eine Karte der Insel und er deutet gerade auf eine Stelle an der nordöstlichen Küste.

»Dort versteckt sich dieser feige Hund! Wir werden ihn und seine Leute ausräuchern, bis keiner mehr steht. Fernández wird den Tag bereuen, an dem er den Krieg eröffnet und meine Tochter – und damit auch mich – offen angegriffen hat.« Er ballt dabei eine Hand zur Faust, sieht sich nach Zustimmung um. Vereinzelt werden Stimmen laut, doch die meisten halten sich zurück.

»Der Frieden zwischen unseren Familien steht schon seit Jahren auf wackeligen Beinen, doch er hat ihn gebrochen und wird es bitter bereuen! Seine Geschäfte laufen immer schlechter, er hat kaum noch Geld für Waren und kann seine Männer gerade so bezahlen. Es wird ein Leichtes sein, ihn ein für alle Mal auszulöschen. Etwas, das wir schon vor Jahren hätten tun müssen.«

Zustimmendes Gebrüll erfüllt den Raum und Rodriguez grinst breit. Die Luft hier ist stickig und die erhitzten Gemüter scheinen ihren Beitrag dazu zu leisten.

»Und dann wird er endlich von der Bildfläche verschwinden«, murmelt Rodriguez und starrt dabei auf die Karte.

Die ganze Zeit über lausche ich interessiert und versuche für mich einige Puzzleteile zurechtzurücken: Rodriguez liegt wohl schon länger mit Fernández im Clinch. Er sprach von Frieden, gab es früher eine Einigung? Einen Vertrag? Ich halte meine Fragen zurück und werfe einen erneuten Blick auf die Karte, präge mir so einzelne Details ein: den Sitz von Rodriguez, Fernández und einige Straßen, die meines Wissens nicht offiziell eingezeichnet, sondern per Hand nachgetragen worden sind. Kurz besehe ich mir die Südküste, an der sich mein Zuhause befindet. Weder Wege noch Straßen führen in diese Gegend, was mich zufrieden stimmt.

»Wir greifen in einer Woche an, bis dahin regelt eure Angelegenheiten und schafft alle Waffen von der Küste ran, wir werden sie brauchen.« Rodriguez erhebt sich, sieht in die Runde. Er scheint mit jedem Mann den Blickkontakt zu suchen und bleibt am Ende bei mir hängen. Seine Lippen verziehen sich zu einem kalten Lächeln. »Bold, wie war Ihr erster Tag?« Er wirbelt einmal mit der Hand und gibt damit allen zu verstehen, dass die Sitzung beendet ist. Die Männer verlassen das Zimmer, bis nur noch Rodriguez und ich übrig bleiben. »Hat sich meine Tochter benommen?«

Ich weiß nicht, was genau er von mir hören will. Vermutlich hat er schon die anderen darüber ausgehorcht, wie ich mich geschlagen habe. »Es war ... interessant«, erwidere ich daher nur.

Aus dunklen Augen mustert mich Rodriguez, lacht einmal auf und klopft mir dann auf die Schulter. »Sie müssen mir verzeihen, dass ich Sie mit dem Schutz meiner Tochter betraut habe. Aber ich musste erst sehen, ob Sie auch wirklich die Wahrheit sagen.«

»Also war das alles ein Test?«, spreche ich meinen Gedanken laut aus. Ich habe es geahnt und es nun bestätigt zu hören, beschert mir eine gewisse Befriedigung. Hoffentlich wird er mich jetzt mit einer ernsthafteren Aufgabe betreuen.

»So kann man es wohl sagen; und Sie haben bestanden.« Er grinst mich breit an und setzt sich in Bewegung. Wir verlassen das Besprechungszimmer, laufen den langen Flur entlang.

»Bekomme ich nun eine andere Aufgabe?«

»Geben Sie schon jetzt auf?« Ein Lachen schwingt in seiner Stimme mit, was mich irritiert.

»Nein, aber ich dachte ...«

Er ergreift das Wort: »Hören Sie, aktuell braucht meine Tochter rund um die Uhr Überwachung, zu ihrer eigenen Sicherheit. Und da ich einen Angriff auf den Sitz von Fernández plane, kann ich keinen anderen Mann entbehren.«

Ich seufze, denn seine Worte ernüchtern mich. »Das heißt, ich soll mich weiterhin um Faviola kümmern?«

»Exakt. Aber sobald ich die Sache mit Fernández sauber über die Bühne gebracht und Sie sich mit meiner Tochter geschickt angestellt haben, können wir noch einmal über ihren Aufgabenbereich sprechen.« Er klatscht einmal in die Hände und reibt sie dann. »Wissen Sie, wofür diese Tunnel früher gedacht waren?«

Ich bin etwas verwundert über den abrupten Themenwechsel, lasse mir aber nichts anmerken. Als Antwort schüttle ich nur den Kopf.

»Vor knapp fünfzig Jahren führten sie noch von der Süd- zur Nordküste. Sie waren dafür gedacht, Ware von A nach B zu transportieren, ohne dass die da oben«, er deutet dabei mit dem Finger an die Decke, »davon etwas mitbekommen.«

»So etwas in der Art habe ich mir gedacht«, erwidere ich höflich. Mein Kopf ist noch damit beschäftigt, das zu verarbeiten, was er über Fernández und Faviola gesagt hat.

Wir schlendern an ein paar Räumen vorbei, auch an der Zelle, in der ich die halbe gestrige Nacht verbracht habe. Vor einer geschlossenen Tür halten wir an. Rodriguez gibt in das Tastenfeld einen Code ein, den ich nicht erkennen kann. Kurz darauf öffnet sie sich und das Licht geht an – vermutlich durch einen Bewegungsmelder.

Ich betrete nach ihm das Zimmer und finde mich in einer Waffenkammer wieder. Dutzende Waffenschränke drängen sich dicht aneinander, Regale mit Handgranaten und

Messern säumen die mir gegenüberliegende Wand. Sofort fühle ich mich heimelig, sehe mich interessiert um und betrachte die Gewehre und Pistolen.

»Da wir jetzt das Grundlegende geklärt haben, können wir ja zum Grundsätzlichen zurückkehren. Ich denke, die gehört Ihnen.«

Ich drehe mich zu Rodriguez herum und blicke in den Lauf einer Waffe, meiner Waffe. Mein Blick huscht zwischen ihm und der Pistole hin und her. Dann bricht ein Lachen aus seiner Kehle und er überreicht mir die HK 30. Ich ergreife sie, prüfe das Magazin, das voll ist und teste auch die Sicherung. Alles scheint in Ordnung zu sein. Bevor ich sie mir in den Hosenbund stecke, sehe ich noch einmal zu Rodriguez. Er scheint weder besorgt noch auf Angriff getrimmt. Daher lasse ich die Pistole hinten in meinem Gürtel verschwinden und stoße einen kurzen Dank aus. Er scheint mir wirklich zu vertrauen.

»Da Sie nun ganz offiziell in meinen Diensten stehen, müssen Sie auch dementsprechend ausgestattet werden.« Er dreht sich um, tritt an einen Waffenschrank und holt eine MK 47 heraus, eine alte russische Waffe. »Sind Sie mit Maschinenpistolen vertraut?«

»Natürlich, Señor.«

Er überreicht mir die Waffe und ich nehme sie in Empfang. Sie liegt schlecht in der Hand, die Sicherung ist schwergängig. Das Ding scheint seine besten Jahre hinter sich zu haben. Da ich aber meinen neuen Arbeitgeber nicht verärgern will, halte ich die Klappe.

»Sie sehen nicht zufrieden aus.« In seiner Stimme schwingt ein Lachen mit, nur deshalb sage ich die Wahrheit.

»Ich bin Besseres gewohnt.« Ich sehe ihm fest in die Augen.

In seinen dunklen Iriden funkelt es schelmisch, sein Mund ist zu einem Grinsen verzogen, sodass seine Zähne weiß unter seinem schwarzen Bart hervorblitzen. »Ich verstehe, Sie sind ein Genießer.« Er nimmt mir die Waffe wieder ab, legt sie zurück und geht zum nächsten Schrank. Aus diesem holt er ein schwarzes Scharfschützengewehr hervor, das ich sofort erkenne.

»Das ist ja eine G22«, stoße ich aus, bevor ich mich bremsen kann.

»Korrekt. Einer meiner Schätze und die einzige deutsche Waffe, die ich hier besitze.«

Es juckt mir in den Fingern, das Gewehr an mich zu nehmen und es zu testen. In der Bundeswehr zählte ich zu den besten Scharfschützen. Ich habe selbst auf einen Kilometer mein Ziel immer getroffen.

»Möchten Sie?« Er hält sie mir hin.

Ich muss nicht lange überlegen, schon nehme ich sie in beide Hände. Das Gewehr ist schwer, aber ich bin das Gewicht gewohnt. Ich lasse sie einmal kreisen, teste die Sicherung und das Zielfernrohr. Die Waffe ist ein paar Jahre alt, aber dennoch gut in Schuss. »Wirklich schönes Teil.« Ich reiche ihm die G22 nur widerwillig wieder. Am liebsten würde ich mit ihr ein paar Übungen absolvieren. Das letzte Mal ist Monate her.

»Vielen Dank.« Er dreht sich um und legt die Waffe zurück. Dann wendet er sich wieder mir zu und sieht mich auffordernd an. »Sie können sich gern bedienen. Jedem Mann stehen ein Gewehr und eine Pistole zu. Wenn Sie eine zweite Waffe neben ihrer HK 30 haben möchten, gilt dies natürlich auch für Sie.«

Ich habe das Gefühl, dass er noch nicht fertig ist, daher schweige ich.

Nach ein paar Sekunden setzt Rodriguez wieder zum Sprechen an. »Sollten Sie die Waffe gegen mich oder einen meiner Männer richten, lasse ich Sie erschießen. Es wird keine Ermahnung geben, keinen Warnschuss, keine Aufforderung. Dasselbe gilt für den Fall, dass Sie mich oder meine Familie verraten. Haben Sie das verstanden?« Er hat einen grimmigen Ausdruck aufgesetzt und funkelt mich kalt an. Mir ist bewusst, dass er seine Worte absolut ernst meint. Sollte ich gegen die Spielregeln verstoßen, wird er mich kaltmachen.

»Verstanden.« Ich habe nicht vor, aus der Reihe zu tanzen.

Rodriguez scheint mit meiner Antwort zufrieden zu sein. Er streckt den Rücken durch und entlässt dann hörbar die Luft. »Da wir das nun erledigt haben, sollte ich Ihnen zeigen, wo Sie in Zukunft schlafen werden. Alle meine engsten Vertrauten wohnen hier auf dem Grundstück.« Er verlässt vor mir die Waffenkammer. Ich sehe mich noch einmal um, mustere alles und lege im Kopf einen Katalog an. Erst dann folge ich ihm hinaus. Hinter mir schließt er die Tür, die sofort elektrisch verriegelt.

»Der Code für die Waffenkammer lautet: MR76DONNA, merken Sie ihn sich.«

Ich nicke als Zeichen, dass ich verstanden habe.

»Da meine Tochter Sie bisher nicht vertrieben hat, scheinen Sie ein harter Hund zu sein.« Anerkennung schwingt in seiner Stimme mit, als wir nebeneinanderher den Gang entlang zum Ausgang gehen.

»Sie ist gar nicht so übel«, erwidere ich. Damit sage ich nur die halbe Wahrheit, denn ich will ihn nicht beleidigen. Eigentlich finde ich Faviola verdammt zickig und eingebildet.

Rodriguez lacht, als hätte er meine Lüge durchschaut. »Ich habe gehört, dass sie Ihnen heute entwischen wollte.«

»Das war nur eine Kleinigkeit, sie ist nicht weit gekommen.« Wir erreichen die Treppe zum Erdgeschoss und steigen sie hoch.

»Davon habe ich auch gehört.« Er schweigt, als wolle er etwas hinzufügen. »Das haben Sie gut geregelt. Faviola braucht manchmal eine führende Hand.«

Hat er damit gerade angedeutet, dass er sie schlägt? Mir fallen die blauen Flecken an ihrer Schulter ein und bin mir jetzt sicher, dass sie von ihm stammen. Ich mustere ihn aus dem Augenwinkel. Wenn er vor seiner eigenen Tochter nicht Halt macht, scheint er wirklich keine Skrupel zu kennen.

»Ich gebe Ihnen die Erlaubnis, zu äußersten Mitteln zu greifen, um meine Faviola zu beschützen.« Er gibt den Code für das Schloss ein und wir betreten das Erdgeschoss. Nachdem sich die Tür hinter mir geschlossen hat, dreht er sich zu mir um. »Aber erfahre ich, dass Sie die Hand gegen meine Tochter erhoben haben, schneide ich Sie ihnen ab.«

Ich nicke. »Das klingt fair.«

Sein linker Mundwinkel zuckt. »Wunderbar, dann haben wir ja alles geklärt. Ich zeige Ihnen jetzt Ihr neues Zimmer.«

KAPITEL 7

Faviola

»Hallo, *abuela*«, begrüße ich meine Großmutter, als ich ihr Zimmer betrete. Die Vorhänge sind teilweise zurückgezogen, sodass diffuses Licht in den Raum fällt und ich die feinen Staubpartikel in der Luft flimmern sehen kann. Es riecht wie immer etwas abgestanden, die Blumen in der Vase auf ihrem Nachttisch lassen bereits die Köpfe hängen und das Frühstück daneben ist kaum angerührt. Ich gehe zu ihrem Bett und setze mich auf den Stuhl daneben.

»Guten Morgen, *Canela*.« Sie lächelt mich warm an und streckt eine Hand nach mir aus.

»Wir geht es dir heute?«, frage ich sie und lege ihre Finger zwischen meine.

Auf ihrem faltigen Gesicht zeichnen sich Schmerz und Trauer ab. »Es tut mir im Rücken weh und in den Knien.« Sie seufzt. »Eigentlich schmerzt alles«, fügt sie hinzu.

Ich senke den Kopf und starre auf unsere Hände. Sie trägt

noch immer ihren Ehering, obwohl er mittlerweile locker sitzt und droht herunterzurutschen.

»Aber mach dir keine Sorgen, *Canela*.«

Ihre Worte bringen mich dazu, wieder aufzusehen. Ihr Gesicht ziert ein strahlendes Lächeln, das ihre braunen Augen von innen heraus leuchten lässt. Etwas beruhigt ziehe ich einen Mundwinkel hoch.

»Aber wie geht es dir? Ich habe von Rafael gehört.«

Im ersten Moment bin ich verwundert, wie – und vor allem durch wen – sie davon erfahren hat. Dann fällt mir ein, dass sie vor Vater mit meinem Großvater das Rodriguez-Imperium geführt hat. Sie besitzt beim Personal immer noch einen gewissen Einfluss und wenn sie etwas will, dann leistet man dem Folge.

Ich atme einmal aus, bevor ich ihr antworte: »Es war ein ganz schöner Schock, ich war dabei, als er ge...« Weiter komme ich nicht, da ich schlucken muss.

Sie scheint meine aufgewühlte Gefühlslage zu bemerken, zumindest drückt sie meine Hand und schenkt mir dadurch Trost. »Das tut mir leid, *Canela*. Willst du darüber reden?«

Ich schüttle den Kopf, bin mir aber unsicher. Da *abuela* schweigt, habe ich Zeit, darüber nachzudenken. Ich runzle die Stirn und beginne doch zu erzählen: »Es ging alles so schnell. Da war ein *Gringo*, kurz bevor alles passierte. Dann fiel der erste Schuss und ... ich weiß nur noch, dass ich so große Angst hatte.« Ich mache eine Pause, da ich merke, dass mich die Erinnerungen zu überrollen drohen. Krampfhaft versuche ich, die Bilder aus meinem Kopf zu verbannen. Dabei schließe ich die Augen, was ein Fehler ist. So sehe ich nur alles schärfer: das ganze Blut, Rafael am Boden, das Loch in seiner Stirn ...

»Es ist alles gut, atme tief ein, *Canela*. Du bist hier bei mir, in Sicherheit.« *Abuela*s warme Stimme besänftigt mich, entschleunigt das Gedankenkarussell, bis ich wieder im Hier und Jetzt ankomme. »Du musst nicht weiterreden. Ich kenne das.«

Erneut habe ich das Gefühl, dass meine *abuela* Unsinn erzählt. Erst als ich ihr in die Augen sehe, erkenne ich, dass auch sie einmal eine junge Frau war und einiges mehr für die Familie getan hat, als ich mir vorstellen kann. Ich habe sie zwar nie danach gefragt, aber ich kann mir vorstellen, dass sie bereits ihre eigenen Schlachten geschlagen hat. Ich atme tief ein, verdränge auch die letzte Erinnerung an das Massaker im Café.

»Erzähl mir etwas über den *Gringo*. Ich habe erfahren, er arbeitet jetzt für deinen Vater?« Neugierde liegt in ihrem Gesicht und macht sie um ein paar Jahre jünger als fünfundachtzig.

Ich lache trocken auf. »Ha, da gibt es nicht viel zu erzählen. Er ist ein genauso ungehobelter und unhöflicher Arsch wie der Rest von Vaters Truppe.«

»*Canela*, ich habe dir besseres Benehmen beigebracht«, tadelt sie mich.

Sofort fühle ich mich schlecht und sehe betreten auf unsere Hände, die immer noch ineinander verflochten sind. »Verzeihung, *abuela*«, entschuldige ich mich kleinlaut. Sogleich bildet sich ein Kloß in meinem Hals und die Augen brennen. Neue Erinnerungen überfluten mich: der Verlust meiner Mutter, meine *abuela*, die mich wie ihr eigenes Kind großzieht. Sie ist die einzige Familie, die ich noch habe. Meinen Vater zähle ich nicht dazu.

»Schon gut.« Sie entzieht mir ihre Hand, um mich damit zu tätscheln. Danach schiebt sie sie unter ihre Decke; mir war aufgefallen, dass sich ihre Finger kalt angefühlt haben. »Also, wie ist er *wirklich*?« Sie betont das letzte Wort.

Ich lehne mich auf dem Stuhl zurück, überschlage ein Bein und starre die andere Seite des Raumes an. Dort steht ein Bücherregal, das nur zur Hälfte mit Büchern gefüllt ist. Der Rest beinhaltet Bilder der Familie, manche noch mit *abuela* und ihrem Mann, die meisten aber zeigen mich. »Ich weiß nicht. Er ist Europäer, ich schätze ihn auf Mitte fünfzig, und er scheint eine Militärausbildung hinter sich zu haben. Zumindest kann er verdammt gut schießen.« Ich erinnere mich an den Moment zurück, als er mich zu Boden geworfen und noch im Fall einen Mann erschossen hat. »Verdammt gut«, setze ich hinterher.

»Findest du ihn nett?«

»Nett?« Erneut schnaube ich. »Ist das nicht irrelevant? Ist es nicht wichtiger zu wissen, ob wir ihm *vertrauen* können?« Ich blicke zu meiner *abuela* und bekomme direkt ein schlechtes Gewissen; ich benehme mich wieder wie ein bockiges Kind.

»Dein Vater vertraut ihm, wieso du nicht?«

»Ich weiß nicht ...« Gedankenverloren starre ich zur stuckbesetzten Decke. Im Café gab es ganz zu Beginn diesen Moment zwischen uns, als ich fast in ihn hineingelaufen bin. Ich habe mich nicht von seinem Anblick losreißen können. Doch als er dann später die Waffe zog, war alles verflogen, die Panik und der Argwohn haben mich gepackt. Warum ist er genau zur richtigen Zeit am richtigen Ort gewesen, um mich zu retten? Wurde er eventuell absichtlich geschickt?

»Du machst dir zu viele Gedanken, das ist nicht gut für dein schönes Gesicht.«

Erst jetzt merke ich, dass ich die Stirn gerunzelt habe, und lockere sie. »Was soll ich sonst den ganzen Tag machen, wenn

Vater mich hier einsperrt?« Ich hebe die Arme und schließe mit einer Geste dieses Landhaus ein.

»Das ist nur zu deiner Sicherheit.«

»Das sagt Vater auch immer.« Ich seufze. Eigentlich hatte ich gehofft, dass mich meine *abuela* unterstützt und meinen Vater davon überzeugt, mich wenigstens in den Garten gehen zu lassen – wenn schon nicht in die Stadt. Aber mittlerweile habe ich verstanden, dass sie mit Vater einer Meinung ist, was meine Sicherheit angeht. »Iss noch ein bisschen was, *abuela.*«

Sie sieht zur Seite zum Tablett, auf dem Orangen-, Ananas- und Pflaumenstücke neben einer Scheibe Brot mit Marmelade liegen. Sie verzieht daraufhin angeekelt das Gesicht. »Das schmeckt mir nicht.«

»Soll ich dir etwas anderes bringen lassen?« Den Vorwand nutzend stehe ich auf und greife nach dem Tablett.

»Ja, eine Tomatensuppe würde mir schmecken.«

»Zum Frühstück?« Ich hebe amüsiert eine Augenbraue und blicke auf sie hinab. Dann löse ich die Situation auf und lächle sie breit an. »Natürlich, kommt sofort.«

»Danke, *Canela.*«

Kaum habe ich mich von ihr abgewandt, höre ich es hinter mir rascheln. An der Tür blicke ich über meine Schulter zurück. *Abuela* hat sich leicht zur Seite gedreht und die Augen geschlossen. Sie wird von Tag zu Tag schwächer, mittlerweile isst sie kaum noch etwas. Ich mache mir Sorgen um sie, kann aber auch nichts an der Situation ändern. Mit schwerem Herzen verlasse ich das Zimmer und ziehe rückwärtsgehend die Tür leise hinter mir zu. Als ich mich umdrehe, schrecke ich zurück und lasse fast das Tablett fallen. Die Scheibe Brot rutscht herunter und wäre beinahe auf dem mit Teppich verlegten Boden gelandet, hätte sie nicht jemand aufgefangen.

Schwer atmend mit einer Hand an meiner Halskette sehe ich den Mann an, dessen plötzliches Auftauchen mich so erschreckt hat. »Verdammt! Schleichen Sie sich nie wieder an mich heran!«, fahre ich den *Gringo* an, der mir das Brot wieder auf das Tablett legt. Er hat die Scheibe auf der Marmeladenseite gefangen und leckt sich nun die süße Konfitüre von den Fingern. Dieser Anblick verwirrt mich so sehr, dass mein Herz flattert. Als mich seine blauen Augen treffen, ist dieser Moment vorbei und die Wut kehrt zurück.

»Wollen Sie sich nicht mal entschuldigen?« Ohne eine Antwort abzuwarten, gehe ich an ihm vorbei und zur Treppe. *Abuelas* Zimmer liegt wie meins im ersten Stock, weshalb ich nun nach unten laufe, um in der Küche eine Tomatensuppe für sie zu bestellen.

Ich kann hinter mir seine schweren Schritte hören, sehe einmal über die Schulter, was ein Fehler ist: Mir springen sofort seine muskulösen Oberschenkel ins Auge, deren Anblick eine seltsame Hitze in mir aufsteigen lässt. Bevor er meine erröteten Wangen sehen kann, wende ich mich ab und lege erneut einen schnippischen Ton auf: »Hat Sie mein Vater als mein neues Schoßhündchen abgestellt? Dürfen Sie nicht einmal mit den großen Jungs spielen?« Normalerweise reizen solche Aussagen die Männer, die mir mein Vater auf den Hals hetzt. Ich vergraule sie so schnell, dass er immer neue Männer als Bodyguards einstellen musste – deshalb, oder weil ich ihnen zu nahe gekommen bin. Schließlich Rafael und Leonardo, die ich seit Kindertagen kenne, auszuwählen, war daher ein brillanter Schachzug. Ich mag sie – inzwischen auf eine rein platonische Weise – und wir sind fast so etwas wie Freunde, weshalb ich es nie geschafft habe, wirklich zickig zu den beiden Männern zu sein. Zumindest reichte mein Verhalten nicht aus, um sie zu vertreiben. Umso schmerzhafter ist Rafaels Verlust, da er für mich mehr war als nur mein Personenschützer.

Auch der Fremde schweigt immer noch. Ein Blick über meine Schulter zeigt mir, dass er mir folgt. Und ich bin mir unsicher, was ich schlimmer finde: Dass er nun mein neuer Schatten ist und mich offensichtlich auf Schritt und Tritt verfolgen wird, oder dass er mit mir kaum ein Wort wechselt.

Ich komme bei der Küche an und überreiche Margareta das Tablett.

»Oh, hat Señora Rodriguez nichts gegessen?« Besorgt sieht mich die Köchin an.

Ich presse die Lippen aufeinander und schüttle den Kopf. »Aber sie hat nach einer Tomatensuppe gefragt. *Abuela* sagte, die würde sie essen.«

»Dann mache ich mich mal direkt ans Kochen.« Margareta wirbelt auf der Stelle herum und macht sich ans Werk. Ich habe das Gefühl, dass sie froh ist, sich beschäftigen zu können. Das Frühstück liegt schon etwas zurück und bis zum Mittag dauert es noch ein paar Stunden.

Ich sehe ihr ein paar Minuten dabei zu, wie sie Zwiebeln in einer Pfanne anbrät, in einen Topf frische Tomaten und welche aus der Dose gibt. Als sie bemerkt, dass ich sie beobachte, blickt sie mich lächelnd an.

Erst da realisiere ich, dass ihr das unangenehm ist. Ich nicke also kurz und verlasse die Küche. Dabei schiebe ich mich an dem großen, viel zu breiten Schoßhund vorbei und versuche peinlich genau, ihn dabei nicht zu berühren. Dennoch kann ich es nicht verhindern, dass mir sein Geruch nach Kiefern und – ich kann es nicht genau beschreiben, aber ich glaube, dass es sein ganz eigener Geruch ist – in die Nase dringt. Und *mierda,* dieser Mann riecht verdammt gut.

Endlich habe ich es an ihm vorbei und aus der Küche

geschafft. Aber dort laufe ich dem nächsten Problem in die Arme.

»*Mi corazón*, da bist du ja.« Mein Vater kommt mir flankiert von zwei seiner Männer entgegen und sofort schießt Adrenalin durch meine Adern. Seine Augen verdunkeln sich, als er mich mustert. Sein Blick wandert von meinen pinken Hausschuhen zu meinem Gesicht hinauf. »Was trägst du denn da?«

Ich hätte ihm gern gesagt, dass ich an Jeans und Bluse nichts Verkehrtes finde, da spricht er schon weiter.

»In drei Stunden beginnt die Beerdigung. Wenn wir rechtzeitig da sein wollen, müssen wir bald los.«

›*Mierda*‹, fluche ich im Inneren. Wie konnte ich die Beerdigung von Rafael vergessen? Eine Entschuldigung liegt mir auf der Zunge, doch ich bekomme sie nicht heraus. Zu groß ist meine Angst vor seinem Ärger, die mich zu einer Salzsäule erstarren lässt.

»Sie hat gerade noch für Señora Rodriguez Suppe bestellt.«

Überrascht ruckt mein Kopf zur Seite und ich starre den *Gringo* mit großen Augen an. Hat er mich gerade verteidigt? Das hat noch nie jemand für mich getan.

Bold sieht mich nicht an, hält nur dem Blick meines Vaters stand. Sein Kiefer spannt sich an, als würde er sich mental auf einen Kampf einstellen.

Ängstlich schiele ich zu meinem Vater und fürchte mich vor seiner Reaktion.

Auf seinem Gesicht ist wie immer keine Regung zu erkennen. Er hält noch für einen Moment Bolds Blick stand, dann sieht er mich wieder an. Ein kaltes Lächeln stiehlt sich auf seine Lippen. »Wie schön, meine Tochter denkt mal nicht nur an sich, sondern an andere.«

Die Spitze trifft tief und versetzt mir einen Stich ins Herz. Mein Vater weiß, wie wichtig mir *abuela* ist. Natürlich tue ich alles dafür, dass es ihr gut geht. Statt jedoch darauf etwas zu erwidern, schweige ich.

»Schön, aber jetzt zieh dich um! Ich will in einer halben Stunde los.«

»Ja, Vater«, sage ich kleinlaut, senke den Kopf und will an ihm vorbeigehen.

Kaum bin ich auf seiner Höhe, packt er mein Kinn und mit einem Aufschrei meinerseits dreht er mich zu sich um, sodass ich ihm ins Gesicht blicken muss. »Und das nächste Mal antwortest du mir und nicht Bold, verstanden?« Seine Stimme ist schneidend kalt wie Eis.

Meine Unterlippe zittert und ich nicke bloß, zu keiner verbalen Antwort in der Lage. Anscheinend zufrieden lässt er mich mit einem Ruck los, sodass ich rückwärts stolpere. Er richtet sich das Jackett und sagt dann wieder etwas freundlicher: »Gut, in einer halben Stunde, draußen. Und zieh was Anständiges an!«

Ich bestätige mit einem Nicken, beiße mir dabei auf die Unterlippe und ergreife regelrecht die Flucht. Ein Tränenschleier lässt mein Sichtfeld verschwimmen, den ich fortblinzle. Ein Schniefen entkommt mir und ich ziehe die Nase hoch. Vater darf mich nicht so sehen.

Als ich glaube, außer Sichtweite zu sein, renne ich los und nehme zwei Stufen auf einmal in den ersten Stock. An meinem Zimmer angekommen, öffne ich die Tür und sehe gerade noch, kurz bevor ich sie schließe, wie auch der *Gringo* den letzten Absatz überwindet. Dann ist sie zu und ich kann meinen Gefühlen freien Lauf lassen. Die Tränen rinnen mir heiß die Wangen hinab, während meine Schultern beben.

Nun hat mich Vater nicht nur vor seinen Männern gedemütigt, sondern auch vor seinem neuen Schoßhündchen. Er hat mitangesehen, wer ich wirklich bin, wie mein echtes Leben aussieht. Dass ich schwach bin – und dieser Fakt wird nie wieder aus seinem Kopf verschwinden.

Eine Dreiviertelstunde später sehe ich halbwegs vorzeigbar aus. Weil meine Augen vom Weinen so gerötet sind, habe ich mir kurzerhand einen Hut mit schwarzem Schleier aufgesetzt. Das hat außerdem den Vorteil, dass keiner die feine Wunde in meinem Gesicht sehen wird, die noch am Heilen ist. Das ebenfalls schwarze eng anliegende Kleid, das ich trage, betont perfekt meine Kurven und ist absolut nicht *anständig*. Es wird meinen Vater vermutlich wahnsinnig machen. Ich habe absichtlich getrödelt, sodass ich keine Zeit mehr haben werde, mich auf seinen Wunsch hin umzuziehen. Das ist mein kleines Stückchen Kontrolle, das ich ihm unter die Nase reiben will.

Ich werfe einen letzten Blick in den Spiegel, starre mir ins Gesicht, das noch nicht bedeckt ist. Meine Lippen habe ich mit rotem Lippenstift versehen und meinen Augen einen Smokey-Eyes-Effekt verpasst. Die wird man zwar kaum sehen, aber ich will mich dennoch hübsch fühlen. Puder habe ich dagegen keins aufgetragen, da ich nicht will, dass sich der Schnitt entzündet. Nachdem ich die letzten kleinen Flusen von meinem Dekolleté gesammelt habe, ziehe ich den Schleier herunter, der knapp über meinen Lippen endet. Ich straffe die Schultern und traue mich dann endlich aus dem Zimmer.

Die Tür fällt hinter mir ins Schloss, da öffnet sich die des Nebenzimmers.

›Dort wohnt doch aktuell niemand‹, schießt es mir in den

Kopf. Keine Sekunde später blicke ich in blaue, fast graue Augen. Bold. »Was …?« Die Frage bleibt mir im Hals stecken, dennoch scheint er mich zu verstehen.

»Dein Vater hat mir das Zimmer überlassen. Er findet, dass immer jemand in deiner Nähe sein sollte.« Bold sieht mich mit grimmiger Miene an, als wäre er über diesen Fakt selbst nicht glücklich.

Erst jetzt fällt mir auf, dass er einen schwarzen Anzug trägt, der etwas zu eng sitzt und an den Oberschenkeln sowie den Schultern spannt. Der *Gringo* hat das Jackett geöffnet, vermutlich weil die Knöpfe sonst nachgeben würden.

»Sie sehen lächerlich aus.«

»Ebenfalls«, entgegnet er trocken.

Vor Schock fällt mir die Kinnlade herunter. Was fällt ihm ein?

»Der Lippenstift. Und dieser Ausschnitt. Du provozierst wohl gern.« Er spricht immer noch mit einem trockenen Ton, als würde er die Zutaten eines Arroz y Frijoles Negros aufzählen, eines Reisgerichts mit Bohnen.

Da ich immer noch vor Schock verstummt bin, übernimmt er erneut das Reden: »Wir sollten deinen Vater nicht länger warten lassen.«

Er deutet mit einer Hand Richtung Treppe und legt die andere auf meinen unteren Rücken. Kaum berührt er meinen Körper, zucke ich zurück und erwache endlich aus meiner Starre.

»Fassen Sie mich nicht an«, zische ich. »Ich kann allein gehen.« Daraufhin stöckle ich davon und schreite die Treppe herab.

Unten wartet, wie vermutet, mein Vater, der mich sofort mustert. Sein Gesicht versteinert innerhalb eines Wimpernschlags und seine Kiefer mahlen. Er sieht einmal auf die

Armbanduhr an seinem linken Handgelenk, dann wieder zu mir hoch. Vermutlich hat auch er festgestellt, dass keine Zeit mehr ist, damit ich mir etwas anderes anziehe.

Triumphierend aber auch herablassend lächle ich ihn an und versuche, so viel Eleganz und Arroganz in meinen Gang zu legen, wie ich kann. »Ich bin dann so weit, Vater«, säusle ich überfreundlich.

Seine Augen tasten erneut meinen Körper ab und ich muss es unterdrücken zu erbeben, als ein Schauer meinen Rücken hinabläuft. Seine Musterung endet in meinem Gesicht. Ohne ein Wort zu sagen, streckt er mir seinen Arm entgegen und ich hake mich bei ihm unter. Ich werfe einen Blick zurück und entdecke Bold, der uns mit gewissem Abstand folgt.

Sein Gesicht ist vor Konzentration verzerrt, er hat die Stirn in Falten gelegt und die Augenbrauen zusammengezogen. Worüber er wohl gerade nachdenkt? Im nächsten Moment treten Vater und ich nach draußen und das Schauspiel beginnt. Nun darf ich nicht mehr aufmüpfig oder frech sein, nur die Fassade zählt. Und sollte ich meinen Vater vor anderen beleidigen oder gar diffamieren, würde er es mir später heimzahlen.

KAPITEL 8

Bold

Der Friedhof ist bis auf die Trauergemeinde leer. Ich höre jemanden weinen – vermutlich die Mutter des Toten –, während ich mich aufmerksam umsehe. Außer mir hat Rodriguez noch fünf weitere Männer mitgenommen. Sie tragen wie ich einen schwarzen Anzug, darunter eine schusssichere Weste und mindestens eine versteckte Waffe. Ich habe mir ein Schulterholster aus der Waffenkammer geholt, um meine HK 30 immer griffbereit zu haben. Dessen Vorteil ist außerdem, dass ich zwei weitere Magazine bei mir tragen kann.

Mein Blick wandert über die Grabsteine, scannt die Umgebung nach verdächtigen Gestalten ab und bleibt an Faviolas Rücken hängen. Sie steht direkt neben ihrem Vater, wobei es so wirkt, als würde sie Abstand zu ihm wahren. Ihr Vater scheint das auch zu bemerken, legt einen Arm um ihre Taille und zieht sie näher zu sich heran.

Ich balle die Hände zu Fäusten, um mich zusammenzureißen. Mich geht es nichts an, wie Rodriguez mit seiner

Tochter umgeht. Jedoch ist es mir noch nie leicht gefallen, einfach wegzuschauen – gerade bei Gewalt gegen Frauen. Der Ausdruck, mit dem sie ihn immer ansieht, ist mir nicht entgangen. Sie hat Angst vor ihm. Das bereitet mir Magenschmerzen.

Der Priester spricht gerade das Vaterunser, die Trauergäste – deren Anzahl ich auf ungefähr zwanzig schätze – stimmen mit ein, falten die Hände und senken die Köpfe.

Erneut lasse ich meinen Blick schweifen, entdecke Antonio auf der anderen Seite des Friedhofs, der mir einmal zunickt, als er mich ebenfalls ansieht. Ich nicke zurück und scanne die Umgebung weiter ab. Eine Bewegung in meinem Augenwinkel lässt mich innehalten. Auf der mir gegenüberliegenden Seite erstreckt sich ein kleines Waldgebiet aus Pinien und Mahagoni. Ich bin mir nicht sicher, was ich dort wahrgenommen habe, vielleicht war es einfach nur ein Tier. Dennoch trete ich etwas näher an Rodriguez und Faviola heran, behalte dabei die andere Seite im Blick.

Da! Etwas weiter links erhasche ich erneut den Blick auf einen Schemen. Mein Kopf fährt herum, sofort bin ich gefechtsbereit. Meine rechte Hand wandert unter das Jackett, die andere legt sich auf das Headset in meinem Ohr. »Antonio, auf vier Uhr. Siehst du da was?«

Aus dem Augenwinkel bemerke ich, wie er sich in die Richtung wendet. Mein Blick ist immer noch auf die Stelle zwischen zwei Bäumen gerichtet, wo ich zuletzt einen Schatten wahrgenommen habe.

Rodriguez wendet sich mir zu. Er hat ebenfalls ein Headset im Ohr und sieht mich deshalb an. Ich halte seinen Blick. Er dreht sich wieder um, zieht Faviola dichter an sich und legt nun seinerseits einen Finger ans Ohr.

»Was haben Sie gesehen, Bold?«

»Ich bin mir unsicher«, antworte ich ihm über die Verbindung.

Schweigen folgt. Der Priester füllt es mit den letzten Worten seiner Predigt und die ersten Gäste treten an das Grab, um eine Schaufel voller Erde hineinzuwerfen. Die Mutter des Opfers, eine ältere Dame mit ergrautem Haar, tritt an die Grube und bricht in Tränen aus. Ihre Schultern beben und sie kann sich kaum auf den Beinen halten. Faviola reißt sich von ihrem Vater los und geht zu ihr.

»Faviola, nicht«, zischt ihr Vater sie an, doch sie hört nicht auf ihn.

Auch ich muss mich zusammenreißen, um sie nicht anzubrüllen. Sie hätte eigentlich mitbekommen haben müssen, dass ihr Vater alarmiert ist. Doch statt bei ihm zu bleiben und Schutz zu suchen, entfernt sie sich von ihm – und mir. Das macht es nicht unbedingt leichter, sie zu beschützen.

Die Kleine stützt die Mutter mit ihrem Arm und schmiegt sich eng an sie. Sie flüstert ihr etwas zu, das ich nicht verstehen kann. Ich trete näher, richte meinen Blick wieder auf den Waldrand.

»Wir sollten von hier verschwinden«, sage ich direkt zu Rodriguez, neben dem ich nun stehe. Ich drehe den Kopf zur Seite und sehe ihm ins Gesicht. ›Es war eine ganz miese Idee, hierherzukommen‹, setze ich in Gedanken hinterher. Vor nicht einmal vierundzwanzig Stunden hat Fernández einen offenen Angriff gegen seine Tochter gewagt, da liegt es nahe, dass er es ein weiteres Mal versuchen wird. Trotz mehrerer Warnungen seiner Männer und meinerseits hat Rodriguez sich nicht davon abbringen lassen, die Beerdigung zu besuchen.

Rodriguez nickt, aktiviert wieder das Headset. »Lasst die Wagen kommen, wir verschwinden von hier.«

Meine Anspannung steigt mit jeder Sekunde, in der wir schutzlos in der Gegend herumstehen. Rodriguez neben mir wird ebenfalls sichtlich nervös und reibt sich über das bärtige Kinn, während er seine Tochter nicht aus den Augen lässt. Diese wirft nun ebenfalls etwas Erde ins Grab und begleitet die Mutter zurück zu deren Angehörigen. Uns trennen mindestens fünf Meter, sie ist viel zu weit weg.

»Gehen Sie schon«, knurrt Rodriguez neben mir, der wohl denselben Gedanken hat wie ich.

Ohne eine weitere Sekunde zu verschwenden, wechsle ich hinüber zu Faviola. Sie stützt immer noch die ältere Dame, was sie aber nicht davon abhält, meine Anwesenheit mit einem bösen Funkeln zu quittieren.

Mir ist egal, was sie von mir hält – ich bin ja ebenfalls nicht sonderlich begeistert davon, sie als Schutzperson anvertraut bekommen zu haben. Dennoch werde ich sie mit meinem Leben beschützen, und mein Instinkt sagt mir, dass gleich die Hölle losbrechen wird.

»Señorita, wir sollten ...« Weiter komme ich nicht.

»Ich sehe jemanden«, rauscht es durch mein Headset. Es ist Antonio. Mein Kopf ruckt in der Sekunde herum, in der eine Kugel den Bodyguard in der Brust trifft. Antonio wird von den Füßen gerissen und landet mit einem Stöhnen auf dem Boden.

Geschrei wird laut. Die Menschen ducken sich, rennen in alle Richtungen los. Faviola ist keine Armlänge von mir entfernt, hält schützend die ältere Frau. Der nächste Schuss fällt und ich packe die Kleine. Sie wehrt sich im ersten Moment, will die Mutter nicht loslassen. Also schnappe ich mir auch diese und schiebe beide Frauen fort vom Wald.

»Wir müssen hier verschwinden«, brülle ich ihnen über den Lärm hinweg zu.

»Ich sehe zwei Männer am nordwestlichen Waldrand. Drei weitere kommen von der südlichen Seite über den Friedhof«, informiert mich jemand über das Headset. Ich kenne die Stimme nicht, weiß nicht, wo der Kerl seine Position bezogen hat.

»Alle sofort zu den Wagen, das ist ein Befehl!«, brüllt Rodriguez über den Platz und durchs Headset.

»Scheiße«, fluche ich auf Deutsch. Wenn wir zu den Wagen gehen, laufen wir den Männern direkt in die Arme. Das ist es, was sie wollen. Sie locken uns in eine Falle. Unser Fluchtweg ist versperrt. Schnell schalte ich und schiebe die Frauen stattdessen Richtung Osten, fort von den Wagen und den Männern. Zum Glück fügt sich Faviola ohne irgendwelche Zickereien und wir können uns hinter einem Mausoleum verstecken. Beim Laufen verliert sie ihren Hut, will danach greifen, aber ich ziehe sie weiter.

Die ältere Dame faltet ihre Hände über einen Rosenkranz und murmelt mit dem Blick gen Himmel unverständliche Worte. Faviola ist völlig aufgelöst, ihre Atmung geht hektisch und ihre Pupillen sind geweitet.

Weitere Schüsse fallen und ich nehme meine Waffe aus dem Holster, die ich sogleich entsichere. »Ihr bleibt hier«, befehle ich den Frauen und gehe in Angriffsstellung.

»Bold! Wo sind Sie? Wo ist meine Tochter?«, bellt Rodriguez durch das Headset.

Ich kann mich gerade nicht mit dem keifenden Vater beschäftigen, außerdem könnte ich unsere Position verraten, wenn ich antworte und mich jemand aus der Nähe hört. Also schweige ich.

Schüsse werden laut, kommen näher. Leicht in den Knien, beide Hände an der Waffe und nah an das steinerne Gemäuer gedrückt, bewege ich mich vorwärts. Ein reißendes

Geräusch ertönt; mein Jackett ist aufgeplatzt. Der Lärm kommt näher, genauso wie laute Stimmen. Ich entdecke Antonio, der sich offensichtlich von dem Angriff erholt hat. Er zielt mit seiner Waffe auf einen Punkt links von mir, den ich nicht erblicken kann.

»Antonio, was siehst du? Ich bin auf elf Uhr«, flüstere ich über das Headset.

Er zögert eine Sekunde, dann findet sein Blick mich. Hinter einem Grabstein geht er in Deckung, woraufhin es in der Leitung knistert. »Zwei Feinde. Sie verstecken sich hinter einem Grab. Auf zehn Uhr.«

Mehr Informationen brauche ich nicht. Ich gehe in die Knie – eine weitere Naht gibt nach und die Hose zerreißt – und mache einen Schritt vor den anderen, bis ich an der Kante des Mausoleums ankomme. Vorsichtig luge ich um die Ecke, scanne in Sekundenschnelle die andere Seite. Ich entdecke mehrere Gräber sowie weiter entfernt andere Mausoleen. Eine Bewegung weiter vorn zieht meine Aufmerksamkeit auf sich: Ein Mann im schwarzen Anzug lugt gerade über einen Stein und feuert zweimal in Antonios Richtung. Ohne sein Gesicht genau zu erkennen, weiß ich, dass er nicht zu uns gehört.

Blitzschnell mache ich einen Satz nach vorn, finde einen sicheren Stand auf einem Knie und feuere meine Waffe ab. Der Mann fällt tot um und ich ziehe mich wieder hinter die Mauer zurück. Über das Headset informiere ich Antonio, dass ich einen Feind ausgeschaltet habe.

»Gut, ich sehe den Zweiten, er bewegt sich auf euch zu.«

»Fuck!« Er kommt von der anderen Seite und könnte Faviola vor mir erreichen.

Schüsse ertönen hinter mir. Ich springe auf, renne auf die andere Seite des Mausoleums zu. Ein Schrei ertönt, schon bin ich fast bei Faviola und sehe den Angreifer. Er richtet seine Waffe auf die Frauen, die sich panisch kreischend in den Armen liegen. Als sein Blick meinen trifft, hebt er die Waffe und ich zögere keine Sekunde, schieße über die beiden hinweg dem Mann direkt in den Kopf. Er sackt tot zusammen und ich mache einen Satz nach vorn.

»Geht es dir gut?« Ich packe Faviola am Arm, suche hektisch nach Verletzungen oder einer Schusswunde.

»J-ja, m-mir geht es g-gut.« Ihre Unterlippe bebt, weshalb sie kaum einen ganzen Satz herauskommt, ohne zu stottern. Das Beben setzt sich über ihren ganzen Körper fort und sie zittert unkontrolliert. »Bitte bringen Sie mich hier weg«, flüstert sie. In ihren Augen glänzen Tränen. Sie ist völlig aufgelöst und steht unter Schock.

Beruhigend nicke ich ihr zu und frage über das Headset an, wo die Wagen bleiben.

»Wo sind Sie?«, höre ich die schneidende Stimme von Rodriguez.

»Wir sind hinter einem Mausoleum in östlicher Richtung.«

»Warum zum Teufel sind Sie nach Osten gegangen?« Rodriguez klingt mehr als ungehalten, er scheint regelrecht vor Wut zu kochen.

»Der Ausgang Richtung Süden war versperrt, in den Wald konnten wir auch nicht, daher habe ich die Flucht ins offene Feld gewählt«, erkläre ich ihm unterkühlt.

»Bold, da kommen noch zwei«, brüllt Antonio und schneidet Rodriguez das Wort ab.

»Welche Seite?« Sofort dränge ich Faviola und die ältere Dame zurück Richtung Mausoleum. Hier befindet sich zum Glück der Eingang, der zwar durch eine verriegelte Tür versperrt ist, dennoch bietet der Türsturz einen gewissen

Schutz. Die beiden Frauen drängen sich dort hinein und machen sich ganz klein.

Ein Schuss ertönt. »Sie wollen zu euch, haben es vermutlich auf Señorita Rodriguez abgesehen, da sie den Señor nicht mehr erwischen können.«

Der Gute hat sich also in Sicherheit gebracht und seine Tochter hier bei mir zurückgelassen. Kein Wunder, dass er schlecht gelaunt ist.

»Welche Richtung?«, knurre ich. Mein Kopf ruckt von rechts nach links hin und her, während ich zusätzlich versuche, die beiden Frauen mit meinem Körper abzuschirmen.

Eine Salve Schüsse ertönt. »Ich habe einen erwischt, der andere kommt zu dir. Rechte Seite.«

Ich hoffe, dass er sein Rechts meint, und drehe mich in besagte Richtung. Vorsichtig schleiche ich bis an die Kante, gehe in die Knie und lausche. Da sind Schritte auf dem Kies zu hören. Sie kommen näher. Keine zwei Meter entfernt. Jemand atmet hektisch. Das muss er sein.

Als der Angreifer bis auf wenige Zentimeter an die Kante herangekommen ist, werfe ich mich auf den Boden vor ihn und ziele auf seine Brust. Drei Schüsse gebe ich ab, bevor er nach hinten zusammensackt. Er trägt genau wie der vorherige einen schwarzen Anzug – vermutlich, um unter den ganzen Trauergästen nicht aufzufallen.

Ich rapple mich auf und überprüfe, ob ich ihn wirklich getroffen habe. Auf seinem Hemd sind drei Einschusslöcher zu sehen, der Mann hat die leeren Augen weit aufgerissen. Um ganz sicherzugehen, dass er tot ist, schieße ich ihm dennoch in den Kopf. Sein Körper erbebt unter dem Einschuss, dann liegt er still. Ich kehre zu den Frauen zurück, die zitternd in ein gemeinsames Gebet vertieft sind. Faviola bemerkt meine Anwesenheit und sieht mich flehend an.

Ich kann mich jetzt nicht mit ihr befassen, es könnten immer noch Angreifer in der Nähe sein. Daher überprüfe ich mein Magazin, das bis auf eine Kugel restlos leer ist. Ich wechsle es schnell gegen ein volles und entsichere die Waffe.

»Wo bleibt der Wagen?«, frage ich über das Headset.

»Wir sind unterwegs«, kommt eine gepresste Antwort von Rodriguez. Im Hintergrund fallen mir Schüsse auf, ich kann sie auch hier hören, nur erklingen sie aus weiter Ferne. Rodriguez scheint gerade selbst in ein Gefecht verwickelt zu sein. Es war klug von mir, nicht Richtung Süden oder Westen geflohen zu sein. Dort scheinen sich die Angreifer gesammelt zu haben.

Wenige Sekunden später kommt bereits ein Auto näher, die Reifen knirschen auf dem Sandweg und es rumpelt ordentlich, da es viel zu schnell fährt. Ich bin mir nicht sicher, ob das der versprochene Wagen oder neue Feinde sind, daher offenbare ich unseren Standort erst einmal nicht. Stattdessen drücke ich mich an die Mauer des Mausoleums und luge um die Ecke.

Das Auto rast regelrecht in unsere Richtung. Trotz der Geschwindigkeit gelingt es mir, das Kennzeichen zu erkennen: Es ist eins von unseren.

»Faviola!« Ich winke sie zu mir, blicke dabei über die Schulter. Sie kommt mit der älteren Dame geduckt auf mich zu.

Mein Kopf ruckt wieder nach vorn, der Wagen passiert uns und ich trete hervor. Sofort quietschen die Reifen, als der Fahrer abbremst. Die Türen – in denen ich Einschusslöcher entdecke – werden aufgerissen und Rodriguez springt heraus.

»*Mi corazón.*« Er nimmt seine Tochter in die Arme und schiebt sie Richtung Auto. Faviola schaut über ihre Schulter zu mir zurück, ihre Augen sind noch immer vor Schreck geweitet. Sie dreht sich dem Wagen zu und nacheinander steigen die beiden Frauen ein, während ich die Umgebung im Auge behalte. Als auch die ältere Dame eingestiegen ist, gehe ich auf Maceo zu.

»In der Nähe liegen zwei Lei…«

Der Schlag ins Gesicht erwischt mich unvorbereitet. Mein Kopf ruckt herum und mein Kiefer schmerzt augenblicklich; er trägt Schmuck, der die gleiche Wirkung wie ein Schlagring hat. Mit einer Hand berühre ich mein Kinn, drehe mich dann dem wütend dreinblickenden Rodriguez zu.

Er hebt einen Finger und funkelt mich zornig an. »Widersetzen Sie sich nie wieder meinem Befehl!« Er spuckt mir die Worte förmlich ins Gesicht.

Die Wut brodelt in mir, doch ich drücke sie nieder. Anstatt ihm eine zu verpassen, verschränke ich die Arme hinter dem Rücken, stelle mich gerade hin, Beine auseinander. »Jawohl, so verstanden!« Wie in der Bundeswehr sehe ich ihm nicht direkt in die Augen, sondern über ihn hinweg. Aus dem Augenwinkel kann ich sehen, wie sich seine Brust hebt und senkt. Er scheint verdammt geladen zu sein.

Nach ein paar Sekunden ruft jemand aus dem Wagen: »Wir sollten los, Señor Rodriguez.«

Keiner von uns bewegt sich. Ich starre weiterhin in die Ferne, um keinen weiteren Ärger zu entfachen. Es sind nur noch vereinzelte Schüsse zu hören, weshalb ich davon ausgehe, dass das Schlimmste überstanden ist.

Erst als sich Rodriguez das Jackett richtet, wage ich es, ihn wieder anzusehen.

Der Zorn ist nur teilweise aus seinem Gesicht gewichen, seine Augen blicken mich noch immer ernst an und seine Mundwinkel sind nach unten gezogen.

»Verschwinden wir von hier.« Seine Stimme hat einen

schneidenden Ton angenommen. Er dreht sich zum Wagen um und steigt ein. Ich folge ihm, doch er stoppt mich mit einer Handbewegung. »Sie steigen ins andere Auto.« Mit diesen Worten knallt er die Tür zu und der Wagen fährt schlitternd los.

Grimmig blicke ich dem schwarzen SUV hinterher. Mir ist klar, dass Rodriguez nur seine Position klären wollte, dennoch gefällt mir sein Verhalten nicht. Als Unteroffizier war ich es gewohnt, dass man meinen Befehlen Folge leistet und auf meine Erfahrungen vertraut. Sich neu beweisen zu müssen fällt mir nicht leicht.

»Wir holen dich ab, Bold«, erklärt mir Antonio über das Headset.

Ich berühre es und erwidere: »Schon gut, ich komme zu euch.« Sogleich setze ich mich joggend in Bewegung. Ich folge dem Weg, auf dem Rodriguez mit dem Fahrzeug gekommen ist. Mehrere Leichen pflastern den Friedhof, alle tragen sie schwarze Anzüge, aber nur einen kann ich eindeutig unserer Truppe zuordnen; er hat ein Tattoo am Hals, an das ich mich erinnere.

Die kleine körperliche Ertüchtigung tut mir gut, hilft mir dabei, das Adrenalin abzubauen.

Auf halber Strecke kommt mir ein anderer SUV entgegen. Ich weiche auf die Grünfläche mit den Gräbern aus, sodass er an mir vorbeifahren kann. Neben mir hält er an und Antonio öffnet mir hinten die Tür.

»Wir müssen sofort los, es gab parallel einen Angriff auf das Anwesen.«

Mir läuft es eiskalt den Rücken hinunter. »Wissen wir mehr?« Ich springe sofort auf die Rückbank und schließe die Tür hinter mir. Der Wagen setzt sich in Bewegung und brettert über den Friedhof.

»Die Verbindung ist abgebrochen, wir befürchten das Schlimmste.« In Antonios Stimme schwingt Schwermut mit.

»Verdammt, sie haben an zwei Punkten gleichzeitig angegriffen.« Das hätten wir erwarten müssen. Fernández scheint nicht dumm zu sein und es wirklich ernst zu meinen. Er beschwört einen Krieg herauf, den die Insel noch nie zuvor gesehen hat. Die Frage ist nur, wer am Ende als Sieger hervorgehen wird.

KAPITEL 9

Faviola

Mein Herz rast noch immer in der Brust, meine Finger zittern und mein Körper bebt. Egal wie sehr ich meine Hände knete und mir auf die Unterlippe beiße, ich kann mich nicht beruhigen. Die Schüsse hallen in meinen Ohren, ich sehe Blut vor meinem inneren Auge und ständig erscheint mir Rafael.

Vater sitzt neben mir und schweigt. Ich kann seine Wut förmlich spüren. Zum Glück hat er dieses Mal keinen Grund, sie an mir auszulassen. Dafür hat Bold herhalten müssen. Es hat geknirscht, als Vater ihm eine verpasst hat. Völlig grundlos und überzogen war seine Reaktion, aber das kann ich ihm nicht sagen, ohne ebenfalls seinen Zorn zu spüren zu bekommen. Den würde er an mir auslassen, selbst wenn Señora Martinez – Rafaels Mutter – neben mir sitzt. Daher tue ich es ihm gleich und bleibe still.

»Wie lange noch?«, fragt mein Vater ungehalten. Er hat einen Arm auf der Lehne der Türverkleidung abgelegt und sieht stur nach draußen.

»Noch etwa zehn Minuten, Señor Rodriguez.« Der Beifahrer dreht sich zu uns herum, blickt von mir zu meinem Vater.

Dieser reagiert zuerst nicht auf die Worte, dann schlägt er sich jedoch mit der Faust auf den Oberschenkel und flucht. »Wir werden es nicht rechtzeitig schaffen!«

Verwirrt blinzle ich, was meint er? »Vater, was …«

Sein funkelnder Blick trifft meinen und ich zucke zurück. Señora Martinez klammert sich an meinen Arm und weint. Ob sie es wegen der Reaktion meines Vaters oder wegen der Gesamtsituation tut, weiß ich nicht.

Die Kiefer meines Vaters mahlen. Er ist geladen und droht zu explodieren. Aus diesem Grund beiße ich mir lieber erneut auf die Zunge, kuschle mich näher an Señora Martinez und tätschle ihre Hand.

Wenige Minuten später passieren wir das Tor und unser Zuhause kommt in Sicht. Rauch steigt aus einigen Fenstern und sofort bin ich alarmiert. Mein Vater neben mir richtet sich auf, schaut durch die Frontscheibe auf unser Landhaus. Leichen säumen den Weg hinauf zum Anwesen. Einzelne Männer stehen auf der Treppe zum Eingang, andere haben sich um die Statue versammelt und scheinen nach etwas Ausschau zu halten.

Mit quietschenden Reifen halten wir an, noch meterweit entfernt von der Haustür. Ein Mann erscheint plötzlich von rechts und rennt auf unseren Wagen zu, mit einer Maschinenpistole im Anschlag zielt er auf uns. Ohrenbetäubender Lärm entsteht, als die Kugeln auf den gepanzerten Wagen und die Scheibe treffen. Ich schreie auf und ducke mich zusammen mit Señora Martinez Richtung Fußraum. Der Krach ist kaum auszuhalten, weshalb ich mir die Hände auf die Ohren presse. Ein lauter Schuss ertönt und das Donnern hält inne. Als ich zaghaft den Kopf hebe und aus dem Fenster schaue, entdecke ich den Angreifer bäuchlings auf dem Boden liegend, alle Gliedmaßen von sich gestreckt. Hinter ihm steht Leonardo mit erhobener Waffe. ›Er hat ihn erschossen‹, wird mir klar und ein erstickter Laut entkommt mir.

»Bleib sitzen, *mi corazón*!« Vater öffnet seine Tür, bellt Befehle und ruft die Männer zu sich. Ich gehorche ihm und bleibe im Wagen, traue mich kaum, mich zu bewegen.

Señora Martinez schluchzt noch immer und kann sich anscheinend nicht beruhigen. Um mich etwas abzulenken, streichle ich ihr über den Rücken und summe ein Schlaflied, das meine Mutter mir immer als Kind vorgesungen hat.

Leonardo geht auf meinen Vater zu, der den Wagen inzwischen umrundet hat. Sie unterhalten sich kurz, wobei mein Vater eher zu schreien scheint. Er gestikuliert wild und wirkt völlig geladen. Leonardo spricht auf ihn ein, woraufhin sich Vater zu mir umdreht. Obwohl er mich durch die getönte Scheibe nicht sehen kann, zucke ich vor der Kälte in seinem Blick zurück. Er tippt sich ans Ohr, seine Lippen bewegen sich.

Kurz darauf dreht sich der Beifahrer zu mir um und sagt: »Señor Rodriguez sagt, dass Sie noch im Wagen sitzen bleiben sollen, bis es sicher ist.«

»W-was ist da draußen los? Wer sind all die Leute?« Eine Träne rollt meine Wange hinunter, ohne dass ich es verhindern kann.

Der Beifahrer wendet sich wortlos von mir ab und steigt einfach aus, kurz darauf folgt ihm der Fahrer. Zurück bleiben Señora Martinez und ich, verängstigt und verstört. Das Zittern hält meinen Körper noch immer in seinen kalten Klauen. Mir wird übel und ich schmecke Galle, tapfer schlucke ich sie hinunter.

Mit jeder Sekunde, die verstreicht, klingt die Panik ab. Langsam kann ich auch wieder einen klaren Gedanken fassen und augenblicklich beginnt mein Verstand zu arbeiten: Wir sind angegriffen worden. Das zweite Mal in Folge. Zuerst ein gezielter Anschlag auf mich im Café. Doch dank des *Gringos* haben sie mich nicht erwischt. Nun haben sie es ein weiteres Mal versucht, als mein Vater und ich uns wie auf dem Präsentierteller befunden haben. Aber warum hatten sie es dann gleichzeitig auf unser Zuhause abgesehen? Wir waren doch gar nicht da.

Vor Schreck sauge ich die Luft ein. »*Abuela*!« Ich rutsche auf der Bank durch bis zur Tür, reiße sie auf und stürze fast zu Boden. In der letzten Sekunde kann ich mich am Griff abfangen und lande ungelenk auf den Füßen. Ich renne um das Auto herum, bemerke dabei den zweiten Wagen zu spät. Der Fahrer hupt und ich stolpere rückwärts. Mit geweiteten Augen starre ich den Mann hinter dem Lenkrad an, dann renne ich los. Ich will keine Sekunde länger verschwenden.

»Faviola!«, ruft jemand. Der *Gringo*?

Ich ignoriere ihn, weiche den Männern aus, die versuchen, mich zu ergreifen. Trotz meiner hohen Schuhe komme ich schnell voran, weiche den nach mir fassenden Händen aus.

»*Mi corazón!*«, brüllt mein Vater, als ich nicht reagiere, befiehlt er seinen Männern, mich festzunehmen.

Doch ich bin flink und entwische ihnen immer wieder.

Ich springe über einen toten Körper, komme wacklig wieder auf den Füßen auf und mir wird schlecht. Überall liegen Leichen, tote Augen starren gen Himmel und damit direkt in meine Seele. Einige müssen unsere Männer sein, doch ich erkenne nicht einen von ihnen – was vielleicht auch besser ist. Was für ein Massaker. Kurz vor der Treppe stolpere ich über etwas am Boden. Ein flüchtiger Blick offenbart mir, dass es ein Arm ist. Ich dränge die aufkeimende Übelkeit zurück und nehme anschließend immer zwei Stufen gleichzeitig hinauf zum Eingang. Oben angekommen laufe ich durch die offen stehende Tür ins Haus.

»Nicht, Faviola!« Stimmengewirr wird hinter mir laut, sie rufen meinen Namen, aber ich höre nicht darauf. Jetzt ist nur meine Großmutter wichtig.

Im Haus selbst sieht es katastrophal aus. Kristallsplitter bedecken den Boden, der Kronleuchter an der Decke hängt schief. Überall liegen Patronenhülsen herum – es steht außer Frage: Hier hat ein Kampf stattgefunden.

Mein Blick wandert hinauf zur Galerie. Die Tür zu *abuelas* Zimmer steht offen. »Nein«, keuche ich und renne augenblicklich die Stufen hinauf. Die Schritte hinter mir nehme ich kaum wahr. Ich renne auf das Zimmer zu, schlittere regelrecht über den Boden und stürze hinein. Ich komme keine zwei Schritte weit, da schreie ich vor Schock auf. Wie angewurzelt bleibe ich stehen, schlage meine Hände vor den Mund und starre auf *abuelas* Bett. Sie liegt friedlich unter der Decke, den Kopf zur linken Seite gelegt und, wenn ich es nicht besser wüsste, könnte man denken, dass sie schläft. Doch die drei Einschusslöcher auf der Tagesdecke zeugen von einer Gräueltat, die sich langsam in mein Gehirn frisst.

Jemand schlingt seinen Arm um meine Mitte und zieht mich von ihr weg.

Ich schreie, keife und kämpfe gegen die Umklammerung an, doch der Arm ist zu stark. Ich weine, schluchze und rufe immer wieder nach meiner Großmutter. Hartnäckig werde ich aus dem Raum gezogen, bis sich ein dunkler Schatten vor mein Sichtfeld schiebt. Vater.

»Du!«, brülle ich und zeige mit dem Finger auf ihn. »Das

ist alles deine Schuld! Nur deinetwegen ist sie jetzt tot!« Noch immer wehre ich mich gegen die fremden Arme, nur verlässt mich langsam die Kraft. Heiße Tränen rinnen über meine Wangen und lassen mein Sichtfeld verschwimmen.

Vater dreht sich zu mir um, scheint mich anzublicken, doch ich kann nichts erkennen. Mein Herz zersplittert gerade in tausend Stücke und er steht einfach da.

»Bring sie in ihr Zimmer.«

»Nein! Du sperrst mich nicht wieder ein!« Ich verliere auch den letzten Funken meines Verstandes, Panik flutet meinen gesamten Körper und setzt ungeahnte Kräfte frei. *Ich will nicht wieder eingesperrt sein.*

Meine Nägel grabe ich in die Arme, die mich festhalten, ich kratze, schlage um mich, bis ich endlich frei bin. Ich renne los, doch schon werde ich am Handgelenk zurückgezogen. Ich pralle gegen einen Oberkörper, werde erneut von zwei Armen umschlungen. Kiefern, Motoröl ...

»Lass mich los! Ich will nicht!« Ich trommle mit den Fäusten auf eine harte Brust, werfe mich hin und her, und komme doch nicht frei. Die Kraft verlässt mich und ich schlage nur noch halbherzig zu. »Neeein!«, schluchze ich mit geschlossenen Augen. Ich habe Angst, sie zu öffnen. Denn dann müsste ich mich der Wahrheit stellen, dass meine *abuela* tot ist. Erschossen von Vaters Feinden. Verraten von der Familie.

Ohne dass ich es verhindern kann, werde ich in mein Zimmer geschoben. Die Tür fällt hinter mir zu, ich stürze auf sie zu, doch schon wird der Schlüssel im Schloss gedreht. Mein Körper bebt und wird von Schluchzern geschüttelt. Ich kann mich nicht mehr auf den Beinen halten, rutsche am Holz der Tür hinab, bis ich auf dem Boden zum Sitzen komme. Ich ziehe ein Knie an, schlinge meinen Arm darum und gebe mich der Trauer hin. Sie fließt aus mir heraus, nimmt mich komplett ein, sodass ich vergesse, wo ich bin, wer ich bin, was ich bin. Für einen Moment gibt es da nichts, weder meinen Vater noch meine *abuela*, noch mich. Stattdessen lullt mich eine zähe Dunkelheit ein, kratzt an meinem Sichtfeld und lässt es schrumpfen. Je mehr ich blinzle, desto weniger kann ich erkennen. Alles ist verschwommen, der Raum flimmert vor meinen Augen und die Schwärze ruft nach mir. Ein Sog zieht an mir, flüstert mir falsche Gedanken ein. Und dann packt mich die nüchterne Erkenntnis und lässt mich nicht mehr los.

Ich muss hier weg, sonst sterbe ich genauso wie Mutter!

Ohne zu zögern, springe ich auf die Füße, renne hinüber zu meinem Bett und greife darunter. Ich erwische die Tasche und ziehe sie hervor. Seit meinen ersten Fluchtversuchen, die gescheitert sind, habe ich immer eine gepackte Tasche parat, falls ich mal wieder Hals über Kopf verschwinden will. Das Wichtigste ist bereits darin: Kleidung für mehrere Tage, Schuhe, Medikamente und Verbandszeug. Obwohl ich den Inhalt genau kenne, mache ich den Reißverschluss auf und kontrolliere ihn. Es scheint alles da zu sein.

Ich stürme hinüber ins Bad, greife mir mein Kosmetiktäschchen und werfe alles hinein, was sich auf der Ablage oberhalb des Waschbeckens befindet. Danach sammle ich noch mein Glätteisen ein – auf das ich nicht verzichten kann – und laufe zurück ins Schlafzimmer, wo ich meine Handtasche einpacke.

Mein Herz rast in meiner Brust und droht regelrecht sie zu sprengen. Dass es überhaupt noch schlägt, wundert mich. So vieles habe ich an diesem Tag verloren: meine Großmutter, meine Familie, meine Sicherheit. Nichts hält mich mehr hier, nicht einmal die Angst vor meinem Vater. Dieses Mal werde ich es schaffen, da bin ich mir sicher.

Nachdem alles in meiner Reisetasche verstaut ist, sammle ich das Bargeld ein, das ich in meiner Unterwäscheschublade versteckt habe. Außerdem fische ich meinen Reisepass aus dem Kleiderschrank, den ich in einem geheimen Fach in der Rückwand verstaut habe, damit Vater ihn nicht wieder findet und ihn mir wegnimmt. Zwischen den Seiten klemmt der Brief mit meinem Visum für Spanien, welchen ich schon vor Wochen heimlich abgefangen habe.

Zerzaust und verschwitzt stehe ich vor meinem Bett und starre auf mein weniges Hab und Gut. Mein Atem geht hektisch, sodass sich meine Brust viel zu schnell hebt und senkt. Ich stehe unter Spannung, kann die Trauer nicht zulassen, denn sonst würde ich die Kraft nicht finden, um das hier durchzuziehen.

Resignation macht sich in mir breit. Wie soll ich von hier verschwinden, wenn der einzige Fluchtweg versperrt ist? Ich wirble zur Tür herum, renne auf sie zu und rüttle an deren Klinke. Natürlich rührt sie sich nicht. Frustriert schlage ich dagegen. Aber so schnell gebe ich nicht auf. Ich mache auf dem Absatz kehrt und halte auf eins der Fenster zu. Es befindet sich direkt über einem Balkon, von dem aus ich anschließend nach unten klettern könnte. Ich reiße die Flügelfenster auf und funkle die Stahlgitter davor an, als könnte ich sie damit schmelzen. Mit beiden Händen packe ich zu und rüttle daran. Es knirscht etwas, aber das war es auch schon.

Ich sehe mich im Zimmer um, fixiere meinen kleinen, massiven Nachttisch. Ohne weiter darüber nachzudenken, schnappe ich ihn mir und hebe ihn hoch. Zu meiner Überraschung ist er schwerer als gedacht. Ächzend nehme ich ihn in die Arme, positioniere ihn so, dass ich ihn gut werfen kann, und stelle mich vor das Fenster. Ich nehme meine ganze Kraft und meinen Mut zusammen, atme tief durch und katapultiere das Ding auf die Gitter zu.

Es klirrt, Holz zerbricht und ich springe schreiend zurück. Der Nachttisch knallt gegen die Verriegelung, zerbricht in seine Einzelteile und zerstört dabei das rechte Fenster. Nachdem der Scherben- und Splitterregen nachgelassen hat, gehe ich zum Fenster und überprüfe die Gitter: Sie sitzen noch immer bombenfest. Frustriert wische ich mir mit dem Arm über die verschwitzte Stirn. Das stellt sich doch als schwierig heraus. Aber ich werde nicht so leicht aufgeben.

Schon mache ich mich auf die Suche nach etwas, das ich als Nächstes nutzen kann, und schnappe mir den Stuhl vor meinem Schminktisch. Dieses Mal schlage ich mit der Lehne gegen die Gitter, statt ziellos zu werfen. Die Stäbe vibrieren, ich höre Steine aus der Mauer bröckeln und grinse zufrieden. Vater wird schon sehen, was er davon hat, mich hier einzusperren. Und sobald ich draußen bin, wird er mich nie wiedersehen! Darauf kann er Gift nehmen.

KAPITEL 10

Bold

Ich stehe in dem Gästezimmer, das wohl vorerst mein neues Zuhause ist, und ziehe mir den zerrissenen Anzug aus. Achtlos werfe ich die Sachen aufs Bett, sie sind nicht mehr zu retten. An mehreren Stellen ist die Naht aufgeplatzt, außerdem kleben Blut und Dreck daran. Als ich endlich wieder meine eigenen, inzwischen gereinigten Klamotten trage – ein weißes eng anliegendes Shirt und eine Khakihose in Camouflage-Optik –, fühle ich mich wieder wie ich selbst. Die Dogtags ziehe ich aus dem Ausschnitt, damit sie nicht über meine Haut schaben. Im nächsten Schritt prüfe ich meine Waffe: Sie ist immer noch entsichert. Daher schiebe ich den Riegel vor und lege sie zu dem Anzug aufs Bett. Ich werde sie nachher reinigen, sobald etwas Ruhe im Haus eingekehrt ist.

Ein Geräusch aus dem Nachbarzimmer lässt mich aufhorchen. Normalerweise ist es fast totenstill im Haus, bis auf das Knacken des Holzfußbodens und der Decke höre ich selten etwas. Vermutlich sind die meisten Räume schallisoliert.

Aber jetzt erklingt Hämmern gegen die Wände und ... Glas zerspringt. Sofort bin ich alarmiert.

Ich schnappe mir meine Waffe, entsichere sie direkt wieder und stürze nach draußen. Ein Blick von der Galerie zeigt mir, dass in der Eingangshalle alles in Ordnung zu sein scheint. Das Hauspersonal, das den Angriff überlebt hat und nicht mit dem Löschen des Feuers in der Küche beschäftigt ist, kümmert sich bereits um die Aufräumarbeiten. Das Geräusch muss also aus Faviolas Zimmer stammen. Meine Alarmglocken schrillen.

In meiner Hosentasche krame ich nach dem Schlüssel, bis mir einfällt, dass dieser noch in der Anzughose ist. Ich stürze zurück in mein Zimmer. Das Hämmern lässt währenddessen nicht nach, was ich als gutes Zeichen werte. Nach kurzem Suchen finde ich den Schlüssel, ziehe ihn heraus und bin in wenigen Sekunden wieder vor ihrem Zimmer. Ich schließe auf und öffne die Tür einen Spalt, danach lege ich beide Hände an die Waffe. Ganz langsam schwingt die Tür auf, sodass ich nach und nach einen Blick in ihr Schlafzimmer werfen kann. Mir springt sofort eine Tasche auf dem Bett ins Auge. Ich erhasche eine Bewegung und richte die Pistole darauf. Im letzten Moment erkenne ich Faviola, die mit einem Stuhl in der Hand auf die Gitter vor ihrem Fenster einhämmert. Bevor ich die Waffe in meinen Gürtel stecke, sehe ich mich einmal genau um. Sie scheint allein zu sein. Glassplitter liegen verstreut zu ihren Füßen, die von dem zerstörten Fenster stammen müssen. Holzteile eines zertrümmerten Möbelstücks übersäen den Boden.

Nun bin ich überzeugt, dass keine Gefahr droht, und sichere die Waffe. »Was tust du da?«

Sie zuckt vor Schreck zusammen, wirbelt zu mir herum und wirft den Stuhl nach mir.

Ich erwische ihn mit einer Hand, aber die Lehne trifft mich am Schienbein. Ich stöhne vor Schmerz auf und stelle den Stuhl hin.

»Scheiße«, flüstere ich leise und reibe mir das Bein. Das hat gesessen.

»Was tun Sie hier?« Ihre Stimme klingt hektisch und außer Atem.

»Das habe ich dich zuerst gefragt«, knurre ich. Damit sie mir nicht entwischen kann, schließe ich die Tür hinter mir und gehe dann zwei Schritte auf sie zu. Ich bleibe neben dem Bett stehen und stecke mir die Waffe hinten in den Gürtel. Als hätte sie Angst vor mir, weicht sie mir aus und drängt sich mit dem Rücken gegen die Wand. Ich lasse meinen Blick von ihren gepackten Sachen, über die Verwüstung und das zerstörte Fenster schweifen. »Du wolltest abhauen«, stelle ich das Offensichtliche fest.

Sie schweigt, sieht nur zwischen mir und der Tür hin und her. Sicher plant sie gerade ihre weitere Flucht, da die Tür nun nicht länger verschlossen ist.

»Das würde ich lieber lassen.« Ich lege einen drohenden Unterton in meine Stimme.

Sie zögert noch eine Sekunde, dann krabbelt sie aufs Bett und will hinüber zur Tür. Doch ich habe damit gerechnet, setze ihr nach und erwische sie auf der Matratze. Ich werfe mich mit meinem gesamten Gewicht auf sie, packe ihre Arme, verdrehe sie auf ihrem Rücken, und drücke mit meinen Oberschenkeln ihre strampelnden Beine hinunter. Meine Marken klimpern in der Luft und ich bereue es, sie nicht im Shirt gelassen zu haben.

»Hör auf, dich zu wehren!« Ich fluche, als sie es schafft, mir einen Ellenbogen ins Gesicht zu rammen. Sie hat meine linke Wange getroffen, wo mich zuvor auch schon ihr Vater geschlagen hat, was die Wut in meinem Bauch nur verstärkt. Ich kämpfe mich auf die Knie, während ich noch immer ihre sich windenden Arme festhalte.

Faviola schafft es irgendwie, sich auf den Rücken zu drehen, und funkelt mich nun wütend von unten herauf an. »Lassen Sie mich gehen, oder ...«

»Oder was?«, frage ich neckisch. »Willst du mich dann an deinen Vater verraten? Oh, den wird es sicher sehr interessieren, dass du schon wieder versucht hast, abzuhauen.«

Meine Worte erzielen ihre Wirkung und sie hält für einen Moment inne. So gelingt es mir, ihre Handgelenke zu packen, sie oberhalb ihres Kopfes zu fixieren und eine stabile Position auf ihr zu finden. Mit einem Mal weht mir ihr Geruch nach Zimt in die Nase und ich realisiere, in welcher Position wir uns hier befinden: Ich sitze rittlings auf ihr, sie ist bewegungsunfähig und mir vollkommen ausgeliefert. Hitze steigt in meinem Bauch auf und mein Schwanz beginnt zu pulsieren. Scheiße, ich sollte so nicht über sie denken. Sie ist die Tochter vom Boss, außerdem fast noch ein Kind.

Faviola nutzt mein Zögern aus, zieht ein Knie an und rammt es mir zwischen die Beine. Sie erwischt zwar nur meinen Arsch, dennoch tut es nicht weniger weh.

»Verdammt, hör auf!«, brülle ich sie an.

Statt zu schweigen, wirft sie mir spanische Flüche an den Kopf, die ich in der Geschwindigkeit nicht übersetzen kann. Sie strampelt unter mir wie eine Furie.

»Nicht so schnell, ich verstehe kein Wort!«, blaffe ich sie an, was sie kurzzeitig zum Schweigen bringt.

Schnaufend holt sie Luft, während sie mich mit ihren fast schwarzen Augen anfunkelt. Sie wehrt sich nicht mehr, weshalb ich den Griff um ihre Arme lockere.

»Ich lasse dich los, wenn du versprichst, nicht abzuhauen.

Okay?« Auch mir geht die Pumpe. Mit der Kleinen zu rangeln, treibt meinen Puls in die Höhe. Der Schweiß steht auf meiner Stirn und Lust brennt in meinen Adern. Ich sollte schleunigst von ihr herunter, bevor ich mich vergesse.

Zur Antwort nickt sie. Ich warte noch eine Sekunde, dann erst gebe ich ihre Hände frei. Statt mir eine zu verpassen – was ich erwartet hatte –, reibt sie sich die Gelenke. Als Nächstes steige ich von ihr herunter, stelle mich hin und stecke mir die Marken wieder in den Ausschnitt. Falls sie sich erneut wehren sollte, will ich ihr keinen Angriffspunkt liefern. Sie richtet sich langsam auf, immer noch eine Hand am anderen Arm.

»Sie haben mir wehgetan«, murmelt sie.

Ich werfe einen Blick auf ihre Handgelenke, die sich bereits dunkel färben. Ein schwerer Stein legt sich in meinen Magen. »Das tut mir leid.« Ich sehe ihr direkt in die Augen. »Das wollte ich nicht.«

Sie schweigt, als würde sie meinen Worten keinen Glauben schenken. Nach weiteren Sekunden kommt sie ebenfalls auf die Füße und richtet sich ihr Kleid, das bis zu den Oberschenkeln hochgerutscht war.

Verdammt, sieht die Kleine heiß aus.

Schnell schüttle ich den Gedanken ab. Sie ist mein Auftrag, meine Bürde, mehr nicht. Ich mag sie nicht einmal.

»Also, sag schon. Wolltest du türmen?« Dabei deute ich auf die gepackte Sporttasche.

Ihr Blick schießt dorthin, dann wieder zu mir. Sie nickt zur Antwort.

»In dem Outfit?« Ich ziehe eine Augenbraue hoch und werfe einen Blick auf ihr Kleid. Durch unseren Kampf ist es verrutscht und ihre halbe Brust schaut heraus. Erneut pulsiert das Blut in meinem Schritt. Ich beiße die Kiefer fest aufeinander und zwinge mich dazu, ihr wieder in die Augen zu blicken.

Sie hat ihren Kopf gesenkt und mustert ihre Kleidung. Nur ein High Heel sitzt noch an ihrem Fuß, den anderen hat sie bei ihrer Flucht übers Bett verloren. In der Aufmachung wäre sie keine zehn Meter weit gekommen, weder rennen noch ein Auto fahren wäre möglich gewesen.

Sie scheint auch zu bemerken, dass ihre Aufmachung alles andere als vorteilhaft ist, denn als sie aufsieht, sind ihre Wangen gerötet.

»Ich hätte mich schon noch umgezogen«, erwidert sie zickig, dabei reckt sie das Kinn vor.

Ein Glucksen entkommt meiner Kehle, das ich mit einem Husten abmildere. »Schon klar. Dann pack mal wieder aus.« Ich gehe zu der Sporttasche, die wir bei unserer Rangelei auf den Boden befördert haben, und werfe sie auf das Bett.

In der nächsten Sekunde steht Faviola neben mir und schlägt meine Hände weg. »Nein! Lassen Sie das!«

Ich schiebe sie zur Seite, doch sie gibt nicht nach und zieht mich immer wieder von der Tasche weg. »Hör auf, Faviola! Ich habe jetzt keine Zeit für deine Spielchen!«, fahre ich sie wütend an.

Statt endlich nachzugeben, packt sie meine Hand erneut, mit der ich nach der Tasche greifen wollte, und funkelt mich wütend an. »Das, was Sie Spiel nennen, ist mein Leben! Und ich bin keine Sekunde länger bereit es bei *ihm* in *seinem* Haus zu verbringen!«

»Er ist dein Vater«, sage ich halbherzig.

Sie lacht hart auf, lässt mich los und zieht den Träger ihres Kleides so weit zur Seite, bis ich die Spuren ihrer letzten Verletzungen erkennen kann. »Würde das ein Vater seiner Tochter antun?«

Mein Blick bleibt an den Druckmalen kleben. Ich presse meine Zähne zusammen, balle die Hände zu Fäusten. Von ihr meine Vermutungen diesbezüglich bestätigt zu bekommen, lässt den Zorn in mir aufflammen.

»Ich werde hier nicht länger bleiben! Sie haben meinen Vater doch erlebt. Er ist ein Monster und wegen ihm ist …« Sie schafft es nicht, den Satz zu beenden. Ihre Augen beginnen zu glänzen und sie muss schlucken. Ich weiß sofort, dass sie von ihrer Großmutter spricht.

»Aber wo willst du denn hin? Ohne Geld und Perspektive?« Mein Unwille bröckelt. Diese junge Frau ist völlig allein und hoffnungslos. Ich kann es an ihrem Gesicht ablesen: Sie ist kurz davor, aufzugeben. Alles – vor allem sich selbst.

»Oh, ich habe Geld.«

Ich lege den Kopf schief. Es ist zu einfach, sie zu manipulieren. »Gib es mir!« Ich strecke eine Hand aus und sehe sie auffordernd an.

»Niemals«, zischt sie.

Da ich ihre Erlaubnis nicht brauche, wühle ich schlussendlich doch in ihrer Tasche, bis ich es finde. Das Bündel ist mit einer kleinen Klammer befestigt, die ein Siegel ziert. Ich habe es schon mal irgendwo gesehen, komme nur nicht drauf, wo. Direkt daneben befindet sich ihr Pass, den ich ebenfalls einkassiere.

»Das behalte ich, bis dein Vater entschieden hat, was mit dir passieren soll.«

»Nein, bitte nicht!« Sie klammert sich plötzlich an meinen Arm, drängt sich an mich, sodass ich einen Schritt zurück stolpere. Sie ist mir so verdammt nah. »Bitte sagen Sie ihm nichts hiervon. Er wird nur wieder … Er wird mich bestrafen«, beendet sie ihren Satz.

In ihren dunkelbraunen Augen schimmern Furcht, Angst

und Hoffnung. Sie ist traumatisiert, wird mir klar. Und das nicht wegen heute. Sie wohnt seit Jahren mit ihrem gewalttätigen Vater unter einem Dach. Sicher hat sie schon mehr Wunden als die blauen Flecken davongetragen.

Ich mahle mit den Kiefern. Sie gehen zu lassen wäre ein Fehler. Entweder würde Fernández sie erwischen, oder sie würde im Ausland an die falschen Leute geraten und dort Schwierigkeiten bekommen. Aber wenn sie hierbleibt, könnte das ebenfalls ihren Tod bedeuten. Ich bin hin- und hergerissen.

»Bitte, Bold. Tun Sie mir das nicht an«, flüstert sie und spricht damit das erste Mal meinen Namen aus.

Eine Gänsehaut bildet sich auf meinen Unterarmen. Sie dürfte nicht so eine Wirkung auf mich haben. Damit reite ich mich nur in die Scheiße.

In meinem Gehirn arbeitet es, ich wäge das Für und Wider ab. Mein Widerstand schmilzt, mein Gewissen obsiegt. In Sekundenschnelle fälle ich eine Entscheidung. »Okay.«

Nur dieses eine Wort lässt sie lächeln und vor Erleichterung aufatmen.

»Aber ich bringe dich zu mir.«

Augenblicklich verdunkelt sich ihr Blick wieder und sie gewinnt Abstand zu mir. »Was?«

Ich trete an die Tasche heran, mache den Reißverschluss zu und hebe sie an. Mit dem Gepäckstück in meiner Hand drehe ich mich zu Faviola um. »Ich kann dich nicht schutzlos gehen lassen. Dein Vater ist gerade auf dem Weg zum Anwesen von Fernández, um die Sache zu klären. Aber so lange du nicht sicher bist, bleibst du bei mir. Verstanden?«

»Vater tut was?« Sie reißt die Augen auf, dann schüttelt sie den Kopf, als würde sie den Gedanken abtun. »Sie wollen … dass ich mit Ihnen komme?« Perplex starrt sie mich an, kann offensichtlich nicht glauben, was ich da sage.

»Ich habe ein kleines Strandhaus an der Südküste. Dort bringe ich dich hin, bis sich hier alles beruhigt hat. Es ist erst vor einem halben Jahr gebaut worden, weshalb es noch auf keiner Karte eingezeichnet ist. Es wird uns also niemand finden.«

»Nicht einmal mein Vater?«, flüstert sie. Ich kann nicht sagen, ob sie fassungslos oder hoffnungsfroh ist.

Zur Bestätigung nicke ich. »Mehr kann ich dir nicht anbieten.«

Ich gebe ihr ein paar Sekunden, um das Gesagte zu verarbeiten. Endlich kommt wieder Leben in sie und sie stürmt zu ihrem Kleiderschrank. Sie wühlt darin herum, wirft mir ein paar Teile zu, die ich mit der freien Hand fange.

»Was wird das, wenn es fertig ist?«

»Wonach sieht es denn aus?« Kokett dreht sie sich zu mir um, hebt ein Bein und kickt ihren verbliebenen Schuh zu mir. Er bleibt ein paar Zentimeter vor meinen Füßen liegen. »Und jetzt umdrehen.«

»Vergiss es.« Ich grunze. Sie soll jemand anderen verarschen, ganz bestimmt drehe ich mich nicht um, damit sie einfach zur Tür hinausstürmen und verschwinden kann.

»Na gut, dann sehen Sie mir beim Umziehen zu.« Provokativ stellt sie sich hin, nur wenige Meter trennen uns und die Tür liegt genau zwischen uns. Als sie mit beiden Händen nach dem Saum ihres Kleides greift, wird mir klar, dass sie es ernst meint.

»Fuck.« Genervt drehe ich mich um. Das macht die Kleine mit Absicht. »Wehe, du verpisst dich einfach.« Ich höre es hinter mir rascheln, als etwas zu Boden gleitet. Das Geräusch von nackten Füßen auf Holzboden nähert sich.

Eine Hand berührt mich am rechten Arm und ich drehe den Kopf herum. Da steht Faviola doch allen Ernstes halb nackt vor mir. Nur ein weißer Spitzen-BH mit passendem Höschen bedecken ihren Körper.

Nun kann ich die Beule in meiner Hose nicht mehr ignorieren. Sie drückt sich verärgert gegen den Stoff und will freigelassen werden. In diesem Moment bin ich froh, dass ich mit dem Rücken zu Faviola stehe, so kann sie wenigstens meine Erregung nicht sehen.

»Meine Sachen«, sagt sie mit honigsüßer Stimme und deutet auf das Bündel, das ich in der rechten Hand halte.

Ich reiche es ihr und wende meinen Kopf ab. Scham brennt durch meinen Körper. Die Kleine könnte meine Tochter sein; ich sollte nicht so für sie empfinden.

Nacheinander nimmt sie mir die Sachen ab und zieht sich hinter mir um. Als ich nichts mehr in den Händen halte, drehe ich mich zu ihr und erhasche noch einen Blick auf ihren Bauchnabel, bevor sie sich das schwarze Shirt vollständig anzieht – ihre Haut ist glatt, honigbraun und verführerisch. Ich sehe in ihr Gesicht und entdecke dort ein wissendes Grinsen. Sie muss mein Starren bemerkt haben.

»Wir sollten jetzt von hier verschwinden, bevor dein Vater wieder da ist.« Dass er sie nicht freiwillig gehen lassen würde, lasse ich unausgesprochen, sollte ihr aber dennoch klar sein.

Sie nickt energisch, greift sich noch eine Handtasche und kramt ein Paar Sportschuhe unter ihrem Bett hervor, in die sie schlüpft. Auffordernd sieht sie mich an.

»Müssen Sie nichts aus Ihrem Zimmer holen?«, fragt sie mich mit hochgezogenen Augenbrauen.

»Nein.« Ich bin erst seit ein paar Tagen hier, habe Kleidung von Rodriguez gestellt bekommen und die einzigen

Sachen, die wirklich mir gehören, trage ich gerade bei mir. »Und jetzt komm.« Ich greife mir ihren Ellenbogen und eskortiere sie nach draußen. Zu Anfang ziert sie sich etwas, bis sie realisiert, dass ich sie wirklich nach unten führe. Das Hauspersonal ist mittlerweile aus der Eingangshalle verschwunden und kümmert sich vermutlich um andere Räume.

An der Tür angekommen werde ich etwas nervös. Rodriguez hat zwar die meisten Männer mit sich genommen, um das Fernández-Anwesen anzugreifen, dennoch wäre es töricht von ihm, das Gebäude völlig ohne Schutz zu lassen. Ich habe also nur eine Chance, die Kleine unbeschadet hier rauszuschaffen, und das ist nicht der Haupteingang.

Ich halte Faviola zurück, die natürlich – naiv wie sie ist – direkt zur Haustür will. Am Arm dirigiere ich sie in die andere Richtung und halte auf die elektronisch verschlossene Tür zum Keller zu.

»Wohin bringen Sie mich? Da ist der Ausgang.« Sie deutet mit der freien Hand zur Tür.

»Die wird mit Sicherheit bewacht und ich weiß nicht, wie ich den Männern erklären soll, dass ich dich von hier fortschaffe.«

Beim Kellerzugang angekommen, lasse ich sie für einen kurzen Moment los, um den Code einzugeben, danach lege ich meine Hand auf ihren unteren Rücken und schiebe sie in die Kühle des Untergeschosses.

»Ich war noch nie in diesen Tunneln.« Ihre Stimme wird von den Wänden zurückgeworfen. Hinter uns fällt die Tür ins Schloss und das Geräusch lässt Faviola sich erschrocken umdrehen. Ihr Blick trifft meinen. Für eine Sekunde starren wir uns an, dann treibe ich sie vorwärts.

»Sie führen kilometerweit vom Haus weg. Ein Tunnel

endet Nahe des Parkplatzes. Dort werden wir wieder rauskommen, uns ein Auto schnappen und verschwinden.« Die Dunkelheit wird uns dabei nützlich sein, denn es ist mittlerweile Abend geworden und die Sonne geht bereits unter. Eigentlich der perfekte Moment, um zu verschwinden.

Wie zu erwarten ist hier alles leer, die meisten Männer sind zusammen mit Rodriguez auf dem Weg, um den Krieg zu Fernández zu tragen. Wir kommen an der Waffenkammer vorbei und ich überlege, ob ich mich noch weiter ausstatten soll. Einfach nur zum Spaß, schließlich habe ich ein ganzes Lager in meinem Strandhaus. Ich entscheide mich dagegen und schiebe Faviola in den Gang, der rechts davon abgeht. Rodriguez hat mir bereits nach meiner ersten Arbeitsschicht eine Karte des Kellers gezeigt, die ich mir einprägen sollte, um genau auf solche Fälle wie heute – für eine Flucht – vorbereitet zu sein. Dank meines militärisch ausgebildeten Gedächtnisses ist das eine meiner leichtesten Übungen. Nur aus diesem Grund kann ich uns jetzt durch die Gänge zum richtigen Ausgang führen.

Nach ein paar Minuten reibt sich Faviola über die Arme. Sie trägt nur ihr Shirt und scheint hier unten zu frieren. Zum Glück sind wir gleich wieder draußen, dort ist es wärmer. Nach einer weiteren Abzweigung, bei der wir dem rechten Gang folgen, sind wir schon da. Links von uns befindet sich eine in der Wand montierte Sprossenleiter, die zu einer Art Gullydeckel führt.

»Da rauf«, befehle ich ihr.

Faviola sieht hinauf zur Metallplatte, dann wieder zu mir. »Die kann ich nicht hochheben.«

Ich rolle mit den Augen. »Stell dich nicht so an! Ich lass dich nicht hier unten, also hoch mit dir!« Um meine Worte zu unterstreichen, lasse ich die Tasche fallen und packe ihre

Hüften. Sie kreischt erschrocken auf und legt ihre Hände auf meine. Sie sind warm, weich, zart. Mit einem Ruck hebe ich sie hoch, sodass sie beinahe mit dem Kopf gegen die Decke stößt. »Festhalten«, knurre ich und sie kommt dem nach. Ich lasse sie los und sehe dabei zu, wie sie mit ihren winzigen Händen gegen den Deckel drückt.

Nach wenigen Versuchen hat sie es geschafft und schiebt ihn schließlich knirschend zur Seite. Sie steigt die Sprossen hinauf und zieht sich aus dem Loch. Ohne zu zögern, setze ich ihr mit der Tasche in der Hand nach. Oben angekommen entdecke ich Faviola, die einfach in der Gegend herumsteht.

»Kannst du mir mal helfen?«, keife ich. Meine Schultern sind zu breit für das Loch, sodass ich mich nicht mit nur einem Arm allein aus dem Tunnel befördern kann.

Faviola wirbelt zu mir herum und nimmt schuldbewusst die Tasche entgegen, sodass ich mich nun mit beiden Händen herausschieben kann. Bevor ich mich erhebe, rücke ich den Deckel wieder zurück. Es soll keiner bemerken, auf welchem Weg wir uns herausgeschlichen haben. Ich richte mich auf und nehme Faviola die Tasche ab. »Jetzt lass uns von hier verschwinden.«

KAPITEL 11

Faviola

Geduckt rennen wir zum letzten geparkten Auto – mit den anderen muss Vater unterwegs sein. Wie üblich ist es nicht abgeschlossen und der Schlüssel steckt. Bold steigt auf der Fahrerseite ein, was sicher auch besser ist, denn ich habe keinen Führerschein. Daher mache ich es mir auf dem Beifahrersitz gemütlich, während der *Gringo* meine Tasche auf den Rücksitz wirft. Bei dem Wagen handelt es sich im Gegensatz zu den anderen um einen geländegängigen Jeep. Vater nutzt ihn gern, um mit seinen Geschäftspartnern Spritztouren über die Insel zu machen. Ohne mich eines weiteren Blickes zu würdigen, startet er den Motor. Das Licht geht nicht sofort an, worüber ich froh bin – so bleibt mir der erneute Anblick der leblosen Körper erspart. Konzentriert starrt Bold nach draußen, drückt aufs Gas und fährt langsam an. Ich klammere mich am Türgriff fest, während ich versuche, kontrolliert zu atmen. Es ist verdammt dunkel draußen, weshalb ich befürchte, dass wir von der Straße abkommen. Doch der *Gringo* fährt überraschend souverän und bringt uns mehrere Meter vom Haus weg, bevor er das Licht einschaltet und etwas beschleunigt.

Eine Bewegung aus dem Augenwinkel lässt mich zur Seite blicken. Bold hält ein Handy in der Hand, dessen Display bei den aktuellen Lichtverhältnissen viel zu grell wirkt. Er tippt darauf herum, dann hält er es sich ans Ohr.

»Wen rufen Sie an?« Statt mir zu antworten, schenkt er mir nur einen nichtssagenden Blick, daher schweige ich.

»Señor Rodriguez«, mir läuft ein kalter Schauer den Rücken hinunter, »hier ist Bold. Ich will Sie darüber informieren, dass Ihre Tochter das Landhaus verlassen hat.«

»Was?«, platzt es aus mir heraus. Mir wird schlagartig kalt und ich halte den Atem an. Ich hätte ahnen müssen, dass es ein Fehler war, einem Schoßhund meines Vaters zu trauen. Er hat die erstbeste Situation genutzt, um mich an ihn zu verraten. Vermutlich wird er ihm jetzt brühwarm erzählen, dass ich abhauen wollte. Meine Augen brennen und die erste Träne löst sich aus meinem Augenwinkel, die ich schnell fortwische.

Ohne eine Antwort abzuwarten, brüllt mein Vater ungehalten ins Telefon, was ich auch ohne zu lauschen gehört hätte. Er klingt völlig außer sich, fassungslos.

»Faviola hat versucht, durch das Fenster zu entkommen und über den ersten Stock zu fliehen, ich habe sie dabei erwischt, wie sie mit dem Stuhl auf die Gitter eingeschlagen hat.«

Ich sinke tiefer in den Sitz. Jetzt ist alles vorbei. Diese Sache wird mir Vater niemals verzeihen, vermutlich schlägt er mich zur Strafe tot. Aber vielleicht wäre das auch besser, dann wäre wenigstens mein erbärmliches Leben hier beendet.

»Sie hat *was* gemacht?! Bringen Sie sie sofort zurück in ihr Zimmer und sorgen Sie dafür, dass sie nicht entkommt!«, keift man Vater, rasend vor Wut. Obwohl die Freisprechanlage nicht aktiviert ist, kann ich jedes Wort von ihm verstehen, so laut brüllt er.

»Das werde ich nicht tun.«

Vor Überraschung keuche ich auf. Mein Blick zuckt zu Bold, der stur nach draußen sieht. Auch am anderen Ende der Leitung ist mein Vater anscheinend vor Verblüffung verstummt.

»Der heutige Tag hat gezeigt, dass sie nicht einmal in ihrem eigenen Zuhause sicher ist. Daher habe ich entschieden, sie vorerst in meinem Haus unterzubringen.«

»Sie tun was?« Mein Vater lässt eine ganze Fluch-Tirade auf Bold herabregnen. Diesen scheint das nicht im Geringsten zu stören, er zuckt nicht einmal mit der Wimper.

Währenddessen keimt in mir Hoffnung. Er hat mich zwar eiskalt an meinen Vater verraten, aber er lässt mich dennoch nicht im Stich. Ganz im Gegenteil: Er stellt sich gegen den Befehl meines Vaters und hält sein Wort mir gegenüber. Ein Funken Vertrauen nistet sich in meiner Brust ein und ich hoffe, dass Bold ihn nicht im Keim erstickt.

»Sie haben mir die Aufgabe übertragen, für die Sicherheit Ihrer Tochter zu sorgen, und das nehme ich ernst. Daher erachte ich es als das Beste, wenn sie vorerst nicht mehr zwischen die Fronten gerät. Mein Haus ist auf keiner Karte verzeichnet, ich habe dort genug Waffen, um uns im Notfall zu verteidigen. Außerdem wird sie dort keiner vermuten, es ist also das beste Versteck, das wir zurzeit haben.« Auf seine nüchterne Erklärung hin kehrt Ruhe am anderen Ende ein.

Ich habe schon die Hoffnung, dass mein Vater nachgibt, da erhebt er die Stimme erneut: »Señor Thieß! Sollten Sie zusammen mit meiner Tochter das Gelände verlassen, werde ich Sie suchen und eigenhändig zur Strecke bringen. Haben Sie verstanden?«

Bolds blaue Augen suchen meine. Ich lege einen flehenden Ausdruck in sie, muss die Tränen nicht einmal erzwingen, bei der Kälte in Vaters Stimme rinnen sie von ganz allein über meine Wangen. »Bitte nicht«, formen wortlos meine Lippen. Meine Unterlippe bebt, ich habe einen Kloß im Hals, gegen den ich ankämpfe. Es hilft nichts, das Zittern packt meine Hände und ich verschränke hilflos die Finger ineinander.

Jetzt zeigt sich, ob ich einen Fehler gemacht habe, ihm zu vertrauen.

»Jawohl, so verstanden.«

Meine Welt zerbricht in Scherben. Ich sacke in mich zusammen, kann das Beben meiner Unterlippe nicht mehr zurückhalten. Wieso habe ich es nicht besser gewusst? Ich kann niemandem trauen.

»Dennoch werde ich sie von hier wegbringen. Mein oberster Befehl lautet, ihr Leben zu schützen, und das werde ich auch weiterhin tun. Ich melde mich morgen wieder bei Ihnen.«

Ich reiße meine Augen weit auf, kann kaum glauben, was ich da gehört habe. Hat er gerade wirklich …?

»Bold, wagen Sie es nicht …« Der *Gringo* legt auf und erstickt somit das Gezeter meines Vaters.

Vor Schock schlage ich die Hände vor den Mund. Mein Hirn kann noch nicht begreifen, was hier gerade passiert ist. Bold steigt kräftig aufs Gas, der Wagen beschleunigt und ich kralle mich fest an den Sitz. Wir brettern die Allee hinunter und in erschreckender Geschwindigkeit kommt das Tor näher.

»Bold!«, spreche ich warnend seinen Namen aus. Das hält ihn aber nicht davon ab, weiter Gas zu geben.

Ich fürchte schon, dass wir einfach gegen das Metalltor prallen und im schlimmsten Fall wie Crashtest-Dummies enden, da gleitet es geschmeidig zur Seite – zum Glück funktioniert der Sensor in unserem Auto. Wir zischen haarscharf an der Kante des Tors vorbei, das sich noch immer öffnet, und schon verlassen wir Vaters Grundstück.

Freude packt mich, Euphorie durchströmt mich. Ich drehe mich auf dem Sitz um, blicke zurück Richtung Haus, das für so lange Zeit mein Zuhause und gleichzeitig mein Gefängnis war. Es liegt schon so weit entfernt, dass ich nicht einmal mehr die Lichter in den einzelnen Fenstern erkennen kann. Stattdessen leuchtet alles in dem tiefen Rot der Rückleuchten. Passend, finde ich. Für mich war das Leben dort die Hölle. Jetzt von dort wegzukommen, fühlt sich wie der erste Schritt Richtung Freiheit an. Ich muss Bold nur noch davon überzeugen, mir meinen Pass zurückzugeben und mich in die Stadt zu lassen, dann wäre ich frei.

Bei diesem Gedanken wende ich mich dem *Gringo* zu. Er sieht noch immer konzentriert auf die Straße und ignoriert mich. Da mich die Freude wie ein Prickeln durchströmt, handle ich in einer Kurzschlussreaktion, lehne mich zu ihm und drücke ihm einen Kuss auf die Wange. Zu meiner Überraschung verreißt er das Lenkrad, als er sich ruckartig von mir weg beugt, und braucht ein paar Sekunden, bevor er das Fahrzeug wieder unter Kontrolle hat.

»Scheiße! Mach das nie wieder!«, zischt er mich an.

»Was? Sie küssen?«

Er wirft mir einen Seitenblick zu und ich grinse überlegen.

»Mich so zu erschrecken.«

»Gott, Sie sind so ein Langweiler.« Ich mache es mir auf dem Beifahrerplatz gemütlich, versuche, mein klopfendes Herz wieder unter Kontrolle zu bekommen.

Ich mag es kaum zugeben, aber ich bin heilfroh, dass er mich nicht ans Messer geliefert hat. Mein Herz hätte das nicht ertragen. Es ist verrückt, wie wohl ich mich in seiner Nähe fühle. Ich kenne ihn gerade mal eine Woche und unser Start war nicht gerade rosig. Damals wusste ich noch nicht, ob ich ihm trauen kann – leider weiß ich es immer noch nicht zu hundert Prozent. Aber er hat mich beschützt, mehr als einmal. Die Szene auf dem Friedhof kommt mir wieder in den Sinn, wie er im Anzug niederkniete, eine Waffe in der Hand und unsere Angreifer niederstreckte. Ohne es kontrollieren zu können, werden meine Hände ganz feucht und meine Mitte prickelt. Bolds Anblick war göttlich, ihn in Aktion zu erleben, hatte eine verbotene Schärfe.

Während ich den heutigen Tag Revue passieren lasse, kehren meine Gedanken viel zu schnell zurück zu Rafael und *abuela*. Ohne meine Großmutter weiterzuleben, fühlt sich wie Verrat an. Sie war alles für mich. Nach dem Tod meiner Mutter war sie immer für mich da. Mein Herz verkrampft sich, ich kann den seelischen Schmerz fast körperlich spüren. Erneut läuft mir eine Träne die Wange hinab und ich wische sie schnell weg. Er soll mich nicht weinen sehen – nicht schon wieder. Ich räuspere mich. »Wie lange fahren wir zu Ihrem Strandhaus?«

Er schweigt, weshalb ich ihm meinen Kopf zudrehe. »Sie haben doch vor, mich dorthin zu bringen, oder?« Ein heftiger Anflug von Paranoia überfällt mich. Was ist, wenn alles ein abgekartetes Spiel ist und er mich jetzt zu Fernández bringt? Dem einzigen Menschen auf der Welt, den ich fast so sehr fürchte wie meinen Vater selbst.

»Etwa vier Stunden, daher schlaf ruhig. Ich wecke dich, sobald wir da sind.« Mich beruhigen seine Worte kaum. Ich kenne mich zu wenig auf der Insel aus, um sagen zu können, wohin wir fahren. Außerdem ist es verdammt dunkel, sodass alles gleich aussieht.

»Als ob ich schlafen könnte«, murmle ich und wende mich ab. Die Stirn lehne ich an das kühle Glas des Fensters, schaue hinaus. Bäume und Büsche zischen so schnell an uns vorbei, dass ich sie nicht mit dem Blick erfassen kann. Mittlerweile ist es stockfinster draußen und nur die Scheinwerfer schneiden durch das tiefe Schwarz.

Eine Gänsehaut bildet sich auf meinen Armen und ich reibe über sie. Es ist verdammt kalt im Wagen.

Bold streckt einen Arm aus. Ich erwarte, dass er mich packt, daher zucke ich zur Seite. Doch stattdessen kann ich beobachten, wie seine Hand etwas an der Armatur dreht. Kurz darauf beginnt ein Gebläse warme Luft in den Innenraum zu pusten. Mit großen Augen sehe ich ihn an, ohne dass er den Blick erwidert. So viel Fürsorge habe ich von einem grimmigen Charakter wie ihm nicht erwartet.

Nachdem mir wärmer ist und ich mich etwas beruhigt habe, erlaube ich mir, mich entspannter in den Sitz zu lehnen. Trotzdem bleibt eine gewisse Anspannung zurück. Obwohl ich mich dazu zwinge, wach zu bleiben, werden meine Lider stetig schwerer. Ich reiße sie immer wieder auf, aber am Ende verliere ich den Kampf. Der letzte Gedanke, der mir durch den Kopf schießt, bevor ich ins Land der Träume abdrifte, ist: Ich sollte ihm nicht trauen!

Wellenrauschen. Das Zirpen von Grillen. Vogelgesang. Der Duft von Kiefern.

Ich rekle mich genüsslich in meinem Bett, halte die Lider wegen der Helligkeit noch geschlossen. Ein Lächeln liegt auf meinen Lippen, so gut wie heute habe ich schon lange nicht mehr geschlafen. Ein dünnes Laken rutscht von meinem Körper und ich ergreife es. Erst jetzt fällt mir auf, dass alles falsch ist. Augenblicklich reiße ich die Augen auf und finde mich in einem geräumigen Schlafzimmer wieder, das zu zwei Seiten mit einer Glasfronten versehen ist. Deshalb ist es viel zu hell. In meinem Zimmer ist es dank dicker Vorhänge wesentlich dunkler. Ich richte mich hektisch auf, streiche meine Locken zurück, damit ich mehr erkennen kann. Mit weit aufgerissenen Augen starre ich durch die Fenster und habe einen perfekten Blick auf Palmen, einen Strandabschnitt und das Meer.

Meer? Mierda*, wo bin ich?*

Schneller, als für meinen Kreislauf gut ist, springe ich aus dem Bett und laufe zur Fensterfront. Mir wird leicht schwindelig, was sicher nicht nur am abrupten Aufstehen liegt. Ich umfasse den Griff der Schiebetür und öffne diese. Der Duft von Meersalz und Algen dringt in meine Nase, Wind fährt mir unter das Shirt. Wenn ich nicht so verwirrt davon wäre, wo ich mich befinde, würde ich diesen Moment genießen. Ich war schon immer gern am Meer.

Mit einem Fuß trete ich auf die Veranda, spüre das Holz unter meinen nackten Füßen. Verwirrt sehe ich nach unten. Habe ich nicht zuletzt Schuhe getragen? Zumindest die Hose und das Shirt von gestern habe ich noch an.

Gestern. Die Erinnerungen prasseln wie ein Hagelschauer auf mich ein: die Beerdigung, der Angriff, *abuela*, der *Gringo*. Plötzlich weiß ich, wo ich bin: in seinem Strandhaus.

Ich muss im Auto eingeschlafen sein und er hat mich dann in sein Bett getragen.

Neugierig setze ich auch den zweiten Fuß nach draußen und schließe die Tür hinter mir. Am Meer ist es etwas kühler als im Landhaus, der Wind ist frisch und es bildet sich eine Gänsehaut auf meinen Unterarmen. Ich reibe mir darüber, während ich den ersten Schritt von der Veranda hinunter in den Sand setze. Links und rechts befinden sich ein paar Büsche und Bäume, die den Pfad zum Wasser flankieren. Ich kann das Meer nicht nur hören, sondern auch schon sehen. Ohne weiter darüber nachzudenken, laufe ich den Weg entlang und befinde mich nach wenigen Sekunden an einem menschenleeren Strand. Ich habe nur noch Augen für das Meer.

Blaue Wellen brechen sich weißschaumig am Strand, spülen rhythmisch kleine Muscheln und Steine an Land. Alles wirkt so märchenhaft, so ruhig. Das Rauschen des Meeres legt sich über mich, klärt meine Gedanken. Genießerisch schließe ich die Augen, versuche, diesen Moment in mich aufzusaugen. Diese Ruhe, diesen Frieden.

Ein Schnaufen lässt mich abrupt die Lider öffnen. Ich blicke nach rechts und entdecke zu meiner Überraschung Bold, der auf einer Hantelbank ein paar Übungen macht. Er scheint mich noch nicht bemerkt zu haben. Neugierig beobachte ich ihn.

Er trägt nur eine knappe Hose, die ihm gerade mal bis zur Mitte der Oberschenkel reicht. So habe ich perfekten Blick auf seine muskulösen Waden und den Rücken. Mit den Händen stützt er sich auf der Bank ab, hat seine Füße im Sand vergraben und macht so etwas wie Liegestütze. Dabei bewegen sich die Muskeln auf seinem Rücken, der in der Sonne verführerisch glänzt. Die Adern an seinen Armen treten hervor, was meinen Puls in die Höhe treibt. Bold sah ja schon immer zum Anbeißen aus, aber dieser Anblick lässt mich schwach werden. Seine starken Arme, die breiten Oberschenkel und sein knackiger Hintern tun es mir einfach an. Ich kann nicht verhindern, dass mir Hitze ins Gesicht und in den Schoß schießt.

Der *Gringo* kommt wieder auf die Füße, richtet sich auf und wischt sich die blonden Haare aus der Stirn. Er dreht sich zu mir um und seine blauen Augen entdecken mich. Ich kann es nicht verhindern, dass mein Blick an seinem gestählten Körper hinab wandert, seine wohlgeformten Brustmuskeln bewundert, den kleinen Pfad aus Haaren unterhalb seines Sixpacks mustert und ich an seinem Schritt hängen bleibe. Erst als er sich in Bewegung setzt, schaffe ich es, ihm wieder ins Gesicht zu sehen. Mittlerweile müssten meine Wangen feuerrot sein, ich hoffe, er schreibt es der Meeresbrise zu.

»Bist du auch endlich wach?«

»Ich dachte, Sie wollten mich wecken, wenn wir da sind, *Gringo.*« Ich recke herausfordernd das Kinn, überspiele damit aber nur meine eigene Unsicherheit. Wir sind jetzt ganz allein, niemand außer uns ist hier. Das lässt mir heiß und kalt zugleich werden, denn ich weiß immer noch nicht, ob ich ihm trauen kann.

Er grunzt bloß, während er sich die Hände an der Hose abwischt. »Du hast geschlafen wie ein Stein, selbst ein Erdbeben hätte dich nicht geweckt, Prinzessin.«

»Ich bin keine Prinzessin.«

»Und ich kein *Gringo.*«

Wir starren uns ein paar Sekunden an, bevor er hinzufügt: »Wir werden in den nächsten Tagen viel Zeit miteinander verbringen, daher wäre es angebracht, wenn du mich endlich beim Namen nennst.« Er stapft an mir vorbei Richtung Haus. Auf halben Weg dreht er sich zu mir um. »Hunger?«

Wie aufs Stichwort knurrt mein Magen. Ich schätze, für ein Frühstück wird es etwas zu spät sein, dafür steht die Sonne zu hoch. Aber Mittagessen klingt auch nicht verkehrt. Kommt natürlich darauf an, was der *Gringo* – nein – Bold anzubieten hat. »Das klingt gut.« Ich gehe auf ihn zu und lächle ihn warm an. In seiner regungslosen Miene kann ich nicht lesen, was er denkt. »Du lächelst wohl nie, was?«

Er zieht eine Augenbraue hoch, kehrt mir den Rücken zu und geht zum Haus. Ich folge ihm, muss aber viel mehr Schritte machen, um mitzuhalten.

»Ich hoffe, du stehst auf Tee?« Er übergeht damit meine Frage, doch so leicht kommt er mir nicht davon.

»Bist du immer so grimmig? Gibt es keine Freuden in deinem Leben?« Ich lege den Kopf schief und mustere ihn.

Er betritt derweil die Veranda, hält auf die rechte Seite zu und lässt dabei das Schlafzimmer links liegen. »Denn ich fürchte, ich habe keinen Kaffee im Haus. Das war nämlich der Grund, warum wir uns kennengelernt haben.« Er sieht über die Schulter zu mir und wirft mir einen bedeutungsschweren Blick zu.

»Du ... Warte.« Ich wollte eigentlich weiter auf seinem grummeligen Charakter herumreiten, als mir die Tragweite seiner Worte klar wurde. »Du hast keinen Kaffee hier?«, frage ich mit viel zu hoher Stimme.

Er schüttelt den Kopf und seufzt, zieht dann an einer weiteren Schiebetür, die genau wie beim Schlafzimmer verglast ist. Mir fällt auf, dass die ganze südliche Seite des Hauses, die Richtung Meer zeigt, aus Fenstern besteht. Ich betrete nach ihm den Raum, den ich schnell als gemütliche

Wohnküche identifiziere. Im vorderen Bereich steht ein gemütlich aussehendes Sofa vor einem niedrigen Couchtisch. An der Fensterwand steht auf einem hohen, schmalen Tisch ein Fernseher. Weiter hinten befindet sich eine kleine Küche, auf die Bold zuhält.

»Leider nicht, deshalb war ich ja im Café, um neuen zu besorgen.« Er wühlt etwas in den Schränken herum, nach ein paar Sekunden holt er eine hölzerne Box hervor, in der sich Dutzende Teebeutel befinden. »Willst du?«

Ich trete an die Theke heran, an der sich niedrige Barhocker befinden, und lasse mich auf einem davon nieder. Nacheinander studiere ich die Beutel, bis ich mich für einen schwarzen Tee entscheide. Ich bin zwar zu meiner eigenen Überraschung putzmunter, aber etwas Koffein schadet sicher nicht.

»Wohnst du hier allein?« Ich sehe mich um, halte nach Bildern Ausschau, auf denen ich vielleicht eine Frau oder Kinder entdecke, jedoch sind alle Wände nackt. Nur ein großer Spiegel befindet sich im Wohnzimmer. Das macht es schwieriger, Bold einzuschätzen, oder Schwächen herauszufinden, die ich ausnutzen könnte, damit er mich gehen lässt.

»Ja.« Er dreht sich um, setzt Wasser auf und wirft dann einen Blick in den Kühlschrank. »Mist.«

Ohne dass ich fragen muss, kann ich riechen, warum er flucht. Ein modriger Geruch dringt mir in die Nase, weshalb ich sie rümpfe. »Warst wohl schon länger nicht mehr hier.« Ich wende mich von ihm ab, damit mir nicht schlecht wird.

Er kramt etwas herum, befördert einige Dinge in den Mülleimer und stellt dann nacheinander ein Marmeladenglas, eine geschlossene Packung Käse und ein paar verschrumpelte Tomaten auf den Tresen zwischen uns. »Das muss reichen.«

Kritisch mustere ich die bunte Mischung und frage mich, was ich damit anfangen soll. Als er dann aus dem Tiefkühlschrank ein Brot hervorholt, muss ich lachen. »Wie willst du das denn so schnell auftauen?« Ich sehe ihm direkt in die viel zu blauen Augen.

»Ich werfe es in den Ofen.« Er zuckt mit den Schultern, geht daraufhin auf den Backofen zu und schaltete ihn an.

»Du ruinierst das Brot damit nur.« Ich schüttle den Kopf.

»Woher willst du das denn wissen? Du hast vermutlich noch nie am Herd gestanden und etwas gekocht.«

Auch wenn er damit ins Schwarze getroffen hat, will ich mir nicht anmerken lassen, dass er mich damit verletzt hat. Ich bin zwar eine verwöhnte kleine Zicke, dennoch verstehe ich etwas vom Kochen. *Abuela* hat früher mit mir zusammen immer Paella gemacht, das ist zwar schon ein paar Jahre her, aber mir ist einiges im Gedächtnis geblieben. Ich stehe auf und umrunde den Tresen. Dahinter ist viel zu wenig Platz, weshalb ich mich plötzlich an Bolds Brust wiederfinde. Ich sehe zu ihm auf, halte die Luft an, damit ich seinen verführerischen Duft nicht einatme.

»Hast du vielleicht Eier?«, hauche ich und bereue es, weil ich daraufhin einatmen muss. Bold riecht verführerisch nach Kiefern, Schweiß und harter Arbeit.

Seine Augen zucken hin und her, als wüsste er nicht, was er mit ihnen fixieren soll. Mit einem Mal rückt er so plötzlich von mir ab, dass ich einen kalten Lufthauch zwischen uns spüre.

Maldición! Was macht er bloß mit mir?

Bold bückt sich zum Kühlschrank, sodass ich den perfekten Blick auf die zwei Grübchen an seinem unteren Rücken habe. Ich muss schlucken. Er kommt mit einer Packung Eier wieder hoch und überreicht sie mir. Etwas überrumpelt nehme ich sie entgegen. Mein Kopf ist wie in Watte gepackt, mein Blick auf seine Bauchmuskeln gerichtet.

»Brauchst du eine Pfanne?«

»Äh, ja.« Ich reiße mich von seinem Oberkörper los und schiebe mich an ihm vorbei zum Herd. *Dios mío, kann sich dieser Mann bitte etwas anziehen?* Aus einem Schrank überreicht er mir eine Pfanne, die ich mit zittrigen Händen entgegennehme. Ohne ihn weiter zu beachten, mache ich mich an die Zubereitung eines improvisierten Frühstücks. Dazu krame ich eine Schüssel aus einer Schublade hervor, schlage darin die Eier auf, halbiere die Tomaten und gebe sie dazu. Den Käse zerbrösle ich in kleine Stücke und rühre ihn unter. Bold reicht mir noch etwas Öl, das ich in die mittlerweile warme Pfanne gebe. Ein paar Minuten warte ich noch, bis sie heiß ist, dann gebe ich alles hinein. Mit einem Pfannenwender, den ich neben der Spüle entdeckt habe, rühre ich im Essen herum.

Neben mir schaltet Bold den Wasserkocher an und gießt uns zwei Tassen ein, nachdem das Wasser erhitzt ist. Ich kann den scharfen Geruch des schwarzen Tees riechen, der sich unter seinen eigenen Körpergeruch mischt.

Ich sollte an etwas anderes denken!

Das Fett spritzt, das Ei brutzelt. Ich stelle den Herd aus, die Pfanne müsste heiß genug sein. Ich entdecke auf Augenhöhe ein kleines Regal mit Gewürzen, bei denen ich mich großzügig bediene.

Hinter mir höre ich Bold, doch ich drehe mich nicht um. Mir ist auch so schon warm genug, da muss ich nicht schon wieder aufgrund seines Anblicks ins Schwitzen geraten. Während das Essen brät, durchsuche ich seine Schränke nach Tellern und werde in einer großen Schublade fündig. Ich nehme zwei daraus hervor und finde in der darüber liegenden direkt noch Besteck. Als ich mich dann doch umdrehe, um die Sachen auf dem Tresen abzulegen, erhasche ich einen Blick auf Bold, der gerade aus dem Schlafzimmer kommt und sich ein Shirt überzieht. Kaum ist er hinein geschlüpft, senke ich den Kopf und wirble wieder herum.

»Das Essen sollte gleich fertig sein«, rufe ich über meine Schulter. Ein Stuhl schabt hinter mir, vermutlich hat sich Bold auf einen der Hocker gesetzt.

Nachdem das Ei goldbraun ist, nehme ich die Pfanne vom Herd, drehe mich um und gebe jedem von uns die Hälfte davon auf den Teller. Ich verstaue das schmutzige Kochgeschirr in der Spüle und kehre dann zurück an den Tresen. Neben Bold sind noch beide Plätze frei – er hat sich genau in die Mitte gesetzt –, doch ich will mich nicht neben ihn setzen. Seine Nähe verwirrt mich schon seit unserer ersten Begegnung und ich will sie nicht noch extra herbeiführen. Daher bleibe ich einfach stehen und esse so das Rührei.

Bold quittiert meine Entscheidung mit einer gehobenen Augenbraue, sagt dazu aber nichts. Schweigend essen wir. Ich bin froh, dass es schmeckt, ungern hätte ich mir die Blöße gegeben, eine schlechte Köchin zu sein. Auch Bold scheint es zu munden, zumindest verzieht er das Gesicht nicht.

Ich erwische mich erneut dabei, wie ich ihn mustere. Sein Gesicht ist von der Sonne gebräunt, ein paar Falten finden sich um seine Augen, die ihn nur noch attraktiver machen. Ob sie sich vertiefen würden, wenn er lächelt? Ich würde es zu gern sehen. In seinem blonden Haar schimmern ein paar graue Strähnen, die kaum auffallen, wenn man ihn nicht so intensiv – wie ich – anstarren würde.

Blaue Augen treffen auf meine und ich verschlucke mich. Ich huste, wende mich ab und versuche, mir nicht anmerken zu lassen, dass er mich erwischt hat. Da ich sein Schnauben höre, ist mir das wohl nicht gelungen. Meine Wangen brennen erneut vor Hitze, und Schweiß rinnt mir den Nacken hinunter. Um ihm nicht in die Augen blicken zu müssen, nippe ich an dem Tee. Ich bin überrascht, wie gut er mir schmeckt, dabei trinke ich eigentlich lieber Kaffee.

Kaum hat er aufgegessen, richtet er das Wort an mich: »Ich werde heute einkaufen müssen, damit wir nicht verhungern. Kann ich dich hier so lange allein lassen?«

Ich höre den Argwohn aus seiner Stimme, er traut mir nicht – das beruht wohl auf Gegenseitigkeit. »Du hast mein Geld und meinen Pass, außerdem weiß ich nicht, wo ich mich gerade befinde. Wo sollte ich also hin?« Ich nehme seinen und meinen Teller, stelle alles zusammen in die Spüle. Abwaschen werde ich sicher nicht, darum soll er sich kümmern. Ich drehe mich wieder zu ihm um, da steht er schon auf.

»Gut. Und damit du gar nicht erst auf den Gedanken kommst, danach zu suchen, werde ich auch beides mitnehmen.« Er holt meine Sachen zum Beweis kurz aus seiner Hosentasche, steckt es dann wieder zurück.

Mierda! Er hat mich durchschaut, natürlich hätte ich danach gesucht. Das macht mein ganzes Unterfangen komplizierter. Wie soll ich jetzt an meinen Pass und das Geld herankommen, um von hier zu verschwinden?

Bold wendet sich bereits ab und hält auf die Tür zu.

»Stopp!«, rufe ich ihm hinterher und laufe ihm nach.

Er dreht sich mit der Hand am Griff zu mir um.

Fieberhaft denke ich darüber nach, was ich sagen kann, das ihn davon überzeugt, mir Geld und Pass zu überlassen. Auf die Schnelle fällt mir nichts ein, weshalb ein Notfallplan her muss. Ein Gedankenblitz durchschießt mich und ich setze einen lasziven Blick auf. Mit wiegenden Hüften gehe ich auf ihn zu. »Wollen Sie wirklich so schnell wieder verschwinden? Wir sind doch endlich allein. Niemand, der uns stört.« Ich lege einen Finger auf seine Brust, fahre die Linien seiner Marke unterhalb des Shirts nach und schaue ihn dabei lasziv an. Kalt erwidert er meinen Blick, zeigt wie immer keinerlei Regung. »Sie haben es doch auch gespürt, oder nicht?«

Mit der anderen Hand taste ich nach seiner Hosentasche, streiche dabei mehr zufällig als beabsichtig über seinen Schritt und bin überrascht, dass sich dort tatsächlich eine Beule abzeichnet. Ich öffne meinen Mund leicht, blicke aus schweren Lidern zu ihm auf. »Geben Sie es zu, Sie wollen mich.« Ich wandere mit meinen Fingern zu seiner Hosentasche, kann bereits den Pass spüren.

Blitzschnell packt Bold meine Hand an seiner Brust, wirbelt mich herum und legt seinen Arm um meinen Hals. Mit der anderen Hand fixiert er meine freie an meinem Bauch und zieht mich nah an sich heran. Sein Atem kitzelt mich am Ohr. Ich sollte das hier nicht heiß finden, aber – *mierda*! – ich werde feucht und kann es nicht einmal verhindern.

»Wage es nie wieder, mich zu verarschen! Das funktioniert bei mir nicht! Also lass deine Finger bei dir.« Mit diesen Worten stößt er mich von sich und ich stolpere vorwärts.

»Um was wollen Sie wetten?«, keuche ich außer Atem. Noch im Umdrehen sehe ich, dass er die Schiebetür zur Seite zieht, hinaustritt und mit einem wütenden Funkeln in den Augen stehen bleibt. »Bisher konnte mir noch niemand widerstehen.«

»Dann werde ich wohl der Erste sein!« Ohne ein weiteres Wort zieht er die Tür zu und verschwindet einfach.

›Von wegen‹, denke ich und fahre mir durch das wellige Haar, starre dabei frustriert nach draußen. Es hat auch schon bei seinen Vorgängern geklappt – was am Ende der Grund war, warum Vater sie gefeuert hat, oder Schlimmeres. Der Ehrgeiz packt mich. Nun will ich nicht mehr nur Bold verführen, um ihm mein Geld und den Pass abzunehmen, sondern auch, um es ihm zu beweisen. Er wird schon sehen, was er davon hat. So leicht gebe ich nicht auf!

KAPITEL 12

Bold

Es fühlt sich seltsam an, mit dem Jeep in die Stadt zu fahren. Mein Wagen jedoch befindet sich noch vor dem Café, dort, wo ich ihn vor einer Woche abgestellt habe, um Kaffee zu besorgen. Ich überlege, ob es sinnvoll ist, die Fahrzeuge zu tauschen. Mein kleiner Kombi ist zwar praktisch, da er nicht so viel verbraucht und ich dennoch alles damit transportieren kann. Dennoch fühle ich mich in ihm immer sehr eingeengt. Wenn die Auswahl auf der Insel nicht so beschränkt wäre, hätte ich mir sicher ein anderes Fahrzeug ausgesucht. Der Jeep dagegen bietet viel Beinfreiheit und mein Kopf stößt nicht bei jeder Bodenwelle gegen das Autodach. Und da Rodriguez seinen Wagen mit Sicherheit entbehren kann – besonders wenn er dazu dient, seine Tochter zu beschützen –, wird er bestimmt nichts dagegen haben, wenn ich ihn mir ein paar Tage ausleihe.

Dieses Mal fahre ich nicht nach Havanna. Das Risiko, dort von Fernández' Männern erkannt und am Ende verfolgt zu werden, ist mir zu groß. Daher steuere ich ein kleines Dörfchen an, das keine halbe Stunde von meinem Strandhaus entfernt liegt. Es heißt Melena del Sur, umfasst gerade einmal eintausend Einwohner und besitzt außerdem eine der wenigen Polizeistationen auf der Insel. Dementsprechend kann man behaupten, dass hier verhältnismäßig wenig Straftaten passieren.

Ich parke den Jeep neben dem einzigen Café der Stadt, um hier den ersten Punkt von meiner Liste zu streichen: Kaffee. Natürlich falle ich hier auf wie ein bunter Hund: Europäer, hellhäutig, blond und dann auch noch die Statur eines Bären. Ich laste ihnen ihre Neugierde und ihr Misstrauen nicht an. Selbst die Verkäuferin sieht kritisch aus, mustert meine linke Wange. Über Nacht hat sich dort ein kleiner Bluterguss gebildet, den ich Faviola zu verdanken habe. Aber kaum, dass ich Spanisch spreche, hellt sich – wie fast überall – ihr Gesicht auf. Abseits der Hauptstadt hassen Kubaner Touristen, noch mehr hassen sie die Touristen, die nur Englisch können. Doch sobald man ihnen mit ihrer Muttersprache begegnet, tauen sie auf und zeigen ihre eigentliche Frohnatur. Denn das sind die meisten Kubaner, fröhlich und gesellig.

Nachdem ich den Kaffee im Wagen verstaut habe, fahre ich weiter zum einzigen Supermarkt. Dort kaufe ich Lebensmittel und Frauenhygieneprodukte, denn ich bin mir unsicher, ob Faviola so etwas eingepackt hat. Nach diesem Abstecher halte ich noch bei einem Bauern, bei dem ich mir frische Eier besorge. Alles zusammen sollte reichen, uns für eine Woche zu versorgen.

Zurück im Wagen steht mir der Schweiß auf der Stirn, es ist ein weiterer heißer Tag auf der Insel. Noch ein Grund mehr, warum ich mich über den Jeep freue. Die Klimaanlage in meinem Kombi hat ihre besten Tage leider hinter sich, weshalb ich immer die Kühlung von Windows nutzen muss: Fenster runter.

Als ich gerade den kleinen Ort über die Hauptstraße verlasse, klingelt mein Telefon. Auch ohne drauf zu gucken, weiß ich, wer es ist.

»Ja.« Kein Hallo, keine Frage.

»Señor Thieß! Ich hoffe, Sie haben gut geschlafen.« Die schnarrende Stimme von Rodriguez ertönt durch den Lautsprecher. »Sie haben da wirklich ein schickes Strandhaus.«

Ein kalter Schauer läuft meinen Rücken hinunter. »Wie meinen Sie das?« Ein ungutes Gefühl beschleicht mich, weshalb ich Gas gebe. Ich muss so schnell wie möglich zurück. Jetzt komme ich mir dumm vor, Faviola allein gelassen zu haben.

»Sie dachten doch nicht wirklich, dass ich meine Tochter ganz ohne Schutz lasse?«

Scheiße! Wie konnte er uns so schnell finden? Auf seiner Karte im Keller war kein Weg zu meinem Haus eingezeichnet. Ist der Wagen etwa mit einem GPS ausgestattet? Verdammt, wie habe ich das übersehen können?

»Ihr Glück, dass das Haus so gut gelegen ist. Direkt am Strand und nur ein Zufahrtsweg, der ausschließlich von Bauern genutzt wird. Dort wird Fernández sie sicher nicht finden.«

Seine Worte beruhigen mich keineswegs. Erneut bin ich froh, den Jeep zu haben, die Stoßdämpfer federn sämtliche Unebenheiten der Straße ab, während ich darüber brettere. »Was wollen Sie?« Er würde mich nicht anrufen, wenn er seine Tochter einfach mit nach Hause genommen hätte und mich tot sehen wollte. Wieso sollte er mich in so einem Fall anrufen und damit warnen? Es muss etwas anderes sein.

Kurz schweigt er, bevor er tief Luft holt. »Ich schätze, dass ich Ihnen danken muss, meine Tochter aus der Gefahrenzone geschafft zu haben.«

Ich glaube ihm kein Wort. Ein Mann wie er würde niemals Schwäche zeigen, indem er indirekt zugibt, dass er falschgelegen hat. »Okay.«

»Mir gefällt zwar Ihre Vorgehensweise nicht, dennoch muss ich gestehen, dass sie effektiv ist.«

Der Zufahrtsweg zu meinem Strandhaus taucht vor mir auf, hier ist der Weg noch unebener, weshalb ich vom Gas gehen muss. Der Wagen ruckelt jetzt trotz Stoßdämpfer heftig hin und her. »Vielen Dank.« Langsam verliere ich die Geduld. Rodriguez redet um den heißen Brei, anstatt mir direkt zu sagen, was er von mir will.

»Dennoch sollte Ihnen eines bewusst sein, Señor Thieß«, ich hasse es, dass er mich mit Nachnamen anspricht, »wenn Sie sich noch einmal meinem Befehl widersetzen, sind Sie ein toter Mann. Ich habe Sie schon einmal gewarnt, eine dritte Warnung wird es nicht geben.« Da war sie, die Drohung, die ich erwartet habe.

Mein Strandhaus taucht zwischen den kargen Büschen und Bäumen auf. Ich halte die Luft an und erwarte, mehrere Fahrzeuge davor zu entdecken. Als ich auf den Schotterparkplatz zuhalte, stoße ich den Atem erleichtert aus. Niemand ist zu sehen. Ich entdecke jedoch Reifenspuren, die nicht von mir stammen. Er ist also hier gewesen. Scheiße!

»Ich verstehe.« Ich parke den Jeep, stelle den Motor aus und sehe mich weiter um. »Gibt es noch etwas, dass Sie mir erzählen möchten?« Doch ich bin allein auf dem Parkplatz und die Umgebung ist sicher. Faviola vermute ich im Haus, denn sonst hätte sich ihr Vater sicher anders ausgedrückt.

Leder knarzt, er scheint sich gerade von einer Couch oder einem Sessel zu erheben. »Die Auseinandersetzungen mit

Fernández werden sich wohl noch etwas ziehen. Wir haben ihnen gestern einen Vorgeschmack darauf geboten, was ihnen droht, sollten sie es noch einmal versuchen. Das wird vermutlich aber noch nicht reichen, um sie uns vom Hals zu schaffen.« Eine Flüssigkeit gluckert, als würde sie in ein Glas gekippt werden. »Daher wäre es gut, wenn Sie meine Tochter weiterhin von hier fernhalten könnten.«

»Natürlich.« Etwas anderes habe ich sowieso nicht vorgehabt.

Rodriguez trinkt schlürfend von dem Getränk und ich höre ihn schlucken. »Sie werden mich jeden Tag anrufen und mich darüber informieren, wie es meiner Tochter geht.« Er legt eine Pause ein. »Sie darf Ihr Heim nicht verlassen, selbst in Ihrer Begleitung nicht, darüber werde ich mit Ihnen nicht diskutieren.«

»Keine Sorge, ich habe nicht vor, sie irgendwohin auszuführen«, scherze ich.

Mein Blick wandert durch den Innenraum, ich suche nach einem Tracker; finde jedoch nichts. Wütend schlage ich mit einer Hand auf das Lenkrad.

Rodriguez lacht hart auf. »Glauben Sie bloß nicht, Sie wären meiner Tochter gewachsen. Sie hat dasselbe Feuer wie ihre Mutter im Blut. Sollten Sie dennoch in Versuchung geraten«, spricht er mit tiefer, bedrohlicher Stimme weiter, »oder auch nur Hand an sie legen, werde ich Ihnen jeden Fingernagel einzeln ausreißen, Ihnen die Haut vom Gesicht abziehen und Ihnen den Schwanz abschneiden! Haben Sie mich verstanden?!« Mit jedem Wort ist er lauter geworden. Etwas klirrt, als würde Glas zersplittern.

Er will mich einschüchtern, mir Angst einjagen, nur ist das zwecklos. Ich habe in meinen fünfundfünfzig Lebensjahren viel gesehen und erlebt – auch am eigenen Leib. Was er mir da androht, ist nicht halb so übel wie die schlimmste Folter, die ich habe überstehen müssen. Dennoch wäre es taktisch unklug, ihn das spüren zu lassen. Deshalb willige ich folgsam ein: »Jawohl, so verstanden.«

»Ich liebe Ihre deutsche Gehorsamkeit«, säuselt er. Ein paar Sekunden Schweigen folgen.

»Wie haben Sie uns eigentlich gefunden?« Die Frage ist raus, bevor ich es verhindern kann.

Rodriguez bricht in Lachen aus. »Als ob ich Ihnen das erzähle, damit Sie mir doch noch meine Tochter entziehen.«

»Ich wüsste nicht, wieso ich das tun sollte.« Sein Misstrauen ist verständlich. Dass er mich überhaupt so nah an seine Familie gelassen hat, ist ungewöhnlich. Ich kann mir zwar vorstellen, dass das alles ein Test war, er sehen wollte, ob er mir trauen kann, aber genau kann ich es nicht sagen.

»Reizen Sie mich nicht!«, droht er mir. Kurz darauf hat er sich wieder gefangen. »Sollten Sie etwas brauchen, kontaktieren Sie mich. Ich stelle Ihnen alle Mittel zur Verfügung.«

»Ich weiß Ihr Angebot zu schätzen.« Angespannt reibe ich über mein stoppeliges Kinn. Rodriguez ist ein unangenehmer Geselle. So eng mit ihm in Kontakt zu stehen, bereitet mir Kopfschmerzen. Es ist das eine, für so einen Psychopathen zu arbeiten. Aber etwas anderes auch in seine Angelegenheiten persönlich involviert zu sein, das könnte mir Schwierigkeiten bereiten. Hoffentlich bereue ich es später nicht, diesen Job angenommen zu haben.

»Ich höre dann morgen von Ihnen. Zwölf Uhr, nicht früher, nicht später!«

»Verstanden.«

»Und lassen Sie sich eine Sache sagen: Ich war bisher sehr freundlich zu Ihnen. Sie wollen mich nicht erleben, wenn ich die Geduld verliere.« Mit diesen Worten legt er auf.

Die Anspannung verlässt meinen Körper und ich atme aus. Ich habe gar nicht mitbekommen, wie verkrampft meine Hände waren. Ich löse die linke vom Lenkrad und lege das Handy auf meinen Schoß. Nachdem ich meine Finger gelockert habe, damit sie nicht mehr so steif sind, greife ich nach dem Schlüssel und steige aus. Ich besehe den Wagen und taste ihn ab, finde jedoch auch hier keinerlei Hinweis auf einen GPS-Tracker. Etwas frustriert, dass ich nicht weiter gekommen bin, hole ich die Einkäufe hervor, packe die Tüten und gehe auf das Haus zu. Die einzige Frage ist jetzt, ob Faviola auf mich gehört hat und wirklich dort geblieben ist. Es würde jetzt noch fehlen, dass sie abgehauen ist und ich ihren Vater kurz nach unserem mehr als unangenehmen Telefonat darüber informieren muss, dass sie mir entkommen ist.

Ich betrete das Wohnzimmer und scanne sofort die Umgebung. Faviola ist nicht hier. Ich stelle die Tüten auf dem Tresen ab und öffne die Tür, die von der Küche weiter in die Abstellkammer führt. Die Regale sehen aus wie immer, nichts hat sich verändert.

Erneut bricht mir der kalte Schweiß aus. »Faviola!«, brülle ich und stürme hinüber ins Schlafzimmer. Ihre Sachen von gestern liegen unordentlich auf dem Bett. Ich suche ihre schwarze Sporttasche und werde nicht fündig. »Scheiße!«, fluche ich.

Als letzten Ort, an dem sie sein könnte, steuere ich das Bad an, das an das Schlafzimmer grenzt. Ich öffne die Tür und augenblicklich kommt mir dampfgeschwängerte Luft entgegen. Mein Blick fällt auf die ebenerdige Duschkabine, die nur durch eine Glasscheibe vom restlichen Bad abgetrennt ist. Dort steht Faviola, lässt sich das heiße Wasser auf den Körper prasseln und schäumt sich die Haare ein. Sie steht mit dem Rücken zu mir und trotz der beschlagenen Scheibe kann ich ihren runden Hintern erblicken.

Sie dreht sich um und unsere Blicke treffen sich. Mir schießt die Hitze nicht nur in den Kopf, sondern auch in die südliche Region. Bevor sie auch nur ein Wort sagen kann, will ich die Tür schließen. Dabei passiert es, dass mein Blick zu weit nach unten sinkt und ich eine ihrer süßen dunklen Knospen erspähe. Das Grinsen, das sie mir daraufhin schenkt, werde ich wohl nie mehr los. Als hätte sie darauf gehofft, dass ich sie im Bad erwische. Die Kleine will es wirklich darauf anlegen.

Als das Holz der Tür uns wieder trennt, raufe ich mir durch die Haare, versuche auf andere Gedanken zu kommen, damit die Beule in meiner Hose abschwillt. Doch es nützt nichts. Frustriert stoße ich die Luft durch die Nase aus und stapfe zurück ins angrenzende Zimmer. Die Lebensmittel müssen schnell in die Kühlung.

Als ich gerade die Eier verräume, höre ich hinter mir ihre Schritte. »Hast du Hunger?« Es ist zwar vielleicht zwei Stunden her, dass wir etwas gegessen haben, aber ich weiß sonst nicht, was ich zu ihr sagen soll. Da ich ihr nicht in die Augen sehen will, bleibe ich mit dem Rücken zu ihr stehen und sammle die letzten Teile aus den Tüten: die Hygieneartikel.

»Ich wusste nicht, welche du benutzt.« Ich drehe mich mit zwei Packungen in den Händen zu ihr um, hebe den Blick und muss schlucken. Sie hat nur ein weißes Handtuch um den Oberkörper geschlungen, das gerade mal bis über ihren Hintern reicht. Ihre Haare sind nass und kleben als Wellen auf ihren Schlüsselbeinen – noch immer sind dort dunkle Schatten von der Misshandlung ihres Vaters zu erkennen. Mit ihren braunen, fast schwarzen Augen sieht sie zu mir auf. Langsam kommt sie auf mich zu, beißt sich dabei auf die Unterlippe.

Scheiße! Was macht sie da? Will sie erneut an ihre Sachen in meiner Hosentasche? »Was wird das, wenn es fertig ist?«, frage ich sie mit heiserer Stimme.

Ihre Augen sinken auf meine Brust, sie streicht mit einem Finger über mein Shirt und hinterlässt eine brennende Spur, obwohl sie nicht einmal meine Haut berührt. Sie wandert hinunter zu meinem Hosenbund. Bevor sie ihn erreicht, packe ich ihr Handgelenk und ziehe daran, lasse dabei die Verpackung fallen.

Das war ein Fehler!

Ihr rutscht das Handtuch vom Körper und plötzlich habe ich freien Blick auf ihren göttlichen Körper. Ihre Brüste haben die perfekte Größe. Ihre dunklen Vorhöfe umgeben verlockend ihre Nippel, welche ich am liebsten sofort in den Mund nehmen würde.

»Es scheint, als könnten selbst Sie mir nicht widerstehen.« Sie grinst ein schiefes Lächeln, das mich schier verrückt macht. Ihre freie Hand reibt über meine Erregung, trotz des Stoffs zwischen uns fühlt es sich unglaublich gut an.

›Wann war das letzte Mal?‹, schießt es mir durch den Kopf.

»Ist das ein Spiel für dich?« Ich dränge sie rückwärts, bis die Theke sich in ihren Rücken drückt. Sie keucht kurz auf, vermutlich vor Kälte. Der betörende Ausdruck in ihren Augen verschwindet zu meiner Überraschung nicht. Meine Reaktion scheint ihre Lust nur zu befeuern.

»Nur wenn Sie spielen wollen.« Faviola stellt sich auf die Zehenspitzen und reckt mir damit ihre Brüste entgegen. Sie beißt sich auf die Unterlippe, was die Enge in meinem Schritt nur noch verstärkt.

Ich kann nicht anders, als ihren Mund anzustarren. Ein Knurren dringt aus meiner Kehle. Ihre Nippel drücken sich hart gegen meinen Brustkorb, ihr heißer Atem streift mein Gesicht und ich kann ihre Erregung förmlich riechen. »Vergiss es, Kleine! Ich spiele nicht mit einem *Kind.*« Ich spucke ihr das letzte Wort ins Gesicht, da ich weiß, dass sie das verletzt. Abrupt rücke ich von ihr ab, sodass kühle Luft ihre Haut trifft und ich beobachten kann, wie sich die Härchen an ihrem Körper aufstellen.

Mit einem Arm bedeckt sie ihre Brüste. Ihre Miene verzieht sich und sie funkelt mich an. »Vater hat Sie verdammt gut abgerichtet. Sind ihm wohl hörig, Schoßhündchen?« Sie kommt einen Schritt auf mich zu. »Hat er Ihnen gedroht? Will er Ihnen den Schwanz abschneiden und damit die Ratten füttern?« Sie kommt mir noch näher, sodass ich zurückweiche. Sie trifft mit ihren Worten ins Schwarze, aber das ist nicht der einzige Grund, warum ich zögere. Faviola ist so verdammt jung! Sie könnte meine Tochter sein.

Das ist falsch! So verdammt falsch!

Ich kann es nicht riskieren, dass sich unsere Körper erneut berühren. Sie riecht so verflucht verführerisch nach Zimt und Versuchung, dass ich nicht weiß, wie lange ich ihr noch standhalten kann. Selbst mein Schwanz in der Hose protestiert pochend. Er sehnt sich schon danach, von ihrem weichen Mund umschlossen zu werden.

»Da habe ich Sie wohl falsch eingeschätzt, ich dachte, Sie wären mutiger.« Sie funkelt mich neckisch aus ihren dunklen Augen an. Ihre Lippen sind feucht, geschwollen, weil sie zu sehr darauf herumgekaut hat.

Schon wieder stellt sich mein Hirn vor, wie ich zwischen ihre Lippen abtauche und ihren gottverdammten Mund ficke. Wenn ich hier nicht bald rauskomme, werde ich einen Fehler begehen. »Beschwör nicht etwas herauf, was du am Ende bereust. Wir beide.« Meine unterschwellige Drohung nimmt sie gar nicht wahr, stattdessen beginnen ihre Augen zu glänzen.

»Geben Sie es zu! Sie wollen mich.« Sie kommt einen Schritt auf mich zu, bewegt dabei ihren Körper bewusst, betont damit ihre Reize: ihren knackigen Arsch und die prallen Brüste.

Mein Schwanz pulsiert mittlerweile, meine Eier schmerzen. Ich will die Kleine, aber ich darf der Versuchung nicht nachgeben. Wenn Rodriguez weiß, wo wir sind, könnte es sein, dass uns gerade jemand beobachtet. Das kann ich nicht riskieren.

»Faviola«, knurre ich ihren Namen.

Ein Schauer läuft anscheinend ihren Rücken hinab, denn ihr Körper erzittert für einen Moment. Vor Erregung?

Verflucht! Der Gedanke, sie könnte genauso scharf auf mich sein wie ich auf sie, macht mich verdammt an. Sollte sie noch einen Schritt näher kommen, werde ich die Kontrolle verlieren.

»Trauen Sie sich nicht? Dabei sind Sie doch so ein großer und gefährlicher Mann«, säuselt sie und begeht einen weiteren Fehler: Sie überbrückt die Distanz zwischen uns.

Innerhalb einer Sekunde bin ich bei ihr, schließe meine Hand um ihren Hals und ziehe sie an mich heran. Sie keucht auf, hat mit dieser heftigen Reaktion nicht gerechnet. Ich beuge mich zu ihr hinab, sehe ihr starr in die Augen. Ihre Lippen sind leicht geöffnet, ihre Pupillen vor Lust geweitet. Sie will das hier! Verdammt! Sie genießt es regelrecht, von mir gewürgt zu werden, auch wenn ich nur wenig Druck ausübe.

»Dir sollte klar sein, wenn ich einmal angefangen habe,

wird das unser Verderben sein. Daher die Frage: Willst du das wirklich?« Ich lasse die unterschwellige Drohung in meiner Stimme mitschwingen, sie klingt rau und tiefer als sonst. Auch ich kann meine Erregung nicht länger verbergen. Sie pocht mit jedem Herzschlag gegen den Stoff meiner Hose. Ich bin fucking steinhart.

»Ja«, flüstert sie und bringt mich damit um den Verstand.

Ohne weiter darüber – und über die Konsequenzen – nachzudenken umschlinge ich ihren Körper mit dem anderen Arm und presse meine Lippen auf ihre. Vor Überraschung entkommt ihr ein hoher Laut, doch kaum berühren sich unsere Münder, seufzt sie und öffnet ihren, um meiner Zunge Einlass zu gewähren.

Meine rechte Hand löse ich von ihrem Hals, um sie in ihre Haare zu schieben und den Hinterkopf zu packen. Der Kuss ist wild, leidenschaftlich und verdammt heiß. Faviola glüht regelrecht in meinen Armen. Ich habe ihren Geruch nach Zimt in der Nase und kann ihn förmlich schmecken. Ich stelle mir vor, dass sie auch zwischen den Beinen so schmeckt und ein Knurren verlässt meine Brust.

Gott, ich will sie!

Ich löse mich von ihr, schaue ihr tief in die Augen. Ihre Lippen glänzen vom Kuss, ihre Augen sind vor Lust verschleiert. Sie kann sich kaum noch auf den Beinen halten und schwankt etwas.

»Wow«, flüstert sie. Ihre Finger streicheln über meine Wange, zeichnen den blauen Fleck nach. »Habe ich mich dafür eigentlich schon entschuldigt?«

»Ich wüsste genau, *wie* du dich entschuldigen könntest.«

Ihre Augen finden meine und Hunger glänzt in ihnen. Sie wechselt das Standbein, beißt sich auf die Unterlippe und macht sich an meinem Gürtel zu schaffen.

Ein innerer Kampf beginnt. Einerseits will ich nichts mehr, als ihren Mund zu ficken, andererseits ist sie so verdammt viel jünger und auch noch meine Schutzperson. Rodriguez wird mich killen, wenn er hiervon erfährt.

Faviola hat bereits meinen Hosenstall geöffnet und kniet sich hin. Ich schaue von oben auf sie herab, der Anblick ist göttlich. Ihre Nippel sind hart und stehen ab, ihr Bauch hat eine kleine Wölbung, die ich unglaublich attraktiv finde. Und ihr Venushügel ...

»Scheiße«, fluche ich und hebe den Kopf. Ich bin so scharf, dass ich bereits kurz davor bin, zu kommen. Dabei hat sie noch nicht einmal angefangen.

»Entspannen Sie sich«, flüstert sie. Im nächsten Moment spüre ich ihre Hände an meiner Boxershorts, die meinen Schwanz aus dem Stoff schälen. Plötzlich ist er frei und ich spüre ihren Atem auf meiner Eichel. Ich muss die Augen schließen, kann das Stöhnen nicht unterdrücken. Als sich dann auch noch ihre Lippen um meinen Schwanz legen, ist es um mich geschehen. Der letzte Widerstand bricht und ich packe ihren Kopf mit beiden Händen, überlasse ihr aber die Geschwindigkeit. Erst vorsichtig beginnt sie meine Eichel mit ihrer Zunge zu umspielen, dann nimmt sie ihn ganz zwischen die Lippen, saugt daran. Ihr Mund ist heiß, feucht und so verdammt geil! Ich bewege mich in ihr, erhöhe den Druck auf ihren Hinterkopf. Ihre Hände legt sie auf meinen Hüften ab, um meiner Bewegung etwas entgegenzusetzen und das Tempo zu halten.

Ich ficke ihren Mund, treibe mich tief in ihren Rachen, bis ich sie würgen höre. Aber darauf nehme ich keine Rücksicht, ich bin wie im Rausch. Meine Eier pulsieren, ziehen sich zusammen und ich weiß, ich bin kurz vorm Kommen. »Fuck«, fluche ich, dann spritze ich hart in ihren Mund. Ich presse sie fest darauf, damit sie schlucken muss. Ich höre sie würgen, sie windet sich, doch ich lasse sie nicht gehen. Erst als ich sie schlucken höre, sehe ich auf sie hinab und nehme meine Hände von ihrem Kopf.

Sie sieht zu mir auf, wischt sich den Speichel vom Kinn und grinst. »Ich habe es Ihnen doch gesagt, mir kann niemand widerstehen.«

Scheiße! War das alles nur ein Spiel für sie? Ich riskiere hier nicht nur meinen Job, sondern auch mein Leben und sie macht sich einen Spaß daraus. Ich schwöre, das wird sie bereuen.

KAPITEL 13
Faviola

Sein ohnehin grimmiger Blick verfinstert sich noch weiter. Mit einem Mal fühle ich mich nicht mehr überlegen, sondern bekomme vor Angst eine Gänsehaut. Bin ich zu weit gegangen? Er beugt sich hinab und packt meinen Arm, an dem er mich auf die Füße zerrt.

»Das ist also alles nur ein Riesenspaß für dich? Du wirst schon sehen, was du davon hast.« Er schließt mit der anderen Hand seine Hose und zerrt mich dann hinter sich her.

Mein Atem beschleunigt sich, mein Herz hämmert heftig in meiner Brust. Seine Finger drücken sich tief in meinen Arm und ich versuche, mich aus seinem Griff zu winden. Er ist zu stark. »Was tun Sie?«, keuche ich. Panik brennt durch meine Adern. Nackt und hilflos folge ich ihm ins Schlafzimmer. Dort angekommen wirft er mich mit Leichtigkeit aufs Bett. Mein Schädel dröhnt, als ich auf der Matratze ankomme.

»Du wolltest es so!«, knurrt er und packt meine Fußknöchel.

Ich kreische vor Schreck auf, als er mich auf den Rücken dreht und zu sich heranzieht. Plötzlich finde ich mich am Rand des Bettes wieder, Bold kniet genau zwischen meinen Beinen, die er sich über die Schulter legt. In seinen blauen Augen liegt ein Ausdruck, den ich nur als Rache betiteln kann. Aber wie er es mir heimzahlen will, kann ich mir kaum ausmalen.

Einen Arm schlingt er um mein Gesäß, hält mich damit an Ort und Stelle, die andere Hand presst er auf meinen Bauch, sodass ich bewegungsunfähig bin. Dann taucht er zwischen meinen Schenkeln ab und ich schreie vor Schreck und Lust auf. Seine Lippen treffen auf meine, seine Zunge teilt sie und berührt meine Klit. Automatisch zucken meine Beine und ich kralle mich mit beiden Händen ins Bettlaken.

Langsam leckt er über meine Spalte, die schon vorher feucht war. Der Blowjob hat mich unglaublich angemacht und ich kann ihn noch immer auf meinen Lippen schmecken.

Die Hand auf meinem Bauch wandert tiefer, streicht über meine Innenschenkel. Ein Schauer packt und schüttelt mich, während seine Zunge kreisende Bewegung um meinen Kitzler zieht. Druck baut sich in meinem Bauch auf und ich stoße hörbar die Luft aus. *Dios mío*, er fühlt sich so gut an.

Seine Hand erreicht meinen Schritt und er taucht seinen Daumen in mich, massiert mich von innen. Ich winde mich unter ihm, da es sich so gut anfühlt. Vor Lust muss ich mir auf die Unterlippe beißen, um nicht zu stöhnen. Der Orgasmus bahnt sich schleichend an, kribbelt zuerst in meinen Schenkel, zieht dann hinauf in den Bauch und zum Schluss auch in meine Brust. Ich schreie meine Lust heraus und recke ihm mein Becken entgegen. Er saugt nun an meiner Perle und schickt mich in den siebten Himmel. Dort schwebe ich für ein paar Sekunden, bis er seinen Daumen aus mir herauszieht und stattdessen zwei Finger hineinschiebt. Augenblicklich spanne ich mich an, werfe meinen Kopf von links nach rechts und stehe unter Strom. Ich will ihn! Ich will seinen Schwanz in mir, ihn spüren, seine Härte. Er soll mich ficken, bis ich stöhne und seinen Namen schreie!

Der zweite Orgasmus erwischt mich wie eine Sturmflut, überrollt mich und macht mich atemlos. So kurz hintereinander bin ich noch nie gekommen. Erst als sein Mund von mir verschwindet, kann ich wieder Luft holen. Flatternd öffne ich die Lider und sehe Bold, wie er sich die Hose abstreift. Danach folgt das Shirt und ich erhalte erneut Blick auf seine nackte Brust, auf der seine Dogtags liegen. Ein kleiner Pfad aus Haaren verläuft mittig von seinen Brustmuskeln hinab bis zu seinem Bauchnabel. Er beugt sich seitlich über mich und holt aus seinem Nachttisch eine kleine Verpackung. Mit den Zähnen reißt er sie auf und zieht sich dann das Kondom über.

Bold klettert zu mir aufs Bett, schiebt mich weiter Richtung Kopfteil und einen Arm unter mich. Mit nur einer Bewegung dreht er mich um und ich finde mich plötzlich auf meinem Bauch wieder. Er drückt meine Beine zusammen und klemmt sie mit den Knien ein. Seine Hände massieren meinen Arsch, den ich ihm willig entgegenrecke. Ich will ihn so unbedingt in mir spüren, dass ich es nicht mehr aushalte. Seine Finger wandern an meinen Seiten hinauf zu meinen Brüsten, umfassen sie von hinten. Eine Gänsehaut zieht sich über meine Arme und ich muss ein Stöhnen unterdrücken. An meinem Po spüre ich seinen Schwanz, sodass ich mich ihm weiter entgegenstrecke. Ich will ihn so sehr in mir spüren, dass sich mein ganzer Körper vor Anspannung verkrampft. Aber statt mich zu erlösen und in mich einzudringen, drückt er mein Becken mit einer Hand zurück aufs Bett.

»Wer kann hier wem nicht widerstehen?«, fragt er mit rauer Stimme.

Ich bin nicht in der Lage, etwas zu erwidern.

Mit der anderen Hand packt er mein krauses Haar – das mittlerweile etwas getrocknet ist – und zieht meinen Kopf nach hinten, wodurch ich ein Hohlkreuz mache. Er rutscht etwas an mir herunter, teilt mit den Fingern meine Arschbacken und – endlich – spüre ich seinen Schwanz an meinem Eingang. Mit nur einem Ruck schiebt er sich in mich. Ich schreie vor Schmerz auf, beiße mir daraufhin vor Lust auf die Unterlippe. Gefangen zwischen Schmerz und Lust keuche ich auf.

Er bewegt sich zuerst langsam in mir, dann wird er schneller und schneller. Er hat noch immer mein Haar gepackt, mein Hals ist überstreckt, mein Mund steht offen, sodass meine Kehle trocken wird. So fickt er mich, bis ich erneut mit einem lauten Stöhnen komme.

Ruckartig lässt er mich los und mein Kopf fällt auf die Matratze. Endlich kann ich mein Becken heben, sodass er noch tiefer in mich eindringt. Ein animalisches Knurren verlässt seine Brust, was mich einen Blick über die Schulter werfen lässt. Bold starrt mich an, in seinen Augen glimmt Begierde, während er mich immer härter nimmt. An seinen Armen treten die Adern hervor, genau wie an seinem Hals. Er scheint kurz davor zu sein, zu kommen.

Ich lasse den Kopf wieder auf das Bett fallen, greife mit meinen Händen ins Laken. Bold beschleunigt noch einmal das Tempo, stößt mit seiner Eichel gegen meine empfindlichste Stelle. Er stimuliert sie so lange, bis ich nicht anders kann, als in seinen Händen zu zerfließen. Mein Orgasmus ist dieses Mal so heftig, dass ich laut stöhne. Fast kommt mir Bolds Namen über die Lippen, aber ich kann ihn gerade noch zurückhalten. Ein Keuchen dringt aus seiner Kehle, dann rutscht er aus mir heraus, zieht sich das Kondom ab und reibt seinen Schwanz zwischen meinen Arschbacken. Einen Augenblick später spritzt er seinen heißen Saft auf meinen Rücken und kommt mit einem Stöhnen. Das macht mich so an, dass ich ebenfalls aufstöhnen muss.

So animalisch wie von Bold bin ich noch nie genommen worden und wenn es nach mir ginge, könnte das den ganzen Tag so weitergehen.

Ein Geräusch weckt mich. Schlagartig öffne ich die Augen und blicke direkt in Bolds schlafende Miene, die vom Schein des Mondes beleuchtet wird. Alles ist ruhig, ich höre nur das Rauschen des Meeres und das Zirpen der Grillen. Bold hat die Augen geschlossen, sein Gesicht ist entspannt, er sieht fast friedlich aus. Vom grimmigen Ausdruck, den er sonst immer an den Tag legt, ist kaum etwas zu erkennen.

Ich hebe den Kopf und sehe mich um. Er liegt neben mir, ich mit dem Rücken zum Fenster. Die Laken sind zerwühlt, meine Haare ein einziges Nest. Ich hätte sie gestern nach der zweiten Dusche glätten sollen, war aber nach dem Sex und dem Schrecken der letzten Tage so erschöpft, dass ich abends im Bett fast auf der Stelle eingeschlafen bin.

Draußen ist es dunkel, nur der Mond taucht alles in ein silbernes Licht. Ich schätze, dass es zwei Uhr in der Früh ist.

Ganz langsam und vorsichtig krabble ich aus dem Bett, habe dabei immer einen Blick auf Bold; er darf nicht wach werden. Erst, als ich mit beiden Füßen auf dem Boden stehe, kann ich ausatmen. Er liegt immer noch regungslos auf seiner Hälfte, nur das Heben und Senken seines Brustkorbs ist zu sehen. Ich mustere seine schlafende Gestalt, er liegt auf der Seite, beide Hände unter dem Kissen vergraben, lockere Shorts bedecken seinen Unterkörper, der Rest ist nackt. Er schläft tief und fest.

Das ist meine Chance!

Ich umrunde das Bett, schleiche auf nackten Sohlen hinüber ins Bad, schließe leise die Tür hinter mir und drehe mich um. Hier gibt es nur ein schmales Fenster, das aus Milchglas besteht, dadurch dringt hier nicht so viel Helligkeit ein und ich kann kaum etwas erkennen. Aber ich traue mich nicht, das Licht einzuschalten, aus Angst, er könnte davon wach werden. Daher muss ich mit dem arbeiten, was ich habe.

Meine Tasche liegt nach wie vor neben der Dusche auf dem Boden, dorthin eile ich und knie mich hin. Ich wühle mich durch die Kleidungsstücke, bis ich etwas Passendes zum Anziehen finde: schwarze Leggings und ein schwarzes Top. Normalerweise trage ich das nur beim Sport, aber für meine Flucht sind bequeme Sachen eine gute Wahl. Ich schlüpfe schnell in alles hinein, überlege für eine Sekunde, ob ich noch meine Haare glätten soll. Das Glätteisen hätte ich mit. Ich schüttle den Kopf, jetzt ist keine Zeit für Eitelkeiten. Aus meinem Kulturbeutel krame ich mir ein Haargummi hervor, fasse meine üppige Mähne zusammen und verknote sie zu einem Dutt. So habe ich sie nicht mehr im Gesicht und sie stören nicht länger. Mein Blick fällt dabei auf das Waschbecken, auf dem noch immer meine Kette ruht, welche ich dort vor dem Duschen abgelegt hatte. Sie hat meiner Mutter gehört und zählt damit zu meinen wichtigsten Habseligkeiten. Daher zögere ich keine Sekunde, bevor ich nach ihr greife und sie mir umlege. Zum Schluss steige ich in die passenden Sportschuhe, schließe die Tasche und greife nach dem Henkel.

Leise kehre ich zur Tür zurück, öffne sie vorsichtig und luge ins Zimmer. Bold liegt nach wie vor auf dem Bett, scheint nichts bemerkt zu haben. Genauso langsam wie vorher schleiche ich an ihm vorbei und halte auf das Fußende zu. Dort hat Bold seine Hose abgelegt, auf die ich es abgesehen habe. Nach wenigen Metern kann ich den Stoffhaufen bereits erkennen und lasse mich davor nieder. Meine Tasche stelle ich neben mir ab, damit ich beide Hände frei habe. Ganz vorsichtig hebe ich die Klamotten an, identifiziere das erste Stück als Shirt und werfe es daher zur Seite. Beim zweiten muss es sich um seine Hose handeln. Ich taste sie ab, finde die Taschen schnell und greife hinein. Ich erfühle einen flachen, kantigen Gegenstand. Dabei muss es sich um einen Pass handeln. Ich umgreife ihn und ziehe ihn heraus. Ein freudiges Quieken verlässt meinen Mund, als ich das kubanische Wappen und den Umschlag zwischen den Seiten erkenne. In der nächsten Sekunde schlage ich mir vor Schreck eine Hand auf den Mund und starre zum Bett. Bold regt sich, dreht sich auf den Rücken. Ich halte den Atem an, habe Angst, erneut ein ungewolltes Geräusch von mir zu geben.

Mein Herz hämmert mir bis in den Hals, meine Finger kribbeln und mir wird vor Aufregung schlecht. Ich will nicht von ihm entdeckt werden. Er wird mich nicht gehen lassen. So nah an meiner Freiheit war ich noch nie! Das werde ich mir nicht kaputtmachen lassen.

Meine Lunge protestiert bereits, dennoch halte ich weitere Sekunden durch. Erst, als ich mir sicher bin, dass er weiterhin schläft, erlaube ich mir, wieder Luft zu holen.

Erneut warte ich ein paar Sekunden ab, bevor ich auch das Geldbündel aus seiner Hosentasche fische. Dieses Mal halte ich mich zurück, presse die Lippen zusammen und bleibe stumm.

Den Pass und das Geld an meine Brust gepresst und in der anderen Hand die Sporttasche stehe ich auf. Immer mit dem Blick auf Bold. Ich zähle bis zehn, bevor ich mich umdrehe und das Schlafzimmer verlasse. Die Schiebetür und damit meine Freiheit sind zum Greifen nahe. Ich strecke meine Hand aus, spüre den kühlen Griff unter meinen Fingern.

»Wo willst du hin?« Seine eiskalte Stimme lässt mich innehalten.

Mein Herz setzt einen Schlag aus, bevor es mir heißes Adrenalin durch die Adern pumpt. *Maldición*, ich war so nah dran, endlich hier rauszukommen. Ich hatte die salzige Meerluft schon förmlich auf der Zunge. Nun ist wieder alles zunichte gemacht.

»Komm von der Tür weg, sonst muss ich dich holen.«

Ich wage es nicht, mich zu bewegen. Denn dann ist wirklich alles vorbei und ich muss mir eingestehen, dass ich versagt habe, wieder einmal.

»Faviola!«

Fieberhaft denke ich darüber nach, wie meine Chancen stehen. Er trägt nur Boxershorts, keine Schuhe, der Weg zum Jeep ist gekiest, das könnte ihn ausbremsen. Aber wie weit komme ich ohne Auto? Denn ich habe weder den Schlüssel noch einen Führerschein. Zu Fuß wäre es schwerer, sich bis zur Küste oder zur Hauptstadt durchzuschlagen, aber vielleicht gabelt mich jemand Nettes auf der Straße auf und fährt mich bis nach Havanna. Ich werde es riskieren.

»Versuchen Sie es gern!« Ich ziehe die Tür auf und

stürme hinaus. Kühle Meeresluft schlägt mir ins Gesicht und in der nächsten Sekunde fange ich an zu laufen.

Hinter mir höre ich Bold in einer fremden Sprache fluchen, er setzt mir nach, ist aber ohne Schuhe nicht so schnell wie sonst. Ich springe von der Veranda und lande auf dem Kiesweg, der zum Auto führt. Soll ich riskieren und nachsehen, ob er den Schlüssel einfach hat stecken lassen, so wie es mein Vater immer macht? Ich entscheide mich dagegen, es würde mich zu viel Zeit kosten, herauszufinden, wie man ein Auto fährt. Daher renne ich an dem Jeep vorbei weiter die Straße hinauf.

Bold schnauft laut, der Kies knirscht, dennoch hat er mich noch immer nicht erwischt. Schweiß bricht mir aus, denn ich bin leider nicht so trainiert, wie ich gern wäre. Daher hechle ich schon nach nur wenigen Metern und werde bereits langsamer. Da der Mond immer noch die einzige Lichtquelle ist, sehe ich kaum etwas und stolpere über einen großen Stein. Ich umklammere meinen Pass und das Geld fester, ich darf beides nicht verlieren. Mit rudernden Armen kann ich mich gerade noch fangen, bevor ich zur Erde gestürzt wäre.

Leider reicht das aus, damit Bold seinen Abstand zu mir verringert. »Faviola! Bleib stehen!«, brüllt er mich an.

Da ich schon jetzt völlig außer Atem bin, kann ich ihm keine Erwiderung entgegenschleudern, aber in Gedanken sage ich: Vergiss es! Die Straße taucht vor mir auf, ich steuere auf sie zu. Bold soll es gern versuchen! Kampflos werde ich nicht aufgeben. Ich erreiche sie und renne einfach blind in eine Richtung, von der ich glaube, dass sie nach Norden führt. Hier gibt es kaum noch Kies, der Boden ist sandig, aber fest. Nun kann auch Bold besser laufen. *Mierda!* Das ist schlecht.

Ich werde immer langsamer, die Sporttasche schlägt in

einem schnellen Rhythmus gegen meinen Oberschenkel und erschwert mir das Laufen. Mein Atem geht mittlerweile nur noch stoßweise und ich keuche. Das habe ich mir alles ganz anders vorgestellt.

Mit einem Mal werde ich zurückgerissen; Bold hat mich erreicht.

»Nein! Lassen Sie mich gehen!« Ich schlage mit dem Pass auf seine Brust, die linke Hand – mit der Tasche – hält er gepackt.

»Wie naiv bist du eigentlich, zu glauben, du kommst hier draußen allein zurecht?!«, brüllt er mich an. Er packt jetzt auch noch mein rechtes Handgelenk und ich bin ihm ausgeliefert. Dennoch gebe ich noch nicht auf, stemme mich gegen ihn und versuche, mich aus seiner Umklammerung zu befreien. »Du kommst keine zehn Meter weit, ohne dir den Hals zu brechen oder erschossen zu werden.«

»Dafür bin ich aber verdammt weit gekommen.« Ich funkle ihn wütend an.

In seinen Augen brennt derselbe Zorn wie in mir, nur aus anderen Gründen.

Er lacht hart auf. »Und was jetzt? Mh? Willst du jemanden anhalten, der dich bis zum Hafen bringt? Glaubst du nicht, dass Fernández' Männer nur darauf warten, dass du einen Fehler machst und sie dich erwischen? Was denkst du denn, wie sie dich in Havanna so einfach finden konnten?«

Seine Worte bringen mich nicht davon ab, mich weiterhin gegen ihn zu stemmen. Nur leider verlassen mich langsam meine Kräfte, sodass er sich kaum noch anstrengen muss, um mich festzuhalten.

»Ich hätte schon einen Weg gefunden! Ich habe ja Geld!«

»Ha!« Erneut dieses Lachen. »Du bist wirklich so dumm, wie ich fürchte! Das Geld könnte dir jeder x-beliebige Kerl abnehmen und dich im Nirgendwo aussetzen. Dann wärst du völlig mittel- und hilflos. Ist es das, was du willst?«

»Nein! Ich will doch nur hier weg!«, platzt es aus mir heraus. Tränen treten in meine Augen. Ich stelle den Widerstand ein, blicke ihm direkt ins Gesicht und hoffe, ihn zu erweichen, sodass er mich doch gehen lässt. Oder mich vielleicht sogar nach Havanna fährt. »Ich will hier nicht sterben! Nicht wie meine Mutter.«

Die Erwähnung lässt ihn innehalten. Er mahlt mit den Kiefern, denkt über meine Worte nach. »Was ist mit ihr passiert?«

Ich wende das Gesicht ab, will darüber nicht reden und doch muss ich es tun, damit er mir endlich hilft. »Sie hat sich umgebracht.« Die Tränen laufen meine Wangen hinab und tropfen von meinem Kinn auf den Boden. Die Erinnerung an meine Mutter, ihre Beerdigung und die Trauer danach überrollen mich. Aber ich will das nicht! Will diesen Schmerz nicht erneut spüren! Ich muss hier weg, bevor das alles mich genauso zerfrisst wie meine Mutter.

»Komm, ich bringe dich zurück.«

»Nein, bitte, Sie verstehen nicht«, flüstere ich kraftlos.

Er hört nicht auf meinen Protest, nimmt mir stattdessen die Tasche ab und schlingt einen Arm um meine Schulter. Die Erinnerung an meine Mutter betäubt mich innerlich, sodass ich nicht anders kann, als mich von ihm führen zu lassen. Gemeinsam trotten wir zurück zu seinem Haus. Auf dem Kiesweg wird er etwas langsamer, wahrscheinlich, da ihm die kleinen Steine das Gehen erschweren. Zurück im Haus macht er das Licht an.

Geblendet von der Helligkeit schließe ich die Augen, wende das Gesicht ab. So kann ich nur hören, wie er ins Wohnzimmer hinübergeht. Etwas schabt über den Holzboden, dann piept es. Ich öffne blinzelnd die Lider und sehe in den anderen Raum.

Bold kniet auf dem Boden, hat den Wohnzimmertisch zur Seite geschoben und die Täfelung abgelöst. Darunter taucht ein großer, massiver Tresor auf, den er in diesem Moment öffnet. Ich beobachte teilnahmslos, wie er meinen Pass und das Geld dort verstaut. Damit sehe ich meine Chancen für eine erfolgreiche Flucht mit einem Schlag vernichtet. Ich könnte es zwar immer noch versuchen, aber ohne Geld kann ich mir keine Fähre leisten und ohne Pass und Visum habe ich keine Chance nach Spanien – oder woandershin – einzureisen oder gar einen Job zu bekommen. Bold schließt den Tresor wieder, legt die Bretter zurück an Ort und Stelle und schiebt den Tisch darauf. Wenn ich nicht wüsste, dass sich dort ein Geheimversteck befindet, würde ich es nicht einmal ahnen.

»Wenn wir jetzt schon wach sind, willst du etwas trinken?« Er erhebt sich, wobei seine Gelenke knacken. Er trägt noch immer nur die Boxershorts, wodurch sein Hintern perfekt zur Geltung kommt. Ich bin noch so mitgenommen, dass ich den Anblick nicht genießen kann – dabei ist der halb nackte Bold eine wahre Augenweide. Stahlharte Muskeln auf Rücken und Brust, stramme, massige Beine, auf die ich mich gern setzen würde. Als hätte er mein Starren bemerkt, hebt er eine Augenbraue und ich wende schnell den Blick ab.

»Einen Rum würde ich nehmen.«

Ein Glucksen dringt aus Bolds Brust, ohne dass er das Gesicht verzieht. »Ich hatte zwar eigentlich an Tee gedacht, aber okay. Dein Glück, dass ich welchen da habe.« Er dreht sich um und hält auf die Küche zu. Er umrundet den Tresen und geht dann in die Knie, um an einen der unteren Schränke zu kommen. Gläser klirren und kurz darauf holt er eine

Flasche hervor. Ich trete langsam an die Theke und setze mich auf einen der Hocker. Meine Unterarme platziere ich auf der Platte, verschränke die Finger ineinander, um zu verhindern, dass sie zittern.

Zwei Tumbler gesellen sich zum Rum und kurz darauf gießt uns Bold in jeden etwas ein. Kaum setzt er die Flasche ab, greife ich nach dem Getränk und nehme einen großzügigen Schluck. Als ich es wieder hinstelle, mustert er mich kritisch. Der Alkohol rinnt mir den Hals hinab, ein Schaudern packt mich und ich stoße die Luft aus. Der Rum ist stärker als gedacht.

»Du hast wohl noch nie Hochprozentiges getrunken?«

»Doch! Natürlich!«, halte ich dagegen, aber der Protest ist schwach. Tatsächlich habe ich bisher nur zwei Mal in meinem Leben etwas Stärkeres als Sangría getrunken: das erste Mal am Todestag meiner Mutter. Ich war erst dreizehn, völlig fertig und auf der Beerdigung habe ich dann einfach eine Flasche Rum geklaut, als keiner hingesehen hat. Das zweite Mal war, als ich Rafael dazu überredet habe, eine Flasche Tequila von meinem Vater zu stehlen. Es war ein jugendlicher Streich, der Alkohol hat nach dem Sieg doppelt so gut geschmeckt.

Bold erwidert darauf nichts und nippt schweigend an seinem eigenen Getränk. Ich spüre seinen Blick auf mir, weshalb ich den Kopf lieber gesenkt halte und das Glas in meinen Händen hin und her drehe.

»Willst du darüber reden?« Seine Frage lässt mich aufsehen.

»Was meinen Sie?«

Er hält meinen Blick fest, stellt das Glas ab und stützt sich mit beiden Händen am Tresen ab. Die Adern auf seinen Armen treten hervor, lassen mich schon wieder ganz andere

Dinge spüren, als ich es sollte. »Ich bin ein guter Zuhörer, auch wenn ich kein guter Gesprächspartner bin.«

Nun ist es an mir, höhnisch aufzulachen. »Das unterstreiche ich so.«

Bold verzieht das Gesicht und nimmt noch einen Schluck. Daraufhin schweigen wir, er gibt mir Zeit, darüber nachzudenken. Im Grunde ist er der letzte Mensch, mit dem ich über meine Probleme reden möchte, aber er ist aktuell auch der einzige, der mir wirklich *zuhören* würde – auch wenn er es vielleicht nie verstehen wird.

KAPITEL 14

Bold

Faviola schweigt schon ziemlich lange, doch ich will sie nicht drängen. Überhaupt ihre Mutter zu erwähnen, hat sie schon Überwindung gekostet; ich habe es in ihren Augen gesehen. Sie waren voller Schmerz und Trauer, Faviola muss innerlich völlig zerrissen sein. Einerseits ist diese Insel ihre Heimat, ihr Zufluchtsort. Andererseits hat sie gerade die einzige Person verloren, die das Landhaus noch zu einem Zuhause gemacht hat, und nun scheint sie nichts mehr zu halten. Ihre zwei, von mir vereitelten, Fluchtversuche beweisen das. Aus diesem Grund gebe ich ihr den Freiraum, den sie braucht, um sich zu öffnen. Und falls sie sich dagegen entscheiden sollte, ist mir das auch ganz recht. Schon schlimm genug, dass ich in die Probleme der Familie Rodriguez verwickelt bin, da muss ich mir nicht noch Faviolas Drama aufladen.

»Meine Mutter wurde wie ich in dieses Leben hineingeboren.« Faviolas Stimme ist nur ein Flüstern, ihre Unterlippe bebt und ihr Körper zittert, als wäre ihr kalt. Dabei trage ich weniger als sie und mir ist warm. »Ihre Familie und die der Rodriguez' waren früher Konkurrenten. Es ist viel Blut geflossen. Daher wurde sie mit meinem Vater verheiratet, um diese Streitigkeiten zu beenden. Ob sie sich jemals wirklich geliebt haben, weiß ich nicht. Meinem Vater traue ich es kaum zu, so kalt wie sein Herz ist.« Sie schluckt und leert den Rum, vermutlich um sich Mut anzutrinken.

Ich gieße ihr nach, achte aber darauf, dass es nicht zu viel wird. Sie sieht mir nicht trinkfest aus und nach ihrer ersten Reaktion auf den Alkohol kann ich mir vorstellen, dass sie ihn auch nicht gewohnt ist.

»Einige Jahre lang ging es gut, ich wurde geboren und laut meiner *abuela* war das die glücklichste Zeit meiner Mutter. Sie blühte regelrecht auf, aber ...«, sie holt Luft, starrt in das Glas, »das hielt nicht lange an. Sie wurde immer unglücklicher, kam kaum aus ihrem Bett und das Essen blieb meistens unberührt.« Eine Träne rollt ihr die Nase hinab und tropft auf den Tresen.

Am liebsten würde ich ihr Gesicht umfassen und ihr die salzige Flüssigkeit von den Wangen küssen, mit den Lippen die kleine Wunde auf ihrer Wange nachfahren, welche sich bereits schließt. Aber damit würde ich eine Grenze überschreiten, die ich nie wieder überschreiten sollte. Die letzte Nacht war ein Fehler, das zeigt mir Faviola in diesem Moment ganz genau. Sie ist verletzt, verängstigt und verstört. Und ich habe das ausgenutzt.

»Eines Tages kippte ihre Stimmung, sie war plötzlich fröhlich, trug ihr liebstes Kleid und spielte den halben Vormittag mit mir. An ihre letzten Worte an mich erinnere ich mich noch, als wäre es erst gestern gewesen: ›Lass uns verstecken spielen, *Canela*. Zähl bis zehn und dann komme ich dich suchen.‹ Ich saß eine volle Stunde in meinem Kleiderschrank, bis ich herauskam und es erfuhr. Sie hat sich aus dem Fenster gestürzt.« Ein Schluchzen dringt aus ihrer Brust, das Beben wird zu einem Schütteln und ihr ganzer Körper zittert.

Ich ertrage den Anblick nicht länger, daher umrunde ich den Tresen und nehme sie in die Arme. Zu meiner Überraschung wirft sie sich an meine Brust, umklammert mich und vergräbt das Gesicht an meinem Schlüsselbein. Ich spüre ihre heißen Tränen auf meiner Haut und ihren Schmerz in meinem Inneren. Es muss ein schrecklicher Verlust für sie gewesen sein.

»Wie alt warst du da?«

Sie schluchzt auf, bevor sie mit gebrochener Stimme antwortet: »Dreizehn.« Erneut beben ihre Schultern, sie schließt nun auch ihre Beine um mich. Ihr Schritt presst sich schmerzhaft süß an meinen.

Ihr Geruch nach Zimt dringt in meine Nase, und ich sollte es nicht tun, aber ich kann nicht verhindern, dass sich etwas in meiner Hose regt. Ich starre an die Decke und denke an andere Dinge, an den Kosovo, die Schüsse, den Geruch von Schießpulver in der Luft. Sofort zieht sich die Beule zurück und ich habe nicht mehr das Bedürfnis, Faviola die Kleider vom Leib zu reißen. Ich senke meinen Kopf und sehe auf ihren Scheitel hinab. Sie trägt ihre störrische Mähne als Dutt, die Locken stehen ihr, sonst hat sie immer glattes Haar.

Wir halten uns für einige Minuten in den Armen, bis sie sich beruhigt hat. Ihre Atmung wird regelmäßiger, das Schniefen lässt nach. Je länger wir uns halten, desto wohler fühle ich mich mit ihr, ich will sie gar nicht mehr loslassen. Aber das muss ich! Wenn nicht für mich dann für sie. Daher kratze ich den letzten Rest meiner Selbstbeherrschung zusammen und schiebe sie von mir.

Faviola wehrt sich nicht, aber wirkt auch nicht gerade glücklich darüber. Sie wischt sich über das Gesicht, kehrt mir den Rücken zu und trinkt ihren Rum. Das sehe ich als Zeichen, zurück auf meine Seite zu kehren. Kaum stehe ich ihr gegenüber, treffen sich unsere Blicke. Ihre Augen sind gerötet, Tränenspuren zieren ihre Wangen und sie presst ihre Lippen zusammen. Als müsste sie sich davon abhalten, etwas Dummes zu sagen.

Ich kaue auf der Innenseite meiner Wange herum, habe keine Ahnung, was ich sagen soll. Am Ende schweige ich lieber und trinke mein Glas in einem Zug leer. Der Alkohol wärmt mich von innen, löst sogar ein wenig meine Zunge. »Willst du deshalb weg von der Insel? Du hast Angst, so wie sie hier qualvoll zu sterben?« In der Sekunde, in der ich die Frage ausspreche, bereue ich sie. Am liebsten würde ich mir ins Gesicht schlagen. Wie unsensibel will ich sein? Das Mädchen hat gerade Rotz und Wasser geheult und ich frage sie wie ein ungehobelter Klotz, ob sie Angst vor dem Tod hat.

Zu meiner Überraschung nickt sie. »Ich fürchte mich davor. Das Haus, es ist so groß und dennoch fühle ich mich einsam. Ich erwische mich manchmal bei dem Gedanken, wie es wäre, alles zu beenden«, wispert sie. »Da ist so viel Dunkelheit. Das macht mir Angst.«

»Das verstehe ich. Auch ich kenne diese Dunkelheit. Bei manchen Einsätzen hat uns die Hoffnung verlassen und einigen kam der Tod eher wie eine Erlösung denn wie das Ende vor.«

»Erzählen Sie mir davon.« Ihre Stimme ist brüchig, dennoch kann ich das Interesse aus ihr heraushören.

Ich richte mich auf, reibe mir über den Hinterkopf und filtere eine Situation heraus, die ich ihr erzählen kann. »Es muss kurz nach meinem sechsundzwanzigsten Geburtstag gewesen sein. Meine Truppe und die amerikanischen Kollegen hatten einen Kriegseinsatz in Afghanistan. Es war Abend und wir saßen gesellig vor unserer Basis zusammen, haben etwas gepokert. Plötzlich fielen die ersten Schüsse und der Soldat neben mir wurde hart getroffen. Ich habe es gerade noch rechtzeitig in unseren Stützpunkt geschafft, bevor auch mich die Kugeln durchsiebt hätten. Ich weiß noch genau, als wäre es gestern gewesen, wie mich die Angst gelähmt hat. Es war mein erster richtiger Kriegseinsatz. Ich war also noch ein Frischling.«

»Was ist dann passiert?«

Ich nehme einen Schluck von dem Rum, bevor ich ihr antworte. »Irgendwer drückte mir eine Waffe in die Hand, gab mir den Befehl, zu schießen. Also schoss ich. Dabei konnte ich nicht einmal unterscheiden, wer Feind oder Freund war. Es war so dunkel und nur ein paar Feuer in verrosteten Tonnen spendeten Licht. Die Schreie der Verwundeten hallen mir noch heute in den Ohren. Als es etwas ruhiger wurde, schickte mich mein Vorgesetzter nach draußen, um nach Überlebenden zu suchen. Ich habe mir vor Angst fast in die Hosen geschissen.«

Faviola kichert verhalten aufgrund meiner Wortwahl, dann wird sie wieder ernst.

»Kaum hatte ich einen Fuß vor das Gebäude gesetzt, traf mich eine Kugel in die Brust und schleuderte mich zurück in den Gang. Dort auf dem Fußboden dachte ich wirklich, ich würde sterben. Die Kugel hatte genau die Stelle zwischen Brustkorb und Achsel getroffen, die nicht geschützt gewesen war. Der Schmerz brannte höllisch und ich konnte das warme Blut spüren, das meine Kleidung durchweichte. Dort habe ich die Dunkelheit das erste Mal erlebt. Sie lockte mich, rief nach mir und ich wäre ihr gefolgt, hätte mein

Kommandant mich nicht angebrüllt und mir verboten, zu sterben.«

»Hat er Sie gerettet?«

Ein Lachen kitzelt in meiner Brust, das ich im Keim ersticke. »Er und ein halbes Dutzend Ärzte und Pflegepersonal, das mich zusammengeflickt und versorgt hat. Jetzt zeugt nur noch eine Narbe davon.«

»Darf ich sie sehen?« Mit glänzenden Augen sieht sie mich an.

Dass Faviola mich ausgerechnet das fragt, habe ich nicht erwartet. Perplex blinzle ich sie an, bis sie es mit einem aufgesetzten Lachen als Scherz abtut.

»Ist sie Ihnen seitdem noch öfter begegnet, die Dunkelheit?«

Ich nicke bedächtig. »Während der knapp vierzig Jahre, die ich in der Bundeswehr gedient habe, musste ich so einiges mitansehen. Es gab mehr als nur einen Moment, in dem ich gern einfach aufgegeben hätte. Auch in meinen düstersten Stunden ist die Dunkelheit manchmal verlockender als das Licht.« Ich halte ihren Blick fest, versuche, so viel Mitgefühl hineinzulegen wie möglich.

Ihr Mund verzieht sich zu einem kleinen Lächeln. »Danke, dass du das mit mir geteilt hast«, flüstert sie. Kurz darauf senkt sie den Blick, zieht die Nase hoch und nimmt einen Schluck vom Rum. Ich schenke mir nach und tue es ihr gleich. Mich ihr zu öffnen, ist mir schwergefallen. Normalerweise blicke ich mit Stolz auf meine Karriere als Soldat zurück. Doch dabei verdränge ich nur die schlimmen Dinge, die ich getan und die mir angetan worden sind.

Als ich einen Blick auf die Uhr am Herd werfe, bin ich erstaunt, dass es bereits halb vier ist. Unsere nächtliche Unterhaltung geht jetzt schon fast über eine Stunde. »Ich werde mich kurz duschen und dann wieder ins Bett gehen.« Ich stelle das Glas in die Spüle, wo sich noch das Geschirr vom Vortag stapelt. Das werde ich später abwaschen müssen.

Sie erhebt sich vom Stuhl, kommt zu mir hinter den Tresen und stellt ihr Glas in meins. Dabei ist sie mir so nah, dass ich schon wieder ihren Duft nach Zimt in der Nase habe. Das löst etwas in mir aus und ich runzle die Stirn.

»*Canela*? Also Zimt?« Bereits als mir Faviola von den letzten Worten ihrer Mutter berichtet hat, bin ich kurz über das Wort gestolpert. Der Spitzname passt zu ihr, ihre Lippen schmecken nach Zimt und sie riecht nach Zimt.

Ihre Augen glänzen und ihr Mund verzieht sich zu einem Schmunzeln. »Schon als Kind mochte ich alles mit Zimt. Früher habe ich neben meinem Joghurt auch die Butter mit Zimt verfeinert. Mein Duschgel ist das letzte Überbleibsel dieser früheren Obsession.«

Irgendwie passt das zu ihr. »Süß«, erwidere ich und starre sie einen Moment zu lange an. Schnell schiebe ich mich an ihr vorbei und gehe Richtung Schlafzimmer. Über die Schulter rufe ich ihr noch zu: »Bitte versuch nicht wieder abzuhauen.« Sie kichert kurz, was ich als gutes Zeichen deute.

Im Bad angekommen ziehe ich mir meine Unterhose aus, springe schnell unter die Dusche und wasche mir den Schweiß und Staub ab. Meine Füße schrubbe ich ausgiebig, da sie schwarz vom Dreck der Straße sind. Nachdem ich mit meiner Sauberkeit zufrieden bin, schnappe ich mir ein Handtuch und trete aus der Kabine heraus. Der Spiegel ist beschlagen, weshalb ich einmal mit der Hand darüber wische. Aus der Schublade unter dem Waschbecken nehme ich einen elektrischen Rasierer und stutze den kleinen Bart, der mir mittlerweile gewachsen ist. Dabei fällt mein Blick auf die linke Wange; sie ist noch immer gerötet von ihrem Schlag mit dem Ellenbogen. Aber das Lila verfärbt sich langsam ins Grün, in ein, zwei Tagen wird davon nichts mehr zu sehen sein. Nachdem der Bart so weit gestutzt ist, dass nur noch ein Schatten dessen übrig ist, kehre ich ins Schlafzimmer zurück.

Faviola liegt zu meiner Überraschung brav auf dem Bett. Sie trägt noch immer ihr schwarzes Top, hat sich das Laken um die Hüfte geschlungen und schaut mich an. Ihre dunklen Augen funkeln im Schein des Mondes und der Badezimmerlampe.

»Dreh dich um.«

»Warum?« Sie funkelt mich an.

Ich schnaube, das Spiel hat sie mit mir auch schon gespielt. Dann soll sie jetzt sehen, wie das ist. Ich wende ihr den Rücken zu und lasse das Handtuch fallen. Hinter mir vernehme ich ein Keuchen, dann saugt sie hörbar die Luft ein. Ohne sie weiter zu beachten, öffne ich meinen Schrank, der sich direkt an der Wand zum Wohnzimmer befindet und die gesamte Seite einnimmt. Ich krame ein frisches Shirt und Shorts heraus, die ich mir schnell überziehe. Als ich die Türen des Schrankes schließe und mich zu Faviola umdrehe, stelle ich belustigt fest, dass sie ihr Gesicht zwar nicht abgewandt hat, aber zumindest die Augen geschlossen hält.

»Du kannst wieder gucken.«

Das lässt sie sich nicht zweimal sagen und schlägt die Lider auf.

Ich lösche schnell das Licht im Bad und dem Wohnzimmer, kehre danach zu ihr ins Bett zurück.

»Wäre es nicht angebrachter, wenn Sie auf der Couch schlafen?«

Ihre Frage entlockt mir ein hartes Lachen. »Erstens haben wir bereits das Bett geteilt und darüber hinaus so einiges weiteres getan, außerdem sehe ich keinen Grund für mich, die harte Alternative in meinem *eigenen* Haus zu wählen. Wenn es dir unangenehm ist, kannst du ja das Sofa nehmen, schließlich bist du auch jünger. Und zweitens: Sind die Förmlichkeiten nicht langsam hinfällig? Nenn mich einfach Bold.« Während ich das sage, steige ich ins Bett und schlüpfe unter das Laken. Die Temperaturen sind angenehm, weshalb keine Decke notwendig ist. Meine Haare sind noch nass, dennoch lege ich meinen Kopf auf das Kissen. Sie werden sicher schnell trocknen.

Faviola kaut auf der Unterlippe herum. »Bold, also? Der Name passt zu dir.«

»Ich trage ihn nicht ohne Grund.«

»Und wie lautet dein richtiger Name?«

Faviola ist mir eine Spur zu neugierig, daher bleibe ich stumm.

Daraufhin pikst sie mir mit einem Finger in die Brust. »Na komm schon, warum jetzt so schüchtern?«

Ich wische ihre Hand von meinem Oberkörper und knurre: »Balthasar.«

Mit einem Ausdruck, den ich nicht deuten kann, sieht sie mich an. »Hat er eine Bedeutung für dich?«

Ich öffne bereits den Mund, um ihr – genau wie ihrem Vater – zu erklären, dass der Name *Gott schütze den König bedeutet*, da erst fällt mir auf, was sie wirklich gefragt hat: Was der Name *mir* bedeutet.

»Mein Großvater hieß so. Er ist im Zweiten Weltkrieg gefallen. Meine Mutter war noch ganz klein, als es passiert ist. Für sie war er der beste Mensch, den es auf der Welt nur geben konnte. Deshalb hat sie mich nach ihm benannt.«

»Und Bold? Hast du dir den Namen in der Armee verdient?«

»Genau, und jetzt schlaf.« Ich habe keine Lust mehr, weiter über meine Vergangenheit zu sprechen. Um das Thema zu beenden, drehe ich ihr den Rücken zu und schließe die Augen. Nur anhand meines Gehörs versuche ich herauszufinden, was sie tut. Zuerst ist es still, dann raschelt es und die Matratze bewegt sich. Anschließend ist wieder alles still, sie hat sich also bloß umgedreht. Mehrere Minuten lang bleibe ich noch wach, konzentriere mich auf ihre Atmung. Erst als sie gleichmäßig erklingt und ein kleines Schnarchen zu hören ist, kann ich mich entspannen.

Ich habe zum Glück einen leichten Schlaf, aus dem ich immer in den richtigen Momenten erwache. So war es auch vorhin, als sie türmen wollte. Ich hatte sie schon gehört, als sie das Bett verlassen hat. Nur hatte ich gehofft, dass sie nur auf die Toilette muss. Dennoch habe ich geahnt, dass sie versuchen würde zu fliehen. Hoffentlich ist dem für diese Nacht ein Ende gesetzt, ich würde die nächsten Stunden nämlich gern in Ruhe verbringen. Zumindest so lange, bis sie den nächsten Ärger anstellt.

Genau wie am gestrigen Tag mache ich morgens etwas Fitness. Dafür habe ich die Hantelbank am Strand und noch ein paar Gewichte, die ich lieber im Haus lagere, da sie sonst durch die salzige Seeluft und das Wasser rosten würden. Um die Bank ist es mir nicht zu schade, außerdem habe ich keine Lust, sie jeden Tag zurück ins Haus zu tragen.

Zum Rauschen der Wellen mache ich meine Übungen, mir steht der Schweiß auf der Stirn, während die Sonne am Horizont immer höher klettert. Irgendwann schaue ich auf die

Uhr und stelle fest, dass es fast halb zwölf ist. Die kleine Prinzessin schläft mal wieder in den Tag hinein. Oder ist sie …? Ich schüttle den Kopf. Ein drittes Mal würde sie sicher nicht abhauen, besonders wenn man bedenkt, dass ich ihren Pass und das Geld weggeschlossen habe. Dennoch schleicht sich ein ungutes Gefühl bei mir ein und ich kehre zurück zum Haus.

Faviola liegt nicht mehr im Bett, dafür kann ich den Wasserhahn hören, sie ist also im Bad. Doch nur ein falscher Alarm. Während sie sich dort fertig macht, entscheide ich, das Essen vorzubereiten. Am gestrigen Tag hat sie uns etwas gekocht, heute bin ich dran. Da ich auf das klassische deutsche Frühstück stehe, schneide ich einige Scheiben Brot zurecht, stelle mehrere Sorten Käse – auch wenn es schwer ist, diesen auf der Insel zu bekommen, gebe ich gern etwas mehr Geld aus, um Gouda und Cheddar auf dem Tisch stehen zu haben – und Marmeladensorten auf den Tresen und lege zwei Bretter sowie Messer dazu. Während die Eier kochen, wasche ich das Geschirr in der Spüle ab und stelle die Sachen zurück an ihren Platz. Kaum ist alles fertig, kommt Faviola aus dem Schlafzimmer.

Sie hat ihre dunkle Mähne gebändigt und geglättet, nun hängt sie ihr glatt bis über die Schultern. Auf ihrem Gesicht erkenne ich einen Hauch Make-up, was sie nur noch schöner macht. In den knappen Hotpants und dem bauchfreien Top sieht sie verboten heiß aus. Macht sie das absichtlich? Weil sie weiß, dass ich ihr nach dem vergangenen Tag nicht mehr widerstehen kann?

»Guten Morgen, *Canela*, ich hoffe, du hast gut geschlafen.«

Bei der Erwähnung ihres Spitznamens blitzt etwas in ihren Augen auf, während sie auf mich zukommt. Sie setzt sich auf denselben Hocker wie nachts und sieht mich an. »Es ist seltsam, diesen Namen aus deinem Mund zu hören.«

Spielt sie auf meinen Akzent an? Eigentlich finde ich, dass ich ihn sehr gut unter Kontrolle habe und fast akzentfrei Spanisch spreche.

»So haben mich sonst nur *abuela* und Mutter genannt.«

Jetzt verstehe ich, was sie meint. »Tut mir leid, ich wollte nicht …«

»Nein, schon gut.« Sie hebt beschwichtigend die Hand und lächelt mich an. »Ich finde es schön. Du darfst mich gern so nennen.«

Ihre plötzlich freundliche Art verwirrt mich. Ich habe das Gefühl, dass sie schon wieder etwas plant, ich traue dem Frieden nicht. Mit zusammengezogenen Augenbrauen wende ich mich von ihr ab und hole noch die Eier aus dem Topf. Unschlüssig sehe ich zwischen dem Hocker links neben ihr und dem Brett vor mir hin und her. Eigentlich würde ich mich gern setzen, um entspannt zu essen. Aber dann wären wir uns so nah, dass sich unsere Schultern fast berühren würden. Und ich kann es aktuell nicht riskieren, ihr zu nahe zu kommen. Trotz der Dusche und des Trainings haftet noch immer ihr Duft an mir, der mich ganz wahnsinnig macht.

»Komm, setz dich!«, fordert sie mich auf und klopft auf das Polster des Hockers.

Ich suche ihren Blick und entdecke nur Wärme in ihrem Gesicht. Sie strahlt regelrecht von einem Ohr zum anderen, so habe ich sie bei ihrem Vater nie gesehen. Als blühe sie bei mir auf.

Bevor ich es mir anders überlegen kann, komme ich ihrer Aufforderung nach und setze mich neben sie. Ich rutsche absichtlich etwas zur Seite, damit sich unsere Ellenbogen nicht zufällig berühren.

Gestern war ein Fehler, einer, der sich nie wiederholen darf!, appelliere ich an meine Vernunft. Nur leider sagt mein Herz etwas anderes, selbst mein Verstand ist völlig vernebelt von ihrer Art, jede Bewegung ihres Körpers ist wie eine Verlockung. Verdammt, ich muss mich zusammenreißen.

»Du weißt, dass die Sache von gestern nie wieder passieren wird, oder?« Ich sehe ihr fest in die Augen, hoffe, dass sie die Dringlichkeit darin lesen kann.

»Wollen wir wetten?« Sie funkelt mich herausfordernd an, als würde sie das alles tierisch amüsieren.

»Faviola! Das ist kein Spaß mehr! Du weißt, was dein Vater mit uns macht, sollte er herausfinden, was wir getan haben«, fahre ich sie mit einem Grollen in der Stimme an. Ist das noch Naivität oder schon Arroganz, die sie an den Tag legt?

Ihr Blick verdunkelt sich etwas, sie beißt sich auf die Unterlippe, wirkt aber nicht weniger angriffslustig als gerade. »Wieso? Machst du dir Sorgen um deinen Kopf?«

»Nein! Um dich!« Ich schlage mit beiden Händen auf die Theke. Sie zuckt erschrocken zurück und reißt die Augen auf. In ihren dunklen Iriden kann ich die Angst aufblitzen sehen, die ich erst vor ein paar Tagen dort gesehen habe. Nur dieses Mal fürchtet sie sich vor mir. Ich atme tief ein, richte mich wieder gerade auf und versuche, etwas Ruhe in meine Stimme zu bringen. »Ich habe gesehen, was dein Vater anrichten kann.« Dabei deute ich auf ihre Schulter. Unruhig zupft sie an ihrem Top herum, kann damit aber nicht die Verfärbungen verdecken, die noch von den blauen Flecken übrig sind. »Um mich mache ich mir keine Sorgen, ich kann für mich selbst einstehen. Notfalls hilft das Auswärtige Amt. Aber ich will mir gar nicht ausmalen, was er mit dir macht, wenn er davon erfährt. Ich schätze nicht, dass er diese …« Ich finde kein passendes Wort dafür, weshalb ich ein paar Sekunden darüber nachdenken muss. »Verbindung zwischen uns gutheißen wird.« Ich widme mich wieder meinem Frühstück, um ihr zu zeigen, dass für mich damit das Gespräch beendet ist. Sie sieht das jedoch anscheinend anders.

»Sagst du das nur, weil du es musst, oder ... weil ich dir etwas bedeute?« Sie flüstert den Rest, wodurch ich es fast nicht gehört hätte.

Ich sehe vom Essen auf und ihr direkt in die Augen. Auf ihrem Gesicht spielen sich ein halbes Dutzend Emotionen ab: Sorge, Angst, Hoffnung, Neugierde und ... Sehnsucht? »Weil es mein Auftrag ist, dich zu beschützen.« Ich sehe etwas in ihren Iriden zerspringen, was all die Emotionen verrauchen und nur eine übrig lässt: Zorn.

»Schön, dass du da mit meinem Vater so einig bist, mich aber keiner fragt, was ich eigentlich will.«

Ich weiß nicht, wo ihr plötzlicher Ausbruch herkommt, und da ich mich mit ihren Dramen schon genug beschäftigt habe, schweige ich einfach. Faviola scheint das auch endlich als Einladung zu verstehen, ihr Frühstück weiter zu bearbeiten.

Immer mal wieder werfe ich ihr aus dem Augenwinkel einen Blick zu. Sie scheint in Gedanken versunken, hat aber immer noch eine sehr verärgerte Miene aufgesetzt. Vielleicht, damit ich sie nicht anspreche oder über ihre Gefühle ausfrage. Das hatte ich sowieso nicht vor, denn es liegt mir nicht besonders. Auch ein Grund, warum ich noch immer ledig bin: Ich komme einfach nicht so gut mit der Frauenwelt klar. Kein Wunder daher, dass Faviola so unbedingt von mir und der Insel wegwill.

Wir essen schweigend, worüber ich froh bin. Ich hätte kein weiteres Wort herausgebracht. Meine Gedanken kreisen nur um sie und um unsere bisherigen Gespräche. Die Geschichte mit ihrer Mutter geht mir nicht aus dem Kopf. Rodriguez hat mir nichts von ihr erzählt, das musste er zwar nicht, aber es wäre wichtig gewesen, um Faviola besser zu verstehen. Seine Tochter fühlt sich im eigenen Haus nicht wohl, denn es hat ihre Mutter offensichtlich verrückt werden lassen, sodass sie ihr Leben beendet hat. Vermutlich trägt Rodriguez daran eine Mitschuld. Ich kann mir gut vorstellen, dass er Faviolas Mutter genau wie sie körperlich misshandelt hat. Er ist ein skrupelloser Mann, der nicht einmal vor seiner eigenen Familie Halt macht. Mittlerweile hinterfrage ich mich daher selbst: Ist es mir das wirklich wert, für solch einen Mann zu arbeiten und seine Drecksarbeit zu erledigen, nur damit ich mich nützlich fühle? Gebraucht?

»Worüber denkst du nach?« Ihre Stimme lässt mich aus meinen Gedanken schrecken.

Ich schiele zu ihr hinüber; sie beobachtet mich aus interessierten Augen. Schnell wende ich mich wieder ab. »Deinen Vater.« Sie zuckt bei seiner Erwähnung zusammen. In mir löst es etwas Ähnliches aus. »Scheiße!« Ich hebe den Kopf und schaue auf die Uhr am Ofen. Es ist kurz vor zwölf. Ich muss ihn anrufen.

Kurzerhand stopfe ich mir den Rest meines Brotes in den Mund, springe auf und laufe hinüber ins Schlafzimmer.

»Was ist los?«, ruft mir Faviola hinterher, doch ich kann nicht antworten.

Drüben angekommen, sprinte ich zum Nachttisch am Kopfende des Bettes und schlucke dort den letzten Bissen hinunter. Hier habe ich gestern mein Telefon zum Laden hingelegt. Fahrlässig, wie ich im Nachhinein zugeben muss. Die Uhr in der oberen rechten Ecke springt auf zwölf und keine Sekunde später geht ein Anruf ein. Ich erschrecke mich so sehr, dass mir das Handy aus der Hand rutscht. Es fällt auf die Matratze, springt dort mehrmals auf und ab, bevor ich es zu fassen bekomme. Ich nehme den Anruf entgegen und lege mir das Telefon ans Ohr. »Ja?«

»Señor Thieß, ein Glück für Sie, dass Sie rangehen.« Rodriguez' Stimme klingt kalt und schneidend. Ich bin mir inzwischen sicher, er spricht mich absichtlich mit meinem Nachnamen an, weil er weiß, dass mich das stört.

»Ich wollte Sie gerade anrufen«, sage ich ebenso unterkühlt wie er. Aufgrund einer dunklen Vorahnung umrunde ich das Bett und schaue durch die große Fensterfront nach draußen. Es sieht alles normal aus, die Büsche und Bäume wiegen sich in der Meeresbrise, ein paar Vögel nisten in der Nähe und schwirren daher in der Luft herum. Dennoch habe ich das seltsame Gefühl, beobachtet zu werden.

»Welch ein Glück, dass ich das bereits für Sie erledigt habe.« Er redet um den heißen Brei herum, was mich noch genervter werden lässt.

Daher kehre ich zurück zum Nachttisch, ziehe die obere Schublade auf und hole meine Waffe heraus. Irgendetwas sagt mir, dass ich sie brauchen werde.

»Was wollen Sie?« Ich bleibe im hinteren Bereich des Zimmers, sodass man mich von draußen nicht direkt sehen dürfte. Meinen Blick lasse ich von links nach rechts schweifen, während ich mich langsam seitwärts bewege, bis ich am Durchgang zum Wohnbereich ankomme. Von hier habe ich einen hundertachtzig Grad Blick auf die Umgebung.

»Das wissen Sie ganz genau. Wie war die Nacht mit meiner Tochter?«

Scheiße! Er weiß es, er hat uns beobachten lassen. Ich habe es fast geahnt und es jetzt bestätigt zu wissen, lässt mein

Adrenalin in die Höhe schießen. »Es war ruhig.« Noch setze ich darauf, dass er nur blufft.

Es bleibt still auf der anderen Seite. Faviola tritt an meine Seite und sieht mich fragend und verwirrt an. Ich schiebe sie zurück ins Wohnzimmer, bedeute ihr mit der Waffe in der Hand, sich hinzuhocken. Nach kurzem Zögern kommt sie dem zum Glück nach.

»Also keine Komplikationen? Fluchtversuche?«

Fuck! Ich reibe mir mit der Kimme über die Nasenwurzel, bis ich merke, was ich da tue. Schnell lasse ich die Waffe wieder sinken und halte den Blick nach draußen gerichtet. »Nein, die Nacht verlief ruhig.« Ich muss hoffen, dass er die Lüge nicht heraushören kann.

»Ich möchte meine Tochter sprechen.«

»Natürlich.« Ich drehe mich zu Faviola um, gehe in die Hocke und überreiche ihr das Handy.

Sie starrt zuerst das Gerät und dann mich an. Unsicher nimmt sie es entgegen und hält es sich ans Ohr. »Hallo, Vater.« Ihre Stimme zittert, ist kaum mehr als ein Flüstern. Ich kann ihre Angst fast körperlich spüren. Dieser Mann muss sie auf mehr als eine Art traumatisiert haben.

Sie reden kurz miteinander, sie bestätigt ihm, dass es ihr gutgeht und ich mich um sie kümmere. Bei einer Frage sieht sie mich direkt an. »Nein, er hat mir nichts getan.«

Ich schaffe es nicht, den Blick von ihr zu lösen. Dass wir beide ihren Vater angelogen haben, wühlt mich auf. So etwas habe ich bisher noch nie gespürt. Faviola berührt mich auf eine Art, wie es keine Frau zuvor getan hat.

»Ist gut, *chau*!« Sie überreicht mir wieder das Telefon.

Als sich unsere Hände für eine Sekunde berühren, gefriert die Welt zu Eis und ich weiß, ich bin verloren. In

Faviolas Augen liegen Tausende Fragen, die ich nicht zu beantworten weiß.

»Bold!«, bellt Rodriguez' Stimme aus dem Lautsprecher.

»Jawohl?«

»Ich muss gestehen, dass ich zu Anfang skeptisch war. Ein *Gringo* mischt sich in einen Bandenkrieg ein und beschützt meine Tochter, ohne sie zu kennen, ohne Hintergedanken. Daran musste etwas faul sein. Aber ich gebe gern zu, dass Sie mich überrascht haben. Ihre Loyalität ist wirklich beeindruckend, nur an Ihrem Gehorsam müssen Sie noch arbeiten.«

»Ich folge nur dem Befehl, Ihre Tochter mit meinem Leben zu schützen. Sie selbst haben mir diese Aufgabe übertragen, schon vergessen?« Ich erhebe mich wieder und scanne erneut die Umgebung ab. Mein Herz rast in der Brust, pumpt das Adrenalin durch meine Adern. Dieses Gespräch ist mir mehr als suspekt.

»Wie recht Sie damit doch haben. Dennoch habe ich mir nicht nehmen lassen, etwas mehr über Sie zu recherchieren. Es ist zwar schwer, solche Dinge über die Grenzen hinaus in Erfahrung zu bringen und in Deutschland habe ich nicht sonderlich viele Kontakte, trotzdem ist es mir gelungen.«

Ich muss schlucken. Damit hätte ich rechnen müssen. Wird er mir mein Fehlverhalten in der Bundeswehr nun vorhalten? Mich als den alten, brutalen Sack abstempeln, als den mich meine Kameraden und Vorgesetzten zum Schluss hingestellt haben?

»Sie haben mehrere Medaillen, sind mehrfach im Kosovo und auch in Afghanistan gewesen, haben sich immer wieder durch besonderen Einsatz ausgezeichnet. Nur zum Schluss neigten Sie wohl dazu, zuerst zu schießen und dann Fragen zu stellen. Sie haben einen afghanischen Politiker auf dem Gewissen.«

Scheiße! Er weiß es. Wut pulsiert nun anstelle des Adrenalins durch meine Adern, ich umfasse die Waffe fester und presse die Kiefer hart aufeinander. »Das war nicht mein Fehler«, presse ich zwischen den Zähnen hervor. »Wir haben falsche Informationen zugespielt bekommen und er trug eine Waffe.«

»Sie verstehen mich falsch, Bold. Vor mir müssen Sie sich nicht rechtfertigen.« Ein Lachen schwingt in Rodriguez' Stimme mit. »Das macht Sie mir nur sympathischer. In meinem Beruf ist es manchmal wichtig, hart durchzugreifen. Daher bin ich mir sicher, dass Sie Ihren Job gut machen werden. Falls nicht, wissen Sie ja, was auf Sie zukommt.«

Leichter Kopfschmerz kündigt sich pochend an und ich kneife die Augen zusammen. »Jawohl, so verstanden«, antworte ich aus einem Automatismus heraus.

»Sehr gut. Ich habe es mir im Übrigen nicht nehmen lassen, Ihnen neben dem Lohn auch die Haushaltskosten für meine Tochter zu überweisen, da ich noch nicht sagen kann, wann wir das Problem mit Fernández aus der Welt geschafft haben. Sie hat nur das Beste verdient.«

»Vielen Dank, das wird sie zu schätzen wissen.« Ich werfe einen Blick zu Boden, wo Faviola noch immer hockt.

»Ich höre dann morgen wieder von Ihnen, lassen Sie mich dieses Mal nicht warten.« Mit diesen Worten legt er auf.

Langsam nehme ich das Handy von meinem Ohr, das mittlerweile förmlich glüht. Mein gesamter Körper steht unter Strom, ich fühle mich wie vor einem Einsatz, als müsste ich gleich direkt mitten ins Gefecht.

»Was hat er gesagt?«

Ich schiebe das Telefon in meine Gesäßtasche, strecke ihr

die Hand hin, die sie sofort annimmt, und ziehe sie hoch. »Es ist noch nicht sicher für dich, daher sollst du weiterhin hierbleiben. Morgen rufe ich ihn wieder an, vielleicht gibt es bis dahin neue Informationen.«

Sie reibt sich über einen Unterarm und sieht sich im Zimmer um. »Und was machen wir so lange?«

Die Frage überrumpelt mich. »Was meinst du?«

»Na, du siehst nicht gerade aus wie der Typ, der gerne Gesellschaftsspiele spielt. Was soll ich den ganzen Tag machen? Mich langweilen?«

»Keine Ahnung, geh schwimmen.« Ich zucke mit den Schultern. Wie sie sich den ganzen Tag beschäftigt, ist nun wirklich mein kleinstes Problem.

»Du könntest mir das Schießen beibringen.« Sie deutet mit einer Hand auf die Waffe, die ich noch immer halte.

»Vergiss es!« Ich schiebe mich an ihr vorbei, kehre zurück zum Tresen und setze mich auf meinen Platz. Meine dunkle Vorahnung hat mich anscheinend betrogen, dabei lag mein Bauchgefühl bisher immer richtig. Es droht uns keinerlei Gefahr, anderenfalls hätte ihr Vater sicher etwas gesagt. Und er weiß nicht, was ich – wir – letzte Nacht getrieben haben. Ich werde also doch alt, was für eine gottverdammte Scheiße. Die Waffe lege ich rechts von mir ab, außerhalb ihrer Reichweite. Das Ei ist mittlerweile kalt, was ich mit einem grimmigen Knurren kommentiere. Dennoch esse ich weiter und ignoriere sie währenddessen.

Faviola scheint jedoch andere Pläne zu haben, tritt seitlich an den Tresen und stützt sich mit den Unterarmen darauf ab. »Komm schon! Was ist, wenn wir angegriffen werden? Wäre es da nicht von Vorteil, wenn ich mich verteidigen kann?«

Ich hebe den Kopf und blicke ihr direkt in die dunklen,

schwarzen Augen. Ein verlockender Glanz liegt in ihnen, und mir kommen schmutzige Gedanken, wie wir uns beschäftigen könnten. »Hast du jemals deinen Vater danach gefragt, ob du es lernen darfst?«

Sie richtet sich auf, zuckt dabei mit den Schultern. »Ich wollte nie etwas mit seinen Geschäften zu tun haben, dazu zählte auch das Schießen. Daher habe ich nie gefragt. Aber *abuela* konnte auch mit der Waffe umgehen, warum sollte ich es also nicht lernen?« Faviola verschränkt trotzig wie ein Kind die Arme vor der Brust. Wo ist bloß die verruchte, selbstbewusste junge Frau hin, die ich gestern gefickt habe? Die mir nur mit ihren Lippen den Verstand geraubt hat?

»Ich denke nicht, dass das eine gute Idee ist.« Ich wende mich wieder meinem Essen zu, kaue extra langsam auf der letzten Brotscheibe herum, damit ich mich nicht mit ihr unterhalten muss.

Für sie scheint allerdings das letzte Wort noch nicht gesprochen, denn sie umrundet nun den Tresen, sodass sie direkt vor mir steht. Ich lasse den Kopf gesenkt, um ihr nicht direkt ins Gesicht zu blicken.

»Schön, dann mache ich es eben selbst.«

Bevor ich reagieren kann, schnappt sie sich meine Waffe. Ich springe auf, greife über den Tresen nach ihr. Sie macht einen Satz nach hinten – quietscht dabei vor Freude –, stößt gegen den Ofen und lacht. Sie lacht!

»Gib sie zurück, bevor du dich selbst verletzt.« Ich starre sie wütend an. Für so einen Kindergarten habe ich keine Zeit und keinen Nerv!

Statt meiner Aufforderung nachzukommen, dreht sie die Waffe in den Händen, mustert sie von allen Seiten und zieht am Ende die Sicherung zurück. Den Lauf der Waffe richtet sie auf mich, grinst mich dabei immer noch frech an.

»Das ist kein Scherz mehr! Die Waffe ist geladen!«, belle ich sie an. Ich strecke einen Arm aus und fordere sie auf, mir die Pistole auszuhändigen.

»Du verdirbst einem auch immer den Spaß.« Sie sichert die Waffe wieder, behält sie aber in der Hand. Mit dem Lauf reibt sie sich über das Kinn. »Was würdest du tun, um sie zurückzubekommen?«

Mein Blut kocht mittlerweile, erst meint Rodriguez, mich vorführen und erniedrigen zu können, nun tut es ihm seine Tochter gleich. »Du willst spielen? Das kann ich auch.« Ich umrunde den Tresen, halte dabei den Blick auf sie gerichtet. Ihr Grinsen verrutscht, bisher befand sich die Theke zwischen uns, gleich sind es nur noch wenige Zentimeter.

Ihre Hände zittern, sie hebt sie hoch und entsichert erneut die Waffe. Dennoch bleibe ich nicht stehen, im Gegenteil, ich gehe so nah an sie heran, bis sie die Pistole gegen meine Brust pressen kann.

»Na los, drück ab. Dann wärst du endlich frei und könntest von hier abhauen.«

Ihre Augen liegen weit aufgerissen auf der Stelle, wo sich die Waffe und mein Brustkorb berühren. Sie zittert am ganzen Körper, scheint wie gelähmt.

Ich beuge mich zu ihr hinab, bis sich unsere Blicke treffen. »Ist es das, was du willst? Mich töten? Oder ist es jemand anderes, den du gern tot sehen würdest?« Damit spiele ich auf ihren Vater an.

Sie schluckt. Als sie aber immer noch nicht auf mich reagiert, schlage ich die Waffe zur Seite. Ein Schuss löst sich, trifft auf die geflieste Wand oberhalb des Herds und Splitter fliegen durch die Luft. Faviola schreit auf, hält ihre Arme schützend über den Kopf. Schnell sichere ich die Waffe wieder, stecke sie mir in den hinteren Hosenbund und nehme meine Schutzbefohlene in den Arm. Sie zögert nur eine Sekunde, dann krallt sie sich in meinem Shirt fest.

»Das hätte auch ins Auge gehen können«, brumme ich.

»Es tut mir leid, es tut mir leid, es tut mir leid ...«, wimmert sie. Ihr Körper zittert, ihre Umklammerung ist fest.

Ich halte sie noch etwas länger, werfe dabei einen Blick auf meine Küche: Ein fettes Loch prangt dort, wo die Kugel in die Wand eingedrungen ist. Die Fliesen drumherum sind zersplittert und eine liegt gerissen in der Spüle.

Faviola löst sich von mir und folgt meinem Blick. »Ist es sehr schlimm?«

Ein tiefer Seufzer löst sich aus meiner Kehle und ich trete einen Schritt zurück, um Platz zwischen uns zu schaffen. »Die Vertäfelung ist ruiniert.« Ich beuge mich vor und starre in das Loch. »Die Kugel steckt zumindest fest, also kein Blindschläger, das ist schon mal gut.« Ich sehe wieder zu ihr.

Faviola kaut auf ihrer Lippe herum, während sie sich über einen Unterarm reibt. Ihr ist die Situation eindeutig unangenehm. Erneut seufze ich und richte mich auf. »Schön, ich bringe es dir bei.«

KAPITEL 15
Faviola

Hat Bold gerade tatsächlich zugestimmt, mich das Schießen zu lehren? »Wirklich?«, quietsche ich, schlage dabei die Hände vor meiner Brust zusammen.

Er wirft mir einen genervten Seitenblick zu. »Vielleicht bereue ich das am Ende noch, aber es ist sicher nicht verkehrt, dir ein paar Dinge beizubringen.« Er wendet sich von mir ab, sodass ich freien Blick auf die Waffe in seinem Hosenbund habe.

Der Gedanke, dass ich ihn gerade beinahe erschossen – oder zumindest verletzt – hätte, jagt mir eine Gänsehaut über den Rücken. Zwar vertraue ich ihm immer noch nicht völlig, dennoch würde ich ihn niemals töten. Hätte er mich nicht so erschreckt, hätte ich auch niemals abgedrückt. Keine Ahnung, ob ich im Notfall hart genug wäre, mein Gegenüber zu erschießen. Im Grunde ist das auch nicht relevant, viel wichtiger ist, dass mein Gegner glaubt, ich würde es tun können.

Bold läuft hinüber zum Wohnzimmertisch und kniet sich hin. »Räum du so lange das Frühstück weg.«

Seine Worte reißen mich aus meinem Starren und ich mache mich schnell daran, die Lebensmittel zurück in den Kühlschrank zu legen. Dabei habe ich immer ein Auge auf Bold, der jetzt in dem Tresor herumkramt, zwei Koffer hervorholt und ihn danach wieder schließt. Er legt die Holzplatten zurück und schiebt wieder den Tisch darüber. Kaum habe ich alles verstaut und das Geschirr in die Spüle gestellt, geselle ich mich zu ihm. Neugierig blicke ich auf die beiden schwarzen Koffer in seinen Händen. Sie sehen klein aus, beinhalten maximal eine Handfeuerwaffe. Das enttäuscht mich etwas. Ich hatte gedacht, dass er auch schwereres Gerät hier hat und mich auch einmal an einem Maschinengewehr üben lässt. Aber ich bin schon glücklich darüber, dass er überhaupt zugestimmt hat, daher halte ich meinen Unmut lieber zurück.

»Und wo üben wir?«

»Sicher nicht hier drin, du hast meine Einrichtung nun schon genug verschönert.« Er starrt mich grimmig an.

Vermutlich sollte ich mich schuldig fühlen, jedoch kann ich das Grinsen nicht unterdrücken. Er sieht einfach so verflucht sexy aus, mit seinen zusammengeschobenen Augenbrauen, der gerunzelten Stirn und dem grimmigen Zug um seinen Mund. Wenn er jetzt noch knurrt, wäre es um mich geschehen.

Den Gefallen tut er mir leider nicht, stattdessen wendet er sich von mir ab und verlässt das Haus durch die Schiebetür. Er biegt auf der Veranda nach links ab und verschwindet aus meinem Sichtfeld. Schnell ziehe ich mir meine Sportschuhe von gestern an und folge ihm.

Auf dieser Seite des Hauses war ich bisher noch nicht. Es

ist alles etwas zugewachsen und nur ein kleiner Pfad führt zwischen üppigen Büschen und Sträuchern hindurch. Nach ein paar Metern, die ich mich durch tiefhängende Äste kämpfen musste, komme ich auf ein freies Feld, auf dem das Gras teilweise plattgetreten und braun ist. Bold steht an einem schlecht zusammengezimmerten Tresen, auf dem er die beiden Koffer ablegt. Ich gehe zu ihm und schaue neugierig an ihm vorbei. Er öffnet gerade die Behälter und zum Vorschein kommen zwei Waffen. Auf den ersten Blick sehen sie gleich aus: schwarz, kurzer Lauf, handlich. Aber auf den zweiten erkenne ich Unterschiede. Die linke Waffe hat einen dreieckigen Lauf, die andere ist eher viereckig. Die Symbole auf den Griffen unterscheiden sich ebenfalls.

Bold nimmt die linke heraus, entfernt einmal das Magazin, prüft, ob es gefüllt ist, und steckt es dann wieder hinein. Er dreht sich zu mir und in der Erwartung, dass er mir gleich die Waffe aushändigt, strecke ich eine Hand aus. Bold bedenkt sie nur mit einem abschätzigen Blick und sieht dann wieder mich an. Schnell lasse ich den Arm sinken.

»Das ist der Desert Eagle, Kaliber 50, sieben Schuss, sprengt jedem Angreifer auf hundert Meter den Kopf weg.« Um seine Worte zu verdeutlichen, dreht er sich wieder nach vorn, legt einen Arm auf der Holzplatte ab, hält die Waffe mit beiden Händen und eine Sekunde später drückt er ab.

Ich weiß nicht, was mich mehr erschreckt: Der ohrenbetäubende Knall, der folgt, oder das Splittern des Baumes knapp zwanzig Meter entfernt.

»*Mierda*! Ist das laut«, fluche ich, nachdem ich zusammengezuckt bin.

»Diese Waffe ist sehr grobschlächtig, dafür aber sehr effektiv. Dennoch würde ich dir für den Anfang lieber eine freundlichere Waffe empfehlen.«

»Freundlich.« Ich schnaube über den Begriff. Wie kann ein Mordinstrument freundlich sein?

Bold ignoriert meinen Einwand, legt den Wüstenvogel – oder wie hat er die Pistole genannt? – zurück in seinen Koffer und nimmt die andere zur Hand. Erneut dreht er sich zu mir. »Das ist eine Glock 17, Kaliber 9, mit nur sechs Schuss. Sie ist eine der meistgekauften und -genutzten Waffen auf dem Markt.« Erneut stützt Bold seine Arme auf dem Brett ab, zielt und schießt dreimal kurz hintereinander.

Dieses Mal ist der Knall nicht so laut und ich zucke nur beim ersten zusammen. Im Gegensatz zum Wüstenvogel wird nicht der halbe Baum weggesprengt, stattdessen bohren sich die Kugeln ins Holz und lassen ein paar Splitter regnen.

»Sie ist etwas feinfühliger und schießt dir nicht direkt den ganzen Daumen weg.« Er richtet sich wieder auf und reicht mir die Waffe. Vor Ehrfurcht starre ich nur darauf. »Willst du es versuchen?«

Mein Blick zuckt hoch, trifft auf seine blauen Augen. Waren sie schon immer so strahlend hell? Eine Spur grau, aber dennoch blau wie das Meer. Oder ist mir das zuvor einfach nie aufgefallen?

»Wenn du es dir anders überlegt hast, können wir es auch lassen.« Er will die Waffe zurück in den Koffer legen, doch ich greife nach seinem Arm.

»Nein«, stoße ich viel zu hektisch aus. Mein Atem ist flach, während mein Herz in der Brust rast. Aus irgendeinem Grund finde ich das hier aufregender, als ich es sollte. Seine Augen treffen auf meine. »Ich will es gern versuchen.«

Nach kurzem Zögern überreicht er mir die Glock. Sie liegt schwer, aber ruhig in meiner Hand. Ich wiege sie von einer zur anderen Seite, versuche erst, ein Gefühl dafür zu bekommen. Bold tritt einen Schritt zur Seite und gibt mir somit den improvisierten Tresen frei. Ich trete an diesen heran und lege genau wie er meine Unterarme darauf ab. Plötzlich spüre ich die Hitze seines Körpers an meinem Rücken, vor Schreck ruckt mein Kopf zur Seite und ich finde mich Bolds Gesicht direkt gegenüber. Er ist mir so nah, dass ich die kleinen grauen Sprenkel in seinen Augen sehen kann, die feinen Falten um seine Augen und seine vollen Lippen, die so gut schmecken.

»Lass die Arme leicht angewinkelt, sodass du nachher den Rückstoß abfangen kannst. Niemals komplett durch- oder überstrecken, das könnte dir einen gebrochenen Arm oder Schlimmeres einbringen.« Er sieht mich an.

Ertappt wende ich mein Gesicht ab. Hitze steigt mir die Wangen hinauf, hoffentlich sieht er nicht, wie ich erröte. Er legt seine Hände an meine Unterarme, hilft mir dabei, sie richtig zu positionieren.

»Siehst du diese kleinen Zacken?« Er tippt mit einem Finger auf das Dreieck hinten am Lauf. »Das ist die Kimme, dort schaust du mit einem Auge hindurch und suchst dir ein Ziel aus.« Sein Atem kitzelt mich an meinem Ohr, macht es mir schwer, seinen Anweisungen zu folgen.

In meinem Bauch kribbelt es und zwischen meinen Schenkeln werde ich feucht. Etwas drückt sich hart in meinen Rücken; ich muss ein Stöhnen unterdrücken. Ist er ebenfalls so erregt wie ich?

»Ziel auf den Baum dort.« Seine Stimme holt mich in die Realität zurück, in diesen Moment und an diesen Ort.

Ich halte eine Waffe in den Händen, die unser beider Leben auslöschen könnte, mit der ich mir die Freiheit erkämpfen könnte. Trotzdem will ich nichts lieber, als mich von ihm in die Enge treiben zu lassen. Ich will seine Hände auf meiner Haut, meinem Hals spüren, das kalte Metall seiner Waffe an meinen Schenkeln.

Der Schuss löst sich, ohne dass ich es gewollt habe. Nur der Knall ertönt, der Rückstoß treibt mich in Bolds Arme, aber der Einschlag bleibt aus. Ich habe nicht getroffen.

Ein leises Lachen dringt aus seiner Brust, die Vibration spüre ich im ganzen Körper. Wir sind uns so verdammt nah, dass ich ihn riechen kann.

»Knapp vorbei ist auch daneben. Probier es erneut, dieses Mal konzentrier dich aber.« Er schiebt mich mit seinem Rumpf wieder an den Tresen. Die Berührung jagt mir warme Schauer über den Rücken. Warum macht mich das so verdammt an?

»Ellenbogen auseinander, fester Stand.« Mit den Händen und Füßen positioniert er meine vier Gliedmaßen, bis er zufrieden ist. Ich bin zwischen ihm und dem Stück Holz eingeklemmt, trotzdem will ich auch die letzte Distanz zwischen uns überbrücken, mich zu ihm umdrehen und meinen Mund auf seinen drücken. Stattdessen schließe ich ein Auge, schaue durch die Kimme, genauso wie er es beschrieben hat, und ziele auf den Baum direkt vor mir.

Zweimal hole ich Luft, bevor ich den Abzug drücke. Auf den Rückstoß bin ich vorbereitet und kann ihn mit den Schultern abfedern. Ich treffe den Baum zwar nicht, streife dafür aber die Rinde.

Ein zufriedenes Brummen aus seiner Brust gibt mir den Rest. Ich drehe meinen Kopf wenige Zentimeter zur Seite und sehe ihm direkt ins Gesicht. Mein Mund steht leicht offen, mein Herz flattert in der Brust und lässt mich zittrig Atem holen. Die Luft zwischen uns knistert vor Spannung, ich kann es kaum aushalten. Ich will ihn spüren, ihn berühren und mir von ihm das Hirn rausvögeln lassen, bis ich Sterne sehe.

Seine Augen zucken hin und her, scheinen sich nicht einig zu sein, was sie fixieren sollen. Ich kann in ihnen den inneren Kampf sehen, den er gerade ausficht. Ich habe schon einmal meine Wette gewonnen, sicher geht es ihm gegen den Strich, dass ich recht habe, aber: Er will mich!

Seine Fassade bröckelt. Er packt mein Gesicht mit beiden Händen. Schon liegen seine Lippen heiß auf meinen und mich durchfährt ein Schauer. Wir tauschen hungrige Küsse aus, ich spüre seine Hände überall an meinem Körper, nirgends verharren sie. Ich lege die Waffe ab, drehe mich um, sodass wir uns gegenüberstehen. Er presst sich gegen mich, ich kann seine Erektion an meinem Bauch spüren und muss stöhnen. Das scheint ihn so anzumachen, dass er eine Hand um meinen Hals legt und sanft zudrückt. Bold lehnt sich etwas zurück, sodass ich ihm ins Gesicht blicken kann. Dort entdecke ich dieselbe Lust und Begierde, wie sie auch in meinen Adern brennt.

Um ihm zu zeigen, dass ich mehr will, packe ich seine Hand um meinen Hals und drücke selbst fester zu. Der Ausdruck in seinen Augen verändert sich, plötzlich liegt ein animalischer Hunger in ihnen, der mir eine Gänsehaut über den Körper jagt. Mit dem anderen Arm umfasst er meine Hüfte, hebt mich auf den wackeligen Tresen und sofort finden seine Lippen wieder die meinen. Seine Finger wandern an meinen Schultern hinab bis unter mein Top, sie schieben es nach oben, sodass meine Brüste frei liegen. Ich trage keinen BH, weshalb sich meine Nippel bei der Berührung sofort aufstellen. Er umschließt mit einer Hand die rechte, streichelt sie, lässt von meinem Mund ab, um sich mit seinen Lippen der linken Brust zu widmen. Er saugt an ihr, beißt sanft hinein, bis ich keuchen muss. Sein Mund wandert hinüber zur anderen, knabbert dort an meiner harten Knospe.

»Bold«, stöhne ich seinen Namen, um ihm zu zeigen, dass ich bereit bin. Ich will es so sehr, dass es schmerzt.

Er hebt den Kopf, sieht mich direkt an. Sein Atem geht mittlerweile heftig, seine Brust hebt und senkt sich merkbar schnell. Ich versuche, ihm mit meinem Blick zu sagen, was ich will. Zu meinem Glück versteht er, was ich von ihm verlange. Mit beiden Armen packt er mich und hebt mich von der Konstruktion herunter. Ich schlinge Arme und Beine um ihn, presse mich fest an ihn und reibe mich leicht an seinem Schritt. Ein Knurren dringt aus seiner Brust.

Während wir uns weiter wild küssen, setzt er sich in Bewegung. Ich weiß nicht, wo er mich hinbringt, denn ich habe die Augen geschlossen. Aber es ist mir auch egal, Hauptsache er kann sich endlich der pochenden Region zwischen meinen Beinen widmen. Er wird langsamer und setzt mich ab. Anhand der rauen Oberfläche, die ich an meinen Oberschenkeln spüre, schätze ich, dass es ein Baumstamm ist.

Da ich es nicht länger aushalte, fange ich an, ihn auszuziehen. Zuerst muss sein Shirt weichen. Als es zur Erde fällt, streiche ich mit den Fingern über seine Brustmuskeln. Jetzt, bei direktem Tageslicht, fallen mir Dutzende Narben auf, die von Schnitt- und Schusswunden zeugen. Er hat gekämpft, viel erlebt und sein Körper erzählt diese Geschichten. Ich fahre mit einem Finger über eine feine Linie an seiner rechten Achsel. Ist dort die Stelle, wegen der er fast verblutet wäre?

Mit einer Hand packt er mein Kinn, reißt mich von dem Anblick los und schiebt sich zwischen meine Beine. Er küsst mich erneut. Seine Zunge schiebt er zwischen meine Lippen und mit einem Seufzen gewähre ich ihm erneut

Zugang. Mit meinen Fingern öffne ich seinen Gürtel; plötzlich kann es für mich nicht schnell genug gehen. Ich schiebe ihm seine Hose über den Po, die Shorts folgen. Seine nasse Männlichkeit drückt sich gegen meine Jeans, ich umfasse sie mit einer Hand und er zuckt zusammen. Für einen Moment lösen sich seine Lippen von meinen, nur um im nächsten an meinem Kinn meinen Hals hinabzuwandern. Während ich ihm den Schwanz massiere, knabbert er an meinem Ohrläppchen. Heiße Wellen laufen mir über den Rücken und enden zwischen meinen Beinen. Ich kann bereits spüren, wie die Nässe dort meinen Slip durchtränkt.

Endlich finden seine Hände den Weg in meinen Schritt. Er öffnet den Knopf meiner Hose, hilft mir dabei, aus ihr und den Schuhen herauszuschlüpfen. Zum Schluss folgt mein Top, das sowieso nur noch auf halb acht hing. Nun sitze ich nur im Spitzenhöschen auf diesem Baumstamm und kann es kaum erwarten, auch dieses Kleidungsstück zu verlieren.

Ich umschlinge seinen Rücken mit einem Arm, streiche über seine Rückenmuskulatur, die ich bei jeder Bewegung unter meinen Fingern arbeiten spüre. Er schiebt sich weiter zwischen meine Beine, bis ich sie spreizen muss. Ich klammere mich mit ihnen an seinem Gesäß fest und mit einem Mal befinden sich nur noch wenige Millimeter zwischen uns.

Bold drückt seinen Schwanz durch den dünnen Stoff gegen meine Mitte, ein Keuchen entkommt mir, das er mit einem Kuss zum Ersticken bringt. Ich umgreife seine Eichel und massiere sie, schiebe gleichzeitig meinen Slip zur Seite und platziere seine Spitze auf meiner Klitoris. Sofort fängt er an, sein Becken zu bewegen und sich an mir zu reiben. Ich will mehr, hebe dafür meine Hüften und fiebere dem Moment entgegen, in dem er endlich in mich eindringt.

»Willst du das wirklich, *Canela*?«, knurrt er mit tiefer Stimme in mein Ohr.

Ein Zittern erfasst meinen Körper. »Ich habe noch nie etwas anderes so sehr gewollt wie dich gerade jetzt«, flüstere ich mit heiserer Stimme zurück.

Das ist der Auslöser. Endlich dringt er in mich ein. Wieder ist er grob, der Schmerz lässt mich aufschreien, aber nach wenigen Bewegungen in mir verschwindet dieser und ich muss stattdessen stöhnen. Ich lehne mich leicht zurück, halte mich an dem Stamm unter mir fest. Bold platziert seine Hände auf meinen Hüften, um sich immer wieder in mich zu treiben. Meine Oberschenkel klatschen an seine; ich habe noch nie etwas Schöneres gehört. Mit vor Lust verschleiertem Blick sehe ich zu ihm auf. Sein Gesicht ist eine grimmige Maske, er hat die Kiefer aufeinandergepresst und atmet hörbar durch die Nase. Seine Brustmuskeln zucken, eine Ader tritt an seinem Hals hervor, während er meinen G-Punkt stimuliert. Das Klimpern seiner Kette mischt sich unter unsere Geräusche und ich kann nicht anders, als ihn mir im Kampf vorzustellen. Wie er mit einer gezückten Waffe auf jemanden zielt und abdrückt.

Hitze sammelt sich in meinem Schritt, sie staut sich, schwillt zu einem großen Ball an. Bolds Bewegungen werden schneller, er scheint zu merken, dass ich kurz davor bin, zu kommen. Als er immer wieder genau die richtigen Stellen trifft, schreie ich meinen Höhepunkt hinaus, stöhne unkontrolliert, während er mich weiterhin fickt. Als die Wellen abklingen, rutscht Bold aus mir heraus, was ich mit einem Zischen kommentiere. In der nächsten Sekunde zieht er mich hoch, dreht mich um und presst meine Vorderseite an den nächsten Baum.

Kurz bückt er sich nach seiner Hose, zieht ein Kondom

hervor, dass er sich überstreift. Daraufhin drückt er mich fest an die Rinde, sodass sie über meine Nippel schabt, was mich nur noch mehr anmacht. Mit den Füßen schiebt er meine Beine auseinander, eine Sekunde später spüre ich seinen Schwanz an meinem hinteren Eingang. Ich bilde ein Hohlkreuz, fasse mit einer Hand zwischen meinen Schenkeln hindurch und dirigiere ihn stattdessen zum richtigen Loch. Mit einem Schmatzen dringt er erneut in mich ein. Ich stöhne auf.

Eine Hand umschließt meinen Hals, drückt leicht zu, sodass sich der Rand meines Sichtfeldes schwarz färbt – was für eine verlockende Dunkelheit. Sein Mund legt sich seitlich auf meinen Hals, hinterlässt dort brennende Spuren, er beißt mir in die Schulter. Mir entkommt ein erstickter Aufschrei, der ihn zum Knurren bringt. Bold lässt wieder von mir ab, packt meine Hüften und nimmt mich noch härter.

Mein gesamter Körper erbebt bei jeder Bewegung, sein Schwanz ist hart und fest, reibt über meinen Damm und füllt mich vollständig aus. Auch aus seiner Kehle dringt ein Keuchen: Er ist kurz davor zu kommen. Daher strecke ich ihm meinen Hintern noch fester entgegen, stütze mich dabei am Baumstamm ab und beiße mir auf die Unterlippe. Der nächste Orgasmus kündigt sich an, aber ich will nicht ohne ihn kommen.

»Bold«, wimmere ich seinen Namen, traue mich aber nicht, über meine Schulter zu schauen.

Ein Keuchen entkommt seinem Mund, woraufhin er brutaler wird. Seine Finger bohren sich in meine Haut, das Klatschen gegen meinen Arsch wird lauter. Ich kann mich nicht länger zurückhalten, der Orgasmus überrollt mich. Mit einem lauten Aufschrei entlasse ich die angehaltene Luft. Bold treibt sich noch zweimal in mich, bevor er aus mir herausrutscht, sich des Kondoms entledigt und sich zwischen meinen Arschbacken weiter reibt. Keine Sekunde später kommt auch er und spritzt seinen Saft auf meinen Hintern.

Auch er kann das Stöhnen nicht länger zurückhalten. Ich werfe einen Blick über die Schulter und habe sofort das Bedürfnis, ihn erneut in mir zu spüren: Sein Mund ist leicht geöffnet, die blauen Augen glühen vor Erregung und das blonde Haar ist zerzaust. Er dreht mich sanft um, besieht sich meinen Hals an, und sucht dann meinen Blick.

»Schau nur, in was für eine Scheiße du uns da geritten hast.«

Ich kann nicht anders, als zu grinsen. »Ich habe dich doch gewarnt.«

KAPITEL 16

Bold

Faviola funkelt mich aus ihren Augen heraus an, sie will mich mit ihren Worten provozieren. Ja, ich bin schwach. Ich konnte ihr nicht widerstehen – mehr als einmal. Das erste Mal war ein Fehler, aber das hier ... Verdammt! Ich habe es so sehr gewollt und sie auch. Warum sonst hätte sie sich an mir reiben, während sie sich eigentlich hätte darauf konzentrieren sollen, zu schießen.

»Ich schätze, wir sind jetzt quitt.« Verwirrung huscht über ihr Gesicht. »Ich habe länger als eine Woche durchgehalten und du hast ...« Mir fällt kein gutes Wort ein, wie ich die Situation zwischen uns beschreiben soll.

»Dich verführt«, hilft sie mir aus, legt dabei ihre Hände auf meine Brust, zieht an meinen Dogtags und schmiegt sich an mich.

Das ist falsch! Auf so vielen Ebenen. Ich bin ihr Personenschützer, ihr Leben steht über meinem, aber statt sie zu schützen, reite ich sie ins Verderben. Das Beste wäre, wenn ich das zwischen uns schleunigst beende. Aber statt sie von mir zu schieben, schlinge ich meine Arme um sie und halte sie. Der Duft nach Zimt liegt in ihren Haaren und ich sauge ihn tief in meine Lunge.

Ich bin schwach! So. Verdammt. Schwach!

»Wir sollten unter die Dusche springen und uns waschen«, brumme ich in ihr Haar, atme noch einmal ihren Geruch ein, dann löse ich mich von ihr. Ein Lächeln liegt auf ihren Lippen, als sie nickt. Schnell sammle ich alles zusammen und wir laufen nackt hinüber zu meinem Strandhaus. Dort angekommen lasse ich die Sachen auf der Veranda liegen, denn sie müssen erst einmal ausgeklopft werden.

Faviola läuft bereits hinüber ins Bad. Ich beobachte sie dabei, fixiere ihren geilen Arsch, der bei jedem Schritt hin und her wiegt. Sofort schießt mir wieder die Hitze zwischen die Beine. *Dieses Mädchen macht mich noch verrückt!* Wie hätte ich ihr jemals widerstehen können, wenn sie mich schon mit ihrer bloßen Existenz reizt?

An der Tür zum Badezimmer bleibt sie stehen und schaut über ihre Schulter zu mir zurück. Ein wissendes Lächeln liegt auf ihren Lippen, sie hat mein Starren bemerkt. Sie lässt die Tür offen; eine Einladung, der ich gern nachkomme – aber nicht sollte.

Mit wenigen Schritten habe ich das Schlafzimmer durchschritten und stoppe im Rahmen zum Badezimmer. Sie steht bereits unter der Regendusche und lässt sich das Wasser auf den Körper prasseln. Ich nehme mir einen Moment, um den Anblick in mich aufzusaugen. Ihre Haare sind nass, kleben ihr an Rücken und Schultern. Brustkorb und Hüfte bilden eine perfekte Sanduhrfigur. Ihre Brüste sind rund und voll und ihre Nippel stehen vor Erregung ab. Ich kann es nicht länger unterdrücken, mein Schwanz ist mittlerweile wieder steinhart.

»Willst du da die ganze Zeit stehen und zuschauen?« Sie provoziert mich, schon wieder. Und leider hat sie damit Erfolg.

Mit einem Knurren trete ich zu ihr in die Duschkabine. Sie dreht sich zu mir um und lächelt mich verschmitzt an. Faviola weiß ganz genau, was sie sagen muss, um ihren Willen zu bekommen.

Ich trete an sie heran, sie weicht nicht zurück. Meine Hände lege ich auf ihren Hüften ab, beuge mich zu ihr hinab und warte auf ihre Reaktion. Als sie sich mir entgegenstreckt, treffen unsere Lippen aufeinander. Sanft und vorsichtig tauschen wir Küsse aus. Sie legt ihre Arme um meinen Nacken und zieht mich weiter zu sich heran. Ich komme der Aufforderung gern nach, schlinge meine Arme um ihre Taille und ziehe sie an mich. Mein Schwanz drückt gegen ihren Bauch und uns beiden entkommt ein Stöhnen.

Zu meinem Glück löst sich Faviola von mir und hebt ihr Duschgel auf. Sie reicht es mir, dreht mir daraufhin den Rücken zu. Mit einem Blick über die Schulter fragt sie: »Machst du mich sauber?«

Im ersten Moment bin ich wie festgefroren, starre auf ihren Rücken, die kleinen Wirbel, die Grübchen oberhalb ihres Pos, die prallen runden Backen. Ich muss mich ermahnen, mich zusammenzureißen, erst dann schaffe ich es, den Deckel zu öffnen und einen großen Klecks auf meine Hand zu geben. Der Duft von Zimt strömt mir in die Nase. Ich stelle die Flasche zur Seite und beginne damit, ihren Körper einzuseifen. Sie schließt unter meinen Berührungen die Augen, lehnt sich leicht gegen mich.

Zuerst streiche ich über ihren Rücken, wasche ihr meinen Saft vom Körper. Dann wandere ich weiter hinunter zu ihrem Arsch, sanft streiche ich darüber und mustere die Abdrücke, die ich dort gestern mit meinen Fingern hinterlassen habe. Faviola zuckt nicht vor Schmerz zusammen, also ist das nicht so schlimm. Ich teile mit meinen Fingern ihre Pobacken und säubere sie auch dort. Sie lässt sich mit einem Stöhnen gegen mich fallen. Ich stelle mich etwas seitlich hin, sodass ich von hinten durch ihre Schenkel durchgreifen kann, um ihre Perle zu massieren. Mit kreisenden Bewegungen wasche ich sie auch dort, schaue ihr dabei zu, wie sie in meinen Händen zerfließt.

Sie knetet selbst ihre Brüste, was ich mit einem dunklen Knurren kommentiere. Mit der anderen Hand umschlinge ich Faviola und kneife in ihre Brustwarzen. Das Wasser tropft heiß auf unsere Körper, macht die ganze Situation zwischen uns nur noch feuchter. Ich schiebe meinen Zeigefinger in sie, massiere ihren Eingang und gleichzeitig ihre Perle. Sie stöhnt, ihre Beine zittern und quittieren fast ihren Dienst. Es dauert nur wenige schmerzhaft süße Sekunden, bis sie mit einem Keuchen kommt. Ihr Körper erbebt unter meinen Berührungen, ihr Atem geht hektisch. Mit einem Atemzug holt sie tief Luft.

Vorsichtig stelle ich sie auf ihre Füße, drehe sie um und schiebe sie aus der Kabine. Sie wirft mir einen trotzigen Blick zu, dennoch gebe ich nicht nach. »Trockne dich ab und zieh dir was an«, befehle ich ihr.

Nackt steht sie in meinem Badezimmer, schiebt die Unterlippe vor und funkelt mich erneut an, dieses Mal nur nicht vor Lust. Auf den Hacken wirbelt sie herum, schnappt sich ein Handtuch aus dem kleinen Schrank links von ihr und stürzt nach draußen. Sie knallt die Tür laut hinter sich zu. Ein Seufzen entkommt mir. Ich werde sie vermutlich nie verstehen.

Endlich allein kann ich mich jetzt um meine Erektion

kümmern. Ich drehe das Wasser etwas kälter, stelle mich in die Ecke und stütze mich mit einem Arm ab. Mit der anderen Hand massiere ich meinen Schwanz, stelle mir dabei vor, Faviola würde mir einen blasen. Ich weiß, ich sollte das nicht tun. Aber ich kann nicht anders. Sie macht das mit mir.

Nachdem wir beide geduscht und uns angezogen haben, gehen wir an den Strand, um einen Spaziergang zu machen. Faviola hat sich derweil beruhigt, worüber ich dankbar bin. Das Wetter ist heute perfekt, der Himmel ist wolkenlos, die Sonne schenkt uns angenehme dreißig Grad, die sich durch den Wind wie fünfundzwanzig anfühlen. Ich trage nur eine kurze Cargohose, die bis zu den Knien reicht, und ein weißes Shirt. Faviola hat sich ihre Hotpants wieder angezogen, sie dieses Mal aber mit einem schwarzen Samttop kombiniert, das sie in die Hose gesteckt hat.

Ich schiebe eine Hand in meine Tasche und berühre einen harten Gegenstand. Verwirrt runzle ich die Stirn, bis mir einfällt, was es ist.

»Du hast deine Kette im Bad vergessen.« Ich hole sie hervor und überreiche sie ihr im Gehen.

»Oh, danke.« Sie stoppt, sieht mich an und fragt dann: »Würdest du sie mir umlegen?« Mit diesen Worten dreht sie sich um, hebt ihr mittlerweile wieder glattes Haar und wartet.

Für einen kurzen Moment zögere ich, dann erst trete ich an sie heran, lege die Kette um ihren zarten, weichen Hals und schließe sie hinten. Sie positioniert das Kreuz zwischen ihren Brüsten, dreht sich danach wieder zu mir um.

»Danke.« Sie lächelt mich liebevoll an, streicht dabei über das Kruzifix.

»Sie hat eine besondere Bedeutung für dich, richtig?« Wir

nehmen den Spaziergang wieder auf. Ab und an berühren sich unsere Finger oder Arme flüchtig, als würden sie magisch voneinander angezogen werden.

»Die Kette hat meiner Mutter gehört, sie ist mein letztes Andenken an sie.«

Ihre Worte machen mich stutzig. »Gibt es keine Bilder oder sonstige Erinnerungsstücke von ihr?«

Faviola schüttelt den Kopf. »Nach dem Tod meiner Mutter kam mein Onkel zu uns und hat meinen Vater aufgefordert, Mutters Eigentum an ihn zu übergeben.«

»Warum das?«

»Ich weiß nicht genau.« Sie zuckt mit den Schultern, schweigt und spielt dabei gedankenverloren an dem Kreuz. »Ich glaube, dabei ging es stark um Eigentumsanspruch und Machtdemonstration. Aber genau kann ich es nicht sagen.«

Ich merke, dass ihr das Thema unangenehm ist, daher lenke ich das Gespräch lieber auf andere Bahnen. »Wo bist du eigentlich zur Schule gegangen?«

Sie lacht auf. »Ich bin zu Hause unterrichtet worden. Vater versteht sich darauf, mich zu isolieren und von der Öffentlichkeit fernzuhalten. Die wenigen Ausflüge in die Stadt könnte ich an zwei Händen abzählen. Ansonsten war ich als Kind immer im Landhaus. Die besten Tage waren, als Vater seine Geschäftspartner«, sie malt bei dem Wort Gänsefüßchen in die Luft, »zu uns eingeladen hat und sie Kinder in meinem Alter dabeihatten. Mit den Mädchen kam ich meistens nicht so gut klar, aber später mit den Jungs ...« Ihre Wangen laufen rot an und sie beißt sich auf die Unterlippe, senkt schnell den Blick.

»Klingt trotzdem nach einem einsamen Leben.« Wenn ich daran denke, dass ich fast alle drei Monate an einem anderen Ort war und immer etwas Neues erlebt habe, kann ich mir gar nicht vorstellen, wie es anders wäre. Vermutlich würde ich mich auch eingeengt fühlen, so wie Faviola.

»Das war es.« Sie sieht mich direkt an, in ihren tiefbraunen Augen spielen sich Dutzende Geschichten ab, jede von ihnen ist trauriger als die letzte. »Deshalb wollte ich immer weg.«

Mal wieder merke ich, dass Gespräche nicht meine Stärke sind. Mit jeder Frage trete ich in ein neues Fettnäpfchen. Ich raufe mir die Haare, streiche sie dann etwas glatt, da sie vom Wind zerzaust sind.

»Was ist mit dir? Hast du Familie?«

Ich schüttle den Kopf. »Meine Eltern sind schon vor ein paar Jahren gestorben, Geschwister habe ich keine.«

»Und eine Frau? Kinder?«

Ich werfe ihr einen Seitenblick zu, hebe dabei die Augenbraue, um zu fragen: ›Sehe ich für dich aus wie ein Familienmensch?‹ Gleichzeitig antworte ich: »Nein, für eine Frau hatte ich nie wirklich Zeit, was nicht heißt, dass es keine gab. Und mit Kindern bin ich nie gesegnet worden, was vermutlich besser ist, da ich sowieso nie da gewesen wäre.«

»Das klingt auch einsam.«

Als sie es ausspricht, überrollt mich die Erkenntnis. Es gibt niemanden da draußen, zu dem ich zurückkehren kann. So war es auch schon immer. Auch in der Bundeswehr, aber damals habe ich mir eingeredet, dass es nur zum Besten für alle wäre. So musste sich keiner um mich Sorgen machen, niemand Angst haben, dass ich nicht zurückkehre. Aber am Ende bin ich der einzige Leidtragende.

»Warum bist du zur Armee gegangen? Wegen deines Großvaters?«

Ihre Frage überrumpelt mich etwas. Sie scheint genauso schlecht im Themenwechsel zu sein wie ich. Ein Glucksen entkommt meiner Kehle, das ich als Husten tarne. »Nicht nur. Als junger Mann hatte ich wenige Alternativen. Damals gab es noch die Wehrpflicht und ich bin eingezogen worden. Als ich dann das erste Mal eine Waffe in der Hand gehalten habe, wusste ich, dass ich das mein Lebtag lang machen will.«

»Wer war dein erster Toter? Wie hat sich das für dich angefühlt?«

Ich drehe meinen Kopf zu ihr um, sehe die Neugierde in ihren Augen glänzen.

»Das erste Mal war erschreckend. Ich war gerade mal zwanzig Jahre alt und wir wurden im Kosovo angegriffen. Eine Gruppe Terroristen attackierte unseren Versorgungstrupp, es wurde auf beiden Seiten geschossen. Mein befehlshabender Offizier wurde getroffen und wir mussten ihn dort wegschaffen. Dabei wurden wir direkt angegriffen und ich schoss. Als ich den Mann fallen sah, bemerkte ich, dass er sogar noch jünger war als ich. Vielleicht achtzehn. Seine Augen waren weit aufgerissen, als wollte er mich anklagen für meine Tat. Blut quoll aus einer Wunde an seinem Hals, auf die er erst noch seine behandschuhte Hand drückte. Den Anblick werde ich mein Leben lang nicht vergessen.«

Wir kommen an einem umgestürzten Baum an, der den ganzen Strand blockiert. Ich klettere auf ihn und reiche Faviola meine Hand, um ihr hinüber zu helfen. Sie ergreift sie, lässt sich von mir hochziehen und springt auf der anderen Seite hinunter. Ich folge ihr, bei der Landung wirbelt Sand auf, der auf ihren Füßen landet.

»Hast du ein schlechtes Gewissen?«

»Wegen des Tötens?« Ich drehe meinen Kopf zu ihr, damit ich sie ansehen kann. Sie nickt. »Nein. Ich habe nur meinen Dienst verrichtet und er hat uns angegriffen, nicht umgekehrt.« Wir nehmen den Spaziergang wieder auf, laufen Seite an Seite am Strand entlang.

»Und die Männer im Café? Oder auf dem Friedhof?« Es fällt ihr sichtlich schwer, die Worte auszusprechen.

Ich werfe ihr einen Seitenblick zu; sie hält den Kopf gesenkt.

»Sie haben angegriffen, ich habe uns nur verteidigt und dich beschützt.« Das Letzte spreche ich viel zu liebevoll aus und beiße mir direkt auf die Innenseite meiner Wange. Schlimm genug, dass ich schwach geworden bin und mich auf sie eingelassen habe. Da fehlt es mir noch, dass ich *Gefühle* für sie entwickle.

»Hast du jemals etwas so Schreckliches getan, dass es dich selbst in den Schlaf verfolgt?«

Sofort schießt mir wieder der Politiker in den Kopf, den ich erschossen habe, was zu meiner Pensionierung geführt hat. Ich habe schon vorher vermutet, dass sie mich loswerden wollten. Vermutlich war das der Tropfen, der das Fass zum Überlaufen gebracht hat.

»Nein. Ich träume selten und mein Schlaf ist nicht besonders tief.« Ich bin ihr keine Rechenschaft schuldig und meine Worte sind nicht gelogen, meine Taten verfolgen mich nicht bis in den Schlaf.

»Warum bist du nach Kuba gekommen?«

Mit der Frage trifft sie genau ins Schwarze. Das Problem ist nur, dass ich es selbst nicht beantworten kann. Als mich der Bund förmlich aus dem aktiven Dienst hinausgedrängt hat, hatte ich nur wenige Alternativen. Zu Hause sitzen wie ein alter Mann und auf den Tod zu warten, lag mir mehr als fern. Aber den Kaufhauscop oder den Ladendetektiv zu spielen war für mich total abwegig. So sehr hätte ich mich selbst niemals erniedrigt. Da war meine Entlassung schon schlimm genug. Es verfolgt mich bis heute, dass mir dieser Fehler unterlaufen ist. Für meine Diensthabenden schien es klar gewesen zu sein, dass so etwas irgendwann passieren würde. Sie schienen sogar richtig darauf gewartet zu haben, einen Grund zu haben, um mich rauszuwerfen. Natürlich mit Ehrungen und netter Abfindung. Dennoch war es ein Rauswurf.

»Ich denke, ich habe etwas gesucht«, erwidere ich ihr verspätet.

»Und was?«

Ich stoße die Luft hart aus, schaue zu ihr und dann schnell zum Horizont. Sie ist neugierig, so neugierig, dass ich manchmal keine Antwort auf ihre Fragen habe. »Vermutlich einen Ort, an dem ich mich wieder gebraucht fühlen kann.« Mir fallen die Worte schwer, ich will darüber gar nicht nachdenken. Aber sie bringt mich dazu.

»Und tust du das jetzt? Oder ist es dir zuwider, den Babysitter für mich zu spielen?«

Ihre Wortwahl lässt mich kurz und hart auflachen. So habe ich mich selbst bezeichnet, als wir uns im Ankleidezimmer ihres Vaters getroffen haben. Und so hat es sich für mich angefühlt: nicht wie ein Job, eher wie eine Erniedrigung. Das Wort jetzt wieder zu hören, erweckt den Eindruck, als wären schon Jahre seitdem vergangen.

»Du bist gar nicht so übel.« Ich stupse sie mit dem Ellenbogen an, was sie einen Schritt zur Seite stolpern lässt.

»Und du gar nicht so gut abgerichtet, wie ich befürchtet hatte.« Sie lächelt mich verhalten an, weshalb ich nicht weiß, ob das ein Kompliment oder eine versteckte Beleidigung ist. Ich fasse es einfach mal als Ersteres auf.

Wir laufen für ein paar Minuten schweigend nebeneinanderher. »Was sind das für Marken, die du um deinen Hals trägst? Stammen die noch aus der Armee?«

Als hätten mich ihre Worte erst wieder daran erinnert, sehe ich hinab auf mein Shirt, wo die Dogtags an der Kette baumeln. Ich nehme sie in die Hand, drehe sie herum. »Nein, ich habe sie nachträglich anfertigen lassen. Als Erinnerung an meine Dienstjahre. Meine richtigen Erkennungsmarken musste ich abgeben. Damals hat es sich so angefühlt, als hätte ich einen Teil meiner Persönlichkeit verloren. Daher habe ich mir die hier bestellt.« Ich merke, dass ich mit jedem weiteren Wort zu tief ins Detail gehe. So viel will ich nicht über mich preisgeben. Aus diesem Grund räuspere ich mich und stecke die Dogtags unter mein Shirt.

»Was ist das eigentlich mit Fernández und deinem Vater?«, frage ich stattdessen, um vom Thema abzulenken. Noch länger über mich zu reden, bereitet mir Bauchschmerzen.

Zu meiner Überraschung schweigt Faviola, sodass ich interessiert den Blick auf sie richte. Ihre Stirn ist in Falten gelegt und sie kaut auf der Unterlippe herum. Offensichtlich ist sie sich unsicher, ob und was sie mir erzählen soll.

»Du musst nicht, wenn du nicht …«

»Schon gut«, unterbricht sie mich, sieht mich aber nicht an, stattdessen schaut sie auf den Sandboden. »Julio und mein Vater waren schon immer Konkurrenten, aber vor Jahren wurde … eine Einigung getroffen, daraufhin herrschte lange Zeit Frieden. Aber seit meine Mutter tot ist, bröckelt er immer wieder. Die alten territorialen Streitigkeiten flammten wieder auf.«

»Und was ist geschehen, dass der Krieg plötzlich so eskaliert?«

»Müsstest *du* mir das nicht sagen können?« Sie sieht mich

endlich wieder an, doch nichts als Trauer ist in ihrem Gesicht zu erkennen. »Schließlich arbeitest du für meinen Vater.«

Nun ist es an mir, den Blick auf den Boden zu richten. Wir laufen noch ein paar Schritte, bevor ich etwas darauf erwidere: »Dein Vater hat mir zu Anfang nicht getraut und mich deshalb nicht in alles eingeweiht. Den Grund für die zurückliegenden Kämpfe kenne ich nicht. Ich habe ihn auch nicht danach gefragt, weil ich dachte, so würde das immer auf Kuba laufen.«

Faviola schnaubt arrogant, endlich kehrt die kleine Zicke zurück, die ich in den letzten Tagen vermisst habe. So macht sie es mir leichter, mich von ihr fernzuhalten – emotional und körperlich. »Das sind doch bloß Klischees und Vorurteile. Nach der Revolution wurde es auf Kuba ruhiger, der Tourismus hielt Einzug, alles wurde gesitteter. Es wird zwar immer noch mit Waffen und Drogen gedealt, aber nicht mehr so offen wie früher.«

»Ich verstehe. Und du sitzt zwischen den Stühlen«, spreche ich das Offensichtliche aus.

»Leider«, seufzt sie und verstummt daraufhin.

Ich habe das Gefühl, dass sie mir etwas verschweigt, will aber nicht weiter nachbohren. Ich benehme mich zu oft wie ein ungehobelter Klotz. Daher laufen wir stattdessen entspannt den Strand entlang, bis ich entscheide, dass wir zurückkehren sollten. Die Sonne kriecht bereits auf den Horizont zu und mein Magen meldet sich so langsam. Ich könnte eine gute Portion Pommes mit Schnitzel vertragen, muss aber zu Hause erst einmal schauen, was ich da habe.

Im Strandhaus angekommen mache ich mich direkt daran, das Essen zuzubereiten. Als jahrelanger Single habe ich meine Rezepte perfektioniert und würde behaupten, dass ich ganz passabel kochen kann. Faviola gesellt sich zu mir, vermutlich nur, damit sie nicht allein ist. Sie setzt sich auf ihren Platz am Tresen und sieht mir zu.

»Du kannst mir auch helfen«, biete ich ihr an und reiche ihr die Tomaten, damit sie sie schneiden kann.

Ohne etwas zu erwidern, nimmt sie das Küchenmesser, das ich ihr reiche, und fängt an, das Gemüse regelrecht zu killen. Ich verziehe das Gesicht beim Anblick der zerplatzten und zerstörten Tomaten, sage aber nichts.

»Und was machen wir morgen?«, fragt sie mich nach längerem Schweigen.

Ich sehe über meine Schulter, erwische sie dabei, wie sie gelangweilt das Messer mit der Spitze auf dem Brett dreht.

»Du könntest immer noch schwimmen gehen.«

»Ich habe keine Badesachen eingepackt.«

»Dann trag deine Unterwäsche.«

»Das hättest du wohl gern.« In ihrer Stimme schwingt ein Lachen mit und einer meiner Mundwinkel zuckt.

Ja, der Gedanke, Faviola in einem knappen Badeanzug oder Zweiteiler zu sehen, würde mir gefallen. Nackt wäre sie mir sogar noch lieber, aber dann würde ich wieder rückfällig werden und das darf ich nicht. Nicht nur für mich, sondern auch für sie.

»Sonst kann ich dir auch Kleidung von mir anbieten. Ich habe hier eine Waschmaschine, sicher bekomme ich sie damit wieder sauber.« Das Essen ist so weit vorbereitet, jetzt müssen das Gemüse und die Pasta nur noch köcheln. Ich drehe mich zu ihr um und nehme ihr das Messer ab, bevor sie sich damit noch einen Finger abschneidet. Die Tomaten stelle ich vorerst zur Seite, sie kommen später in die Soße.

»Können wir morgen nicht irgendwo hinfahren?« Sie schiebt ihre Unterlippe vor und sieht mich bettelnd an.

»Dein Vater hat mir befohlen, dich im Haus zu behalten.«

Sie stöhnt frustriert auf, streckt ihre Arme über die Theke und bettet ihren Kopf darauf. »Dann sterbe ich hier vor Langeweile.« Ihr kommt anscheinend ein Geistesblitz, woraufhin sie sich ruckartig aufrichtet und mich mit glänzenden Augen anstarrt. »Du könntest mir natürlich auch das Schießen weiter beibringen. Vielleicht mit einem Maschinengewehr?«

»Vergiss es!« Ich kehre ihr den Rücken zu und tue so, als müsste ich aufpassen, dass das Wasser nicht überkocht. Stattdessen will ich nur ihrem Blick ausweichen, der sonst meine Mauer bröckeln lassen würde.

»Dann musst du wohl doch mit Gesellschaftsspielen anfangen.«

Mir entkommt ein genervtes Stöhnen, woraufhin ich mir die Nasenwurzel reibe. »Bist du immer so nervig?«

»Hast du das erst jetzt bemerkt? Was denkst du, wie ich die anderen vor dir immer vertrieben habe?«

Ich blicke über die Schulter. »Nach meiner Info waren Rafael und Leonardo lange Zeit für dich verantwortlich.«

Faviola verdreht die Augen, wirft ihre Haare zurück und zieht eine Augenbraue hoch. »Vater hat mich ausgetrickst, ich bin mit den beiden groß geworden, natürlich konnte ich sie da nicht vertreiben. Sie kennen meine Marotten und ... ich mag sie.«

Das ergibt Sinn, auch warum sie recht freundschaftlich mit Leonardo umgeht – auf ihre verschrobene und zickige Art.

Ich gieße die Nudeln ab, Dampf steigt auf und schlägt mir ins Gesicht. Den Topf stelle ich zurück, schalte den Herd aus und bereite uns jeweils einen Teller vor. Die Tomaten hätte ich fast vergessen, weshalb ich sie jetzt zum Schluss einfach obendrauf drapiere und den Rest in den Topf mit der

Soße gebe. Als ich mich zu ihr umdrehe, mustert sie mich gedankenverloren. »Und was ist mit mir?«

Faviola zieht fragend eine Augenbraue hoch. »Was meinst du?«

»Wolltest du mich nicht eigentlich auch vergraulen? Eine Woche hast du mir gegeben, wenn ich mich recht erinnere. Also, wer ist hier jetzt wem zuerst verfallen: Ich dir oder du mir?«

Ihre Wangen werden rot, als sie bemerkt, was das bedeutet: Sie mag mich, oder zumindest kann sie mich so weit leiden, dass sie es länger als gedacht in meiner Nähe aushält.

Ich schiebe ihr den vollen Teller zu und beginne direkt zu essen. Im Stehen ist es zwar nicht so bequem, aber ich will nicht wieder den gleichen Fehler wie heute Morgen begehen: Ihre Nähe lässt mich Dinge denken, verbotene Dinge.

Auch sie greift zur Gabel und schaufelt sich stumm die Nudeln in den Mund. Mehrere Minuten ist es still zwischen uns. Früher hätte ich die Ruhe genossen, im Einsatz war es selten leise und ich habe mich immer auf einzelne Geräusche konzentriert. Daher war jeder Moment des Friedens eine Wohltat. Doch jetzt fange ich an, ihre nervtötende und zickige Art zu vermissen. Was ist bloß los mit mir?

»Also, spielst du mit mir Domino, oder gibst du lieber nach?«

Das habe ich jetzt davon. Ich habe es heraufbeschworen. »Na schön«, knurre ich und nehme eine große Gabel voll Nudeln.

Sie sieht mich erwartungsvoll an.

Extra langsam kaue ich die Pasta und das Gemüse. Vor Nervosität rutscht Faviola auf dem Hocker hin und her, scheint Hummeln im Arsch zu haben. Genüsslich schlucke ich und warte noch ein paar Sekunden, bevor ich erläutere: »Ich fahre mit dir weg.«

Sie bricht in Jubel aus, ihr ganzes Gesicht strahlt.

»Aber …«, ich hebe warnend einen Finger, »du gehorchst mir und entfernst dich keine zwei Schritte von meiner Seite! Sonst breche ich den Ausflug sofort ab und wir fahren zurück.«

»Und wenn ich mal auf Klo muss?«

Meine Geduld mit ihr ist zu Ende, ich schnaufe wütend und funkle sie an. »Das ist kein Spiel, *Canela*! Dort draußen sind Männer, die deinen Namen auf ihrer Abschussliste haben!«

Die Freude weicht zu einem gewissen Grad aus ihrem Gesicht, die Wangen färben sich vor Scham rot und sie beißt sich auf die Unterlippe, bevor sie eine scheinheilige Entschuldigung nuschelt. Dennoch strahlt sie noch immer eine gewisse Energie aus, die die Luft förmlich elektrisiert.

»Schon gut, ich … hätte nicht so harsch sein sollen.« Ich widme mich wieder dem Essen.

Auch Faviola bleibt jetzt endlich stumm. Als ich den Fehler mache, sie anzusehen, springt mir ihr Grinsen ins Gesicht. Sie hat ihren Willen bekommen – schon wieder.

So schwach! Sie macht mich schwach.

KAPITEL 17

Faviola

Der Wind braust durch meine Haare, ich habe das Fenster geöffnet und hänge halb mit dem Oberkörper hinaus. Bold hat mich schon mehrmals ermahnt, mich richtig hinzusetzen, doch mittlerweile hat er es aufgegeben. Genau wie er es aufgegeben hat, mit mir zu diskutieren. Am Ende bekomme ich doch immer meinen Willen.

Wir sind unterwegs in eine kleine Stadt namens Güines, sie ist zwar nicht Havanna, aber sollte reichen. Vielleicht gibt es da ja ein nettes Café, wo ich einen Mokka mit Caramelshot bekomme. Bolds Kaffee schmeckt zwar auch, mir fehlt aber die gewisse Süße in ihm.

Eine Stunde dauert die Fahrt, dann tauchen schon die ersten kleinen Häuser mit ihren sandsteinfarbenen Fassaden auf. Je näher wir ihnen kommen, desto nervöser wird Bold. Er umgreift das Lenkrad fester und sein Kiefer mahlt. Ich habe ihm versprechen müssen, dass es nur ein kurzer Ausflug wird und wir vor dem Mittag wieder zurück sind. Er will nicht riskieren, dass wir entdeckt werden. Aber von wem? Das Gebiet meines Vaters liegt weiter im Westen und das von Fernández müsste erst weiter nördlich von hier beginnen. Außerdem war ich bisher nur in Havanna, hier wird niemand mein Gesicht kennen. Es wird uns schon keiner finden. Er soll sich nicht so in die Hosen machen, der alte Langweiler.

Das erste Mal werde ich mich komplett unerkannt bewegen können – wenn auch nicht ganz ohne die Kontrolle meines Vaters wegen Bold. Aber es ist zumindest ein Anfang.

Wir passieren mit dem Auto die Stadtgrenze und ich sauge den Anblick in mich auf: Zivilisation! Das elektrische Fenster fährt von allein hoch, woraufhin ich mich in den Innenraum zurückziehe und Bold fragend ansehe. Er wirft mir nur einen Seitenblick durch seine Sonnenbrille hindurch zu und meint: »Ab hier müssen wir aufpassen.«

Ich lehne mich mit einem Grinsen zurück, fahre mir mit den Händen über die Oberschenkel. Auch heute trage ich wieder ein knappes Outfit. Einerseits weil es ein warmer, angenehmer Tag zu werden verspricht und andererseits, weil Bold dann immer so süß errötet, wenn ich ihn beim Starren erwische.

»Wo wollen wir als Erstes hin?«

Bold zuckt mit den Schultern, ohne den konzentrierten Blick von der Straße zu nehmen. »Ich habe gesehen, dass es hier einen kleinen Park gibt. Dort könnten wir hin.«

»Willst du mit mir wieder spazieren gehen?« Ein Lachen schwingt in meiner Stimme mit. So losgelöst und glücklich habe ich mich noch nie in meinem einsamen Leben gefühlt. Es wirkt, als wäre er die Ordnung zu meinem Durcheinander, die Ruhe zu meinem Chaos. Das Licht zu meiner Dunkelheit.

Bold lässt ein Schnauben verlauten. Er biegt links ab und fährt auf einen kleinen Schotterparkplatz zu. Dort hält er an, schaltet den Motor ab und dreht sich zu mir um. Dabei legt er einen Arm auf dem Lenkrad ab und schiebt sich mit der anderen Hand die Sonnenbrille in die Haare. »Wir gehen jetzt noch mal die Regeln durch! Was darfst du nicht?«

Ich seufze, er spielt sich wie der Oberlehrer auf. Das finde ich zum Kotzen. Mit einem Augenrollen und zickiger Stimme antworte ich: »Mich zu weit von dir entfernen.«

»Was heißt das genau?« Er bohrt weiter nach.

»Ich darf mich niemals weiter als Sichtkontakt von dir entfernen«, bete ich das herunter, worauf wir uns am Ende geeinigt haben. Ich bin schon mal froh, dass es nicht nur zwei Meter mehr sind, denn so hätte ich kaum eine Chance, etwas ansatzweise Aufregendes zu erleben. Was nicht heißen soll, dass ich abhauen will. Seit gestern genieße ich es, in Bolds Nähe zu sein, die Gespräche mit ihm haben gezeigt, dass unter seiner harten Schale ein weicher Kern liegt – einer, den ich bereits jetzt ins Herz geschlossen habe.

»Sehr gut! Und wie nennst du mich die ganze Zeit?«

Aus meiner Handtasche – die ich geistesgegenwärtig im Landhaus eingepackt und mit zu Bold gebracht habe – hole ich meine Sonnenbrille heraus und setze sie auf, im selben Zug blicke ich zu ihm hinüber. »Ich soll dich Onkel nennen.« Wenn er nicht immer so grimmig und überkorrekt wäre, könnte ich mich glatt in ihn verlieben. *Was? Wo kommt denn der Gedanke her?* Ich schüttle ihn schnell ab.

»Und wie heißt du?«

»Muss das wirklich sein?«, meckere ich und schiebe die Unterlippe vor.

»*Canela*!« Er zieht die Augenbrauen zusammen, presst die Lippen aufeinander und sieht mich kritisch an.

»Schon gut.« Ich hole tief Luft. »Ich heiße Maria Lopez, bin Vollwaise und von meinem Onkel – dir – großgezogen worden. Zufrieden?« Ich schultere meine Handtasche, lege eine Hand auf den Türgriff und warte darauf, dass er mich endlich erlöst. Da der Schlüssel abgezogen wurde, ist auch die Klimaanlage inaktiv und so langsam steigt die Hitze im Wageninneren.

»Das sollte reichen«, murmelt er, setzt sich seine Brille wieder auf und steigt als Erster aus dem Wagen.

Mit einem vergnügten Quietschen springe ich aus dem Jeep, schlage die Tür stärker als nötig zu und hole einmal tief Luft. Hier riecht es ganz anders als am Meer, in Havanna oder im Haus meines Vaters. Es riecht irgendwie erdig, gleichzeitig aber auch blumig und irgendwie ... trocken. Ich liebe es!

»Also, wo gehen wir jetzt hin?« Ich umrunde das Fahrzeug und strahle Bold breit an. Dieser hat gar keinen Blick für mich, sondern sieht sich ständig um, als fürchte er, wir würden beobachtet werden.

»Ich sagte doch: in den Park.«

»Darauf habe ich aber keine Lust. Wollen wir nicht lieber ein Café suchen und etwas essen? Wir hatten noch kein Frühstück.«

Endlich schaut Bold zu mir, jedoch kann ich seine Augen durch die getönte Brille nicht erkennen ebenso wenig wie er meine. »Du wolltest ja unbedingt direkt nach dem Aufstehen los.«

»Wenn ich schon nicht so lange bleiben darf, dann will ich wenigstens die volle Zeit auskosten. Und nun komm schon! Sicher bekommst du mit etwas Warmen im Magen direkt bessere Laune.« Ohne eine Erwiderung abzuwarten, umschlinge ich seinen linken Arm und ziehe ihn hinter mir her. Grummelig gibt er nach und lässt sich von mir führen. Ich gehe blind in eine Richtung, irgendwann werden wir schon ans Ziel kommen. Ich jedenfalls habe keinen Zeitdruck, wenn es nach mir ginge, könnten wir den ganzen Tag hier verbringen.

Das erste Mal seit drei Tagen sehe ich wieder fremde Menschen auf der Straße. Die ersten grüßen noch nett und ich tue es ihnen gleich. Doch je mehr Leute wir in diesem kleinen Örtchen treffen, desto unwohler fühle ich mich selbst. Die Gedanken beginnen zu kreisen. Was ist, wenn sie doch wissen, wer ich bin? Wenn sie hinter vorgehaltener Hand über die Tochter von Rodriguez tuscheln, die sich an den Arm eines *Gringos* klammert. Oder noch schlimmer, wenn Fernández' Männer mitbekommen, dass ich ohne Schutz unterwegs bin? Ein kalter Schauer rollt meinen Rücken hinab. Ich schüttle ihn ab, genauso wie die schlechten Gedanken. Ich will mir wenigstens für einen Tag keine großen Sorgen machen müssen.

»Sieh mal!« Ich deute mit dem Finger auf ein kleines Restaurant, das eingezwängt zwischen den anderen Häusern steht. Zwei Tische mit jeweils drei Stühlen stehen davor, einer ist besetzt mit einem jungen Mann, der sich gerade ein üppiges Frühstück genehmigt, während er in einer Zeitung liest. »Da bekommen wir sicher etwas Leckeres zu essen.«

Bold brummt missmutig, lässt aber zu, dass ich ihn erneut hinter mir herziehe. Ich begrüße den Mann am Tisch und betrete dann das Restaurant. Es ist drinnen genauso klein, wie man es von draußen erahnen konnte. Gerade mal zwei Tische stehen an den Fenstern und an der rechten Wand befindet sich eine lange Tischbank. Ich schätze, dass gerade mal zehn Leute hier Platz finden.

»Guten Morgen, bitte einen Moment. Ich bin gleich bei Ihnen«, ruft eine weibliche Stimme aus dem hinteren Bereich. Die Küche ist durch eine Wand vom Rest des Lokals abgetrennt, davor befindet sich ein Tresen mit Kasse und einer kleinen Bar. Vermutlich wird aus dem schnuckeligen Restaurant eine Kneipe, sobald die Sonne untergegangen ist.

»Willst du lieber drinnen oder draußen sitzen?«, frage ich Bold über meine Schulter, obwohl ich meine Entscheidung schon getroffen habe. Er hat bereits die Sonnenbrille abgenommen, da es hier deutlich dunkler als draußen ist.

»Es wäre besser, wir bleiben drinnen. So vermeiden wir neugierige Blicke.« Sein Blick trifft auf meinen, Gänsehaut packt meine Unterarme. Ich vergesse immer wieder, wie intensiv seine Augen sind.

»Entschuldigen Sie, *Señorita*, dass Sie warten mussten. Wie kann ich Ihnen helfen?«, spricht mich wieder die Frau an, woraufhin ich mich ihr zuwende. Sie ist eine kleine, über fünfzigjährige Dame mit mittlerweile ergrauten Haaren, aber einem überaus freundlichen Lächeln.

»Wir hätten gern einen Tisch für zwei und das beste kubanische Frühstück, das Sie bieten können. Mein Onkel hier«, ich deute auf Bold hinter mir, den die alte Frau kurz fixiert und anlächelt, »ist zu Besuch auf Kuba und möchte gern etwas von unserer Kultur kennenlernen.«

»Wie schön. Bleiben Sie lange hier?«, fragt die Dame direkt nach und wirkt ehrlich interessiert.

»Maria, so war das nicht abgesprochen«, knurrt er mir leise zu, sodass nur ich ihn hören kann.

»Bitte entschuldigen Sie, sein Spanisch ist nicht so gut.« Ich belächle die Situation und kann Bold hinter mir förmlich kochen spüren. Ich weiche vom Skript ab, aber das ist mir egal. Was soll schon passieren? Dass die alte Frau uns an meinen Vater verkauft?

Zu meiner Überraschung ergreift Bold das Wort und spricht dabei mit einem fürchterlichen Akzent, den ich noch nie von ihm gehört habe. »Ich sprechen nur ein bisschen Spanisch. Entschuldigung.«

Ich muss ein Lachen unterdrücken, beiße mir hierfür auf die Innenseite meiner Wange. Zum Glück trage ich meine Sonnenbrille noch, sonst könnte sie die Belustigung sicher in meinen Augen ablesen.

»Oh, gut. Wirklich gut. Er macht sich.« Die Besitzerin des Ladens sieht wieder mich an, lächelt dabei breit. »Was genau kann ich Ihnen denn bringen?«

»Wie wäre es mit ihrer besten Bohnenpfanne, Omelett und etwas Brot?«

»Gute Wahl. Und was wollen Sie trinken?«

»Für meinen Onkel bitte einen Kaffee, schwarz. Und ich würde einen Mokka Caramel nehmen.«

»Wunderbar, kommt sofort. Setzen Sie sich ruhig so lange.« Sie deutet auf die Inneneinrichtung.

»Wir nehmen gern draußen Platz. Vielen Dank.« Ich wirble herum, schiebe mich an Bold vorbei und trete vor das Restaurant. Die Sonne und Hitze knallen mir entgegen, ich merke erst jetzt, wie angenehm es im Inneren war. Vielleicht hätte ich doch auf Bold hören sollen, aber das kann ich jetzt nicht mehr zugeben. Also Augen zu und durch.

Der junge Mann ist mittlerweile weg und hat seinen Teller sowie die Zeitschrift zurückgelassen. Ich schnappe sie mir kurzerhand und setze mich an den anderen Tisch. Bold kommt erst jetzt heraus zu mir, seine Brille hat er immer noch abgesetzt und funkelt mich wütend an.

»Faviola …«

»Eh, eh.« Ich wackle mit einem Finger in der Luft. »Hier heiße ich Maria.«

Bold muss tief die Luft durch die Nase einsaugen, er ringt sichtlich mit sich, um nicht durchzudrehen. Eine Ader tritt an seinem Hals hervor, die wütend pulsiert. *Dios mío*, wie ich diesen Anblick genieße.

Mit schweren Schritten kommt er auf mich zu, sieht sich dabei wieder unruhig um. Als er bei mir ankommt, zieht er den Metallstuhl zurück, was ein unangenehmes Schaben verursacht, und lässt sich dann breitbeinig darauf nieder. Er schenkt mir weiterhin keine Beachtung, hält den Blick lieber auf die Umgebung gerichtet.

»Wie auffällig willst du dich eigentlich verhalten? Kannst doch gleich ein Schild auf deine und meine Brust kleben mit der Aufschrift ›Personenschützer‹«, fahre ich ihn an. Ich wollte doch nur etwas Spaß und Entspannung haben, aber Bold macht daraus einen Horrortrip.

»Einer muss auf deine Sicherheit achten, wenn du es schon nicht tust.«

»Willst du damit sagen, dass ich naiv bin?« Ich verschränke erbost die Arme vor der Brust. Mir passt es gar nicht, wie er mich wieder vorführt. So hat er mich auch im Haus meines Vaters behandelt, ich dachte, wir wären über diesen Punkt mittlerweile hinaus.

»Maria, verstehst du den Ernst der Lage nicht?« Endlich wendet er sich mir zu, lehnt sich auf dem Stuhl vor und legt die Ellenbogen auf dem Tisch zwischen uns ab. »Fernández hat es auf dich und deine Familie abgesehen. Deine Großmutter konnten sie bereits erledigen, denkst du, sie machen vor dir Halt?«

Die Erwähnung meiner Großmutter lässt mich hart schlucken und die Arme wieder senken. Plötzlich fühle ich mich wie das kleine Kind, als welches er mich behandelt.

»Nein«, murmle ich, da ich das Gefühl habe, dass er eine Antwort von mir erwartet.

»Dann lass mich bitte meinen Job machen, auch wenn dich das offensichtlich stört.«

Ich kaue auf meiner Unterlippe herum und nicke dann. *Spielverderber*! Mal wieder.

Mit einem Seufzen lehnt er sich wieder zurück, ist direkt im Beschützermodus. Wenn die Lage nicht so ernst wäre, würde ich das eigentlich ganz heiß finden. Aber Bold hat recht, Fernández' Männer hatten es schon zweimal auf mich abgesehen, sie werden sicher keine Ruhe geben.

Um mich abzulenken, schlage ich die stibitzte Zeitung auf und lese etwas darin. Eigentlich mache ich es eher zum Schein, aber als ich dann ein Bild des Cafés erkenne, in dem vor zwei Woche die Schießerei stattfand, bleibe ich an dem Artikel hängen. Ich überfliege ihn, viel Neues steht nicht darin. Eher weniger als gedacht. Natürlich vertuscht die Regierung, dass es sich dabei um Bandenkriminalität handelt, denn so etwas wie Drogen- und Waffenhandel gibt es seit der Revolution offiziell nicht mehr. Zumindest will man es die Außenwelt glauben lassen. Eine Sache macht mich dann doch stutzig, denn dort steht, dass mein Vater eine große Summe gespendet hat, um das Café wieder herzurichten. Außerdem habe er der Familie des Toten – in diesem Fall Rafael – versprochen, sie finanziell zu unterstützen. Der Artikel spricht so positiv über meinen Vater, als sei er ein Wohltäter. Direkt keimt in mir der Verdacht, dass auch die Redakteure dieses Käseblatts geschmiert sind. Sonst würde niemand meinen Vater als ›Patron‹ bezeichnen.

»Ihr Essen, *Señorita*.« Die Dame aus dem Restaurant reißt mich aus meinen Gedanken.

Ich schlage die Zeitung zur Seite, lächle sie an und beobachte, wie Bold ihr dabei behilflich ist, das Frühstück auf dem

Tisch abzustellen. Derweil falte ich das Papier und lege es auf den freien Stuhl.

»Ich bringe Ihnen noch die Getränke und etwas Wasser.« Sie verschwindet nach drinnen und kommt kurz darauf mit einer großen Karaffe und einem gefüllten Tablett zurück. Nacheinander stellt sie alles vor uns zwischen die ganzen lecker duftenden Gerichte. »Ich wünsche guten Appetit.«

Ich bedanke mich bei ihr und warte, bis sie weg ist. Erst dann sehe ich zu Bold, der mich immer noch konsequent ignoriert und lieber die andere Straßenseite im Auge behält. Ich verkneife mir einen spitzen Kommentar und schaufle mir stattdessen etwas von den Bohnen, dem Omelette und dem Brot auf meinen Teller. Soll er doch schmollen, oder was auch immer er gedenkt, damit zu erreichen.

Als ich den ersten Bissen in den Mund nehme, stöhne ich vor Genuss auf. Die kubanische Küche schmeckt einfach göttlich; fettig, fleischlastig und deftig. Ich esse zwar auch gern meinen Joghurt mit Zimt und Früchten, aber das ist nichts im Gegensatz dazu.

»Du solltest auch zuschlagen, bevor es kalt wird.« Ich sehe von meinem Teller auf und Bold dreht den Kopf zu mir, sodass wir uns ansehen können. Er senkt den Blick, mustert das Essen und setzt sich dann gerade hin.

Nun füllt auch er sich den Teller, bedient sich ausgiebig beim Brot, was mich amüsiert. Dann gibt er sich etwas von der Bohnenmasse darauf und schiebt es sich in den Mund.

»Schmeckt's?«, frage ich ihn mit einem schiefen Grinsen.

Er schenkt mir daraufhin einen grimmigen Blick, schweigt aber. Das nehme ich zum Anlass, ebenfalls weiter zu essen. Nach ein paar Minuten halte ich es nicht länger aus. Bold ist so verkrampft und angespannt, mit ihm ein Gespräch zu führen, ist noch schwieriger als sonst.

»Wenn du willst, können wir danach gern spazieren gehen. Ist der Park, den du ausgesucht hast, in der Nähe?«

»Keine fünf Minuten von hier entfernt«, brummt er, widmet sich direkt danach wieder seinem Essen.

Heute fällt es mir nicht leicht, ihn zum Reden zu bringen. Seine Mundwinkel hängen sogar noch tiefer als gestern und er wirkt nicht nur grimmig, sondern auch angepisst. Liegt das an mir oder der Situation? Um etwas zu tun zu haben, greife ich nach dem Mokka und nippe daran. Die Crema kribbelt an meiner Oberlippe, das Karamell schmeckt süß und warm. Glücklich schließe ich die Augen und nehme einen weiteren kräftigen Schluck. »Wie schmeckt dir der Kaffee hier?«, frage ich ihn interessiert.

Kurz zögert er, dann nippt er an dem Heißgetränk. »Gut.«

Frustriert halte ich die Luft an. Sollte er die ganze Zeit über so grummelig sein, wird der gesamte Trip ein Reinfall. Aber noch lasse ich mich nicht entmutigen. Vielleicht ändert sich seine Stimmung, sobald sein Magen mit Köstlichkeiten gefüllt ist. Daher essen wir schweigend weiter, leeren das Omelette und danach auch die Bohnen.

Bold wirkt danach bereits wesentlich zufriedener, der Zug um seine Mundwinkel wird weicher und auch die Atmosphäre um ihn herum ist nicht mehr wie gefroren. Meine Hoffnung steigt. Ich leere meinen Mokka und lehne mich mit einem zufriedenen Seufzen zurück.

»Das war fantastisch, findest du nicht auch, Onkel?« Ich zwinkere ihm zu, erst danach fällt mir auf, dass er meine Augen wegen der Sonnenbrille gar nicht sehen kann.

»Ja, war nicht schlecht.« Kaum macht er es sich auf dem Stuhl bequem, huscht sein Blick zu mir und zuckt dann zur Seite. Augenblicklich ist er wieder im Beschützermodus und beobachtet die Umgebung.

Ich reibe mir über den gut gefüllten Bauch, öffne den Knopf meiner Hose, um ihn etwas zu entspannen. Ich habe es womöglich mit der Menge übertrieben, aber das Essen hat auch so verdammt lecker geschmeckt.

»Willst du bezahlen? Dann können wir weiter.« Mittlerweile habe ich gar nichts mehr gegen einen Spaziergang, der würde mir sicher bei der Verdauung helfen und ich würde mich dann nicht mehr so aufgebläht fühlen.

Erneut ruckt sein Kopf zu mir. »Geh nicht weg«, befiehlt er, was mir ein Augenrollen entlockt, das er leider nicht sehen kann. Bold steht daraufhin auf und verschwindet in das Innere des Restaurants.

Während er bezahlt, sehe ich mich um. Die Straße, an der wir sitzen, ist nur wenig befahren. Die Menschen gehen wohl eher zu Fuß, vielleicht auch, weil sie sich ein Auto nicht leisten können. Sie laufen auf den Wegen oder der Straße umher, erledigen ihre Einkäufe oder wollen nach Hause, um Siesta zu machen.

»Kommst du?« Bolds Stimme reißt mich aus den Gedanken.

»Sofort.« Ich schließe den Knopf meiner Hose, bevor ich aufstehe und an seine Seite trete. »Dieses Mal darfst du führen.« Ich lächle ihn warm an und hoffe, dass er das Angebot zu schätzen weiß.

Eine Reaktion bleibt aus, stattdessen bietet er mir seinen Arm an, bei dem ich mich gern unterhake, und zusammen laufen wir die Straße weiter. Ich habe die Orientierung verloren, glaube aber, dass wir uns weiter vom Parkplatz entfernen. Nach wenigen Metern taucht rechts schon eine kleine Grünfläche auf, die mit Palmen, Kakteen und weiteren Bäumen bepflanzt ist. Bold schaut sich um und wechselt mit mir die Straßenseite.

»Das ist der Park, von dem du erzählt hast?« Enttäuschung schwingt in meiner Stimme mit. Ich bin die saftigen Wiesen und weitläufigen Gartenanlagen bei meinem Vater gewohnt, dieses kleine Stückchen Grün fällt dagegen in eine ganz andere Kategorie.

»Ja, gefällt er dir nicht?«

»Doch, schon.« *O dios mío,* ich kann nicht verhindern, dass ich undankbar klinge.

»Etwas weiter östlich gibt es noch ein Baseballfeld, da können wir sonst auch gern hin. Vielleicht wird gerade trainiert.«

»Ja, gern!«, stimme ich sofort zu, bevor er es sich anders überlegen kann. Denn stundenlang auf diesen zwanzig Quadratmetern – vermutlich sind es mehr, aber ich kann Flächen so schlecht abschätzen – herumzulaufen, lässt mich jetzt schon vor Langeweile einschlafen. Zusammen setzen wir uns in Bewegung, haben schon nach vielleicht zwei Minuten den ›Park‹ durchschritten und gehen eine kleine Straße entlang. Hier begegnen uns weniger Menschen, was Bold neben mir anscheinend etwas entkrampfen lässt. Seine Oberarme sind nicht mehr so angespannt, auch die Kiefer mahlen nicht die ganze Zeit.

»Danke, dass du das für mich machst.«

Er dreht den Kopf zu mir und ich wünschte mir, ich könnte seine Augen sehen. Seine Miene ist immer so undurchdringlich, nur in seinen Iriden kann ich seine Gefühle ablesen, oder zumindest erahnen.

»Kein Problem, das ist mein Job.«

»Nein, das meine ich nicht.« Ich kaue auf meiner Unterlippe herum. Wie soll ich ihm sagen, dass die Zeit mit ihm meine bisher schönste ist? Dass ich mich in seiner Nähe so verdammt wohl fühle und die Hoffnung habe, dass es ihm ebenso geht. Ich will nicht, dass er mich nur als seinen Job sieht, ich will mehr.

»Sondern?« Er zieht eine Augenbraue hoch, sodass sie über dem Brillengestell schwebt.

»Na, dass du dich gegen meinen Vater stellst und mich ... verteidigst.« Besser kann ich es nicht ausdrücken. Mir fehlen die richtigen Worte, ich will ihn nicht direkt mit der Wahrheit überfahren. Mit meinen Gefühlen für ihn.

O *mierda*! Verliebe ich mich gerade wirklich in den Schoßhund meines Vaters? Den Mann, den ich eigentlich hassen sollte, weil er mich ebenso einsperrt und einengt?

›Aber so ist er nicht‹, schießt es mir durch den Kopf.

»Kein Problem.« Bolds nüchterne Antwort lässt mich vor Scham erröten, sodass ich das Gesicht abwende und so tue, als wäre ich an den Domino spielenden Männern auf der anderen Seite interessiert. Sie sitzen auf dem Gehweg an einem Tisch, es wirkt, als hätten sie ihn einfach aus der Küche nach draußen gestellt.

Schweigend gehen wir weiter, während ich mit meinen Gefühlen ringe. Ich sollte sie lieber abstellen, bevor es zu spät ist. Das wird niemals gut gehen!

Ich höre Rufe, ein Knall ertönt und ich drehe mich dem Geräusch zu. Ein Spielfeld befindet sich direkt vor uns, auf dem sich eine Gruppe junger Männer aufgestellt hat, die gerade Baseball spielt. Sie tragen normale Straßenkleidung und scheinen keine Profis zu sein. Einer hat den Ball geschlagen und rennt nun von Base zu Base.

»Wie cool! Lass uns näher rangehen!«, bitte ich ihn und übernehme direkt wieder die Führung. Er bremst mich etwas aus, sodass ich mich von ihm löse und an das Gitter zum Spielfeld herantrete. Ich stecke meine Finger durch die Löcher, halte mich so daran fest und beobachte die Teams mit offenem Mund. Nie zuvor habe ich Baseball aus der Nähe gesehen, es wirkt viel anstrengender und spannender, als ich gedacht habe.

»Können wir mitspielen?« Ich drehe mich zu ihm um, bin vor Euphorie atemlos.

Bold mustert die Männer, schaut sich einmal komplett um und zum Schluss direkt mich an. »Wir haben keine Zeit dafür, es ist bald zwölf, wir sollten lieber zurück.«

»Bitte! Ich habe nur jetzt die Chance dazu. Sobald ich wieder bei Vater bin, wird er mich einsperren und nie wieder gehen lassen.«

»Überdramatisiere es nicht.«

»Aber das ist die Wahrheit!« Ich versuche, mein Temperament im Zaum zu halten, denn ich habe das Gefühl, dass ich heute mit Trotz oder meinem üblichen Gezicke nicht weit kommen werde. »Und das weißt du auch«, setze ich daher bedeutungsschwer hinterher. Ich halte seinen Blick gefangen und hoffe, dass er, auch ohne meine Augen zu sehen, erkennen kann, wie wichtig mir das hier ist.

Nach mehreren Sekunden atmet er die Luft hörbar aus, sodass seine Schultern nach vorn sacken, und er gibt nach. »Schön! Aber nur eine halbe Stunde!«

»Klasse!« Ich klatsche vor Freude in die Hände und mache mich direkt auf die Suche nach dem Eingang zum Spielfeld. Ich finde ihn auf der linken Seite und halte direkt darauf zu. Als ich den Platz betrete, liegen alle Blicke auf mir. Um etwas freundlicher zu wirken, nehme ich meine Sonnenbrille ab und spreche die beiden Herren bei der Homebase an: »Entschuldigung, habt ihr etwas dagegen, wenn wir mitspielen?«

»Nur du! Ich mach nicht mit.«

Ich sehe über die Schulter zu Bold, er steht ein paar

Schritte hinter mir, hat die Hände in seiner camouflagefarbenen Shorts vergraben. Er schüttelt noch einmal nachdrücklich den Kopf.

»Dann wohl nur ich.« Mit diesen Worten drehe ich mich zu den Männern um. Der Hitter hat einen weißen Helm auf, ein freches Grinsen und einen Schnauzer im Gesicht. Der andere lächelt mich schief an, hat braune Locken und wirkt wie Mitte dreißig. Sie sehen sehr sympathisch aus, weshalb ich mich direkt wohl bei ihnen fühle.

»Na klar, für einen Spieler haben wir immer einen Platz frei. Hast du denn schon mal gespielt?«, fragt der Lockenkopf.

Ich stecke meine Sonnenbrille in meine Gesäßtasche und schüttle den Kopf. »Leider noch nicht. Lerne aber schnell.« Ich trete auf die beiden zu und hoffe, dass sie mich in ihrer Mitte aufnehmen. Ich will nur dreißig Minuten Spaß, dann werde ich mich wieder damit begnügen, nur herumzusitzen und darauf zu warten, dass mein Vater mich zurückpfeift. Denn darauf wird es irgendwann hinauslaufen.

»Die Regeln sind leicht erklärt: Der Pitcher wirft den Ball, den du treffen und so weit wie möglich schlagen musst. Während der Ball in der Luft ist, läufst du die einzelnen Bases ab. Siehst du die weißen Markierungen auf dem Feld?« Der junge Kerl mit den Locken deutet auf mehrere Punkte, an denen andere Spieler stehen – alles Männer. Ich nicke zur Bestätigung. »Die musst du ablaufen und eine berühren, bevor der dort postierte Gegner den Ball fängt.«

»Klingt gar nicht so kompliziert«, witzle ich, denn mir ist klar, dass er es auf das Nötigste heruntergebrochen hat.

»Willst du es einmal probieren?« Der andere junge Mann hält mir den Schläger hin und sieht mich fragend an.

Dankend nehme ich ihn entgegen und nehme seine Position ein. »Ich bin übrigens Maria«, stelle ich mich etwas verspätet vor.

»Freut mich, dich kennenzulernen. Ich bin Alejandro und das ist Pepe.«

Pepe – der mit dem Helm – lächelt mich freundlich an, was ich erwidere.

»Also, wie halte ich den Schläger am besten?«

Das lässt sich Pepe nicht zweimal fragen, schon stellt er sich hinter mich und gibt mir Anweisungen, wie ich den Griff zu packen habe. Dabei ist die Position der Hände besonders wichtig, erklärt er mir gerade, doch ich höre kaum zu. Stattdessen hebe ich den Kopf und sehe zurück zu Bold. Etwas in mir hofft, dass er mich eng zusammenstehend mit Pepe erblickt und vor Eifersucht kocht. Dementsprechend enttäuscht bin ich, als ich ihn telefonierend hin und her laufen sehe, den Blick auf den Boden gerichtet. Er sieht nicht ein einziges Mal zu mir, so vertieft ist er in das Gespräch.

»Bist du bereit? Dann wird dir Joaquin den Ball zuwerfen.«

»Ja, ich bin so weit.« Ich grabe meine Füße tief in den Boden, verstärke den Griff um den Schläger und hebe ihn. Der Werfer macht sich bereit, vollführt ein paar Bewegungen und wirft mir dann den Ball zu. Er ist so schnell, dass ich ihn nicht sehe und nur ein dumpfes Geräusch neben mir verkündet, dass Alejandro ihn gefangen hat.

»Nicht so schlimm. Das erste Mal ist immer schwierig«, erklärt mir nun dieser und schmeißt den Ball zurück zu Joaquin. »Ich zähle immer bis drei, bevor ich durchziehe.«

Ich sehe den Lockenkopf an und frage: »Wie meinst du das?«

»Also, sobald Joaquin den Wurf initiiert, fange ich an zu

zählen. Wenn ich bei drei ankomme, schlage ich zu. So kannst du ihn nicht verfehlen.«

Für mich ergibt das nicht wirklich viel Sinn, dennoch nicke ich und will es ausprobieren. Joaquin fragt mit einem Nicken, ob er anfangen darf, was ich ihm bestätige. Daraufhin hebt er die Arme und ein Bein hoch.

Ich zähle an: eins ... Er holt weit aus. Zwei ... Und wirft. Drei ... Ich ziehe durch, ein Knall ertönt und mein Arm vibriert – fast wie bei der Pistole gestern. Perplex bleibe ich stehen und schaue dem Ball dabei zu, wie er über das Feld fliegt. »Ich habe es geschafft!«, jubiliere ich, wirble herum und starre zu Bold. Ich hatte gehofft, dass er es gesehen hat, stattdessen sitzt er jetzt mittlerweile auf der kleinen Zuschauertribüne und telefoniert immer noch.

»Du musst laufen, Maria.«

»Was?« Pepes Stimme lässt mich den Kopf drehen. Der junge Mann mit dem Helm deutet auf das Feld.

»Du musst laufen! Sonst bist du raus!«

»Oh, stimmt.« Betäubt beginne ich zu rennen. Mein Herz schmerzt, auch wenn es das nicht tun sollte. Es ist auch völlig unnötig. Dann hat Bold den Schlag eben nicht gesehen, was ist so schlimm daran? Ich erreiche die erste Base und berühre sie mit dem Fuß. Hinter mir höre ich ein Geräusch wie von einem gefangenen Ball.

»Schneller, Maria!«, rufen mir die beiden Jungs von der Homebase zu.

Auch wenn mich die Lust zum Spielen verlassen hat, gebe ich Gas und erreiche die zweite Base gerade rechtzeitig, bevor der Spieler dort den Ball fängt.

»Habe ich gewonnen?«, frage ich völlig außer Atem.

Der Spieler zu meiner Rechten grinst mich hämisch an.

»Das ist erst die zweite Base, du musst noch zwei schaffen, bevor du auf der Homebase sicher bist.«

Schade, also kein Siegertreppchen für mich.

Von dem kurzen Sprint bin ich bereits so erledigt, dass ich Seitenstechen bekommen habe. Ich jogge nicht regelmäßig und mache stattdessen lieber Yoga, da man bei dieser Sportart nicht viel schwitzt. Daher bin ich es nicht gewohnt, so kurze Strecken schnell zu laufen.

Ein weiterer Knall wie von einem getroffenen Ball erklingt. »Darf ich wieder laufen?«, frage ich überfordert den Spieler.

Dessen Grinsen wird nur noch breiter, bis ich seine schiefen Zähne erblicken kann. »Ja.«

Sofort setze ich mich in Bewegung und renne auf die dritte Base zu. Erneut werden Rufe laut, dieses Mal schreien sie aber nicht meinen Namen, sondern Alejandros. Ich komme auf der dritten Base an und überlege bereits, ob ich es zur Homebase versuchen soll, aber da wird die Runde schon abgepfiffen. Ich kenne mich mit den Regeln nicht aus, daher bleibe ich hier einfach stehen.

Erneut werfe ich einen Blick zu Bold. Endlich schaut er nicht mehr zu Boden, sondern in meine Richtung. Mir wird ganz warm im Bauch, wenn ich daran denke, dass seine blauen Augen auf mir liegen und jede meiner Bewegungen beobachten. Vielleicht sollte ich ihm eine Show bieten, wenn ich im Ziel eingelaufen bin. Hoffentlich hört er dann auf zu telefonieren und spielt etwas mit. Bei dem Gedanken an einen schwitzenden und rennenden Bold wird mir selbst gleich noch eine Spur wärmer. Ich beiße mir auf die Unterlippe und muss mich zusammenreißen, ihn mir nicht nackt vorzustellen.

KAPITEL 18

Bold

»Fernández hat einen weiteren Angriff auf ein Depot von mir gewagt. Da werden Sie sicher verstehen, dass ich das nicht auf mir sitzen lassen kann.« Rodriguez klingt abgehetzt, atemlos, als wäre er auf dem Sprung.

Ich habe ihn absichtlich etwas früher als zwölf angerufen, damit er mich später nicht wieder kalt erwischt. So konnte ich mich auf das Gespräch vorbereiten und mir die richtigen Worte zurechtlegen. »Was haben Sie nun vor?« Ich lasse mich auf der Zuschauertribüne nieder und halte den Blick gesenkt.

»Ha!«, lacht er hart auf. »Wir vergelten es ihnen mit gleichen Mitteln. Ich weiß zufällig von einem Transport diese Nacht, darauf bereiten wir uns schon den ganzen Tag vor. Nein! Nehmt gefälligst die anderen Kisten!«, brüllt er jemanden an. Mir ist der Lärm im Hintergrund nicht entgangen, er scheint gerade seine Männer für den heutigen Angriff zu mobilisieren.

»Kann ich Ihnen irgendwie behilflich sein?« Bei dem

Gedanken daran, dass heute Nacht irgendwo ein Kampf stattfindet, juckt es mich in den Fingern. Rodriguez hat mich lang genug mit seiner Tochter kaltgestellt – auch wenn es mir langsam angefangen hat, Spaß zu machen. Zu gern würde ich aber wieder zur Waffe greifen, den Adrenalinrausch spüren und das Blei in der Luft schmecken. Das Gefecht auf dem Friedhof hat mich regelrecht gepackt und ich war in einen Rausch verfallen, habe funktioniert. Bei Faviola dagegen muss ich so viel nachdenken und abwägen, meine Handlungen, ihre Worte und dieses Ding zwischen uns.

»Ja! Indem Sie meine Tochter fernhalten.« Mit der Antwort hätte ich rechnen sollen. »Wo ist sie gerade?«

Fuck! Ich hätte ahnen müssen, dass die Frage kommt. Ich kann ihn nicht belügen, aber die Wahrheit sagen kann ich auch nicht. »Sie ist gerade draußen und beschäftigt sich etwas.« Das ist nur eine halbe Lüge. Schnell hebe ich den Blick, um sicherzugehen, dass sie wirklich noch immer da ist. Faviola steht mittlerweile an der dritten Base und könnte es beim nächsten Schlag auf die Homebase schaffen.

»Bold! *Maldición*! Warum zum Teufel sind Sie in Güines?«

»Woher …?« Mein Kopf läuft auf Hochtouren. Er kann nicht wissen, dass wir hier sind. Er hat es bis vor zwei Sekunden auch noch nicht angesprochen und ich hatte auch nicht das Gefühl, dass ihm jemand im Hintergrund gerade diese Information zugespielt hat. Das hätte ich sicher gehört.

»Señor Thieß! Hatte ich Ihnen nicht ausdrücklich gesagt, meine Tochter soll Ihr Haus nicht verlassen?«, er spuckt mir die Worte förmlich durch das Telefon entgegen. Schon vorher stand er unter Strom, aber nun fürchte ich, dass er kurz vor der Explosion ist.

»Ja, das haben Sie. Ich …«

»Und wieso hören Sie dann nicht auf meinen Befehl?« Immer noch brüllt er mich an.

»Faviola, sie …«

»Lassen Sie sich jetzt von einer dreiundzwanzigjährigen Göre einspannen?«

»Nein, *Señor.* Ich wollte ihr nur etwas Abwechslung gönnen, damit sie nicht auf dumme Gedanken kommt. Ich habe ansonsten alles unter Kontrolle.«

Als Antwort vernehme ich nur ein Schnaufen wie von einem Stier. Rodriguez ist auf hundertachtzig, ich sollte jetzt dringend darauf achten, was ich sage.

»Sie können froh sein, dass ich wegen Fernández so viel um die Ohren habe, sonst würde ich selbst zu Ihnen kommen und Ihnen eigenhändig den Hals umdrehen.« Seine Worte kommen gepresst, als halte er sich zurück.

»Ich verstehe«, antworte ich ihm ruhig und gefasst. Bloß nicht weiter Öl ins Feuer gießen.

Der Ball wird geschlagen und fliegt durch die Luft, Faviola rennt sofort los und schafft es zur Homebase. Kaum kommt sie dort an, sucht sie meinen Blick und strahlt mich euphorisch an. Ich kann diese Freude leider nicht erwidern, weshalb ich keine Miene verziehe.

»Gott scheint mit Ihnen zu sein, dass Sie bisher noch nicht entdeckt worden sind. Fernández und ich haben überall unsere Augen und Ohren, da ich bis jetzt aber keinen Anruf erhalten habe, ist es vermutlich noch nicht zu spät. Trotzdem sollten Sie zusehen, dass Sie von dort verschwinden!«

»Jawohl«, erwidere ich und stehe direkt auf. Ich lasse meinen Blick über die Anwesenden schweifen, keiner der Männer hat ein Telefon in der Hand, niemand scheint Faviola – oder mich – erkannt zu haben. Mein Blick bleibt bei einem Mann auf der Straße hängen. Er steht mehrere Meter weit entfernt und durch den Drahtzaun kann ich ihn kaum erkennen. Aber ich habe das Gefühl, ihn schon einmal gesehen zu haben. Der Mann vor dem Restaurant? Der so schnell verschwunden ist, obwohl sein Teller nur halb leergegessen war? Er hat ein Handy am Ohr, sieht zu uns herüber. Könnte es sein?

»Damit meine ich sofort!« Das letzte Wort brüllt er erneut ins Telefon, sodass ich den Hörer weghalten muss und das Gesicht verziehe. »Sollten Sie in zehn Minuten nicht unterwegs sein, schicke ich meine Männer, um Faviola abzuholen und Sie zu erschießen! Und ich hoffe, Ihnen ist klar, dass Ihr Verhalten Konsequenzen haben wird, sobald das alles vorbei ist.« Damit legt er auf.

Mein Herz pumpt heftig in meiner Brust, das Adrenalin schießt immer noch heiß durch meine Adern. Ich hätte es wissen müssen: Nirgends ist sie sicher. Selbst hier könnten Spitzel sein, die unsere Position nur zu gern verraten. Sie macht mich nicht nur schwach, sondern auch unvorsichtig. Ich vergesse meine Prinzipien, meine Ausbildung – was für eine gottverdammte Scheiße.

Ohne länger zu zögern, stapfe ich auf Faviola zu, die sich mit den beiden Männern an der Homebase unterhält, und packe sie am Arm.

»Das hat Spaß ... Ey!«, protestiert sie und funkelt mich wütend an. »Du tust mir weh!«

»Wir müssen los, sofort!« Ich lasse keine Widerworte zu und ziehe sie unnachgiebig hinter mir her.

»Aua, Bold!«, zischt sie und zerrt an ihrem Arm.

»Hey, *Señor,* Sie tun der Dame weh.«

»Misch dich nicht ein«, belle ich dem Typen mit dem Pornobalkenverschnitt und seinen Freunden zu. Die Männer stehen dicht beieinander und tuscheln. Das kann ich jetzt gar nicht gebrauchen.

»Bold, bitte«, fleht Faviola, die ich halb hinter mir her zerre.

Erst jetzt bemerke ich, wie grob ich sie anpacke, und lasse sie schnell los. Faviola schüttelt ihren Arm, richtet sich das Top und sieht mich dann wieder wütend an. »Was soll das?«

»Die halbe Stunde ist um, wir müssen zurück«, erkläre ich ihr, damit sie nicht beunruhigt ist. Sie muss nicht wissen, dass ihr Vater sie offensichtlich trackt, oder dass wir selbst in so einem kleinen Ort wie diesem vor Spitzeln nicht sicher sind.

»Das waren doch niemals dreißig Mi...«

»Wenn ich sage, dass wir gehen, dann gehen wir auch! Entweder kommst du jetzt freiwillig mit, oder ich trage dich«, fahre ich sie an. Ich habe keine Zeit für ihre Spielchen. Wenn wir nicht in zehn Minuten im Wagen sitzen und unterwegs sind, wird ihr Vater kommen und sie holen.

Ihre Augen glänzen mit einem Mal und keine Sekunde später läuft die erste Träne über ihre Wange.

»Scheiße«, fluche ich auf Deutsch. Ich habe sie verletzt.

Schnell wischt sie die Träne fort, blinzelt alle weiteren weg und stapft dann in eine Richtung los. Ich raufe mir die Haare und sehe ihr nach. Als sie an der Straßenecke ankommt und falsch abbiegen will, schließe ich zu ihr auf. »Wir müssen nach rechts«, sage ich ihr und wage es nicht, sie anzufassen.

Sie ignoriert mich, schlägt aber zumindest die richtige Richtung ein. Schweigend laufen wir nebeneinanderher. Immer wieder werfe ich einen Blick auf die Uhr: Wir haben nur noch fünf Minuten, dann müssen wir hier weg sein.

Der Parkplatz kommt in Sichtweite und ich jogge die

letzten Meter zum Wagen. Schnell schließe ich ihn auf, steige ein und öffne für Faviola die Tür. Ohne ein Wort nimmt sie auf dem Beifahrersitz Platz, schlägt die Tür des Jeeps mit einem Knall zu und verschränkt dann die Arme vor der Brust.

»Du musst dich noch anschnallen.« Sie reagiert darauf nicht, weshalb ich mich mit einem Seufzen zu ihr hinüber beuge, nach dem Gurt greife und ihn schließen will. Dabei sind wir uns so nah, dass ich ihren Duft nach Zimt einatme. Ich verharre eine Sekunde zu lange in dieser Position, verliere mich in ihren Augen und starre auf ihren Mund, der leicht geöffnet ist.

Schwach.

Mit einem Kopfschütteln hole ich mich zurück, schließe ihren Gurt und starte in derselben Sekunde den Motor. Während wir schon fahren, schnalle ich mich erst an und kaum haben wir Güines hinter uns gelassen, beschleunige ich das Tempo.

Mein Telefon in der Hosentasche vibriert und ich ziehe es heraus. Natürlich ist die Nachricht von Rodriguez.

> Sehr gut! Das war Ihr letzter Fehltritt. Sobald ich kann, hole ich meine Tochter zurück und kümmere mich um Sie.

Seine Worte lassen einen Schauer über meinen Rücken rollen. Ich habe keine Angst um mich, sondern um Faviola. Ihr Vater wird ahnen, dass dieser Ausflug auf ihren Mist gewachsen ist, und vermutlich wird er seine Wut nicht nur an mir auslassen. Ich sperre das Handy und lege es in die Ablage unterhalb des Radios.

»Es war dumm von mir, dich hierherzubringen.« Ich sehe sie dabei nicht an, hoffe einfach, dass sie die Entschuldigung für mein Benehmen zwischen den Zeilen heraushört. »Wir hätten entdeckt werden können.«

»Hat dir das mein Vater gesagt?«, fragt sie mit rauer Stimme. Sie hat mittlerweile die abwehrende Körperhaltung aufgegeben, sich dafür aber tief in den Sitz sinken lassen. Das hat etwas Gebrochenes, Verletzliches.

»Ja.« Sie anzulügen bringt nichts, sie weiß, dass ich mit ihm telefoniert habe.

Daraufhin schweigen wir uns erneut an, was mir die Möglichkeit gibt, darüber nachzudenken, woher Rodriguez weiß, wo wir uns befinden. Und zwar immer. Hat er es irgendwie geschafft, mein Handy zu manipulieren, um es zu tracken? Vielleicht hat das Auto doch ein intern verbautes GPS. Aber beides würde nicht erklären, wie er sie bei ihren vorherigen Fluchtversuchen gefunden hat. Logischer wäre also, dass sich der Tracker bei ihr befinden muss. Nur wo? An der Kleidung? Nein, es wäre zu aufwendig, jedes einzelne Stück in ihrem Schrank damit zu versehen. Hat er sie also gechipt? Davon müsste sie allerdings wissen, genauso wie ihr dann bewusst sein müsste, dass eine Flucht aussichtslos ist. Denn er würde sie überall auf der Welt finden.

Aus dem Augenwinkel beobachte ich sie, mustere ihren Oberkörper in dem engen Top; sie trägt keinen BH, weshalb ihre Nippel sich dank der laufenden Klimaanlage hart gegen den Stoff drücken. Ich wandere mit dem Blick hinab zu ihrer Hose. Es sind normale Jeans-Hotpants. Sie klammert sich mit ihren Händen an den Oberschenkeln fest, sodass ihre Knöchel weiß hervortreten. Ich scanne ihre Finger: Keine Ringe. Also bleibt nur noch ... ihre Kette!

Unauffällig werfe ich einen Blick darauf: Es ist ein Kreuz aus dunklem Holz, Platz genug für einen Chip. Ich sehe wieder nach draußen und konzentriere mich auf die Straße.

»Deine Kette, du sagtest, du hast sie von deiner Mutter?«

Mit der Tür ins Haus, besonders subtil gehe ich nicht gerade vor. Aber vielleicht tut sie es als Versuch ab, mit ihr ein Gespräch zu führen. Sie sollte mittlerweile bemerkt haben, dass ich darin nicht besonders gut bin.

»Ja, sie hat ihr gehört«, murmelt sie und greift danach.

»Wie lange hast du sie schon?«

»Seit ihrem Tod. Also gut zehn Jahre. Warum fragst du?« Ihre Stimme ist einem Flüstern gleich, es wirkt, als hätte sie alle Kraft verlassen.

»War sie sehr gläubig?« Ich kann nicht auf ihre Frage antworten, daher lenke ich lieber vom Thema ab.

»Ja, sie ist jede Woche in die Kirche gegangen und ich musste meistens mit. *Abuela* und sie haben viel Zeit im Gebet verbracht, aber seit sie tot ist, habe ich das Gefühl, dass uns Gott verlassen hat.«

»Und trotzdem trägst du das Kreuz?« Ich werfe ihr einen Seitenblick zu.

Sie hat den Kopf gesenkt, dreht den Anhänger zwischen den Fingern und mustert ihn. »Wenn ich es trage, habe ich das Gefühl, dass sie wieder bei mir ist. Als hinge ihre Seele noch an diesem Stück. Verstehst du, was ich meine?« Sie hebt den Kopf und blickt mich direkt an.

Ich vermeide den Blickkontakt, da mir sonst sicher etwas Dummes über die Lippen kommen würde. »Ich denke schon.«

Die restliche Fahrt über schweigen wir. Als ich mit dem Jeep auf den Schotterweg fahre, rüttelt es uns ordentlich durch. Kaum steht der Wagen, schnallt sich Faviola ab und springt geradezu aus dem Fahrzeug. Sie hält direkt auf mein Strandhaus zu. Ich habe nicht die Ambition, ihr sofort zu folgen, sondern will den unbeobachteten Moment nutzen, um noch einmal das Auto gründlich abzusuchen. Kaum verschwindet sie hinter der Baumgruppe, beginne ich alles zu durchwühlen. Ich suche im Handschuhfach, klappe die Sitzpolster hoch – darunter befindet sich zwar ein Hohlraum, aber kein Chip. Zum Schluss steige ich aus dem Auto, sehe mir alle Radkästen an und lege mich sogar einmal in den Dreck, um mir die Unterseite anzusehen. Nichts! Ich erhebe mich aus dem Staub, klopfe meine Kleidung ab und starre resigniert ins Leere.

Ich weiß nicht, was ich davon halten soll, dass Rodriguez ihr offensichtlich einen Tracker untergeschoben hat. Soll ich es ihr sagen, oder lieber nicht? Falls sie erneut abhaut, würde es einen Vorteil bringen, dass er sie jederzeit und überall finden kann. Aber damit dringt er in ihre Privatsphäre ein und aus irgendeinem Grund stößt mir das sauer auf.

Nachdem ich mich etwas gesammelt habe, richte ich den Jeep wieder her und nehme den Schlüssel an mich. Hoffentlich ist Faviola jetzt nicht den restlichen Tag unausstehlich und quengelig.

Der nächste Tag beginnt genau wie der letzte. Ich stehe kurz nach acht auf, während Faviola noch im Bett liegt. Draußen mache ich ein paar Übungen, bis ich schwitze und Salz auf meiner Oberlippe schmecke. Die Sonne steigt weiter gen Zenit und noch immer ist Faviola weit und breit nicht zu sehen. Um mich etwas abzukühlen, entscheide ich mich dazu, schwimmen zu gehen. Dafür ziehe ich mir einfach Shirt und Hose aus, sodass ich nackt bin. Hier gibt es sowieso weit und breit keinen, der mich sehen könnte. Und Faviola hatte schon mehr als einmal das Vergnügen. Meine Dogtags nehme ich ebenfalls ab, sie würden durch das Salzwasser nur Schaden davontragen.

Das Meer ist im ersten Moment warm, es umspielt meine Knöchel und dann meine Waden. Die Wellen sind ruhig, schwappen nur leicht über den Strand. Als das Wasser mir bis zu den Oberschenkeln reicht, wird es kühler. Ich springe kopfüber hinein, bevor ich es mir anders überlegen kann. Die Kälte spült für einen Moment all die wirren Gedanken fort, die ich wegen Faviola habe. Doch sobald ich durch die Oberfläche breche, sind sie alle wieder da.

Ein paar Züge schwimme ich hinaus, bis ich die Kälte nicht mehr spüre. Der Wind fährt durch mein nasses Haar, braust mir in den Ohren. Ob Faviola wohl immer noch schläft? Oder schmollt sie noch? Nachdem wir gestern nach Hause gekommen sind, hat sie kein Wort mehr mit mir gewechselt. Selbst als ich für uns ein grauenhaftes Abendessen gekocht habe – meine Kochkünste haben mich dann leider doch verlassen –, hat sie nichts gesagt. Nicht einmal gemeckert hat sie, obwohl ich selbst gemerkt habe, dass ich es mit dem Salz eine Spur zu gut gemeint habe. Abends ist sie dann auch wortlos von der Couch aufgestanden, wo wir uns eine kubanische Seifenoper angesehen haben, und ist hinüber ins Schlafzimmer gegangen. Zuerst dachte ich, dass sie nur aufs Klo muss, als sie dann aber nach mehreren Minuten nicht wiedergekommen ist, habe ich nach ihr gesehen und sie im Bett gefunden. Sie lag mit dem Rücken zu mir, sodass ich ihr Gesicht nicht sehen konnte. Ihre Atmung ging regelmäßig, aber nicht tief; sie war also noch wach. Auf Ansprache reagierte sie nicht, weshalb ich es dann aufgegeben habe.

Ihr Schweigen hat mich mehr verletzt als ihre spitzen Worte an schlechten Tagen.

Schon wieder dominiert sie jeden Gedanken in meinem

Kopf. Nicht einmal einen entspannten Morgen kann ich mir machen, ohne mich direkt um sie zu sorgen. Mir entkommt ein Seufzen. Ich stoppe meine Züge und schwimme für einige Sekunden auf der Stelle. Es ist mal wieder fantastisches Wetter auf Kuba, warm, windig und eine Spur schwül, aber nicht so stark, dass man es draußen nicht aushält. Perfektes Wetter um … im Haus zu bleiben. Denn das ist es, was ihr Vater von mir erwartet.

Nur ungern mache ich mich auf den Rückweg zum Strand. Die kurze Tour durchs Wasser hat mir gutgetan und gleichzeitig nicht geholfen. Als ich hier eingezogen bin, gab es für mich nichts Schöneres als eine morgendliche Runde im Wasser. Trotzdem wurde mir meist schnell langweilig. Auch wenn Kuba wie ein Paradies für mich ist, ist es doch sehr einengend. Es stimmt wohl irgendwie: Man bekommt den Soldaten aus dem Bund, aber den Bund nicht aus dem Soldaten. Meine Seele ist rastlos, heimatlos. Ich kann nirgendwo länger als drei Monate verbringen, ohne das Gefühl zu haben, weiterziehen zu müssen. Dass ich es auf Kuba schon über ein halbes Jahr aushalte, ist wohl dem geschuldet, dass mir keine Alternativen bleiben. In Deutschland habe ich alle Zelte abgebrochen, um hier ein neues Leben anzufangen. Oder mein bisheriges weiterzuleben, wenn man bedenkt, wo ich gerade stehe.

Ich komme am Strand an und steige aus dem Wasser. Dicke Tropfen perlen meinen Körper hinab, die ich mit den Händen von der Haut wische. Ich schüttele einmal den Kopf, um die Haare etwas zu trocknen. Meine Sachen klaube ich vom Boden und klopfe sie aus, was ich zu spät als Fehler bemerke. Nun kleben einzelne feine Sandkörner auf meinem Oberschenkel, die ich versuche, mit der Hand wegzuwischen. Leider sind meine Hände noch nass, weshalb ich das Gegenteil bewirke und nun meine Finger voll damit sind. Am Ende gebe ich es auf und entscheide mich dazu, direkt duschen zu gehen.

Den Weg hinauf zu meinem Strandhaus lege ich entspannt zurück und gehe ruhig die wenigen Stufen zur Veranda hinauf. Ich bleibe vor der Schiebetür zum Schlafzimmer stehen. Faviolas Gestalt zeichnet sich auf dem Bett ab, ihr Lockenkopf liegt auf dem Kissen. Sie hat die ganze Nacht mit dem Rücken zu mir verbracht, ohne sich groß zu bewegen. Ich öffne die Tür und erwarte fast, dass sie sich zu mir umdreht. Stattdessen bleibt sie ruhig liegen, jedoch verrät ihre Atmung sie. Sie ist genauso flach wie am Abend, als sie so getan hat, als würde sie schlafen.

Wenn sie nicht mit mir reden will, werde ich sie nicht dazu zwingen. Daher gehe ich schnurstracks ins Bad, schließe die Tür und stelle mich unter die Dusche. Meine Kleidung lasse ich auf dem Boden liegen, die werde ich später in die Waschmaschine geben. Ich stelle das Wasser heiß, da meine Haut noch immer leicht kühl ist. Nach einer kurzen Dusche trete ich wieder hervor und schlinge mir ein Handtuch um die Hüfte.

Ein weiterer Tag mit der kleinen Prinzessin, mal sehen, was sie heute für mich auf Lager hat. Mit ihr wird es jedenfalls nie langweilig. Ich bin gespannt, wie viele uns noch bleiben, bevor ihr Vater seine Drohung wahrmacht. Bis dahin werde ich gute Miene zum bösen Spiel machen. Sie hat es schon schwer genug, da soll sie die wenigen Tage in Freiheit genießen, bevor es wieder in ihren goldenen Käfig geht.

KAPITEL 19
Faviola

Ich höre Bold im Bad duschen. Mir fehlt der Antrieb, um aufzustehen. Meine anfängliche Euphorie ist verflogen, sie ist Resignation gewichen. Die Gewissheit, dass ich Bold nicht so leicht manipulieren kann wie manchen seiner Vorgänger, hinterlässt einen bitteren Nachgeschmack. Gestern dachte ich, dass ich ihn so weit hätte. Er hat sich über den Befehl meines Vaters hinweggesetzt und ist mit mir in die nächste Stadt gefahren. Aber natürlich musste er mal wieder plaudern und mein Vater hat dadurch alles spitzbekommen. Ich habe die SMS gesehen, die Bold erhalten hat:

> Sobald ich kann, hole ich meine Tochter.

Vermutlich gefällt ihm das, schließlich hat er mir mehr als einmal gesagt, dass ich nur eine lästige Aufgabe bin. Er ist ein perfekt trainiertes Schoßhündchen, das zwar bellt, aber dennoch nach der Nase meines Vaters tanzt. Ich hätte ihm niemals vertrauen dürfen.

Mein Beschützer – eher mein Gefängniswärter – kommt

aus dem Bad und geht ein paar Schritte. Danach wird die Tür des Kleiderschrankes zur Seite geschoben und Stoff raschelt. Das Geräusch wiederholt sich und etwas fällt zu Boden. Vermutlich sein Handtuch. Bei dem Gedanken an seinen knackigen Arsch sollte mir nicht heiß werden, dennoch spüre ich Hitze in meine Wangen steigen. Er ist zwar mein Wärter, das heißt aber nicht, dass ich nicht meinen Spaß mit ihm haben darf, oder? Das leise Klirren seiner Dogtags ertönt, als er sie sich überzieht.

»Hast du Hunger? Ich mache uns Frühstück.« Seine Schritte entfernen sich, er geht also hinüber in die Küche.

Ich bleibe noch ein paar Minuten liegen, bis mir der Geruch von gebratenem Ei in die Nase steigt. Erst dann tue ich so, als würde ich gerade aufwachen. Dabei bin ich schon seit Stunden wach und denke über meine Situation nach. Leider auch zu viel über Bold. Mit einem extra lauten Gähnen strecke ich mich, schlage das Laken zurück und stehe auf. Gespielt schlaftrunken laufe ich hinüber, während ich mir demonstrativ über die Augen reibe.

»Wie spät ist es?«, frage ich ihn mit matter Stimme – das muss ich nicht spielen.

»Es ist gleich zwölf.«

»Rufst du dann wieder meinen Vater an?« Mir ist sehr wohl aufgefallen, dass er immer zur selben Zeit telefoniert. Das ist vermutlich ihre Vereinbarung, damit ich hierbleiben darf: regelmäßige Faviola-Updates.

Er schweigt für einen Moment. Ich komme am Tresen an und setze mich auf einen Hocker. Als ich den Blick hebe, sehe ich seine unergründlich blauen Augen auf mich gerichtet.

»Es tut mir leid, es ist nur zu deinem Besten.«

Die Worte kenne ich irgendwoher, nur sind sie meistens

nicht ehrlich. Bold jedoch traue ich zu, dass er sie ernst meint. Ist nur die Frage, ob das auch stimmt. »Dann ruf ihn lieber schnell an, bevor er wieder aus der Haut fährt. Das passiert leider schnell bei ihm.« Ich kann davon ein Liedchen singen. Zum Glück sind mittlerweile die blauen Flecken an meinen Schultern verschwunden, sowie der feine Schnitt an der Wange verheilt. Und ich habe keine neuen Verletzungen, die von meinem Vater verursacht worden sind – höchstens seelische. Bolds Gesicht sieht auch wieder völlig normal aus. Was ein paar Tage Ruhe alles bewirken können.

»Ich bin kurz weg, hast du ein Auge auf die Eier?«

Als Bestätigung nicke ich ihm zu, woraufhin er sein Handy aus der Gesäßtasche seiner camouflagefarbenen Hose – besitzt er keine anderen? – nimmt und hinüber ins Schlafzimmer geht. Ich nehme seine Stimme nur gedämpft wahr und verstehe leider kein Wort. Eigentlich interessiert es mich nicht, was er mit meinem Vater bespricht. Dennoch verletzt es mich. Keine Ahnung wieso.

Der leichte Geruch nach Angebranntem holt mich aus meinen Gedanken und ich mache mich schnell daran, das Omelette zu wenden. Es ist ziemlich gut durch und von beiden Seiten braun, weshalb ich den Herd ausstelle, mir einen Teller aus einem der Schränke suche und es darauf gebe. Kaum bin ich damit fertig, kommt Bold zurück.

»Das ging aber schnell.« Ich bin selbst überrascht darüber. Gestern hat er ziemlich lange mit ihm geredet und am Tag zuvor wollte Vater mich persönlich sprechen.

»Er hatte nicht so viel Zeit«, wiegelt Bold meine Aussage ab, was mich stutzig werden lässt.

»Was hat er denn heute so zu tun?« Ich versuche, gleichgültig zu klingen, dabei geht mir der Arsch auf Grundeis. Bold war gestern so angespannt und zum Schluss wirkte er fast panisch. Außerdem habe ich einen Blick auf die Nachricht werfen können, die mein Vater ihm geschickt hat. Er will mich bald zu sich zurückholen – das muss ich irgendwie verhindern!

»Nichts.« Das Wort kommt so gepresst und schnell, dass ich sofort begreife, dass er mir etwas verschweigt.

Ich stelle alles ab, stütze mich mit den Händen auf den Tresen und funkle ihn herausfordernd an. »Was verheimlichst du mir? Sag es doch einfach, wenn meine Gnadenfrist abgelaufen ist.« Mir geht es so gegen den Strich, dass ich immer im Dunklen gelassen werde. Niemand sieht die Notwendigkeit, mich in irgendetwas einzuweihen. Ich hasse das so sehr!

Bolds Kiefermuskeln spannen sich an, sein Blick wird hart. Er ringt mit sich, das kann ich sehen. Nach wenigen Sekunden gibt er nach und seufzt tief. »Dein Vater hat heute die Einäscherung deiner Großmutter organisiert. Ihr Körper wird noch heute in ein Krematorium überführt.«

Kälte packt mich, meine Finger zittern und mein Magen rebelliert. Meine *abuela*. Meine geliebte Großmutter wird heute verbrannt und ich bin nicht an ihrer Seite. Mir wird schwindelig und ich bin froh, mich noch immer auf dem Tresen abzustützen, weil ich sonst einfach zur Seite gekippt wäre. »Oh«, entfährt es meinem Mund, weil ich nichts anderes zu erwidern weiß.

»Es tut mir leid.« Er flüstert, als würde ihm jedes weitere Wort körperliche Schmerzen bereiten, dabei habe ich diesen Verlust erlitten.

»Schon gut.« Ich streiche mir über die Haare, glätte meine Wellen gedankenverloren und starre ins Leere. Wie habe ich vergessen können, dass die Beerdigung meiner Großmutter noch ansteht? Ich habe das genauso ignoriert, wie die Tatsache, dass ich es niemals schaffen werde, von der Insel zu fliehen.

Bold steht auf, kommt zu mir an die Küchenzeile und macht Anstalten, mich in den Arm zu nehmen. Ich entziehe mich ihm sofort, denn ich ertrage seine Nähe gerade nicht. »Kannst du schon mal den Tisch decken?«, wispere ich und wende mich von ihm ab. Er soll nicht sehen, wie mir die Tränen kommen. Sie fließen heiß über meine Wangen und ich wische sie mir schnell weg.

Nach kurzem Zögern kommt Bold meiner Bitte nach und stellt zwei Teller auf den Tresen. Ein zweites Mal versucht er nicht, mich zu trösten, da er zu spüren scheint, dass ich gerade Abstand brauche.

Kontrolliert atme ich ein und aus. Mein Sichtfeld schrumpft schon wieder und die Dunkelheit zerrt an mir. Ich stehe kurz vor einer Ohnmacht, die ich um jeden Preis zu verhindern versuche. Also konzentriere ich mich auf den Duft des gebratenen Eis und das stetige Rauschen der Wellen.

»*Canela*?«, fragt Bold vorsichtig.

Ich atme noch einmal tief ein, wische mit dem Handrücken mein Gesicht trocken und setze mir ein falsches Lächeln auf. Dann erst drehe ich mich um und stelle den Teller mit dem Omelette in die Mitte des Tresens.

»Geht es dir gut?«

Ich sehe zu ihm auf und bin schon wieder den Tränen nahe. In seinem Gesicht spiegelt sich echte Sorge wider, mit der ich nicht umgehen kann. Daher verstärke ich das Lächeln und nicke. »Ja, alles bestens.«

Er greift nach meiner Hand, was sich für mich wie ein elektrischer Schlag anfühlt. Ich zucke unter seiner Berührung zusammen und mein Lächeln verrutscht.

»Wenn ich irgendetwas für dich tun kann, dann sag es mir einfach. Ich tue alles für dich!«

Ich will mich in seine Arme werfen, ihn anschreien, ihn küssen und darum anflehen, mich von hier fortzuschaffen. Sieht er denn nicht, dass es mich von innen zerfrisst?

»Setz dich, bitte«, murmelt er mir zu. Er lässt meine Hand los, woraufhin ich mich umdrehe und für eine gefühlte Ewigkeit die leere Pfanne auf der Herdplatte anstarre.

Mein ganzer Körper bebt, ich umklammere meine Hände, damit wenigstens sie nicht zittern.

»Okay«, wispere ich und umrunde den Tresen, sodass ich mich wieder auf den Hocker setzen kann. In der Luft liegt mehr als der Duft nach Eiern, eine gewisse Anspannung. Wie Elektrizität knistert sie zwischen uns und wartet nur darauf, sich entladen zu können. Wie sehr ich mir doch wünsche, er würde zu dem stehen, was er denkt. Was er empfindet. Sicher würde er mich dann von der Insel schaffen und vor meinem Vater verstecken.

Stattdessen schweigen wir beide, teilen das Omelette auf, schaufeln das Essen in uns hinein und meiden Blickkontakt, worüber ich froh bin. So muss ich nicht weiter darüber sprechen, dass meine *abuela* tot ist und genau in diesem Moment verbrannt werden könnte. Ich will Bold fragen, ob er weiß, wann die Beisetzung stattfinden wird, bekomme jedoch die Frage nicht über die Lippen.

Er sitzt neben mir und die Hitze seines Körpers taut mein Inneres etwas auf. Wir sind uns so nah, aber doch ferner als jemals zuvor. Auch er schweigt, richtet kein weiteres Wort an mich. Irgendwann steht er auf, räumt das Geschirr weg und wäscht es ab, während ich ihm dabei zusehe.

Meine Gedanken wandern wie automatisch zu meiner *abuela*. Ohne sie werde ich keinen Tag in der Nähe meines

Vaters überleben. Sie war mein einziger Rückhalt, der mir nun gewaltvoll entrissen worden ist.

Mir muss bald eine Idee kommen, wie ich Bold davon überzeuge, mich von der Insel zu schaffen. Er widersetzt sich meinem Vater zwar regelmäßig, weigert sich aber gleichzeitig, allen meinen Wünschen nachzukommen. Meinen Reizen ist er mittlerweile erlegen, vielleicht schaffe ich es dadurch doch, ihn weiter zu erweichen. Die Idee mit dem Schießtraining war verdammt gut, aber auch verdammt heiß. So heiß, dass ich mich selbst an ihm verbrannt habe. Sollte ich so eine Aktion noch einmal starten – und das werde ich müssen, wenn ich ihn knacken will –, muss ich besser aufpassen. Meine Gefühle stärker abschotten. Es fehlt noch, dass ich mich in Vaters Schoßhündchen verliebe. Das grimmige, abweisende, heiße und unglaublich attraktive Schoßhündchen.

Mierda! Es passiert schon wieder, ich schweife ab und verliere dabei den Fokus. Ich sollte lieber schnell handeln, bevor meine Hormone mit mir durchgehen.

»Üben wir heute weiter das Schießen?« Meine Stimme klingt matter als geplant. Hoffentlich spricht er nicht wieder meine Großmutter an, sonst breche ich in Tränen aus und kann meinen Plan nicht in die Tat umsetzen.

»Ich denke nicht, dass das eine gute Idee ist. Du …«, er zögert, »bist kein besonders guter Schütze. Am Ende verletzt du nur einen von uns.«

Unwillkürlich atme ich die angehaltene Luft aus. Eine große Anspannung hat sich in meinem Körper angesammelt, die ich versuche, mit jedem Atemzug weiter zu vertreiben.

»Ich hab ja auch keine Übung. Und wenn ich es nicht lerne, werde ich es nie können.« Meine Stimme klingt nun schon fester.

»Ich habe Nein gesagt.«

»Technisch gesehen nicht«, murmle ich. Ein Nein habe ich von ihm nicht gehört, nur Ausflüchte. Zum Glück hat mich Bold über die Geräusche, die er mit dem Geschirr verursacht, nicht gehört, sonst hätte er sicher etwas erwidert.

Fieberhaft denke ich darüber nach, wie ich ihn knacken könnte. Er erzählt nicht besonders viel über sich und da er weder Familie noch, wie ich vermute, Freunde hat, gibt es da wahrscheinlich auch nicht so viel. Also wie komme ich an ihn heran?

»Kannst du mir stattdessen zeigen, wie ich mich sonst verteidigen kann?« Die Idee ist brillant sowie verschlagen. Wenn er mir Selbstverteidigung beibringt, sind unsere Körper auf engsten Raum beieinander, wir beide schwitzen, Haut liegt auf Haut. Wenn ich ihn so nicht dazu bekomme, alles für mich zu tun, dann weiß ich auch nicht.

Bold dreht sich nun vollends zu mir um. Seine Miene ist wie immer unergründlich, nur der Muskel an seinem Kiefer zuckt und verrät, dass er verärgert ist. »Wahrscheinlich ist es egal, was ich sage. Du setzt dich sowieso über mich hinweg, so wie du es bei allen Dingen machst, die ich dir sage.«

Ich kann das zarte Lächeln nicht verhindern, weshalb sich ein Mundwinkel von mir hebt. »Erwischt«, erwidere ich. Triumph breitet sich in meinem Bauch aus, vertreibt die vorherrschende Kälte endgültig.

Bold reibt sich mit zwei Fingern die Nasenwurzel, kneift die Augen zusammen, während er mit der Hüfte gegen die Spüle lehnt. Wassertropfen laufen seine sehnigen Arme herunter, fahren die hervorstehenden Adern entlang. Ich muss schlucken, als ich daran denke, was er mit seinen Händen alles anstellen könnte: Mich auf die Theke heben, meine Haare festhalten und den Kopf überstrecken, seine

Finger um meinen Hals legen. Ohne dass ich es verhindern kann, prickelt es zwischen meinen Beinen. Wenn ich schon jetzt so empfinde, ohne dass er mich auch nur berührt hat, wie wird es dann erst, wenn wir miteinander ringen, dicht an dicht, Körper an Körper?

»Im Prinzip kann es nicht schaden, wenn du ein paar Kniffe kennst.« Mit dieser Reaktion habe ich nicht gerechnet, weshalb ich die Augen vor Erstaunen weit aufreiße. Bold lässt den Arm sinken und sieht mich daraufhin an. »Ich werde dir ein paar Tricks zeigen, aber nichts Gefährliches.«

»Super! Ich zieh mir schnell was Bequemes an.« Mit einem Strahlen auf den Lippen springe ich vom Hocker und tapse hinüber ins Schlafzimmer, dabei spüre ich Bolds Blick auf mir. Als ich mich am Durchgang befinde, sehe ich zurück und ertappe ihn beim Starren. Er wirbelt daraufhin herum und widmet sich wieder dem Abwasch. Ich kann ein Schmunzeln nicht unterdrücken.

Im Schlafzimmer suche ich aus meiner Reisetasche ein bequemes Shirt, das ich mir an der Seite hochbinde, damit man meinen Bauch sehen kann. Danach schlüpfe ich in bequeme, aber enge weinrote Leggings, die meinen Hintern besonders betonen. Schließlich will ich, dass Bold Wachs in meinen Händen ist, das ich nach Belieben formen kann. Auf Schuhe verzichte ich, da ich auf nackten Sohlen einen besseren Stand habe, ebenso auf eine ausgiebige Wäsche, da ich nach dem Training sicher total verschwitzt sein werde und sowieso duschen muss. Zumindest fasse ich meine welligen Haare zu einem Zopf zusammen, damit ich sie aus dem Gesicht habe. Als ich fertig bin, kehre ich zurück zu Bold, der gerade die letzten Geschirrteile verräumt.

»Ich wär so weit.«

Er wirft mir einen abschätzigen Blick zu, bleibt an

meinem Shirt hängen und sieht dann schnell wieder weg. »So willst du trainieren? Willst du nicht lieber etwas ... Lockeres anziehen?«

»Wieso? Ich fühle mich in enger Kleidung wohl. Außerdem habe ich dadurch perfekten Bewegungsspielraum.« Meine gute Laune ist wieder da, die ich ihm lächelnd unter die Nase reibe. Es ist so süß, wenn er sich geniert. *Dios mío,* wir hatten bereits Sex und haben uns dadurch zwangsweise nackt gesehen. Doch er benimmt sich noch immer, als wäre ich unantastbar.

Bold kommentiert meinen Aufzug nicht weiter, kommt stattdessen aus der Küche. Ich trete einen Schritt zur Seite, da mein Herz plötzlich rast. Er läuft so nah an mir vorbei, dass ich seinen Duft einatmen kann: Kiefer, Motoröl und ... einfach Bold.

»Zum Üben gehen wir am besten raus, sonst machen wir hier noch was kaputt.«

Das hat er sich wohl überlegt. Ob er hier schon des Öfteren Kampftechniken geprobt hat? In der Armee hat er sicher einige gelernt und sich so seine stahlharten Muskeln erarbeitet. Die breiten Schultern und die strammen Oberschenkel kommen schließlich nicht von ungefähr.

Ich sollte besser aufhören, über seinen Prachtkörper nachzudenken, bevor ich das Sabbern anfange. Um den Fokus zu halten, sehe ich beim Laufen lieber auf meine Füße, während ich ihm folge. Daher passiert es, dass ich voll in seinen Rücken renne, als er abrupt stoppt. Ich stolpere rückwärts, verliere das Gleichgewicht. Bold packt meinen Arm geistesgegenwärtig und zieht mich zurück. Dadurch pralle ich gegen seine harte Brust. Mein Verstand vernebelt, mein Blick gleitet über sein weißes Shirt, unter dem sich die Muskeln abzeichnen. Ich kann es nicht verhindern, dass meine Gedanken schon wieder abdriften.

So plötzlich, wie er nach mir gegriffen hat, lässt er mich wieder los. »Du bist verdammt tollpatschig. Es ist ein Wunder, dass du dir noch nichts gebrochen hast.«

»Das liegt womöglich daran, dass immer jemand auf mich aufgepasst hat.« Ich hebe den Blick und hoffe, dass er in meinen Augen ablesen kann, dass ich damit ihn meine. Und zwar nicht auf eine abschätzige und herablassende Weise, sondern das genaue Gegenteil. Er mustert mich aus seinen blauen Augen, die von der Sonne angestrahlt werden, wodurch sie noch heller wirken.

Nach quälend langen Sekunden sieht er zur Seite und ich sauge die Luft tief in meine Lunge. Mir war nicht aufgefallen, dass ich sie angehalten hatte. Bold bekommt davon zum Glück nichts mit, da er jetzt damit beschäftigt ist, größere Steine aus dem Sand zu sammeln und zur Seite zu werfen. Wir befinden uns am Strand, rechts von mir wachsen Büsche und links ist das Meer. Mir fällt auf, dass der Abschnitt nicht so stark abfallend ist wie der Rest, sondern gerade, als hätte man ihn aufgeschüttet. Auch der Grund wirkt fester als gewöhnlich, hat Bold ihn vielleicht mit einer Platte stabilisiert?

»Was ist das hier?«, frage ich ihn, während ich mit einem Fuß den Boden teste.

»Meine Trainingsfläche. Ich habe gern den Wind in den Haaren und das Meeresrauschen in den Ohren.«

Ich hebe den Kopf und treffe auf seinen Blick, den er schnell wieder abwendet. Er klopft sich die Hände ab, kommt auf mich zu und sagt: »Okay, ich zeige dir zwei Kniffe, die dich eigentlich aus jeder Situation herausholen. Einen wirst du vermutlich schon kennen, den Eiergriff.«

»Eiergriff?«

»Du kannst auch gern treten, wenn du nicht zuschlagen willst.« Er zuckt mit den Schultern, reibt sich dabei die letzten Sandkörner von den Fingern. »Einige halten es für feige, einem Mann in die Eier zu schlagen, aber manchmal ist das der einzige Ausweg. Also zeig mir mal, was du drauf hast.« Breitbeinig stellt er sich vor mich, lässt die Arme locker am Körper herabhängen und sieht mich ... erwartungsvoll an.

»Das ist doch nicht dein Ernst? Du willst, dass ich dich schlage?« Ich starre ihn mit geöffnetem Mund an, kann nicht glauben, was er da gerade gesagt hat.

»Du kannst es ja gern versuchen.« Er zieht eine Augenbraue hoch, was bei ihm einem Grinsen am nächsten kommt. Daher wird mir klar, dass er meint, was er sagt.

»Okay.« Etwas überfordert bewege ich die Arme hin und her, hüpfe dabei leicht auf und ab, um meine Muskeln zu lockern. Soll ich ihn wirklich schlagen? Er hat mir nichts getan und, auch wenn ich es nur ungern zugebe, mag ich ihn. Ich will ihn nicht verletzen. Daher kommt mein Schlag eher halbherzig. Doch er fängt ihn sofort ab, wirbelt mich herum und plötzlich ist da ein Arm an meinem Hals, während der andere fest an meine Kehle drückt, sodass ich röchelnd Luft hole.

»Das war erbärmlich«, flüstert er mir ins Ohr.

Wenn ich nicht gerade darum kämpfen würde, einzuatmen, würde ich die Gänsehaut auf meinen Unterarmen genießen. Sein Atem kitzelt meinen Hals, lässt mir einen Schauder den Rücken hinunterlaufen.

»Wenn der Gegner es schaffen sollte, dich in den Würgegriff zu bringen, hast du nur wenige Sekunden, die über Leben und Tod entscheiden. Spürst du schon den Sauerstoffmangel?«

Tatsächlich tanzen bereits Sterne vor meinen Augen, auch mein Sichtfeld trübt sich. »Bold«, keuche ich, woraufhin er etwas locker lässt und ich die köstliche, nach Salz schmeckende Luft einsaugen kann.

»Aus einem Würgegriff zu kommen ist nicht leicht. Aber es gibt da eine sichere Methode.«

Sein Arm verschwindet und ich strauchle hustend vorwärts. »War das wirklich notwendig?«, fauche ich ihn außer Atem an, während ich mir über den Hals reibe. Ich drehe mich zu ihm um und funkle ihn wütend an.

»Es ist wichtig, das einmal am eigenen Leib erlebt zu haben, damit man die Dringlichkeit der Situation versteht. Sonst bist du für den Ernstfall nicht gewappnet.«

Ich kann seinen Arm noch immer auf meiner Kehle spüren, weshalb ich versuche, das Gefühl wegzureiben. »Und wie wehre ich mich nun dagegen?« Ich kann es nicht verhindern, dass ich angepisst klinge, denn das bin ich auch. Eigentlich habe ich mich auf einen kleinen Showkampf eingestellt, vielleicht eine Rangelei und dass wir am Ende in den Laken landen, wo ich meine gesamte Verführungskraft darauf verwende, Bold den Kopf zu verdrehen. Doch das hier läuft völlig anders.

»Dafür machst du den Sternenschritt, ich zeige ihn dir einmal.« Er stellt sich dicht vor mich, sodass ich einen Schritt zurückmache, da ich so perplex bin. »Alles gut, ich tue dir nicht weh«, flüstert er, was mir erneut eine Gänsehaut verpasst. Wie kann dieser Mann im einen Moment so hart und abgeklärt sein und im nächsten so gefühl- und verständnisvoll? Das macht mich ganz wirr im Kopf.

Nachdem ich meinen trommelnden Herzschlag etwas unter Kontrolle gebracht habe, nicke ich ihm als Zeichen dafür zu, dass er fortfahren darf. Er wartet noch eine

Sekunde, bevor er sich hinter mich stellt, einen Arm locker um meinen Hals legt und mich an sich presst. »Wir machen es einmal ganz langsam, damit du es dir merken kannst.« Seine Stimme brummt beim Sprechen, die Vibration spüre ich bis zwischen meine Schenkel. Vorsichtig schiebt er mich zur linken Seite, in seinen Arm hinein. »Dein linkes Bein, stell es hinter meines.«

Ich komme seiner Aufforderung nach, etwas ungelenk stelle ich wie gefordert meinen Fuß hinter seinen, drehe mich dabei automatisch. Die Umklammerung löst sich auf, ich hänge nur noch zur Hälfte in seinen Armen. »Und jetzt schlag meinen Arm kräftig weg.«

Wie gefordert drücke ich gegen seinen Oberarm, komme zum Stehen und befinde mich plötzlich direkt neben ihm. Seine Schulter ist verdreht, er beugt den Oberkörper und zieht zischend die Luft ein.

»*Dios mío,* habe ich dir wehgetan?« Ich schlage mir die Hände auf den Mund, mache zwei Schritte rückwärts.

Daraufhin richtet er sich auf, massiert seine linke Schulter, die ich gerade eben noch überdreht habe, und winkt ab. »Nicht so schlimm, du hast das gut gemacht.«

Ein prickelndes Gefühl breitet sich in meinem Magen aus, vielleicht so etwas wie Stolz? »D-danke«, stammle ich.

»Willst du noch eine zweite Sache ausprobieren?«

»Wir haben doch gerade erst angefangen.« Etwas verschämt reibe ich mir über meine Gänsehaut an den Unterarmen. Jetzt schon aufzuhören, ist keine Option. Mir gefällt, wie Bold mir die Techniken zeigt und dabei so körperlich vorgeht. Außerdem ist die Nähe zu ihm ein netter Bonus – den ich natürlich nicht genieße. So überhaupt nicht.

»Gut, dann stell dich gerade hin. Ich zeig dir jetzt, wie du dich aus einem Schwitzkasten befreist.«

»Schwitzkasten?«, bevor ich das Wort zu Ende gesprochen habe, umgreift er mich mit seinem Arm, mein Kopf wird nach unten geruckt und ich finde mich plötzlich seinem T-Shirt gegenüber.

»Was zum …«, keuche ich, da mir schon wieder die Luft abgeschnürt wird.

»Hier musst du darauf achten, dein Gesicht am Körper des Angreifers zu halten. Du kannst ihn beißen und so versuchen, zu entkommen. Falls das nicht funktioniert, musst du mit der anderen Hand an mein Kinn.«

»Wie zum Teufel soll ich das bitte machen? Ich hänge wortwörtlich wie ein nasser Sack in deinem Arm«, fauche ich ihn an. Ich winde mich in seiner Umklammerung und begehe dabei den Fehler, meinen Hals in seine Armbeuge zu drehen. Ich röchle, huste und ringe nach Luft.

Bold lässt mich daraufhin direkt los. Ich falle auf die Knie, lege die Hände an meine Kehle und japse nach Atem. »Willst du mich umbringen?«, fauche ich zwischen zwei Atemzügen. Er kommt um mich herum, geht in die Hocke und sieht mir fest in die Augen.

»Falls du mit Samthandschuhen angefasst werden willst, bist du bei mir an der falschen Adresse. Da draußen herrscht ein Krieg.« Er hebt die Hand und deutet in Richtung Norden. »Niemand wird auf dich Rücksicht nehmen, daher musst du lernen, dich zu verteidigen.«

»Jetzt würde ich gern deinen Trick anwenden und dir in die Eier treten.« Ich erwidere seinen Blick mit wütender Miene. Daher entgeht mir nicht, dass sein rechter Mundwinkel zuckt. Zuerst dachte ich, dass ich es mir nur eingebildet habe, aber dann verziehen sich seine Lippen tatsächlich zu einem Lächeln. Einem zurückhaltenden, aber es ist wahrhaftig ein Lächeln! Hitze breitet sich in meinem Bauch aus, meine Mundwinkel ziehen sich ebenfalls nach oben und wir beide brechen gleichzeitig in Lachen aus. Da meine Kehle noch etwas rau ist, wechselt es bei mir schnell in einen Hustenanfall. Doch so kann ich sein Lachen mehr genießen; es ist tief, kehlig und gleichzeitig warm.

»Ich wusste gar nicht, dass du Humor hast«, sage ich mit kratziger Stimme. Das führt leider dazu, dass er verstummt. Sein Lächeln verschwindet ebenfalls, dafür bleiben die Lachfalten um die Augen zurück, die ihn so verflucht sexy machen.

»Im Bund lernt man einen sehr trockenen Humor und meistens gibt es wenig zu lachen. Komm, lass uns weitermachen.« Er steht auf und reicht mir eine Hand, die ich dankend annehme. Sanft zieht er mich auf die Füße. »Ich zeige dir noch einmal langsam, wie du dich aus einem Schwitzkasten befreien kannst. Stell dich dafür hinter mich.« Ich komme seiner Aufforderung nach, er bückt sich und bedeutet mir, einen Arm um seinen Hals zu legen. Dem leiste ich ebenfalls Folge und bemerke dabei, wie dick sein Hals ist, ich komme kaum ganz darum. »Wenn dich jemand so festhält, sollte dein erster Impuls sein, den Kopf wegzudrehen.« Er demonstriert es mir und plötzlich streicht sein Atem über meinen nackten Bauch. In meinen Fingerspitzen und Zehen setzt ein Kribbeln ein, das sich bis zu meinen Schenkeln fortsetzt. Vielleicht hätte ich doch ein längeres Shirt tragen sollen. »Hier kannst du jetzt beißen.«

Ich zucke zusammen, als sich seine Lippen auf meine Haut legen. Statt mit den Zähnen zuzupacken, küsst er mich sanft, hinterlässt dabei heiße Spuren. Mir entkommt ein Stöhnen, das ich durch ein Räuspern versuche, zu vertuschen.

»Wenn das nichts bringt, schlägst du ihm in die Eier.« Er holt mit dem Arm aus und ich erwarte, dass er dieses Mal hart zu schlägt. Schließlich hat er noch vor wenigen Minuten davon gesprochen, mich nicht mit Samthandschuhen anzufassen. Aber auch hier bremst er kurz vorher ab, streicht mit seiner Hand über mein Bein, was ich durch den dünnen Stoff der Leggins bis ins Mark spüre. Meine Knie werden weich, ich taumle und kämpfe darum, das Gleichgewicht zu behalten. »Wenn das auch nichts nützt, gibt es immer noch den Handgriff am Kinn.« Seine Stimme wird immer leiser, ich kann ihn über das Rauschen des Meeres – und meines Blutes in den Ohren – kaum noch verstehen.

Seine rechte Hand taucht in meinem Blickfeld auf, legt sich unter mein Kinn und übt Druck aus. Ich bin schon dazu geneigt, ihm einfach nachzugeben, da ruckt er mit der Hüfte, ich verliere den Halt und kippe hintenüber. Zwei starke Arme legen sich um mich und fangen mich auf, bevor ich den Boden berühre. Ich blinzle mehrmals, bis ich Bold direkt vor meinem Gesicht erkenne. »Hierbei ist es wichtig, dass die Hebelbewegung nicht aus dem Arm, sondern der Hüfte kommt«, haucht er mir entgegen. Seine Miene ist nicht länger unergründlich, stattdessen spielen sich in seinen Augen Szenarien ab, die ich mir nicht nur einbilden kann. Er muss es auch spüren.

»Der Hüfte?«, hauche ich. Mein Blick wandert zwischen seinen blauen Augen und seinen Lippen hin und her. In meinem Inneren verzehre ich mich danach, ihn zu küssen, ihn an mich zu ziehen und auf mir zu spüren. Ich drohe an meinem eigenen Plan zu zerbrechen: Bold ist es doch, der mir verfallen soll, nicht ich ihm.

»*Canela*?«, flüstert er meinen Spitznamen, sein Blick klebt mittlerweile an meinem geöffneten Mund. Unser beider Atem geht hektisch, hängt heiß und schwer zwischen uns.

»Ja?«, wispere ich ebenso leise. Instinktiv komme ich ihm

ein paar Millimeter näher. Ich halte die Anspannung zwischen uns nicht mehr aus. In meinem Schritt zieht es mittlerweile und ich sehne mich danach, von ihm berührt zu werden.

»Wir sollten das nicht tun.« Er sucht meinen Blick, ein flehender Ausdruck liegt in seinen Augen. Sein Inneres ist ebenso zerrissen wie meins.

»Ich weiß«, erwidere ich, umfasse sein Gesicht mit beiden Händen und überbrücke die letzte Entfernung zwischen uns.

Seine Lippen treffen auf meine, fest presst er sie auf meinen Mund, zieht mich noch näher an sich heran, sodass ich die Arme um seine Schultern schlingen kann. Er geht in die Knie, lässt mich ganz langsam in den warmen, weichen Sand sinken und legt sich dann schwer auf mich. Ich spüre seine Erektion in meinem Schritt, wodurch ich vor Lust aufstöhnen muss. Diesen Moment nutzt er, um meinen Hals mit Küssen zu übersäen. Er wandert mein Schlüsselbein entlang, während seine Finger versuchen, den Knoten an der Seite meines Shirts zu lösen. Ich helfe ihm dabei und reiße mir das Stück Stoff förmlich vom Körper. Meine Nippel stellen sich vor Kälte und Lust auf. In der nächsten Sekunde ist da sein Mund, der sich auf eine Brustwarze legt und daran saugt. Mit der Hand umfasst er meine andere Brust und knetet sie.

Lustvoll rekle ich mich unter ihm, trete mit den Füßen im Sand und reibe mein Becken an ihm. Ich will ihn so sehr, dass ich völlig ignoriere, wo wir uns eigentlich befinden.

Bold wandert an meinem Körper weiter hinab, küsst einen Pfad meinen Bauch hinunter bis an den Rand meiner Leggins. Mit zwei Fingern schiebt er den Bund nach unten, zieht sie mir über den Hintern und bis hinab zu meinen Füßen. Dabei ist er sanft, fast zart. Er küsst jede freigelegte

Stelle meines Körpers und drückt sogar einen Kuss auf meinen Knöchel. Am Ende liege ich nur noch im Slip vor ihm, bin mir dessen bewusst, aber geniere mich nicht, als er mich intensiv mustert. Stattdessen sehe ich ihn unter Lust verhangenen Lidern an und bettle mit meinen Augen darum, dass er sich endlich vollständig auf mich legt. Ich will ihn auf jedem Quadratmillimeter meines Körpers spüren, mich an ihm reiben, bis er sich endlich in mir versenkt.

Als hätte er mein Flehen verstanden, zieht er sich das Shirt mit einer fließenden Bewegung vom Körper. Meine Finger legen sich wie eine Motte vom Licht angezogen auf seinen starken Brustkorb. Wie schon die Male zuvor bewundere ich sein Muskelspiel, die feinen Narben seiner geschlagenen Schlachten, den kleinen Pfad aus Haaren, der sich bis hinab in seinen Schritt fortsetzt. Er trägt noch immer seine Marken, die sich nun kalt auf meinen Körper legen. Ich beiße mir auf die Unterlippe, sauge die Luft zittrig ein.

Langsam bewegt er sich rückwärts und taucht dann zwischen meinen Beinen ab. Mit einem Reißen gibt mein Höschen seinen starken Händen nach und eine kühle Brise kitzelt mich dort. Keine Sekunde später trifft mich die Hitze seines Atems, was mich den Rücken durchstrecken lässt. Sanft küsst er meine brennende Mitte, seine Zunge dringt immer wieder in meine Spalte und verteilt überall eine köstliche Feuchtigkeit. Er positioniert sich neu, sodass nun sein gesamter Mund auf mir liegt.

Ich keuche, suche mit den Fingern nach Halt, doch finde keinen. Bold stößt mit seiner Zunge immer wieder gegen meine Knospe und sorgt für elektrische Stöße in meinen Beinen. Er ist mir zu sanft und langsam, weshalb ich nach seinem Kopf greife und ihn auf mich presse. Sofort wird das Gefühl intensiviert, er saugt nun an meinem Kitzler, leckt immer wieder über meine Spalte und verwöhnt mich mit seiner Zunge.

Sein Name kommt mir stöhnend über die Lippen. Ich will ihn so sehr, dass es schmerzt. Meine Sorgen und Ängste sind für den Moment verschwunden, es gibt nur noch Bold und mich. Selbst die Umgebung vernebelt sich, alles wird zu einem angenehmen Hintergrundrauschen.

Er nimmt seinen Daumen zur Hilfe, der über meinen Eingang reibt und immer mal wieder sanft eindringt. Ich beginne mich unter ihm zu bewegen, gebe ein Tempo vor, das er nur zu gern aufgreift. Nun fickt er mich mit seinem Finger und seiner Zunge. Hitze sammelt sich zwischen meinen Beinen, wird immer heißer und heißer, brennt sich so eine Bahn bis in meine Brust. Mein Atem geht stoßweise. Immer hektischer recke ich ihm meine Hüfte entgegen, sehne mich nach seinem Schwanz. Er soll sich endlich in mir versenken, warum quält er mich?

»Bold, bitte …«, stöhne ich regelrecht. Ich kann nur einen Gedanken fassen: Ich. Will. Ihn. Jetzt!

Ein leises Lachen vibriert in meinem Schritt, was mich über die Klippe wirft. In sanften Wellen überrollt mich der Orgasmus. Ich werfe den Kopf zurück, spüre seine Hände auf mir, seine Zunge in mir, die Hitze in meinem Bauch. Die Empfindungen mischen sich, werden zu einem Sturm und hinterlassen eine Schneise aus Lust und Verlangen. Kaum ist es vorbei, sauge ich hektisch die Luft in meine Lunge. Mein Herz klopft so fest in meiner Brust, dass ich es im ganzen Körper spüren kann.

Und endlich macht Bold Anstalten, mich zu erlösen. Er lässt von meiner empfindlichen Stelle ab, bewegt sich auf mein Gesicht zu und küsst mich. Mein eigener Geschmack und Geruch umfängt mich, was mich nur noch geiler macht.

Ich schlinge meine Beine um ihn, drücke meinen Schritt fest gegen seinen harten Schwanz. Wieso trägt er noch immer seine Hose? Die muss verschwinden, sofort!

Auch er kann nicht mehr an sich halten, reibt seine Erektion ebenso leidenschaftlich an mir wie ich mich an ihm. Da ich nicht länger warten kann, greife ich nach seinem Hosenbund, und will den Gürtel und den Knopf seiner Hose öffnen. Seine Finger verscheuchen meine, übernehmen den Rest, verschränken sich mit meinen und positionieren sie über meinem Kopf.

»Lass mich nicht betteln«, flüstere ich mit heiserer Stimme.

Meine Worte bringen Bewegung in Bold. Er lässt meine Hände los, kommt auf die Knie und umfasst meine Taille. Mit einem Ruck hebt er mich hoch und steht auf.

Ein Schrei entkommt meinen Lippen, als ich mich plötzlich auf seinem Arm wiederfinde. Ich habe perfekten Blick auf das Meer, während er mich zurück zum Strandhaus trägt. Vorsichtig lehne ich mich zurück und schaue ihm ins Gesicht. Seine Augen sind genauso blau wie das Wasser hinter ihm, nur spielt sich in seinen Iriden gerade ein Sturm ab.

Kaum betritt er das Schlafzimmer, legt er mich auch schon auf der Matratze ab. Noch im Stehen entledigt er sich seiner Hose, hält dabei den Blick auf mich gerichtet. Meine Lider flattern, die Lust pulsiert noch immer durch meine Blutbahn.

Nach weiteren quälenden Sekunden ist er endlich nackt, kommt zu mir aufs Bett und legt sich auf mich. Als seine Härte auf meinen Schritt trifft, sauge ich die Luft hörbar ein. Er streckt sich zum Nachttisch, zieht die Schublade hervor und etwas knistert. Kurz darauf zieht er sich das Kondom über.

Ein Knurren dringt aus seiner Brust. Im nächsten Moment teilt sein Schwanz meine Spalte und drückt sich gegen meinen Eingang. Ich stöhne vor purer Erregung auf. Bold reibt sich an mir, verteilt meine Nässe.

Mir dauert das alles zu lange, weshalb ich ihm mein Becken entgegenstrecke. In der nächsten Sekunde dringt er in mich ein und ich muss erneut stöhnen. Bold hält inne, gleitet wieder aus mir heraus und macht vorsichtig weiter. Vermutlich denkt er, er habe mir wehgetan. Um ihm das Gegenteil zu beweisen, mache ich die Bewegung mit der Hüfte erneut und gebe das Tempo vor. Ich beiße mir auf die Unterlippe, um ein Aufstöhnen zu vermeiden.

Ganz vorsichtig bewegt er sich in mir, dehnt meinen Eingang immer weiter, bis er sich vollständig in mir versenkt. Kaum reibt er über meinen G-Punkt, beschleunigt er das Tempo. Damit er tiefer in mich dringen kann, schlinge ich meine Beine fester um ihn und drücke den Rücken durch. Bold sieht das als Einladung, sich meine Beine über die Schultern zu legen. Ich keuche im ersten Moment auf, weil es sich so verdammt gut anfühlt. In der nächsten Sekunde überrollt mich bereits der Orgasmus. Ich schreie und kratze ihm mit den Nägeln über den Rücken. Das scheint ihn nur noch mehr anzumachen, weshalb er sich tiefer in mich treibt.

Bold vergräbt sein Gesicht in meinem Haar, knabbert sanft an meinem Ohrläppchen und treibt mich damit zum nächsten Höhepunkt. Dieser schwappt wie eine sanfte Welle über mich, hält länger an und lässt mich alles um mich herum vergessen. Als ich bebend Luft hole, lässt Bold meine Beine wieder sinken, die ich direkt um seine Mitte schlinge. Seine Bewegungen werden langsamer, dafür aber präziser.

Ich ziehe ihn zu mir herunter, presse meinen Mund auf seinen und fahre mit meiner Zunge die Linien seiner

Lippen nach. Er teilt sie und unsere Zungen spielen miteinander, liebkosen sich. Mir ist warm, heiß, verdammt heiß. Ich zerfließe in seinen Armen, löse mich vollständig auf. Mit einem Ruck trifft er wieder meinen empfindlichsten Punkt, was mich aufstöhnen lässt. Er löst sich von mir, beschleunigt erneut und dringt mit jedem Mal tiefer in mich.

Ein Knurren entkommt seiner Kehle. Vorsichtig blinzle ich ihn an, die Ader an seinem Hals taucht wieder auf. Ein Zeichen dafür, dass er kurz vor dem Orgasmus steht.

»Bitte, komm in mir«, wispere ich mit flehender Stimme. »Ich will dich spüren.«

Seine Augen verdunkeln sich, seine Kiefer aufeinandergepresst. Ich befürchte schon, dass er meine Bitte einfach ignoriert, dann nickt er aber. Glücklich schließe ich wieder die Augen, konzentriere mich wieder nur auf meine Mitte und seinen perfekten Schwanz, der mich voll ausfüllt.

Er treibt sich noch dreimal in mich, jedes Mal stöhne ich lauter auf. Beim letzten Stoß entkommt auch ihm ein Laut, sein Schwanz pulsiert in mir, was mein Orgasmus noch verstärkt. Ich kann nicht mehr an mich halten, schreie meine Freude heraus und umklammere ihn dabei. Er keucht vor Lust. Ich spüre seine Härte noch immer in mir pulsieren, sie drückt immer wieder gegen meine Mitte.

Nach wenigen Sekunden lässt er sich auf mich sinken, achtet dabei darauf, nicht sein volles Gewicht auf mich zu legen. Er schlingt die Arme um mich, zieht mich an seine Brust und wir vergraben unsere Gesichter am Hals des jeweils anderen.

Mein Plan ist gründlich in die Hose gegangen, statt ihn zu verführen und ihm meinen Willen aufzuzwingen, habe ich mich verloren und bin nun Wachs in *seinen* Händen! Er könnte alles von mir verlangen und ich würde es tun. Selbst wenn das bedeutet, hierzubleiben – bei ihm.

Langsam erholen wir uns, unsere Atmung geht wieder regelmäßig und unsere Herzschläge synchronisieren sich. Bold sinkt zur Seite, sodass wir uns ansehen können und er nur noch halb auf mir liegt.

»Den Sand werden wir nie wieder los.«

Ich breche in Lachen aus. Dieser Satz kam so aus dem Nichts, dass ich darauf keine Antwort weiß. Bold stimmt zwar nicht mit ein, aber sein Mund verzieht sich leicht und die süßen Falten um seine Augen tauchen wieder auf. Ich kann nicht anders, als eine Hand an sein Gesicht zu legen und ihn zu küssen.

Verflucht, ich hab mein Herz an diesen Soldaten verloren, der mein Leben in den Händen hält und es genauso gut beenden könnte. Dennoch ist es passiert und ich bereue es nicht.

»Auf einen Versuch können wir es ankommen lassen. Sonst lebe ich auch gern mit der Erinnerung daran weiter«, murmle ich ihm trunken vor Glück zu.

Ein Mundwinkel zuckt und senkt sich direkt wieder. »Dann lass uns mal unter die Dusche springen.« Bold steht etwas schwerfällig auf, zieht mich dann zu sich hoch und hält mich ganz nah an seiner Seite. Erst jetzt bemerke ich den scharfen Meereswind, der durch die geöffneten Türen dringt und mir eine Gänsehaut verpasst. Es ist merklich kühler geworden. Wie lange waren wir hier zusammen? Ich habe komplett das Gefühl für die Zeit verloren.

Bold schnappt sich noch unsere Sachen und zusammen gehen wir hinüber ins Badezimmer, steigen unter die Dusche und können auch dort die Finger nicht voneinander lassen. Es ist, als hätte der Moment am Strand alles zwischen uns verändert. Er ist nicht mehr zurückhaltend, unterkühlt oder grimmig. Stattdessen lerne ich eine ganz andere Seite an Bold kennen. Eine, die fürsorglich, leidenschaftlich und … ausgehungert ist.

Abends fallen wir früh ins Bett, bekommen aber auch dort nicht genug voneinander. Bold kommt zum zweiten Mal in mir und ich kann mir kein besseres Gefühl vorstellen. Danach liegen wir eng ineinander verschlungen auf dem Bett, saugen den Duft des jeweils anderen ein und schwelgen im Moment. Endlich fühle ich mich sicher und geborgen. Bold löst das in mir aus. Er ist der Grund, warum ich mich nicht mehr vor der Dunkelheit fürchte. Denn er ist mein Licht.

Mitten in der Nacht werde ich aus dem Schlaf gerissen. Glas splittert, laute Stimmen ertönen. Hände packen mich, zerren mich aus dem Bett. Ich schreie auf. Das Licht einer Taschenlampe blendet mich, ein halbes Dutzend weitere huschen durch das nachtschwarze Schlafzimmer.

»Faviola?«

»Bold!«, brülle ich und wende mich seiner Stimme zu, will zu ihm, doch werde zurückgehalten.

»Was …« Weiter kommt Bold nicht. Er kniet auf dem Bett, nackt, wie Gott ihn schuf, und ist genauso verwirrt wie ich. Da sind Männer in seinem Schlafzimmer, Männer in schwarzer Kleidung, mit Stirnlampen und Waffen. Eine wird gerade auf ihn gerichtet, die er nur verwirrt anstarrt. Als er realisiert, was hier passiert, greift er nach dem Lauf, zieht den Mann aufs Bett und verpasst ihm seine Faust ins Gesicht.

Ich werde derweil von einem zweiten Mann gepackt und

immer weiter von Bold weggezerrt. Ich wehre mich, trete um mich und versuche, mich daran zu erinnern, was Bold mir gestern beigebracht hat. Mit den Zähnen beiße ich zu, erwische aber nur Stoff und keine Haut. Meine Handgelenke sind fest umklammert, sodass ich sie kaum lösen, geschweige denn damit jemandem in die Eier schlagen kann.

»Bold! Hilf mir!«, flehe ich. Tränen brennen in meinen Augen. Irgendetwas ist gehörig schief gelaufen.

»Ich komme!« Bold springt vom Bett, verheddert sich dabei im Laken und stürzt beinahe. Sein Straucheln nutzt ein weiterer Eindringling aus, zieht ihm den Griff seiner Waffe über den Schädel, woraufhin er in sich zusammensackt.

»Nein!«, schreie ich laut, winde mich stärker in der Umklammerung. Ich versuche, einen Blick auf die Situation zu erhaschen, werde aber auf die Veranda gezerrt. »Nein, tut ihm nicht weh! Er hat damit nichts zu tun!«, schreie ich. Auch wenn ich nicht weiß, wen ich da eigentlich vor mir habe. Es könnten Vaters aber auch Fernández' Männer sein. Beide Seiten wollen mich in ihrer Gewalt.

Einer der Männer steht über Bold, sieht auf ihn herab. Dieser rührt sich nicht, liegt leblos auf dem Boden. Ist er etwa tot? Ich schluchze laut, gebe den Widerstand auf und lasse mich fortbringen. Mein Herz zersplittert in tausend Teile, dabei habe ich es doch gerade erst an Bold verschenkt.

Ich werde in einen Wagen gesetzt, jemand drückt mir eine Decke an die Brust, woraufhin ich erst realisiere, dass ich noch immer nackt bin. Bold und ich haben es nicht für nötig befunden, uns etwas für die Nacht anzuziehen. Nun bereue ich es. Ich presse das Stück Stoff wie einen Rettungsanker an meine Brust, schlinge es um meine Schultern und versuche, das Klappern meiner Zähne zu unterdrücken. Mir ist kalt und gleichzeitig habe ich schreckliche Angst.

Die Fahrt bekomme ich kaum mit. Ich klammere mich mit beiden Händen an meiner Kette fest, fahre die Konturen des Kreuzes nach und schicke ab und an ein Stoßgebet gen Himmel. Meine Gedanken sind einzig bei Bold. Ich fürchte, dass sie ihn getötet haben. Er lag bewusst- und regungslos auf dem Boden, der Schlag gegen seinen Kopf muss heftig gewesen sein. Sonst wäre er nicht sofort zusammengesackt. Eigentlich ist er hart im Nehmen, zumindest habe ich ihn so erlebt. Das macht mir die Ausweglosigkeit der Situation nur bewusster.

Als mich die ersten Sonnenstrahlen in die Augen stechen, finde ich wieder zu mir. Ich schaue aus dem Fenster, doch hier sieht es aus wie überall sonst auf der Insel. Ich könnte nicht sagen, ob wir uns auf deren Ost- oder Westseite befinden. Ein Haus taucht vor uns auf, auf das der Wagen zuhält.

Verstohlen mustere ich die Männer im Wageninneren. Sie alle tragen Masken, sodass ich ihre Gesichter nicht erkennen kann. Auch ihre schwarze Kleidung gibt mir keinen Anhaltspunkt darauf, für wen sie arbeiten oder wo sie mich hinbringen.

Vor dem Haus hält das Fahrzeug an. Das Gebäude ist groß, mindestens drei Stockwerke hoch und mutet wie auch Vaters Heim einem Herrenhaus an. Die Männer steigen aus und die Tür neben mir wird aufgerissen. Sofort beschleunigt sich mein Herzschlag und ich krieche auf dem Sitzpolster zurück. Der Kerl ist anscheinend keiner der geduldigen Sorte, sodass er mich einfach packt und nach draußen zerrt. Dabei verliere ich die Decke und stolpere nackt ein paar Schritte vorwärts.

Lachen dringt an mein Ohr und ich bedecke beschämt meine Brüste und den Schritt mit jeweils einer Hand. Die Decke wird mir zugeworfen, die ich mir an den Körper presse. Doch ich werde wieder an beiden Armen gepackt, sodass ich mich nicht einmal vollständig bedecken kann. Die Männer zerren mich am Haus vorbei zu einem kleinen Hintereingang, der in den Keller zu führen scheint. Ein Mann geht voran, dann ziehen und schieben mich die anderen beiden hinterher. Der Boden fühlt sich unter meinen nackten Sohlen kalt und rau an, als wäre er grob aus dem Stein gehauen. Im Inneren ist es schrecklich kalt, weshalb ich augenblicklich zu zittern anfange.

Ein paar Biegungen werde ich weitergeschleift, bevor wir vor einem Raum halten. Ich werde hineingeschubst und finde mich einer Gruppe Männer gegenüber. Das Deckenlicht verhindert einen direkten Blick auf ihre Gesichter, da sie im Schatten stehen. Zitternd und bebend drücke ich noch immer die Decke an meine Brust. Mein ganzer Körper schlottert, ich stehe unter Schock und gleichzeitig schießt Angst kalt durch meine Adern.

Ein Mann tritt vor, das Licht fällt hart von oben auf sein Gesicht.

»Jemand sollte meiner Nichte etwas zum Anziehen bringen«, spricht er mit tiefer Stimme.

»Onkel«, keuche ich. Er hat mich gefunden. Jetzt ist es aus.

KAPITEL 20

Bold

Mein Schädel brummt. Mir tut alles weh. In meinen Adern brennt es, meine Füße kribbeln und ich spüre meine Hände nicht. Ein Stöhnen entkommt meinen Lippen. Ganz langsam stemme ich mich vom Boden ab, alles um mich herum dreht sich. Mir ist speiübel und ich habe das Gefühl, gleich kotzen zu müssen. Galle kommt mir hoch, die ich vehement hinunterschlucke.

Ich hebe den Kopf, Licht dringt durch die Fenster, das mir wie Nadeln in die Augen sticht. Irgendwo in der Nähe vibriert etwas. Mein Handy? Ich habe keine Ahnung. Mein Kopf dröhnt so sehr, als hätte ich den Kater meines Lebens.

Als ich mich vollständig aufgerichtet habe, falle ich mit einem Keuchen gegen eine Schranktür. Ich liege nackt auf dem Boden, warum liege ich hier? Ich reibe mir den Hinterkopf, ein Brennen lässt mich zischend die Luft einsaugen. Getrocknetes Blut klebt in meinen Haaren, selbst auf meinen Fingerspitzen sind noch Spuren davon zu erkennen.

»Verdammte Scheiße!«, fluche ich, als mir alles wieder einfällt.

Da waren Männer, die Faviola gepackt haben. Sie hat geschrien. Meinen Namen gerufen. Ich habe gekämpft, einen Kerl niedergeschlagen, aber den anderen nicht gesehen. Er hat mir etwas über den Schädel gezogen und mir die Lichter ausgeknipst. Sie haben sie mitgenommen!

Das Vibrieren setzt erneut ein und ich suche nach dessen Quelle. Es ist tatsächlich mein Smartphone, das sich auf meinem Nachttisch befindet. Ich quäle mich auf alle viere und krabble entwürdigt hinüber, um danach zu greifen. Erschöpft lasse ich mich wieder an den Schrank zurückfallen, halte die Augen geschlossen, um mich nicht übergeben zu müssen. Erst dann kann ich auf das Display schauen und sehe meine schlimmste Befürchtung bestätigt.

»Ja?«, krächze ich in den Hörer.

»Por el diablo, ¿dónde está mi hija? ¿Adónde la llevaste?« Rodriguez' Stimme überschlägt sich, sodass ich seine Flüche kaum verstehe. Außerdem schafft es mein matschiger Schädel zuerst nicht, seine Worte auf Deutsch zu übersetzen. »Bold! Reden Sie gefälligst! Wo ist meine Tochter?!«

Ich reibe mir über die Stirn, habe die Augen wieder geschlossen. »Scheiße! Was wollen Sie von mir hören? Dass ich versagt habe?« Wut kocht in mir hoch, nicht nur auf die Männer, die Faviola mitgenommen haben, sondern auch auf mich. Es war meine Aufgabe, sie zu beschützen. Sie hat mir vertraut. Und ich habe sie enttäuscht, sie verraten.

»Sie verstehen wohl den Ernst der Lage nicht! Fernández hat meine Tochter!«, brüllt er mir durch das Telefon entgegen. »Auch wenn er ihr Onkel ist, wird er nicht zimperlich mit ihr umgehen.«

»Moment, ihr Onkel?« Ich horche etwas verspätet auf, öffne die Augen und starre ins Leere.

»Ja, Julio Fernández ist ihr Onkel. Ist das noch relevant?« Er schnauft so animalisch, dass es mich an einen Stier erinnert. »Aber das ist jetzt egal, er hat einen Krieg heraufbeschworen. Ich werde ihn dafür bezahlen lassen, meine Faviola entführt zu haben. Und Sie können sich gleich auch schon mal von Ihrem Kopf verabschieden.« In seiner Stimme schwingt so viel Gift mit, dass ich es förmlich durch meine Adern kriechen spüre.

»Wieso sollte ihr Onkel sie entführen?« Mein Kopf ist aufgrund des Schlags noch immer etwas langsam, weshalb ich nur verzögert auf seine Aussagen reagieren kann. Das scheint ihn richtig wütend zu machen, denn seine Atmung wird immer lauter und hektischer.

»Verdammt! Konzentrieren Sie sich, Mann!«

»Sie haben mir verheimlicht, dass Fernández ihr Onkel ist, wieso?« Da ist doch etwas faul, das begreife ich trotz meines matschigen Hirns.

Erneut tönt ein Schnaufen durch das Telefon, er scheint sich etwas abreagiert zu haben. »Weil es keine Rolle spielt. Er ist nur angeheiratet, der Bruder ihrer Mutter. Unsere Familien hatten ein Abkommen, das durch meine Heirat besiegelt worden ist. Damals wusste ich aber noch nicht, dass Faviolas Mutter psychisch instabil ist und sich irgendwann vom Balkon stürzen würde. Damit war die Vereinbarung hinfällig.«

»Wollen Sie damit sagen, dass Faviolas Mutter und somit Faviola selbst nur ein Handel waren?« Faviola hatte mir von ihrem Onkel erzählt, der alle Habseligkeit ihrer Mutter nach ihrem Tod mitgenommen hat. So wie es klang, hat also Fernández seine Schwester für einen Deal verkauft, damit zwischen den beiden Familien Frieden herrscht. Nach ihrem Tod wurde die Situation unruhiger, aber warum hat sie sich ausgerechnet vor ein paar Wochen so verschärft?

»Pah!«, stößt er aus. »Was wissen Sie schon? So werden Geschäfte auf Kuba gemacht.«

»Sie verdammtes Arschloch!« Mir entkommt ein hartes Lachen. Das kann doch nicht sein Ernst sein!

»Wagen Sie es nicht, so mit mir zu reden!«, brüllt er durchs Telefon.

»Sie reden von Faviola wie von einer Ware. Haben Sie kein Fünkchen Liebe für Ihre eigene Tochter übrig?«

»Sie wissen gar nichts über mich! Oder über die Beziehung zu meiner Tochter«, fährt er mich an.

»Damit mögen Sie vielleicht recht haben. Aber im Gegensatz zu Ihnen kümmere ich mich um Ihre Tochter. Wohingegen Sie sich nur Sorgen um Ihre Geschäfte machen!«

»Sie ...« Rodriguez bricht ab, atmet hörbar wütend die Luft aus. »Sie haben mit meiner Tochter geschlafen! Sie verdammter Hund! Das werden Sie nicht überleben!« Seine Stimme ist voller Wut und Hass.

Verdammt! Er hat es erraten und weiß jetzt über uns Bescheid.

»Was haben Sie mit ihr gemacht? Sie vergewaltigt? Ihr Lügenmärchen erzählt?« Er verfällt förmlich in eine Raserei.

»So etwas würde ich ihr niemals antun! Und dass Sie glauben, alles wäre von mir ausgegangen, verrät nur, wie wenig *Sie* Ihre Tochter kennen!« Ich merke, wie ich mich mit jedem weiteren Satz mehr in die Scheiße reite. Dabei steht Faviolas Leben auf dem Spiel!

»Was wollen Sie damit andeuten?«, tönt es abfällig aus dem Hörer.

Ich erhebe mich, laufe unruhig auf und ab. Ich brauche mehr Informationen, muss handeln. Plötzlich finde ich mich auf Knien im Wohnbereich wieder. Meine Hand hat bereits die Platten zur Seite geschoben und ich gebe gerade den Code für den Safe ein. Schon bei meinem Einzug muss ich instinktiv gewusst haben, dass der Tag kommen würde, an dem es sich lohnt, hier rundum ausgestattet zu sein.

»Dass Sie ein verdammt mieser Vater sind, der sich einen Scheißdreck um seine Tochter schert.«

»Treiben Sie es nicht auf die Spitze, Bold!«

»Wieso? Sie wollen mich ohnehin tot sehen.« Ich greife derweil nach meinen Waffen, hole neben der Munition auch Granaten und Sprengstoff – einige Blöcke C4 – heraus. Dabei fällt mein Blick auf Faviolas Pass. Mein Magen zieht sich zusammen. Hätte ich sie doch gehen lassen, als ich die Chance dazu hatte. Jetzt ist es zu spät und sie schwebt in Lebensgefahr.

»Damit haben Sie allerdings recht, denn ich kann es kaum erwarten, Ihnen eine Kugel in den Schädel zu jagen.« Seine Stimme ist schneidend wie Stahl und kalt wie Eis. Ich kann den Blutdurst heraushören und weiß, dass er sich nicht nur gegen mich richtet – dabei bin ich nicht der wahre Feind.

»Sparen Sie sich das für später. Ich werde vorerst das zu Ende bringen, was ich angefangen habe«, schnauze ich ihn an. Ich verliere die Geduld. Wie lange bin ich ohnmächtig gewesen, wie spät ist es, wie lange telefonieren wir schon? Wieso war er bisher untätig? Ich kann keine dieser Fragen beantworten und weiß doch mit Sicherheit, dass ich handeln muss, und zwar jetzt!

»Und das wäre?«

»Ich werde Faviola zurückholen.« Ich lege meine Ausrüstung auf dem Boden ab, schließe den Safe, aber spare es mir, die Fußbodenplatten zurückzulegen.

»Ha? Sie? Allein? Sie glauben doch nicht wirklich, dass ich Sie auf meine Tochter loslasse, nach dem, was Sie sich alles geleistet haben.« Rodriguez klingt nicht nur gehässig, auch eine gewisse Prise Arroganz schwingt in seiner Stimme mit.

»Mir ist egal, was Sie erlauben und was nicht. *Ich* werde Faviola retten. Ich habe schon schwierigere Missionen gemeistert. Das wird ein Kinderspiel!« Ich gehe hinüber ins Schlafzimmer und reiße die ganz äußere linke Tür meines Kleiderschrankes auf. Dort habe ich meine weitere Ausrüstung verstaut. Den Feldanzug durfte ich nach meinem Austritt nicht behalten, nur die militärische Uniform für offizielle Anlässe hat man mir mit nach Hause gegeben. Aber ganz ohne meine Ausrüstung habe ich mich unvollständig gefühlt, als wäre ein Teil von mir verschwunden. Daher habe ich mir über einen amerikanischen Onlineshop stichfeste Hosen und Oberteile gekauft, genauso wie mehrere Schutzwesten. Sie sind alle noch unbenutzt, da ich bisher keine Gelegenheit hatte, sie zu tragen. Doch das wird sich nun ändern. Ich sammle die Kleidung zusammen und werfe sie aufs Bett.

»Glauben Sie wirklich, ich lasse Sie jetzt noch ziehen? Sie haben versagt, Bold! Sie sind ein toter Mann!«

»Dann haben Sie ja nichts zu verlieren.« Ich klemme mir das Handy zwischen Schulter und Ohr, um mir Shorts und darüber die stichfeste Hose in schwarzer Tarnoptik anzuziehen.

»Sie werden erschossen, bevor Sie auch nur das Grundstück betreten.«

»Eine Aufgabe weniger, die Sie erledigen müssen. Sie

können hier also nur als Gewinner herausgehen. Entweder schaffe ich es, Faviola zurückzuholen mit maximalen Verlusten auf Fernández' Seite. Oder ich werde erschossen, für Sie entsteht kein Schaden und am Ende erledigen Sie dann den Rest.«

Schweigen schlägt mir entgegen, er denkt offensichtlich über meine Worte nach. Mir kommt sein allgemeines Zögern in dieser Sache zugunsten. Er scheint nicht sonderlich erpicht darauf, gegen Fernández vorzugehen, solange Faviola in seiner Gewalt ist. Daher bin ich mir sicher, dass er meinem Vorhaben zustimmen wird. Und wenn nicht, werde ich es trotzdem durchziehen.

Ich nutze den Moment, um das Telefon vom Ohr zu nehmen, den Lautsprecher anzustellen und es aufs Bett zu legen. So kann ich mir erst ein Shirt und dann das stichsichere Oberteil anziehen, dessen Ärmel ebenfalls in schwarzer Tarnoptik gehalten sind, während das Mittelstück schwarz ist. Ich ziehe meine Marken hervor und mustere sie. Vielleicht werden sie heute zum Einsatz kommen, um meine Leiche zu identifizieren. Der Gedanke löst bei mir nichts aus, nur Resignation. Schnell stopfe ich die Dogtags unter das stichsichere Oberteil. Die Schutzweste ziehe ich darüber, zurre sie fest, dann folgt die taktische Weste, bei der ich die Munition in die dafür vorgesehenen Taschen stecke.

»Ich gebe Ihnen nur diese einzige Chance, Ihren Fehler wiedergutzumachen. Vielleicht überlege ich es mir dann anders und lasse Sie doch leben«, zischt er zwischen aufeinandergepressten Zähnen hervor. »Sollten Sie erfolgreich sein, werde ich Ihnen womöglich verzeihen. Aber sollten Sie etwas Dummes tun und zum Beispiel fliehen, seien Sie sich gewiss, dass meine Männer nur darauf warten, auf Sie zu schießen.«

»Jawohl!« Ich schnalle mir den Gürtel um, in dem ich die

Granaten und meine Waffen verstauen kann. Außerdem schlinge ich mir noch ein Holster um den Oberschenkel, in dem ich ebenfalls eine Waffe verstaue – davon kann man in solchen Situationen nie genug haben. Zum Schluss schlüpfe ich in meine Swat Boots, ziehe die Reißverschlüsse hoch und prüfe den Sitz, indem ich mehrmals mit dem Fuß aufstampfe.

»Sollten Sie gefangen genommen werden …«

»Werde ich kein Wort sagen«, beende ich seinen Satz.

Rodriguez schweigt, bevor er erneut ansetzt: »Sollte Fernández meiner Tochter etwas angetan haben, werde ich Ihnen das Gleiche antun, nur schlimmer.«

»So verstanden!« Ich trete zurück an meinen Schrank, schiebe alle Kleidung auf der Stange zur Seite, sodass ein Tastenfeld auftaucht. Hier gebe ich einen achtstelligen Code ein, woraufhin sich die Tür mit einem Piepen entriegelt. Aus dem zweiten, wesentlich größeren Waffenschrank hole ich mein Scharfschützengewehr hervor, eine G22, wie Rodriguez sie besitzt. Ich packe sie in die dafür vorgesehene Tasche, die ich ebenfalls in dem Safe aufbewahre. Die anderen Waffen, die ich nicht am Körper tragen kann, sowie das C4 lege ich dazu und schließe die Tasche.

»Jetzt muss ich nur noch wissen, wo genau sich Faviola aufhält. Schicken Sie mir ihren Standort.«

Rodriguez am anderen Ende der Leitung zögert. Dabei sollte ihm genauso wie mir bewusst sein, dass die Uhr tickt. Wenn es stimmt, was er gesagt hat, wird Fernández keine Rücksicht auf die Tatsache nehmen, dass Faviola seine Nichte ist, sondern sie wie eine normale Geisel behandeln – oder sogar schlimmer. Ich will nicht wissen, was das bedeutet. »Nun geben Sie mir schon den Standort«, brülle ich ihn an. »Sie tracken sie doch mit ihrer Kette. Also schicken Sie ihn mir! Ich habe keine Zeit zu verlieren.« Ich schultere die

Tasche, stapfe hinüber ins Wohnzimmer und lege sie dort auf der Couch ab. »Rodriguez! Wenn ich Ihre Tochter heil nach Hause bringen soll, muss ich genau wissen, wo sie sich aufhält!« Ich kann den bedrohlichen Unterton in meiner Stimme nicht vermeiden. Vermutlich passt es ihm nicht, wie ich mit ihm spreche. Dennoch schluckt er anscheinend jede spitze Erwiderung herunter.

»Schön! Ich schicke ihnen den Zugang zu der App, dann können Sie ihren Live-Standort verfolgen.«

»Endlich!«, zische ich. Das hat lange genug gedauert.

»Bold, Ihnen sollte klar sein, dass er sie gegen mich benutzen wird, egal ob sie seine Nichte ist oder nicht. Sie dürfen es nicht so weit kommen lassen!« Es klingt fast so, als würde er sich wahrhaftig Sorgen um sie machen, nur ist mir klar, dass er nur an seine Geschäfte denkt.

»Oder gegen mich«, murmle ich. Ich habe den Fehler begangen, sie zu nah an mich heranzulassen. Sie ist mir unter die Haut gegangen und ... bedeutet mir etwas.

Schwach, das macht mich schwach.

Aber ich darf nicht länger schwach sein! Faviola schwebt in Lebensgefahr und braucht mich. Ich muss sie zurückholen, sie beschützen. Ich muss stark sein. Ich werde für sie stark sein!

»Denken Sie dran, vierundzwanzig Stunden. Dann werde ich meine Männer schicken, die jeden töten, der ihnen unter die Nase kommt. Also auch Sie!«

»Keine Sorge, ich werde erfolgreich sein.« Mit diesen Worten lege ich auf und starre auf das Display in Erwartung einer Nachricht. Kurze Zeit später bekomme ich einen Link über SMS, auf den ich tippe. Nach wenigen Klicks habe ich die App runtergeladen und alle wichtigen Daten eingegeben. Ein kleiner roter Punkt blinkt auf, der sich auf der östlichen

Seite der Insel befindet. Aus dem Gedächtnis rufe ich mir die Karte aus Rodriguez' Keller ab. Faviola befindet sich demnach genau dort, wo Fernández' Hauptsitz ist.

Die Adresse gebe ich direkt in meinem Navigationssystem auf dem Handy ein. Es spuckt mir eine Fahrzeit von drei Stunden aus. Ich sauge die Luft tief in die Lunge und stoße sie kontrolliert wieder aus. Das ist eine lange Fahrt, aber genug Zeit, um mir einen Plan zu überlegen.

Mein Handy vibriert, als mich eine weitere Nachricht erreicht.

> Sorgen Sie dafür, dass Fernández es bereut,
> meine Tochter mit hineingezogen zu haben!

Rodriguez und ich sind da wohl das erste Mal einer Meinung. Genau aus diesem Grund schleppe ich das C4 mit, denn mittlerweile nehme ich die Sache persönlich. Wer mich in meinem eigenen Haus angreift und überfällt, hat nichts anderes als den Tod und die Vernichtung verdient.

Gerade, als ich meine Tasche schultern will, fällt mir etwas ein. Ich gehe zurück ins Schlafzimmer, wühle in meinem Schrank, bis ich gefunden habe, was ich gesucht habe: meine Sturmmaske. Ich stopfe sie in eine Tasche an meiner Hose, schnappe mir nun endlich mein Gepäck und verlasse mein Haus. Die Tür ziehe ich fest hinter mir zu. Mein Herz schlägt hart gegen meine Brust, als ich mich frage, ob ich mein Strandhaus jemals wieder betreten werde. Entweder gehe ich als Sieger mit Faviola an meiner Seite aus der Sache heraus oder finde mich unter der Erde wieder.

Mit dem Gedanken an den bevorstehenden Kampf und die Sorge um Faviola gehe ich zum Jeep. Das wird hart. Hoffentlich komme ich nicht zu spät, um das Schlimmste zu verhindern.

KAPITEL 21

Faviola

Zitternd und bebend sitze ich auf dem Metallstuhl in einem nasskalten Keller. Seit Stunden werde ich in diesem Verhörraum festgehalten, sodass ich gar nicht mehr sagen kann, wie spät es ist. Vor mir befindet sich ein rostiger Tisch, hinter dem mein Onkel Platz genommen hat. Nur eine einzige Lampe hängt direkt über uns, erzeugt einen Kegel aus Licht, lässt alles Weitere in tiefer Schwärze. Dennoch weiß ich, dass wir allein sind. Julio hat seine Männer hinausgeschickt, nachdem mir jemand einen muffigen Pullover und eine ausgeleierte Jogginghose gegeben hat, in die ich nicht schnell genug hineinschlüpfen konnte. Trotz des Stoffs auf meiner Haut friere ich, was auch von der Angst herrühren kann.

Ich halte den Blick gesenkt, versuche, das Klappern meiner Zähne zu unterdrücken, um seinen Unmut nicht auf mich zu laden. Er sitzt nun schon mehrere Minuten dort und schweigt mich einfach an. Je mehr Zeit verstreicht, desto größer wird meine Panik. Mit Julio hatte ich nie viel Kontakt.

Trotz unseres Verwandtschaftsgrades gehörte er schon immer der rivalisierenden Gruppe an, mit der wir trotz des Friedensabkommens lieber auf Abstand blieben. Zumindest hat mir das Vater so beigebracht. Und selbst meine Mutter war nicht sonderlich erpicht darauf, ihren Bruder regelmäßig zu sehen. Beim jährlichen Familientreffen zum Tag der Toten war ihr Lächeln aufgesetzt und sie zuckte bei jedem lauten Lachen seitens Julio zusammen. Ich war vielleicht jung, aber nicht blind. Selbst ich habe gesehen, dass sie Angst vor ihm hatte.

Ein Geräusch lässt mich erschrocken den Blick heben. Julio hat sich auf seinem Stuhl nach vorn gelehnt und stützt seine Ellenbogen auf dem Tisch ab. Das Kinn vergräbt er zwischen den gefalteten Händen, mit einer hochgehobenen Augenbraue und einem verkniffenen Mund starrt er mich nieder.

Mich packt ein Schauder, den ich nicht unterdrücken kann. Mein ganzer Körper schüttelt sich und ich beiße mir auf die Unterlippe. Ich halte seinem Blick nicht mehr stand, senke daher den Kopf und schaue meinen Fingern dabei zu, wie sie zittrig an einem Faden des Pullovers herumfummeln.

»Du siehst aus wie sie.« Seine Stimme ist wie ein gefährliches Donnergrollen, das sich mir die Haare im Nacken aufstellen lässt.

Ich weiß, wen er meint, weshalb ich schweige. Mich schmerzt es nach wie vor, an meine Mutter zu denken. Ihr plötzlicher Verlust hat mein kleines Ich völlig zerstört, das bis heute nicht heilen konnte. Das kann ich erst, wenn ich nicht mehr in *seiner* Reichweite bin.

»Es ist, als würde sie direkt vor mir sitzen. Als wäre sie von den Toten wiederauferstanden.«

Eine Träne bahnt sich ihren Weg aus meinem Augenwinkel. Er soll aufhören, von Mutter zu sprechen! Er soll einfach den Mund halten!

»Es ist wahrlich erstaunlich.«

Ich schluchze laut auf, kann den Gefühlscocktail in meiner Brust nicht mehr zurückhalten. Er bricht aus mir heraus, dicke Tränen kullern meine Wangen hinab und benetzen den Pullover. Ich ringe die Hände, um mich wieder unter Kontrolle zu bringen, doch es nützt nichts. Julio steht auf, was mich erschrocken aufschreien und zurückzucken lässt. Beinahe verliere ich mit dem Stuhl das Gleichgewicht, kann es gerade noch so verhindern, dass ich nicht hintenüberfalle.

Julio kommt um den Tisch herum zu mir, packt mein Kinn und zwingt mich dazu, ihm in die Augen zu sehen. Das Licht der Deckenlampe blendet mich, weshalb ich verzweifelt blinzle und meinen Onkel nur verschwommen sehen kann.

»Selbst die Augen hast du von ihr.« Er lässt mich genauso ruckartig los, wie er mich gepackt hat.

Dort, wo seine Finger meine Haut berührt haben, brennt es wie tausend Feuer. Ich reibe mir darüber, versuche, das Gefühl wegzuwischen. Doch es bleibt hartnäckig, genauso wie das Gefühl, in der Falle zu sitzen.

Mein Onkel lässt sich wieder auf dem Stuhl vor mir nieder, lehnt sich weit zurück und streckt die Beine aus. Ich schiele zu ihm, mustere seine kurzen braunen Haare, den Schnauzer und den weichen Zug um seinen Mund. Er sieht ganz anders aus als mein Vater, hat zwar denselben Teint, aber im Gegensatz zu meinem Vater macht Julio äußerlich einen sympathischen ersten Eindruck. Wenn man nicht gerade von ihm in einem Keller gefangen gehalten werden würde.

»Das wird es mir nicht leichter machen.«

Die Bedeutung seiner Worte erreicht mich zu spät. Ich hebe den Kopf, reiße die Augen erschrocken auf. »Was hast du mit mir vor?«, flüstere ich, aus Angst, dass meine laute Stimme seinen Zorn erregen könnte.

Julio legt den Kopf schief, reibt sich über den Schnauzer auf der Oberlippe. »Vorerst noch nichts. Was später kommt, hängt davon ab, ob dein Vater kooperiert.« Er hebt seinen Arm und blickt auf die Uhr daran. »Jetzt wäre doch ein perfekter Moment, um ihn anzurufen.« Mit einem Grinsen, das jungenhaft wirkt, zieht er sein Smartphone aus der Hose und tippt darauf herum. Nur einen Moment später legt er es auf den Tisch, um es mir zuzuschieben. »Na los, ruf ihn an!« Er lächelt mich fast zärtlich an, doch ich weiß, dass es nur Fassade ist.

Meine Hände zittern, als ich sie voneinander löse und langsam nach dem Telefon greife. Kurz bevor ich es berühre, sehe ich zu meinem Onkel auf, um sicherzugehen, dass ich das tue, was er will. Er nickt mir ermutigend zu, lehnt sich daraufhin wieder im Stuhl zurück. Ich brauche mehrere Versuche, bevor ich das Handy endlich in den Händen halte. Eine Nummer steht auf dem Bildschirm, ich erkenne sie als die meines Vaters. Ich tippe auf den grünen Hörer und hebe das Handy an mein Ohr.

»Faviola!« Julio beugt sich vor, sieht mich eindringlich an. »Mach den Lautsprecher an!«

Sofort senke ich das Telefon und tippe auf das Lautsprechersymbol. Kurz darauf ertönt das Freizeichen und erfüllt den ganzen Raum. Es hallt gespenstisch von den nackten Wänden der Zelle wider, mischt sich unter das stetige Tropfen von Wasser.

Jemand hebt ab. »Was willst du, Bastard!?«, knurrt die Stimme meines Vaters durch den Hörer.

Sofort entkommt mir ein Schluchzer. Ich kann nicht sagen, ob aus Erleichterung darüber, seine Stimme zu hören, oder aus Verzweiflung, weil ich weiß, dass ich hier sterben werde. »Papa«, stammle ich unter Tränen. Meine Stimme bebt sehr und ich schniefe, sodass ich kaum einen ganzen Satz herausbekommen werde.

»*Mi corazón,* geht es dir gut? Hat er dich verletzt?« Augenblicklich klingt seine Stimme weicher, auch wenn ich keine Liebe heraushören kann. Denn das tut er nicht, noch immer nicht. Er liebt mich nicht. Deshalb bin ich mir sicher, dass ich hier sterben werde. Weil es niemanden auf der Welt gibt, der um mich kämpfen wird.

»M-mir geht es g-gut. Ich b-bin hier in eine Art K-keller …«

»Das ist genug.« Julio unterbricht mich, schnappt sich das Telefon vom Tisch, schaltet den Lautsprecher aus und legt es sich ans Ohr. Im selben Moment steht er auf und beginnt durch den Raum zu tigern. »Hallo, Maceo. Schön, mal wieder von dir zu hören. Wie laufen die Geschäfte?« Aus jedem seiner Worte trieft der Hohn, er tastet meinen Vater verbal ab, schaut, wie weit er gehen kann.

»Um Faviola musst du dir keine Sorgen machen, sie ist bei mir sicher. Du hättest nicht so unvorsichtig sein und sie mit einem *Gringo* allein lassen dürfen. Die sind nicht vertrauenswürdig, das solltest du doch wissen.«

»Bold«, flüstere ich seinen Namen. In meinem Kopf spielt sich die Szene in Dauerschleife ab, wie ihm der Soldat mit dem Griff der Waffe einen über den Schädel zieht und er daraufhin bewusstlos zu Boden sackt. Mein Herz ist zerrissen, eine Träne läuft meine Nase hinab. Ich fürchte mich davor, zu fragen, was mit ihm passiert ist. Ob er noch lebt. Ich will nicht nachhaken, weil ich glaube, dass ich die Wahrheit nicht verkraften würde.

»Nun reg dich nicht so auf, das ist nicht gut für deinen Blutdruck.« Onkel Julio spielt mit meinem Vater, reizt ihn. Damit begibt er sich auf dünnes Eis. Die Antwort meines Vaters kann ich nicht wortwörtlich verstehen, doch sein Brüllen bis hierher hören.

Julio läuft weiter auf und ab, hält sich dabei in der Nähe der Tür auf. Er lacht hämisch, fast schon triumphierend. Ich bekomme es immer mehr mit der Angst zu tun.

»Du kennst meine Forderungen! Halt dich aus meinem Gebiet raus. Da du aber scheinbar kein Interesse daran hast, unser altes Abkommen wiederaufleben zu lassen, verlange ich nun mehr.« Eine Eiseskälte hält Einzug in Julios Stimme. Ich hebe den Kopf und kann ein Glimmen in seinen Augen erkennen, das sicher nicht nur von der Deckenlampe herrührt.

»Ich will dein Gebiet an der Südküste! Alles von Artemisa bis Güines. Ich will, dass du dich zurückziehst, deine Männer zurückbeorderst und mir dort nicht in die Quere kommst.« Es folgt kurzes Schweigen, in dem ich nur Vaters aufgebrachte Stimme vernehme. Julio lacht erneut, als würde er sich über den Wutanfall eines kleinen Jungen lustig machen. Er spielt wirklich mit dem Feuer. Sollte meine Entführung für meinen Vater noch nicht Grund genug gewesen sein – wovon ich traurigerweise ausgehe –, in den offenen Krieg zu ziehen, so sind es Julios Sticheleien bestimmt.

»Du kannst es dir ja noch überlegen, solange bleibt deine süße Tochter bei mir und meinen Männern. Ich gebe dir bis heute Abend acht Uhr Zeit, über meinen Vorschlag nachzudenken, dann solltest du eine Entscheidung getroffen haben.« Mein Vater setzt gewiss zu einer Antwort an, doch Julio hat schon aufgelegt.

Ich muss schlucken, senke den Kopf. Die Situation eskaliert. Vorher hätten wir nach einem kurzen Geiselaustausch womöglich alle wieder friedlich nach Hause zurückkehren und jeder seinen Geschäften nachgehen können. Doch Julio hat mit seinen Worten meinen Vater bloßgestellt, was dieser sich niemals gefallen lassen wird. Er wird sicher nach Blut trachten.

Vielleicht mache ich mir damit auch nur selbst etwas vor. Vater würde niemals sein südliches Gebiet abgeben, denn von dort schmuggelt er die Drogen und Waffen aus Venezuela, um sie dann an der nördlichen Küste in Boote verladen und in die USA verschiffen zu lassen, wo er sie teuer weiterverkauft. Ich bin ihm niemals so viel wert, das aufzugeben. Meine Hoffnung, hier lebend herauszukommen, schwindet immer weiter.

»Dein Vater ist leider nicht sehr erpicht darauf, dich wiederzubekommen.« Seine Worte verpassen meinem Herz einen Stich. Es sollte mich nicht so stark tangieren, dennoch tut es weh.

»Das habe ich befürchtet«, flüstere ich. Langsam hebe ich den Kopf, erblicke die Silhouette meines Onkels vor der Tür, die sich gräulich vor der restlichen Wand abhebt. »Was wirst du jetzt mit mir machen?« Eigentlich will ich die Antwort nicht wissen, trotzdem brauche ich Gewissheit.

Er schweigt einen Moment, bevor er dreimal gegen das Metall der Tür klopft. »Vorerst bringe ich dich in einem anderen Raum unter und warte ab, was dein Vater tut. Dann sehen wir weiter.« Die Tür wird geöffnet und er tritt hinaus.

»Onkel«, rufe ich ihm mit schriller Stimme hinterher. Ich

kann die Angst nicht länger unterdrücken. Sie bricht aus mir heraus, lässt mich noch schlimmer schlottern als vorher. »Bitte! Lass mich gehen.« Erneut brennen meine Augen, doch dieses Mal dränge ich die Tränen erfolgreich zurück.

Julio dreht sich zu mir um, ich kann sein Gesicht nicht sehen, aber hoffe, dass er die Verzweiflung auf meinem erkennt. Ich ziehe meine Unterlippe zwischen die Zähne, vergrabe meine Hände in den Ärmeln des Pullovers.

»W-wir finden sicher eine Einigung. Ich m-mache dir k-keinen Ärger. Lass mich einfach g-gehen und ich verschwinde von der Insel.« Das war sowieso mein Plan, der nun in immer weitere Ferne rückt.

Mein Onkel schweigt, was ich als gutes Zeichen werte, daher stehe ich auf und versuche, einen flehenden Ausdruck aufzusetzen. »Bitte«, wispere ich ein weiteres Mal.

»Geleitet meine Nichte in ihre Zelle. Sie wird uns noch etwas länger Gesellschaft leisten.«

»Nein! Onkel! Bitte!«, schreie ich, mache einen Schritt auf ihn zu, aber da drängen sich schon zwei Männer zu mir in den Raum, packen meine Arme und schleifen mich mit sich.

Ich wehre mich, strample und schreie mir die Lunge aus dem Leib. In meinem Kopf herrscht ein Chaos, das ich nicht sortieren kann. Bolds kleine Verteidigungseinheit ist wie weggeblasen, ich weiß nichts mehr. Die Panik schnürt mir die Kehle zu, engt mich ein und macht mich blind für meine Umgebung. Doch alles Kämpfen nützt nichts, ich werde grob weitergezogen, einen dunklen Gang entlang, in dem nur spärliches Licht herrscht.

Irgendwann bleiben wir vor einer offenen Tür stehen, ich schlage noch immer wild um mich, will mich befreien. Keine Sekunde später lassen sie mich endlich los, nur um mich in den Raum zu schubsen. Ich stolpere vorwärts, falle auf die

Hände. Meine Haut platzt auf, die Knie treffen hart auf den Boden. Schmerz blendet mich, lässt mich einen stummen Schrei ausstoßen.

Ein lauter Knall hinter mir verkündet, dass die Tür zugezogen worden ist. Ein weiteres Geräusch, dass sie verschlossen wird.

»Nein«, keuche ich, springe auf die Füße, ignoriere dabei meine pochenden Handinnenflächen und drehe mich zur Tür um. »Lasst mich raus! Bitte! Sperrt mich nicht ein! Ich tue alles, was ihr wollt! Bitte! Tut mir das nicht an!« Ich schluchze, weine, heule mir die Seele aus dem Leib. Das hier ist noch schlimmer als Vaters Bestrafungen.

Zu Anfang schreie ich noch laut, will ihre Aufmerksamkeit und ihr Mitleid erregen. Doch je länger ich brülle, desto mehr verlässt mich die Kraft. Meine Stimme bricht, flüsternd stoße ich mein Flehen aus, bis ich nicht mehr kann. In meinem Zimmer habe ich mich zumindest zu jeder Zeit sicher gefühlt. Hier bin ich nur einen Schritt von einer ausgewachsenen Panikattacke entfernt. Sie droht mich zu überrollen, drückt mir den Brustkorb zu. Ich schlinge die Arme um mich, drehe mich um und rutsche mit dem Rücken gegen die Tür zu Boden. Die Tränen kann ich nicht mehr zurückhalten, auch nicht das Wimmern. Ich lasse alles fließen, verliere mich in der Hoffnungslosigkeit. Niemand ist hier, dem ich etwas bedeute. Niemand ist hier, um mich zu retten. Ich bin ganz allein.

Es dauert mehrere Minuten, bis ich mich so weit beruhigt habe, um wieder zu Atem zu kommen. Ich keuche und schniefe nur noch, während mein Herz weiterhin Marathon läuft. Langsam werde ich mir meiner Umgebung bewusst. Der Raum ist nicht besonders groß und wird von einem Metallgestell dominiert. Auf dem Bett befindet sich eine

Matratze, die ihre besten Tage bereits hinter sich hat. Rechts an der Wand entdecke ich ein Klo, das wie aus einem Knastfilm wirkt. Aber immerhin gibt es eins und ich muss mich nicht in einen Eimer erleichtern.

Meine Beine sind Wackelpudding, als ich mich auf die Füße kämpfe. Ich schlurfe zum Bett hinüber, halte mich am Gestell fest, da ich sonst wieder zu Boden sinken würde. Auf der Matratze liegt eine Decke. Ich ergreife sie, schlage sie mehrmals auf. Staub erfüllt die Luft, lässt mich husten. Aber bis auf das scheint sie sauber zu sein. Daher schlinge ich sie um meine Schultern, krabble aufs Bett und setze mich im Schneidersitz in dessen Mitte. Meinen Blick richte ich auf die Tür. Ich weiß, Julio wird kommen. Die Frage ist nur, wann.

Alle Hoffnung verlässt mich. Mein Onkel hat ein Herz aus Stein, genau wie mein Vater. Niemand interessiert sich wirklich für mich, jeder nutzt mich nur für seine Zwecke aus. Genau wie sie es bei Mutter getan haben. Ich bin nur ein Spielball, den sie hin und her werfen. Keiner ist für mich da. Keiner schert sich um mich, und stärker als jemals zuvor packt mich die Dunkelheit, zieht mich in ihre Schwärze und flüstert mir zu, dass dort alles besser sein wird. Sie umgarnt mich, hüllt mich ein, bis ich ihr glaube. Die Wände des Raumes rücken in weite Ferne, das Neonlicht der Deckenlampe verschwindet und plötzlich sind da nur noch ich und das Ende. Der Tod ruft mit seiner süßen Stimme nach mir. Sie klingt nach meiner Mutter. Hat sie sie auch gehört, kurz bevor sie gesprungen ist? Es ist nicht wichtig und gleichzeitig wüsste ich es gern.

Ich bin gefangen in der Dunkelheit, habe mein Licht verloren. Bin erneut eingesperrt. Es gibt nur einen Ausweg. Und der ängstigt mich noch mehr als alles andere.

KAPITEL 22

Bold

Ich liege im Dreck, habe mich zwischen zwei üppige und tiefhängende Bäume gekauert und beobachte von hier aus Fernández' Haus. Es war erschreckend einfach, auf das Grundstück zu kommen. Im Gegensatz zu Rodriguez' Anwesen gibt es hier kein massives Tor und keine Mauer, sondern nur einen Maschendrahtzaun mit Stacheln. Löcher hineinzuschneiden war kein Kunststück. Dafür hat Fernández aber mehr Wachpersonal, das in regelmäßigen Abständen patrouilliert und mir das Weiterkommen erschwerte. Außerdem stieg damit das Risiko, dass mein Eindringen zu früh bemerkt wird. Sicher sind hier alle nach der Entführung und dem offenen Angriff gegen Rodriguez nun besonders auf der Hut. Das ist für mich – neben Rodriguez' Ultimatum – ein Grund mehr, mich zu beeilen.

Mein Scharfschützengewehr ruht auf dem Boden vor mir und ich schaue durch das Zielfernrohr zum Haus. Ich zähle die Männer auf dem Flachdach: vier. Zumindest auf dieser Seite. Es könnten noch mehr auf der anderen sein. Die

Wachen sind immer dieselben, weshalb ich davon ausgehe, dass sie nur einen kleinen Teil ablaufen und dann wieder umkehren. Das ist schlau und macht es potenziellen Eindringlingen wie mir schwierig, ungesehen weiter vorzudringen. Der einzige Vorteil, den ich habe, ist, dass hier recht viele Büsche und Bäume wachsen. Früher oder später werde ich meine Deckung allerdings verlassen müssen, um die restlichen Meter zum Haus zurückzulegen. Ich vermute, dass Faviola entweder im oberen Stockwerk oder im Keller festgehalten wird. Mein erstes Ziel wird also sein, herauszufinden, wo genau sie sich befindet, und so viele Männer wie möglich vorher auszuschalten. Was im Klartext bedeutet, dass ich jeden abknallen werde, der mir vor die Flinte läuft.

Mit dem Zielfernrohr wandere ich hinab, um einen Blick auf den Eingang zu werfen. Er ist ebenerdig, doppeltürig und zwei Männer in Anzügen haben dort Position bezogen. Sie tragen ihre Maschinenpistolen ganz offen, damit sie im Falle eines Angriffes direkt schießen können. Ich schwenke zur Seite, werfe einen Blick durch eins der Fenster. Dahinter rührt sich nichts und aufgrund des Stands der Sonne reflektiert die Scheibe so stark, dass ich nur Teile eines Bücherregals erkennen kann. Ich wandere in den ersten Stock, erhasche dort einen Blick auf einen Mann – ebenfalls im Anzug –, der eine Hand ans Ohr legt und vermutlich gerade über Funk mit jemandem spricht.

Das wird es mir ebenfalls schwierig machen, das Überraschungsmoment zu nutzen. Sie kommunizieren anscheinend regelmäßig miteinander und wenn jemand nicht sofort wie gewohnt antwortet, werden alle Alarm schlagen. Daher muss ich innerhalb kürzester Zeit so viele Männer ausschalten, wie ich kann. Danach wäre es gut, für Verwirrung zu sorgen, vielleicht mit einer Explosion? Genug C4 hätte ich bei mir, obwohl ich damit eher etwas anderes im Sinn hatte.

Die Maske juckt an meiner Nase, weshalb ich mir darüber reibe. Dabei rinnt mir Schweiß in die Augen und verwischt die Tarnfarbe, die ich mir auf die Augenpartien geschmiert habe. Ich fluche leise, wische mit dem Ärmel meines Langarmshirts übers Gesicht und versuche so, das Schlimmste zu beheben. Es ist einfach viel zu warm für so viel Kleidung. Nur ist sie für einen nächtlichen Angriff unerlässlich.

Ich warte, bis der Abend weiter vorangeschritten ist und ein Wechsel des Wachpersonals stattfindet. Dabei versuche ich mir genau einzuprägen, wie viele Männer es sind. Ich zähle knapp zwanzig. Das sind die, die ich sehen kann. Auf der anderen Seite des Geländes befinden sich sicher noch einmal so viele und insgesamt auf dem gesamten Grundstück schätzungsweise über vierzig, vielleicht eher fünfzig. Alles Ziele, die es auszuschalten gilt.

»Das wird eine verdammt anstrengende Nacht«, stelle ich brummend fest.

Jedoch habe ich mir das selbst zuzuschreiben. Hätte ich konzentrierter gearbeitet – und mich nicht von der Kleinen ablenken lassen –, wäre es sicher niemals so weit gekommen. Dann säße Faviola bei mir zu Hause, so wie es vorgesehen war, und Rodriguez und Fernández hätten ihre Streitigkeiten selbst beigelegt – egal wie. Stattdessen wurde sie von einem herzlosen Arschloch zum anderen gereicht und schmort erneut in irgendeinem Loch mit vermutlich weniger Annehmlichkeiten, als ihr Zuhause ihr bieten würde.

Etwas vibriert in meiner Hose und ich zucke zusammen. Dabei nehme ich das Auge vom Fernrohr und muss mehrmals blinzeln, weil alles verschwommen aussieht. Ich krame das

Handy aus meiner Hosentasche hervor, fluche dabei leise und stelle es direkt lautlos. Es war nur eine Nachricht, die eingegangen ist. Natürlich ist sie von Rodriguez.

Ich erwarte einen Statusbericht.

Ich kann ein genervtes Knurren nicht unterdrücken. Dieser Mann geht mir gehörig auf den Sack. Anstatt selbst aktiv zu werden, um seine Tochter zu retten, drangsaliert er mich lieber. Ich will eine Antwort tippen, bin jedoch mit den Handschuhen nicht besonders geschickt. Daher ziehe ich sie mir mit den Zähnen aus und werfe sie vor mir in den Sand. So schnell ich kann, schicke ich eine Nachricht zurück.

Habe mich vorm Haus postiert. Warte auf den Einbruch der Nacht.

Als ich das Telefon wieder verstauen will, blinkt das Display auf und kündigt erneut eine neue Nachricht an.

Sehen Sie zu, dass Sie meine Tochter da rausholen! Sie haben nur noch zwanzig Stunden.

Der Wichser nimmt es aber verdammt genau. Ich spare mir lieber eine Erwiderung, um nicht ausfallend zu werden. Statt es in die Gesäßtasche zu stecken, schiebe ich das Handy in meine Schutzweste. Wer weiß, ob es nicht vielleicht nützlich werden könnte. Danach ziehe ich meine Handschuhe wieder an, widme mich dem Zielfernrohr und beobachte meine Feinde aus der Ferne. Je mehr ich über sie und ihre Bewegungen weiß, desto größer ist der Vorteil, den ich ihnen gegenüber aufbauen kann.

Derweil ergänze ich die Karte in meinem Kopf um weitere Parameter: Das Haus hat nur einen Haupteingang.

Dieser ist stark bewacht und zur Südseite gelegen. Dennoch laufen immer wieder Männer an der Ostseite entlang und transportieren etwas von A nach B. Vermutlich holen sie Munition und Waffen aus den Autos und schaffen sie ins Haus, um sich auf einen Angriff vorzubereiten – es muss also auch einen Eingang dort geben. Prinzipiell bedeuten mehr Waffen und Ausrüstung auch ein größeres Risiko für mich. Dennoch bin ich im Vorteil: Sie erwarten nicht, dass ich allein komme, und werden mich daher unterschätzen. Sobald ihnen klar wird, dass nur ein Mann ihnen Schwierigkeiten bereitet, werden sie übermütig und unvorsichtig werden. Genau dann werde ich zuschlagen und sie ausschalten. Es heißt entweder sie oder ich. Und ich habe nicht vor, als Verlierer aus der Sache hervorzugehen. Ich bin zu weit in meinem Leben gekommen, um vor solchen Hosenscheißern zu Kreuze zu kriechen. Außerdem braucht mich Faviola mehr als jeder andere Mensch auf dieser Welt. Sie zählt auf mich.

Während die Sonne immer tiefer sinkt, bereite ich mich vor. Im Schatten der Bäume bleibe ich unbemerkt, verteile ein paar Blöcke Sprengstoff in der näheren Umgebung und stecke mir meine Munition in die taktische Weste. Ich werde die Tasche zwar mitnehmen, aber sie nicht im Gefecht durchwühlen können. Sie hier draußen liegen lassen, ist allerdings auch nicht möglich, da sie sonst gefunden werden könnte. Ich muss einfach hoffen, dass mich das zusätzliche Gepäck im Kampf nicht behindern wird.

Die letzten Sonnenstrahlen schicken ihr Licht und ihre Wärme gen Erde. Alles ist in Orange und Rot getaucht, es wirkt fast friedlich, würde ich nicht schwerbewaffnet auf dem Boden liegen und nur darauf warten, dass der erste Schuss fällt. Ich harre noch etwas aus, bis die Sonne so tief steht, dass sie die Männer am Haus blendet. Ich habe mich perfekt in südlicher Richtung positioniert, wodurch sie es schwer haben werden, meine Schüsse gleich zu orten.

Ich werde bis zehn zählen und dann den ersten Schuss abgeben.

Eins.

Die Wachen auf dem Dach sehen sich um, scheinen noch keinen Verdacht zu schöpfen.

Zwei.

Auch die bewaffneten Männer am Haupteingang ahnen nichts von der drohenden Gefahr, lachen stattdessen und schlagen sich gegenseitig auf die Schultern.

Drei.

Die letzte Kiste wird vom Auto zum Hintereingang getragen, die Tür wird zugeschlagen. Den Knall kann ich bis hierher hören.

Vier.

Zurück schwenken zu den Männern auf dem Dach. Sie werden als Erste fallen.

Fünf.

Ich atme durch die Nase ein, sauge dabei den Stoff der Maske an und habe den Geruch von Zimt in der Nase, was unmöglich sein müsste.

Sechs.

Mein Herzschlag beruhigt sich, schlägt in einem regelmäßigen und kräftigen Takt.

Sieben.

Ich wähle mein erstes Ziel aus. Mittvierziger, ein etwas dicklicher Kerl in einem dunkelblauen Anzug. Seine Krawatte hat er geöffnet und sich locker um den Hals gelegt.

Acht.

Seine Stirn befindet sich direkt in meinem Fadenkreuz.

Neun.

Ich entsichere die Waffe, lege einen behandschuhten Finger auf den Abzug und atme ein letztes Mal tief durch. Gleich muss alles schnell gehen.

Zehn.

Ich drücke ab, der Knall hallt laut auf der Ebene wider, der Rückstoß trifft meine Schulter. Bevor die Kerle checken, was gerade passiert, erledige ich den zweiten Mann auf dem Dach, der gerade noch ein verwirrtes Gesicht ziehen kann, bevor eine rote Spur aus Blut seine Stirn ziert. Typ drei und vier kommen angerannt, sehen sich hektisch um. Drei weitere Schüsse später liegen sie zusammen mit ihren Kollegen tot auf dem Dach.

Ich warte eine Sekunde ab, ob noch weitere Männer auftauchen. Genau wie ich es vermutet habe, kommen von der anderen Seite des Flachdaches weitere Soldaten angerannt. Ich zähle drei und schieße kurz hintereinander. Mein Magazin ist leer, ich muss es wechseln. Erst dann widme ich mich den Männern am Haupteingang. Alle sehen angestrengt in meine Richtung, halten sich eine Hand an die Augen und rufen hektisch durcheinander. Die Sonne steht so tief, dass sie sicher keinen vernünftigen Blick auf mich erlangen. Ich nutze den Moment der Verwirrung und knalle die beiden Typen am Eingang ab. Sie sacken in sich zusammen und hinterlassen dunkle Sprenkel an der Wand und auf dem Holz der Tür.

Stimmen werden lauter, sie kommen näher. Ich hebe den Kopf, blinzle, um schnell einen klaren Blick zu bekommen, und sehe mich um. Die patrouillierenden Wachen in einiger Entfernung deuten in meine Richtung, aber scheinen mich noch nicht entdeckt zu haben. Sie nähern sich meiner Position.

Zeit, abzuhauen.

Ich lasse mein Gewehr liegen, was mir schwerfällt. Aber ich kann es nicht auch noch transportieren und muss einfach hoffen, dass es versteckt in den Büschen den folgenden Kampf unbeschadet übersteht.

Geduckt renne ich von Baum zu Baum, halte mich dabei immer im Schatten und achte darauf, dass die Sonne zu meiner Rechten ist. So sollte mich niemand bemerken, bis es zu spät ist.

»Ich habe da drüben etwas gesehen!«, schreit jemand.

Sofort bleibe ich stehen, ducke mich und ziehe mich hinter eine kleine Gruppe aus Palmen zurück. Die Stimmen kommen näher, auch ihre Schritte werden immer lauter. Ganz langsam greife ich an mein Holster am Bein, ziehe meine Waffe heraus und entsichere sie. Das Klicken klingt viel zu laut in meinen Ohren, zu meinem Glück scheinen es die Männer nicht gehört zu haben. Sie gehen an mir vorbei, wie ich mit zusammengekniffenen Augen beobachte. Als sie außer Hörweite sind, renne ich weiter. Ich muss noch mindestens hundert Meter weit kommen; hechte durch das Unterholz, husche von Baum zu Baum und ducke mich auf freien Flächen. Als ich weit genug gekommen bin, hocke ich mich hinter einen Baum, lehne mich mit dem Rücken daran und ziehe aus meiner taktischen Weste einen Sprengzünder hervor. Im selben Atemzug halte ich mir die Ohren zu. Kaum habe ich den Knopf gedrückt, explodieren wenige hundert Meter entfernt die von mir platzierten Sprengladungen. Staub wirbelt auf, Gebrüll wird laut und jemand schreit aus Leibeskräften. Denjenigen scheint es hart erwischt zu haben, aber es ist keine Zeit für Mitleid. Die Explosion sollte für genug Chaos gesorgt haben, damit ich nun leichtes Spiel habe.

Ich stehe auf, drehe mich Richtung Haus und gehe mit ausgestreckter Waffe los. Wie ich es geplant hatte, befinden sich die meisten Männer inzwischen an meinem früheren Standort in einiger Entfernung. Fünf Kerle sehen sich alarmiert um, haben die Maschinenpistolen hoch erhoben. Nur sieht keiner von ihnen in meine Richtung.

Das ist für mich der perfekte Moment, um noch mehr von ihnen zu erledigen, daher eröffne ich das Feuer. Der erste Typ geht zu Boden, hält sich das Knie und sein Geschrei mischt sich unter das Winseln des Schwerverletzten. Es dauert nur wenige Sekunden, bis mich die anderen Wachen entdeckt haben. Allerdings habe ich bis dahin einen zweiten Kerl erwischt und mein Magazin ausgetauscht. Sie eröffnen nun ebenfalls das Feuer, was mich zum Rennen zwingt.

Ich halte auf die Fahrzeuge zu, die auf der rechten Seite vor dem Haus parken. Sand spritzt dort, wo die Kugeln auf den Boden treffen. Haarscharf geht eine Salve an mir vorbei, die Körnchen brennen in meinen Augen und machen mir das Sehen schwer. Zum Glück schaffe ich es rechtzeitig hinter ein Auto, wo ich keuchend in die Knie gehe. Ich checke kurz, ob mit meiner Tasche alles okay ist. Es wäre fatal, wenn sie jemand treffen würde. Zum Glück sieht alles gut aus, ein Grund, um erst einmal aufzuatmen.

Lange werden sie mir die kleine Atempause nicht gönnen, weshalb ich schnell das halbleere Magazin wechsle und eine zweite Waffe zur Hand nehme. Ich stecke sie vorerst in die Öffnung meiner Weste auf Höhe des Brustmuskels und schnappe mir eine Granate aus dem Gürtel. Durch die Maske ziehe ich mit den Zähnen den Stift heraus, werfe sie weit hinter das Fahrzeug und greife direkt zur Waffe.

Ich richte mich auf, gehe mehrere Schritte an den drei parkenden Wagen vorbei, höre noch die panischen Warnrufe, bevor die Granate in die Luft geht. Sie wirbelt erneut einen staubigen Nebel auf, der die noch stehenden Männer zum Husten bringt. Zwei Kerle, die der Granate zu nah waren, wurden von den Füßen gerissen und verschwinden im Dunst. Auf die noch stehenden Typen ziele ich und schieße abwechselnd mit beiden Pistolen auf sie. Ich treffe den ersten. Aufgrund der eintretenden Schüsse wird sein Körper hin und her gerissen, Blut spritzt und er sackt nach hinten um. Der nächste Kerl hat mich entdeckt, richtet seine Maschinenpistole auf mich, ist aber zu langsam. Mehrere Kugeln treffen ihn in die Brust, sein weißes Hemd färbt sich rot.

Der Kugelhagel stoppt, Stille kehrt ein. Ich bin fast am Haupteingang. Doch ich traue dem Frieden nicht. Daher halte ich meinen Blick auf den Dunst gerichtet, der sich nur langsam legt. Nun befinde ich mich in Blickrichtung Süden und habe selbst mit der Sonne zu kämpfen. Sie ist schon fast verschwunden, dennoch blendet sie mich. Ich hätte doch etwas länger warten sollen, bevor ich die Schlacht eröffne.

Die Erkenntnis kommt mir leider etwas zu spät. Gewehrkugeln schlagen unvermittelt in der Wand hinter mir ein, nähern sich mir. Ich habe keine andere Wahl, als mit einem Hechtsprung zur Seite auszuweichen. Ich knalle hart mit der Schulter auf den Boden, die Luft wird aus meiner Lunge gepresst, dennoch habe ich in der nächsten Sekunde meine Waffen wieder erhoben und ziele in den Nebel. Ich sehe eine Bewegung und ziele darauf. Ein Schrei ertönt, ein Körper fällt zu Boden. Weitere Schüsse fallen nicht. Schnell rapple ich mich auf, ignoriere dabei das Pochen in meiner linken Körperhälfte.

Es sind nur noch wenige Schritte bis zum Hauseingang.

Davor liegen die zwei toten Wachen, die ich bereits mit dem Scharfschützengewehr ausgeschaltet habe. Einem von ihnen nehme ich seine Maschinenpistole ab, stecke dafür meine Waffen zurück ins Holster. Bevor ich ins Innere vordringe, sehe ich mich draußen noch einmal um. Es scheint vorerst keine weitere Gefahr zu drohen.

Ich konzentriere mich wieder auf die Doppeltüren, hebe die Waffe und entsichere sie. Mit der freien Hand drücke ich die Klinke der rechten Hälfte herunter, öffne die Tür. Tiefe Schwärze herrscht im Inneren, macht mir das Sehen schwer. Ich wechsle von der einen zur anderen Seite. Der Moment hat ausgereicht, um einen Blick hineinzuwerfen: Es scheint kein Feind direkt hinter der Tür zu warten. Daher sehe ich mich ein letztes Mal um und betrete die Höhle des Löwen.

KAPITEL 23
Faviola

Ich kann nicht sagen, wie lange ich schon in dieser Zelle gefangen gehalten werde. Ich weiß nur, dass ich schrecklich friere, mir die Decke immer enger um den Körper schlinge und mich irgendwann versuche, möglichst eng zu einer Kugel zusammenzurollen. Ich habe das Zeitgefühl verloren und döse immer wieder weg, nur für ein paar Minuten – oder sind es Stunden? Keine Ahnung.

Irgendwann bekomme ich Hunger, schließlich habe ich seit gestern nichts gegessen und es muss jetzt mindestens Mittag sein, wenn nicht sogar schon später Nachmittag. Vielleicht sogar später. Doch niemand kommt. Ich halte die Kälte nicht mehr aus und laufe, um mich zu wärmen, auf und ab. Leider drückt auch meine Blase nach einem halben Tag in Gefangenschaft. Ich ekle mich vor dem Klo und gleichzeitig ist es die einzige Chance, mich zu erleichtern. Als der Druck so schlimm wird, dass ich fürchte, mir in die Hosen zu machen, nutze ich es dennoch. Während ich über der Schüssel hocke, sehe ich mich im Zimmer um. Ich entdecke in einer Ecke eine Kamera, die rot blickt. Ein Schauer packt mich. Wer mir da wohl gerade zusieht?

Es gibt kein Klopapier, aber was soll ich machen? Schnell, damit ein eventueller Spanner nichts zu sehen bekommt, ziehe ich die Hose hoch und schlinge die Decke wieder um mich. Ich betätige die Spülung und bin froh, dass sie funktioniert.

Der Tag schreitet weiter voran und zum Hunger gesellt sich mittlerweile auch Durst. Wo ist mein Onkel? Seine Männer? Ich höre hier nichts, was vermutlich einfach daran liegt, dass ich mich unter der Erde befinde und mich eine Metalltür von der Außenwelt trennt.

Als ich es nicht mehr aushalte, klopfe ich laut gegen die Tür. »Onkel Julio! Ich habe Durst! Gibt es hier nichts zu trinken?«, rufe ich, so laut ich kann. Darauf folgt keine Reaktion, weshalb ich noch einmal laut hinterhersetze: »Hallo? Ist da jemand? Die Gefangene hat Hunger!«

Ich lege ein Ohr an die Tür und lausche. Leider ist es dahinter genauso still wie vorher. Enttäuscht seufze ich und löse mich von ihr. Gerade als ich mich abwenden möchte, vernehme ich ein Kratzen von der anderen Seite. Der Riegel wird zurückgezogen.

Erschrocken stolpere ich einen Schritt zurück, stoße im nächsten Moment mit dem Bettgestell zusammen. Die Tür wird nach außen geöffnet und ein Mann erscheint im Rahmen. Er trägt ein schwarzes Langarmshirt, schwarze Jeans und Sportschuhe. Sein Gesicht ist eine neutrale Maske, aus der ich nichts lesen kann.

»I-ich habe Hunger und Durst. K-könnte ich bitte etwas zu trinken und zu essen haben?«, frage ich mit bebender Stimme. Der Mut, der mich dazu gebracht hat, an die Tür zu klopfen, hat mich verlassen. Ich bekomme es stattdessen mit der Angst zu tun, da ich nicht weiß, was die Wache dazu bewegt hat, die Tür zu öffnen.

Jemand tritt von der Seite in mein Blickfeld und in den Raum. Ich zucke zusammen, erkenne dann aber erleichtert meinen Onkel.

»Julio, ich …«

»Dein Vater ist nicht sonderlich kooperativ«, übergeht er mich einfach und schneidet mir damit das Wort ab.

»Ich …«

»Es scheint ihm nicht besonders viel an deinem Leben zu liegen. Es ist schon nach acht und er hat sich immer noch nicht gemeldet.« Er tritt einen weiteren Schritt auf mich zu, steht nun komplett in der Zelle und nur wenige Zentimeter vor mir. Er ist zwar nur einen halben Kopf größer als ich, dennoch lehne ich mich rücklings über das Bettgestell, um so viel Abstand wie möglich zwischen uns zu bringen.

»Er ist mein Vater«, erwidere ich nur, da ich nicht weiß, was Julio von mir erwartet.

»Dennoch ist er anscheinend nicht gerade erpicht darauf, dich so schnell wie möglich wiederzubekommen.« Er vergräbt seine Hände in den Taschen seiner Anzughose, steht locker vor mir und lächelt mich herzlich an. Es wirkt nicht falsch oder aufgesetzt, dennoch bin ich mir sicher, dass er es nur spielt.

»Er liebt dich nicht, stimmt's? Zumindest nicht so sehr wie seine Macht.« Julio hebt die Hand, streicht mir eine verirrte Träne von der Wange. Er trifft mit jedem seiner Worte genau ins Schwarze, was noch mehr schmerzt, als die Ablehnung meines Vaters direkt zu spüren.

Ich ertrage seine zärtlichen Berührungen, senke die Lider, damit ich seinem Blick nicht begegnen muss, den ich auf meinem Körper spüre.

»Du bist zu einer reifen, jungen Frau herangewachsen. Zumindest das hat der Nichtsnutz hinbekommen.«

Mir gefällt nicht, wo das Ganze hinzuführen scheint. Ich lehne mich noch weiter zurück, sodass das Gestell quietschend verrutscht. Den Blick halte ich weiter gesenkt und wende auch das Gesicht ab. Mir rinnen mittlerweile stumm die Tränen aus den Augen, laufen über Nase und Wangen und tropfen von meinem Kinn.

»Ich fürchte, er wird dich nicht retten.«

Ein Schluchzer entkommt mir, der meine Schultern zum Beben bringt. Damit sehe ich meine schlimmsten Befürchtungen bestätigt.

»Sch, sch«, tröstet mich mein Onkel, zieht mich an seine Brust, wo ich steif erstarre.

Niemand ist für mich da. Niemand liebt mich. Niemand rettet mich. Das wird mir jetzt so schmerzlich bewusst wie niemals zuvor. Früher habe ich den Gedanken daran zumindest verdrängen können, mich in Annehmlichkeiten und Arroganz geflüchtet. Damals hatte ich aber wenigstens noch das Gefühl von Sicherheit. Nun habe ich nichts mehr, nicht einmal mehr seine Schoßhündchen, deren ständige Anwesenheit ich doch immer so sehr gehasst habe.

Julio streichelt mir über das Haar, wiegt mich leicht hin und her. Beinahe wünsche ich mir, ich könnte mich fallenlassen.

»Nicht weinen, jetzt bist du ja bei mir.«

›Als ob das besser wäre‹, denke ich hoffnungslos. Gleichzeitig wecken seine Worte etwas in mir. Ich rücke von ihm ab, um ihm in die Augen zu sehen. Er behält dabei seine Hände auf meinen Schultern. »Wie hast du mich eigentlich gefunden?«, frage ich mit matter Stimme.

Sein Lächeln wird breiter, lässt seinen Schnauzer zucken. »Ach, Schätzchen. Kannst du es dir nicht denken?«

Ich schüttle den Kopf, überlege aber in der nächsten Sekunde. Die letzten Tage war ich nur bei Bold und laut ihm war sein Haus so neu, dass es noch auf keiner Karte verzeichnet war.

»Es war leichtsinnig von deinem Vater, dich aus den Augen zu lassen«, spricht Julio einfach weiter, ohne auf eine Antwort von mir zu warten.

»Er hat mich nicht allein gelassen.«

»Du meinst den *Gringo*?« Julio lacht laut, wirft dabei den Kopf in den Nacken.

»Er ist kein *Gringo*«, murmle ich nur für mich. *Zumindest nicht mehr*.

Mein Onkel sieht mich wieder direkt an. »Deinem Vater hätte klar sein müssen, dass man einem wie ihm nicht trauen kann. Wie sonst habe ich dich so leicht finden können?«

»Du lügst.« Ich erhebe die Stimme, will ihm keinen Glauben schenken. Bold hat mich nicht verraten, das kann nicht sein.

»Ach? Tue ich das?« Er hebt eine Augenbraue. »Hat dir dieser *Gringo* so sehr den Kopf verdreht, dass du nicht mehr klar denken kannst? Was meinst du denn, warum er genau dann auf dich getroffen ist, als du ins Kreuzfeuer geraten bist? Alles bloß ein großer Zufall?«

»Nein, nein! Das ist nicht wahr.« Ich schüttle vehement den Kopf, halte mir die Ohren zu, um nicht länger seine Lügen zu hören. Verzweiflung schnürt mir die Luft ab, das Blut rauscht in meinen Adern und übertönt alles. Das kann nicht sein! Er lügt!

Julio packt meine Handgelenke, zwingt sie hart nach unten, sodass ich seiner Stimme wieder lauschen muss. »Das war alles mein Plan, um an dich heranzukommen. Und dein Vater ist mir direkt in die Falle gegangen. Leichter hätte er es mir wirklich nicht machen können.«

»Nein«, wispere ich. »Deine Männer, sie haben ihn getötet.«

Erneut hebt er eine Augenbraue, lacht daraufhin. »Ach das? Nun ja, er hat später nachverhandeln wollen und eine höhere Summe gefordert. Die war ich nicht bereit, zu zahlen, daher musste er weg.«

Seine Worte bestätigen meine schlimmsten Befürchtungen. Ein Wimmern entkommt mir. »Das heißt, er ist ... tot?« Das letzte Wort kommt als Flüstern über meine Lippen. Mein Blick verschwimmt, heiße Tränen rinnen erneut über meine kalten Wangen.

Julio wischt sie mit beiden Händen weg, umfasst mein Gesicht und zieht es zu seinem heran, bis er meine Stirn mit seiner berührt. »Mach dir keine Hoffnungen, es wird niemand kommen. Du hast nur noch mich.«

Ein Geräusch wie zerbrechendes Glas hallt in meinem Inneren wider. Es rauscht in meinen Ohren und etwas verlässt meinen Körper. Vielleicht meine Hoffnung? Oder meine Seele? Meine Schultern sacken nach vorn, ich habe keine Kraft mehr. Ich kann nicht mehr, ertrage das nicht mehr. Die Dunkelheit holt mich erneut ein, zieht sich immer enger um mich und ummantelt mich wie ein Umhang.

»Ich werde dir helfen, in Ordnung? Aber vorher musst du mir einen Gefallen tun. Wirst du das für mich machen?« Taubheit nimmt von meinem Körper Besitz. Sie zieht sich von meinen Füßen hinauf in den Bauch, kriecht von dort weiter in meine Fingerspitzen, bis ich nichts mehr spüre. Benommen nicke ich. Jetzt ist alles egal.

»Sag mir, wo dein Vater seine Waffen und Drogen hortet. Kennst du seine Verstecke?«

Ich schüttle den Kopf, starre dabei ins Leere. »Er hat mit mir nie darüber gesprochen«, flüstere ich.

»Aber irgendwas musst du doch wissen! Seine Geschäftspartner, Handelswege. Wie schmuggelt er die Ware?« Julios Stimme rückt immer weiter in die Ferne, bis sie vom Schlagen meines Herzens verschluckt wird. Es geht langsam, stockend, als hätte es ebenfalls die Kraft verloren.

Die Ohrfeige erwischt mich heftig. Mein Kopf ruckt zur Seite, ich lege meine Hand auf die brennende Stelle und öffne den Mund weit vor Schock. Der Schmerz zieht sich in der nächsten Sekunde wie Flammen durch meine Wange, explodiert in meinem Schädel. Langsam richte ich mich wieder auf, starre Julio mit großen Augen an.

Das Lächeln ist aus seinem Gesicht gewichen, stattdessen glimmt etwas Bösartiges in seinen Augen auf. »Konzentrier dich! Irgendetwas musst du wissen!«, brüllt er mich an.

»Nein, er ... hat mir in dieser Hinsicht nie zugetraut, Verantwortung zu übernehmen.« Ich kann nichts dagegen machen, dass ich weinerlich klinge. Erneut quellen Tränen aus meinen Augen, wie ein nie enden wollender Strom.

»Ich glaube dir nicht!« Er packt mich fest an den Schultern, gräbt seine Nägel in mein Fleisch. Er schüttelt mich. »Irgendetwas musst du doch wissen, das ich gegen ihn verwenden kann!«

»Nein, ich ...« Meine Zähne schlagen unkontrolliert aufeinander, so heftig schüttelt er mich. Ich schmecke Eisen, Blut benetzt meine Zunge. Der Geschmack füllt meine Mundhöhle. Ich habe mir auf die Wange gebissen.

»Onkel Julio, warum tust du das?« Ich schreie meine

ganze Verzweiflung heraus, schlage ihm einmal auf den Brustkorb und schluchze laut auf.

Eine zweite Ohrfeige erwischt mich, lässt meinen Kopf erneut zur Seite rucken. Ich verliere das Gleichgewicht, stolpere zur Seite und halte mich am Bettpfosten fest. Meine Schultern brennen und beben gleichzeitig, ich habe meine Atmung nicht mehr unter Kontrolle. Sie geht stoßweise, passt sich meinem Wimmern an.

Julio packt mich erneut, ergreift mein Kinn und zwingt somit meinen Kopf in den Nacken. »Verdammt! Bist du denn zu gar nichts zu gebrauchen?«

»Hör auf. Bitte! Was würde Donna dazu sagen, wenn sie wüsste, was du hier tust?«

Mein Onkel lässt mich los, als hätte er sich an mir verbrannt. Die Rückseite seiner Hand erwischt mich kalt, lässt mich nach links stolpern und auf die Knie sinken. Meine Wangen brennen, der Schmerz zieht in meinem Nacken. Die Taubheit ist vertrieben.

»Nimm ihren Namen nicht in den Mund!« Er spuckt neben mich auf den Boden, packt meine Haare, die mir wirr vom Kopf stehen. Grob reißt er daran und ich schreie vor Schmerz auf. »Deine Mutter war genauso starrsinnig wie du, wollte auch nie auf das hören, was ich ihr gesagt habe. Ich dachte, das würde besser werden nach der Hochzeit. Es hieß immer, Maceo hätte eine harte Hand. Offenbar war er bei euch beiden nicht sonderlich erfolgreich.«

Ein Wimmern entkommt mir. Onkel Julio spricht über Mutter so herzlos, dabei war sie seine Schwester. Kann kein Mann in meiner Familie so etwas wie Liebe empfinden? Sind ihre Herzen gefühlskalt und aus Stein?

»Ich werde dir noch Gehorsam beibringen, was dein Vater offensichtlich nicht geschafft hat. Ich aber werde nicht versagen! Es wird Zeit, dass ihr Frauen lernt, wo euer Platz ist.« Mit einem heftigen Ruck nach unten lässt er mich los und ich sacke auf dem Boden zusammen.

Die Kraft hat mich vollständig verlassen, ich kann mich nicht mehr erheben und bleibe ermattet auf dem kalten Boden liegen. Ich spüre, wie durch den dünnen Stoff der Hose und des Pullovers die Kälte erneut in meine Glieder dringt.

»Kümmert euch um sie!« Julio tritt aus der Zelle und stattdessen dringen drei Männer zu mir ein. Sie packen mich, zerren mich aufs Bett. Im Türrahmen kann ich meinen Onkel erkennen, wie er sein Handy aus der Jacketttasche zieht und das Aufnahmelicht angeht. Er scheint alles zu filmen; wie die Männer an mir ziehen.

Im ersten Moment bin ich zu geschockt, um zu verstehen, was hier gerade passiert. Dann ist es schon zu spät. Zwei von den Kerlen umklammern meine Handgelenke, binden sie an den Metallstäben über meinem Kopf fest. Als mir das klar wird, kommt endlich wieder Leben in mich. Ich strample mit den Beinen, trete um mich.

»Nein! Lasst mich los! Julio! Onkel Julio!«, brülle ich und schreie damit um mein Leben.

Eine raue, stinkende Hand legt sich auf meinen Mund, ein hämisch grinsendes Gesicht schiebt sich in mein Blickfeld. »Er wird dir nicht helfen!« Der Typ lacht und hilft seinem Kumpel, meine Beine festzuhalten. Alle drei packen grob zu, sodass ich keine Chance habe.

»Nein!«, kreische ich. Sie dürfen das nicht, können das nicht. *Ich will das nicht.*

Im Augenwinkel erkenne ich, wie jemand an Julio herantritt und ihm etwas ins Ohr flüstert. Dieser wirft erst mir einen erschrockenen Blick zu, dann verändert sich seine

Miene und er sieht seinen Untergebenen finster an. Ohne etwas zu sagen, drückt er dem Neuankömmling das Telefon in die Hand und verschwindet.

»Onkel Julio! Lass mich hier nicht allein! Ich tue alles, was du willst!«

»Dann fangen wir doch gleich hiermit an«, schnurrt einer der Kerle.

Ich blicke ihm wie paralysiert entgegen, kann seine Worte nicht verarbeiten.

Er legt seine schmutzigen Hände um meine Beine, fährt daran herab. Ich strample nun stärker, will ihn loswerden, doch habe keine Chance. Er soll mich nicht berühren, er soll verschwinden und mich in Ruhe lassen. Doch ich bin nicht stark genug, trotz meiner Gegenwehr schaffen es die Männer, meine Beine unter Kontrolle zu halten. Sie spreizen sie, bevor sie ein raues Seil um meine Fußgelenke wickeln und jeweils an den äußeren Pfosten festbinden. Ich hebe den Kopf, sehe ihnen panisch dabei zu. »Hört auf! Was tut ihr da?« Alles Zetern ist sinnlos, sie machen einfach weiter – und der Kerl im Türrahmen filmt alles mit einer Hand im Schritt. Am Ende liege ich bewegungsunfähig auf dem Bett, starre mit verschleiertem Blick an die Decke, um nicht mit ansehen zu müssen, was sie als Nächstes vorhaben. Eine kalte Träne rinnt aus meinem rechten Augenwinkel meine Schläfe hinab. Wäre ich doch einfach gestorben. Niemals geboren. Dann hätte mich das Leben nicht so strafen können.

KAPITEL 24

Bold

Die ersten Schritte ins Haus verlaufen ruhig. Gleich vor mir führen vier Stufen hinauf ins Erdgeschoss. Ich bleibe am Absatz stehen, presse mich gegen die Wand und habe so einen perfekten Blick ins Innere. Ich befinde mich im einer Art Foyer oder Eingangshalle, von der mehrere Gänge in verschiedene Richtungen abgehen. Direkt vor mir befindet sich ein Gang, an dessen Seiten jeweils eine Tür zu sehen ist. Vermutlich führen sie in so etwas wie ein Treppenhaus.

Ich habe die Maschinenpistole noch immer in der Hand, entscheide jedoch, dass sie hier im Inneren zu laut ist. Noch ist niemand zu erkennen, die Wachen scheinen sich noch zu sammeln. Vermutlich wäre es daher schlauer, vorerst leise zu agieren. Aus diesem Grund schlinge ich den Gurt der Waffe um meinen Hals, drehe sie seitlich und ziehe meine Waffe aus dem Oberschenkelholster. Ich habe extra einen Schalldämpfer eingepackt, den ich jetzt aus meiner taktischen Weste ziehe und aufschraube. Nachdem das erledigt ist, entsichere ich die Waffe und lege meinen Finger an den Abzug.

Schritte sind von oben zu hören, sie sind polternd. Dazu gesellen sich laute Stimmen. Könnte das Faviola sein, die mein Vordringen mitbekommen hat und nun versucht, mich auf sich aufmerksam zu machen? Selbst wenn sie es nicht sein sollte, wird die obere Etage mein erster Anlaufpunkt sein.

Ich höre Stimmen von links, es sind mindestens zwei Männer.

»Scheiße, Álvaro meldet sich nicht mehr. Ihn hat es auch erwischt.«

»Der miese rumballernde Wichser wird nicht nur meine Faust zu schmecken bekommen, wenn ich ihn erwische.«

Die Männer scheinen von meiner Anwesenheit im Haus noch nichts bemerkt zu haben, weshalb ich den Moment ausnutze. Ich zücke eine Granate, ziehe durch die Maske den Stift mit dem Mund heraus und spucke ihn aus. Mit einem geübten Wurf befördere ich sie nach links in den Flur, bevor ich mich wieder in den Hauseingang zurückziehe und mir zum Schutz die Ohren zuhalte.

»Granate!«, ruft jemand, was ich trotz der Hände auf meinem Gehörgang vernehmen kann.

Keine Sekunde danach geht sie hoch, lässt die Wände vibrieren und sorgt für ordentlich Staub und Schutt. Bevor sich meine Gegner erneut sammeln können, trete ich ins Foyer. Ein nebliger Dunst liegt in der Luft. Die noch lebenden Männer keuchen und husten – ich stelle fest, dass es fünf sind. Einer ruft um Hilfe, bestimmt, weil ihn ein Granatsplitter oder ein Trümmerteil erwischt hat. Neben ihm liegt sein toter Kumpel. Den drei übrigen verpasse ich eine Kugel.

Ich halte auf die linke Tür zu und öffne sie, nachdem ich

an der Wand daneben eine Ladung Sprengstoff befestigt habe. Wie angenommen, befindet sich hier ein Treppenhaus, das zu einer Galerie direkt über meinem Kopf führt. Aus dem ersten Stock sind noch immer Stimmen zu vernehmen, ich kann aber nicht heraushören, ob Faviolas unter ihnen ist. Während ich zwei Stufen hochgehe, halte ich den Blick auf die Galerie über mir gerichtet. Ich erkenne ein weißes Geländer, zwei Männer rennen gerade hektisch aneinander vorbei. Bevor sie mich bemerken können, schieße ich mehrmals. Ich treffe einen, der andere kann sich gerade noch in Sicherheit bringen. Zu meiner Überraschung nutzen sie ihre bessere Stellung nicht aus. Was für Tölpel.

Ich stecke meine Waffe weg, ziehe dafür die Maschinenpistole wieder hervor und entsichere sie. Keine Ahnung, was mich im ersten Stock erwartet, aber vermutlich brauche ich da ein Werkzeug fürs Grobe.

Um ihnen nicht zu viel Zeit zu geben, sich zu formieren, eile ich bereits die Treppen nach oben, halte mich dabei dicht an die Wand gepresst. Auf der vorletzten Stufe kann ich einen Blick auf einen bewaffneten Mann im Türrahmen erhaschen. Wir eröffnen das Feuer beide gleichzeitig. Kugeln treffen direkt neben meinem Gesicht die Wand und lassen den Putz abplatzen. Etwas trifft mich am Arm, Schmerz flammt auf und ich unterdrücke einen Schrei. Ich ziehe mich zwei Stufen zurück, atme einmal durch. Es brennt unheimlich und zieht bis hinauf in den Kopf. Doch ich habe jetzt keine Zeit für Schwäche, deshalb blende ich den Schmerz aus.

Nachdem ich mich gesammelt habe, überwinde ich die letzten Meter, indem ich mit ratternder Maschinenpistole auf die Tür zu laufe und dem Kerl damit gar keine Chance gebe, aus seinem Versteck zu kommen. Am Zimmer angekommen zücke ich meine Handfeuerwaffe. Die entstehende Feuerpause nutzt mein Gegner, um vorzutreten. Schrecken zeichnet sich auf seinem Gesicht ab, als ich ihm dreimal in die Brust schieße und er nach hinten stolpert. Ohne zu zögern, dringe ich in das Zimmer ein, scanne innerhalb einer Sekunde den Raum. Ein weiterer Mann steht vor einem breiten Pult voller Monitore, hält eine Waffe in der Hand, die er aber hängen lässt. Bevor er den Arm heben kann, knalle ich ihn ab. Sein Blut bespritzt die Bildschirme hinter ihm. Sonst ist niemand mehr hier, auch Faviola nicht. Ich werfe die Maschinenpistole weg, denn das Magazin ist leer, und greife nach der Waffe des am Boden liegenden Typen. Seine Pistole ist noch voll geladen, er muss das Magazin gerade erst gewechselt haben. Danach widme ich mich den Bildschirmen. Es gibt anscheinend Kameras fast im ganzen Haus verteilt, sogar draußen am Zaun. Schon auf den ersten Blick erkenne ich aber, dass es einige tote Winkel gibt. Ich frage mich, warum es noch niemand vor mir geschafft hat, hier einzudringen. Fernandez' Mittel scheinen nicht sonderlich weit zu reichen. Alles wirkt eher in die Jahre gekommen. Selbst die Waffen haben schon bessere Zeiten gesehen. Manche stammen noch aus der Zeit des Kalten Krieges. Wieso Rodriguez sich seinen Erzfeind unter diesen Voraussetzungen bisher noch nicht zur Brust genommen hat, kann ich nicht verstehen. Sicher wäre es ihm ein Leichtes gewesen.

Ich klicke mich etwas durch die Kameras, entdecke dabei eine Tür an der Ostseite des Hauses, die wahrscheinlich hinab zum Keller führt. Davor stehen ein paar liegen gelassene Kisten. Dieser Nebeneingang könnte noch interessant werden. Ich wechsle weiter die Perspektiven, bis ich an einem Bild hängenbleibe. Mein Herz gefriert. Ich erkenne Faviola sofort. Sie trägt schmutzige Kleidung, liegt gefesselt auf einem

Bett in einer Art Kellergewölbe und drei Männer machen sich gerade an ihr zu schaffen. Ein Schauer rinnt mir den Rücken hinab. Ich muss sofort zu ihr, bevor das Unaussprechliche passiert.

Also nutze ich die Kameras, um weitere Orientierung im Haus zu bekommen und einen Überblick darüber, wie viele Männer noch leben. Einige sehe ich bereits vom Gelände fliehen, sie schnappen sich Autos und brausen einfach davon.

So gut es geht, präge ich mir einen Weg zu Faviolas Zelle ein und stelle dabei fest, dass es einen Kellereingang innerhalb des Hauses geben muss. Diesen sollte ich besser finden, denn um den im Osten von draußen zu nutzen, hätte ich kaum Deckung und könnte einfach abgeknallt werden wie ein räudiger Köter. Hoffentlich finde ich den Zugang schnell. Mir wird entgegenkommen, dass hier nur eine geringe Sicherheitsstufe herrscht, es keine digitalen Schlösser, keine elektrisch verschlossenen Türen gibt.

Bevor ich den Kontrollraum verlasse, platziere ich noch einen C4-Block unter dem Schreibtisch. Am Ende soll hier alles in die Luft gehen. Ich kehre zurück ins Treppenhaus und laufe hinunter ins Erdgeschoss. Auch dabei befestige ich eine Ladung Sprengstoff am mittleren Absatz. Unten angekommen horche ich an der Tür, bevor ich sie öffne. Im Foyer scheint alles ruhig, ich frage mich ernsthaft, wo alle sind. Ich hatte vorher um die vierzig Mann geschätzt. Wo sind die? Ich habe nicht einmal die Hälfte von ihnen bisher ausgeschaltet, also bin ich weiterhin in höchster Alarmbereitschaft.

Mit der gezückten Maschinenpistole renne ich weiter vorwärts. Durch das ganze Schießpulver in der Luft brennen meine Augen; ich hätte an eine Schutzbrille denken müssen. So muss ich mehrmals blinzeln, damit ich nicht länger verschwommen sehe. Verdammt, das dauert alles viel zu lang. Ich muss dringend zu Faviola!

Da ich vermute, dass sich im hinteren Bereich des Erdgeschosses der weitere Zugang zum Keller befindet, laufe ich den Gang zwischen den Treppenhäusern entlang. Es ist hier stockdunkel, weshalb ich es doppelt schwer habe, etwas zu erkennen. Ich wische mir mit dem Handschuh über die Augen, verreibe dabei die Tarnfarbe auf meinem Gesicht und mache das Ganze nur noch schlimmer.

Der Gang endet in einer Abzweigung, hier geht es nach links oder rechts. Da ich keine Ahnung habe, in welche Richtung ich zuerst gehen soll, folge ich meinem Instinkt nach rechts. Eine Tür taucht vor mir auf, Licht dringt durch einen Spalt in den Flur. So kann ich einen Blick hineinwerfen und erkenne eine Küche. Keine einzige Person hält sich hier auf, alles wirkt seltsam verwaist. Keine Töpfe auf dem Herd, kein schmutziges Geschirr.

Ich stoße die Tür mit dem Lauf der Waffe auf, dringe in den Raum ein und scanne alles in Sekundenschnelle ab: Niemand ist hier. Erst dann entspanne ich mich, lasse die Waffe kurz sinken und atme tief durch. Ein Pochen an meinem Arm erinnert mich daran, dass ich die Wunde bisher nicht versorgt habe. Blut hat meinen Ärmel durchtränkt, scheint aber nicht mehr aus der Wunde zu dringen. Dennoch sollte ich die Verletzung schnell versorgen, bevor sie mich weiter einschränkt. Ich gehe auf die Kochinsel in der Mitte zu, greife nach dem erstbesten Handtuch, das am Griff des Ofens hängt, und binde es mir um den Arm. Mit den Zähnen ziehe ich es fest, bin in derselben Sekunde froh darüber, auf etwas beißen zu können, da der Schmerz heiß und in Wellen durch meinen Arm pulsiert. Als ich damit endlich fertig bin, lasse ich die Arme schlapp hängen, atme mehrmals hektisch ein und aus, bis ich mich wieder gefangen habe. Erst dann fällt mir eine kleine Holztür auf, die irgendwie fehl am Platz wirkt. Sie ist grob zusammengezimmert, passt nicht zur restlichen Einrichtung. Ich trete auf diese zu, öffne sie mit der linken Hand und ziele mit der anderen ins Innere. Dunkelheit herrscht dort, so dicht, dass ich nichts erkennen kann. Als ich einen Schritt nach vorn mache, bemerke ich zu spät, dass hier eine Treppe ist. Ich versuche, mich am Türrahmen festzuhalten, verliere aber den Halt. Ein Fuß segelt vom Absatz und ich greife um mich, erwische ein Geländer. Mit einem »Uff« kann ich im letzten Moment verhindern, dass ich in die Tiefe stürze. Doch der Ruck lässt den Schmerz in meinem Arm wieder aufflammen, weshalb ich fest die Zähne zusammenbeiße.

»Warum zum Teufel leuchtet der Kerl seine Treppe nicht aus?«, knurre ich. Alles in diesem Haus wirkt falsch. Als hätte Fernández kein Geld, um sich eine vernünftige Ausstattung zu leisten. Dieses Anwesen ist ein krasser Kontrast zu Rodriguez' Herrenhaus. Ist das vielleicht der Grund, warum Fernández ihn offen angreift? Geldprobleme? Erpresst er ihn? Um Lösegeld zu fordern?

Ich schiebe den Gedanken beiseite, denn das ist aktuell nicht wichtig. Faviola dagegen schon, also taste ich mich vorwärts. Die Stufen sind klein und machen es mir mit meinen großen Füßen schwer, Halt zu finden. Irgendwie schaffe ich es halbwegs unbeschadet in den Keller. Hier ist es kälter als oben, es riecht muffig und die Luftfeuchtigkeit ist ungesund hoch. Sicher ist der gesamte Keller mit Schimmel befallen.

Ich bewege mich vorwärts, achte dabei darauf, dass ich immer eine Wand an meiner rechten Schulter spüre. Ich sehe nichts, daher wäre es fatal, hier die Orientierung zu verlieren.

Ich komme an einer Abzweigung an und plötzlich bemerke ich rechts Licht. Ich wende den Kopf in die Richtung, entdecke einen schmalen Gang, der grob ins Gewölbe gehauen ist. Alte Lampen erhellen die Umgebung spärlich, aber halten zumindest die Dunkelheit fern. Ein Schatten kommt auf mich zu. Ich zögere nicht, hebe das Gewehr, warte, bis die Person nahe genug an mich herangekommen ist und ich mehr erkennen kann. Als ich sehe, dass es eine bewaffnete Wache ist, drücke ich ab. Mehrere Schüsse treffen den Kerl in den Oberkörper; die Brust, die Schulter, die Arme. Sein Körper wird hin und her geschleudert. Er stolpert rückwärts. Blut besprenkelt die Wand hinter ihm. Wie ein nasser Sack bricht er zusammen und bleibt tot auf dem Boden liegen. Stimmen ertönen, mischen sich unter das Echo der Schüsse. In meinen Ohren dröhnt es, was es mir schwer macht, zu verstehen, was sie sagen.

Man weiß, dass ich komme. Sie sind gewarnt. Ich muss mich beeilen.

Ich rücke vorwärts. Halte das Maschinengewehr mit beiden Händen, meine Wange ruht an dem Gehäuse und ich schaue durch das Fadenkreuz. Die Stimmen klingen nah, aber das könnte auch an dem Widerhall hier unten liegen. Ich komme an der Biegung an, an der der Söldner verreckt ist. Ohne ihm einen Blick zuzuwerfen, laufe ich den Gang weiter entlang. Plötzlich tut sich vor mir ein großer Raum auf, in dem sich ein halbes Dutzend Männer tummeln. Sie alle zielen mit Waffen auf mich, zögern keine Sekunde und schießen.

Etwas trifft mich am Arm, schleudert mich zurück. Ich eröffne ebenfalls das Feuer, setze gleichzeitig zum Rückzug an. Befehle werden über den Lärm der Waffen hinweg gebrüllt. Ich entdecke einen Kerl im Anzug, der keinen

Finger krumm macht, dafür aber mit wütender Miene herumschreit. Mehrere Schüsse treffen mich im Bauch, pressen mir die Luft aus der Lunge. Ein Mann geht zu Boden, ich habe ihn erwischt.

Heiß bohrt sich eine Kugel in meinen Oberschenkel. Ich schreie vor Schmerz auf, verliere den festen Stand. Die Waffe fällt mir aus der Hand, ich gehe zu Boden. Mein Blut pulsiert, mein Herz rast, mein Atem geht hektisch. Schnell robbe ich um die Kurve, bleibe dort schnaufend und im Schutz liegen. Die Kugeln prasseln auf die Wand ein, lassen kleine Steinsplitter aufspritzen, die mir die Maske zerreißen und sich spitz in meine Haut bohren. Ich kann das Blut spüren, das mir aus Arm und Oberschenkel quillt. Sie haben mich getroffen, mehrmals. *Scheiße*!

KAPITEL 25

Faviola

Die Männer knien alle auf der Matratze, zwei sehen mich aus hungrig glänzenden Augen an. Der dritte macht sich noch an meinen zappelnden Füßen zu schaffen und kontrolliert, ob die Seile um meine Gelenke stramm genug sitzen, damit ich nicht entkomme. Erst danach richtet er den Blick auf mich, derselbe Hunger wie bei den anderen beiden liegt auch in seinen Augen.

Die Angst schießt eiskalt durch meine Adern. Ich traue mich kaum, zu atmen. Ich spanne die Arme an, mein Brustkorb hebt sich flach und hektisch. Verzweifelt versuche ich, die Fesseln zu lösen, ziehe daran, rüttle an den Bettpfosten, aber nichts hilft.

Einer der Männer lacht. »Das wird dir nichts bringen. Aber wehr dich gern weiter, ich steh darauf, wenn sie das tun.«

Seine Worte sind wie Eiswasser, das mich überschüttet und verdeutlicht mir noch einmal, in welcher Lage ich hier stecke.

»Nein, bitte, ihr müsst das nicht tun«, wispere ich. Tränen verschleiern meinen Blick, ich kann nicht mehr klar sehen.

»Du verstehst das falsch: Wir haben uns hierfür freiwillig gemeldet.« Hohn schwingt in der Stimme des Mannes am Fußende mit. Er hat eine Narbe auf der rechten Wange, scheint Mitte vierzig zu sein und hat ein schmieriges Grinsen im Gesicht kleben. Augenblicklich überrollt mich ein Schauer des Ekels. »Hey, hast du auch alles drauf?«, fragt er seinen Kollegen mit dem Handy. »Gut«, knurrt das Narbengesicht animalisch.

Der Mann links von mir stützt sich mit den Händen neben meinem Kopf ab, kommt mir bis auf wenige Zentimeter näher. Ich kann seinen Atem riechen: Er stinkt nach Alkohol, Schweiß und Knoblauch. Angeekelt wende ich das Gesicht ab, kneife die Augen zusammen und wünsche mich woandershin. Leider passt ihm das nicht, er packt mein Kinn und dreht meinen Kopf so, dass ich ihn anblicken muss.

»Dein Pech, dass du nicht sonderlich kooperativ oder nützlich bist. Sonst würde das sicher ganz anders für dich ausgehen.«

Ich spüre Hände an meinem Oberschenkel, jemand fährt daran herunter bis zu meinen Füßen. Mir wird schlecht, Übelkeit kitzelt in meinem Bauch und ich schmecke Galle. Aus einer Kurzschlussreaktion heraus spucke ich dem Mann ins Gesicht. Ich treffe direkt ins Auge.

Langsam erhebt er sich, wischt mit einer Hand den Speichel weg und wirft mir einen Blick zu. Plötzlich liegt so viel Hass in seinen Augen, dass ich den Atem anhalte.

»Du verdammte Schlampe! Du wirst schon sehen, was du davon hast!« Er packt den Pullover, zieht den Saum bis über meine Brüste hinauf. Ich schreie, strample und verkrampfe all meine Gliedmaßen, doch es hilft nichts. Keine Sekunde später ist mein Oberkörper entblößt, der Stoff des Pullovers wird mir übers Gesicht gezogen und ein Teil in den Mund gestopft. Ich kann nichts mehr sehen und spüre nichts als die Kälte auf meiner Haut. Jemand beugt sich über mich, kneift mir in die harte Brustwarze und beißt brutal in die andere. Ich schreie vor Schmerz auf, was durch den Stoffknebel gedämpft wird. Tränen benetzen erneut mein Gesicht. Ich fühle mich hilflos und ausgeliefert.

»Scheiße, sind das geile Titten«, sagt einer der Männer. Eine weitere Hand gesellt sich dazu, streicht über meinen Bauch und greift grob in die Jogginghose. Ich trage keine Unterwäsche, weshalb er direkten Zugang zu meiner intimsten Stelle hat. Das lässt er sich auch nicht entgehen, fährt einmal mit seinen Fingern durch meine Spalte, was mich zusammenzucken lässt. Die Hand verschwindet, er riecht daran. »Geil! Sie ist schon ganz feucht!«

Gelächter hallt von den Wänden wider.

Der Pullover wird mir wieder vom Gesicht gezogen, zwei Männer knien direkt über mir, verdecken das Licht an der Decke und sehen mich aus verzogenen Grimassen an. Es ist wie in einem Horrorfilm.

»Welches Loch willst du?«, fragt der Grabscher den anderen Typen. Er trägt im Gegensatz zu den anderen beiden kein Hemd, sondern nur ein graues Shirt. Tattoos bedecken seine Arme, die ich in einem anderen Moment vermutlich mehr bewundern würde.

»Ich nehm den Mund!« Er senkt den Blick auf mich, zieht seine Mundwinkel hoch zu einem gehässigen Grinsen. »Ich stehe darauf, wenn sie mich ansehen.«

»Ist gut. Ich vergnüge mich dann mit ihren Titten. Vielleicht können wir später tauschen.«

Sie reden über mich wie über einen Gegenstand, dabei bin ich ein Mensch. Habe Gefühle, ein Leben. Wie können sie so grausam sein? Haben sie keine Töchter? Keine Mütter?

»Bitte nicht«, flüstere ich mit letzter Kraft und appelliere an ihr Gewissen. Statt mich endlich zu erhören, öffnet der Shirt-Typ seinen Hosenstall und holt seinen Penis heraus. Ich drehe mein Gesicht weg, werde mich weigern. Erneut ertönt das Geräusch eines Reißverschlusses. Ich schiele nach unten, was ich sofort wieder bereue. Das Narbengesicht krabbelt mit geöffneter Jeans zwischen meine Beine, zieht mir mit einer Hand die Jogginghose herunter und positioniert sich vor mir. Er leckt sich über die Lippen, hat den Blick direkt auf meinen Schritt gerichtet. Hinter ihm steht der Typ mit dem Handy, er hält die Kamera auf mich, grinst dabei gehässig.

Schnell schließe ich die Augen, ich will das alles nicht sehen. Will hier nicht liegen und ihre Berührungen ertragen müssen. Ich will nicht hier sein, nicht leben. Ich will fort. Ich wünsche mir die Dunkelheit herbei.

Als hätte sie mich erhört, wird alles hinter meinen Lidern schwarz. Selbst als ich sie öffne, ist mein Blickfeld nur noch eine Stecknadel groß. Trotz meines eingeschränkten Sehsinns kann ich alles spüren, was sie mit meinem Körper machen.

Narbentyp versucht, sich zwischen meine Beine zu drängen, doch ihm ist der Stoff der Hose immer wieder im Weg. Shirt-Typ hat sich ein Büschel meiner Haare geschnappt und scheint damit über seinen Penis zu reiben. Der letzte im Bunde grabscht an meinen Titten herum, während er sich einen runterholt. Ich kann ihren Atem hören, das Keuchen und unterdrücktes Stöhnen. Ich ekle mich, will das nicht spüren, nicht hier sein.

Ein weiteres Mal kommt mir die Dunkelheit zu Hilfe, woraufhin sich eine Taubheit in meinem Körper ausbreitet.

Sie beginnt in den Zehen, sodass ich irgendwann Narbengesichts Finger auf meiner Haut und in meinem Schritt nicht mehr spüre. Sie setzt sich weiter über meinen Bauch hinweg, sodass ich nicht einmal mehr die Kälte der Umgebung wahrnehme. Am Ende bleibt nur das Gefühl einer einzigen Träne, die über meine linke Wange rinnt. Alles ist ausgeblendet, stattdessen bin ich im Garten bei meiner Mutter. Wenn es ihr besser ging, war sie immer gern dort und hat unter den Palmen und den Dattelbäumen gesessen. Meistens hat sie gelesen, aber manchmal auch einfach nur in die Ferne geschaut. Genau dort bin ich jetzt, spüre die Sonne auf meiner Haut, den lauen Wind in meinen Haaren und kann die Vögel zwitschern hören. Ich bin frei, mein Vater kann mich nicht kontrollieren, mir nicht vorschreiben, was ich tragen soll, wie ich mich zu benehmen und was zu sagen habe.

Schnaufen dringt an mein Ohr, doch ich ignoriere es. Ich bin im Garten, unter Palmen, an Mamas Lieblingsplatz. Schmetterlinge schwirren in der Luft, setzen sich auf bunte Blüten und heben kurz darauf wieder ab. Es ist idyllisch, utopisch, einfach himmlisch.

Erneut dringen Geräusche bis in mein Innerstes vor, es klingt wie Schüsse, mehrere, ein ganzes Magazin. Stimmen schreien durcheinander, mit einem lauten Knall explodiert etwas. Die Vibration nehme ich kaum wahr, dafür sorgt die Dunkelheit, die mich noch immer in Watte hüllt und von der Wirklichkeit fernhält.

Doch etwas verändert sich, es liegt eine seltsame Stimmung in der Luft, ich spüre sie selbst in meinen Gedanken. Im Garten verändert sich die Temperatur, es wird kälter, das Licht dunkler. Ich drehe mich um, blicke zurück zu meiner Mutter. Es wirkt so, als würde sie immer weiter in die Ferne rücken, als würde sich der Weg dorthin langziehen wie Kaugummi. Ich stehe auf, sehe zur Erde. Dort, wo ich gerade noch gesessen habe, ist keine Bank mehr. Die Palmen sind verschwunden, die Schmetterlinge ebenfalls, zurück bleibt ein weißer Raum. Ich sehe mich um, spüre meinen pochenden Herzschlag.

Ich verliere den Halt in dem weißen Raum und stürze. Ich schürfe mir die Beine auf, Blut spritzt vor meinen Augen. Es stammt nicht von mir, sondern muss eine Reflexion der Wirklichkeit sein. Ich bin zurück in dem leeren Raum. Seine Wände kommen plötzlich auf mich zu, nehmen mir den Platz zum Atmen. Ich greife an meine Kehle, habe das Gefühl, nicht genug Luft zu bekommen.

Schreie dringen an mein Ohr, es gibt einen Kampf, wird mir klar. Direkt in dieser Zelle. Doch etwas hält mich fern und kann mich doch nicht mehr schützen. Ein Schuss ertönt und es ist, als hätte jemand den Schalter betätigt und die Dunkelheit kehrt zurück. Panik packt mich, lässt mich schreien, doch kein Ton kommt über meine Lippen. Stille kehrt ein, Totenstille. *Ich sollte nicht hier sein. Sollte nicht … Sollte nicht …*

»Faviola.« Die Stimme zeichnet meinen Namen mit Lichtern in die Schwärze. Wie Glühwürmchen, die sich durch die Dunkelheit kämpfen.

Ich bin nicht mehr in dem Raum und irgendwie doch. Mein Körper ist noch immer taub, aber ich weiß, dass ich zurück in der Realität bin. Dabei will ich doch nur weg.

Licht taucht auf, kämpft sich durch die Finsternis. Ich blinzle matt, mein Sichtfeld klart auf und dennoch ist alles verschwommen. Eine Silhouette schält sich hervor, ich erkenne schwarze Konturen, verdreckte Haut und Blut. Überall Blut. Ich blinzle. Komme langsam wieder an. Plötzlich verwischt alles und ich starre in blaue Augen. Meerblaue Augen. Ich kenne sie. Das Licht wird stärker, die Dunkelheit weicht zurück, gibt mich wieder frei. Ein Gesicht taucht vor mir auf, es ist unter einer Maske verborgen, die Partie um die Augen ist schwarz verschmiert, dennoch erkenne ich den Mann sofort.

»Bold«, wispere ich, strecke eine Hand nach ihm aus. Ich bin kraftlos, kann mich kaum bewegen.

Er ergreift sie, zieht sich die Sturmhaube vom Kopf und küsst meine geschundenen Knöchel. »*Canela*, ich habe dich gefunden.« Seine Stimme bebt, ist ganz zittrig.

»Du bist gekommen«, flüstere ich.

»Natürlich!« Er lächelt mich an, Tränen schwimmen in seinen Augen und hinterlassen schwarze Schlieren auf seinen Wangen. Er wischt sie schnell weg, das Lächeln verschwindet. »Wir müssen dich so schnell wie möglich hier rausschaffen!«

»Mein Onkel ...«

»Keine Sorge, um den kümmere ich mich noch.«

»Nein, er ...« Weiter komme ich nicht, da nimmt mich Bold bereits auf seine Arme. Die Fesseln sind fort, er muss sie bereits gelöst haben. Mein Kopf fühlt sich noch immer wie in Watte gepackt an, meine Handgelenke schmerzen, mein Unterleib fühlt sich taub an. Alles prickelt, als würden meine Extremitäten absterben. Trotzdem geistert mir ein Gedanke durch den Kopf: Julio hat gesagt, dass Bold für ihn gearbeitet und er ihn umgebracht hat. Aber Bold lebt, konnte dann das andere dennoch wahr sein?

»Bold, ich ...«

»Spar dir deine Kräfte, ich bringe dich hier raus«, murmelt er mir zu, während er sich im Gang hinter meiner Zelle umsieht.

Ich werfe einen Blick zurück und wende mich sofort wieder ab. Eine Sekunde hat ausgereicht, um das Schlachtfeld um das Bett zu erkennen. Vier tote Körper liegen dort. Bold hat meine Angreifer abgeschlachtet, ein regelrechtes Massaker angerichtet. Überall Blut, auf dem Bett, den Wänden, selbst an der Decke.

Er hat mich vor ihnen gerettet. Kann es trotzdem sein …? Ich muss es wissen!

»Bold!«

»Faviola, sei still«, bittet er mich mit sanfter Stimme.

»Nein!« Ich werde laut, weiß gar nicht, wo ich den Mut und die Kraft dafür hernehme. Aber endlich hält Bold inne, sieht mir direkt in die Augen. Sein Gesicht ist eingefallen, Schatten lassen ihn müde und abgeschlagen wirken. Getrocknetes Blut teilt seine rechte Augenbraue und klebt auch in seinen Haaren. Er hat gekämpft, mehr als das, er hat getötet. »Ich muss wissen, ob mein Onkel die Wahrheit gesagt hat.«

»Wobei?« Er sieht sich weiter um, vermutlich hält er nach Angreifern Ausschau.

Aber ich will, dass er mir direkt ins Gesicht blickt, weshalb ich sein Kinn ergreife und es zu mir ziehe. Überrascht hebt er die Augenbrauen, lässt es aber geschehen.

»Stimmt es, dass du für ihn gearbeitet hast?«, hauche ich. Mein Herz schlägt augenblicklich schneller. Will ich die Antwort überhaupt hören?

Bold zieht die Augenbrauen zusammen. »Hat er das behauptet?« Ich nicke. Sofort werden seine Züge weicher. »Er hat dich angelogen, ich habe nie für ihn gearbeitet. Offensichtlich wollte er dich nur verunsichern, damit du ihm aus der Hand frisst.«

Ich nicke erneut, die Taubheit kehrt zurück, als ich daran denke, was er von mir verlangt hat. Er meinte durch mich an geheime Informationen über meinen Vater zu kommen, die ich ihm nicht liefern konnte. Aber das wollte er mir nicht glauben, er hat mich weiter traktiert und am Ende bedroht. Seine Männer auf mich zu hetzen, das Ganze zu filmen, um damit weiter Druck auf meinen Vater auszuüben, war sicher nur die Spitze des Eisberges.

»Gut.« Ich lächle Bold an, versinke in seiner Wärme und in seinen starken Armen. Ich könnte für immer hierbleiben, in der Gewissheit, dass es diesen einen Menschen gibt, dem ich etwas bedeute. Und dass dieser Mensch ausgerechnet Bold ist. Der Mann, dem auch ich mein Herz geschenkt habe.

KAPITEL 26

Bold

Mein gesamter Körper fühlt sich an, als würde er brennen, er scheint nur noch aus Schmerz zu bestehen. Ohne das Adrenalin, das durch meine Blutbahn rauscht, wäre ich vermutlich schon ohnmächtig. Aber ich habe Faviola gefunden. Den Anblick, der sich mir in ihrer Zelle geboten hat, werde ich allerdings nie vergessen. Ich schaue auf sie hinab. Sie sieht so zerbrechlich in meinen Armen aus, kuschelt sich an mich und trägt nur einen Pullover, da die Jogginghose zerrissen neben ihr lag. Sicher hat einer der miesen Wichser ihr das Stück Stoff vom Körper geschnitten. Ich habe einen von ihnen genau in dem Moment erwischt, als er seinen dreckigen Schwanz in sie stecken wollte. Nicht eine Sekunde habe ich gezögert und ihm mit einem Messer die Kehle aufgeschlitzt. Die anderen beiden zu erledigen, hat mir eine gewisse Befriedigung gegeben. Der Letzte von ihnen hatte sich in einer Ecke versteckt, ein Handy in der Hand, das immer noch filmte. Mir wird schlecht bei dem

Gedanken, was die Kamera aufgezeichnet hat. Nun liegt das Telefon zertrümmert und zerstört mit den Wichsern auf dem Zellenboden. Eigentlich hätten sie ein schlimmeres Ende verdient, aber dafür war keine Zeit. Auch jetzt sitzt sie uns im Nacken.

Humpelnd trage ich Faviola aus dem Zimmer heraus. Hier sieht es noch wüster als in der Zelle aus. Leichenteile und Schutt bedecken den Boden. Ich habe mehrere Granaten zünden müssen, da ich sonst keine Chance gegen die Überzahl gehabt hätte. Es war riskant, das war mir bewusst, zum Glück ist es gut ausgegangen.

Mein Bein pocht und der Schmerz rollt in Wellen über meinen Körper. Ich habe die Ärmel meines Shirts abgerissen und damit jeweils meinen Oberschenkel und meinen Arm abgebunden. Das wird nicht lange halten und ich muss hier raus sein, bevor mich der Blutverlust ausknockt.

»Bold?« Sie flüstert meinen Namen so leise, dass ich mir kurz nicht sicher bin, ob sie wirklich etwas gesagt hat. In meinen Ohren klingelt es und mein eigenes Schnaufen ist so laut, dass ich kaum etwas anderes hören kann.

Dennoch sehe ich ihr ins Gesicht, das ganz gerötet ist. »Ja? *Canela*?«

»Bringst du mich nach Hause? Zum Strand?«

Mein Herz wird schwer. Sie klingt so gebrochen, zerstört. Als wäre nichts mehr von der angriffslustigen und kämpferischen Faviola übrig. Was hat er ihr bloß angetan?

»Natürlich!« Ich zwinge mich zu einem Lächeln, obwohl ich nicht in der Stimmung dafür bin. Aber ich will ihr ein gutes Gefühl vermitteln. Sie hat genug erlebt, jetzt soll sie sich sicher fühlen.

Nur langsam komme ich vorwärts. Nicht nur mein verletztes Bein behindert mich, auch die Tasche, dir mir schief über die Schulter hängt. Ich muss sie loswerden, aber vorher sollte ich die C4-Blöcke weiter verteilen.

Ich betrete den Gang Richtung Küche. Hier ist es dunkler, weshalb ich mich an die neuen Lichtverhältnisse erst gewöhnen muss. Es wäre fatal, wenn ich etwas übersehe und stolpere. Vermutlich würde ich dann nicht mehr auf die Beine kommen.

»Señor Bold.« Die schneidende Stimme lässt mich innehalten. »Sie haben für ganz schönes Chaos gesorgt. Aber glauben Sie wirklich, ich würde Sie einfach mit meiner Nichte ziehen lassen?«

Ich wende mich halb zu ihm. Mit Faviola im Arm kann ich mich nicht umdrehen, der Gang ist dafür zu eng. »Ich wüsste keinen Grund, wieso ich sie auch nur eine Sekunde länger hier lassen sollte.« Mit diesen Worten gehe ich weiter vorwärts, habe mit jedem Schritt zu kämpfen.

Ein klickendes Geräusch hinter mir lässt mich dann doch innehalten. Faviola hebt den Kopf von meiner Brust und unsere Blicke treffen sich. Das spärliche Licht der Lampen bricht sich in ihren Augen, lassen sie groß und schwarz wirken. Ich kann Panik und Schock in ihnen lesen.

»Es wird alles gut.« Wir sind gerade an eine Biegung gekommen, an der ich sie absetze, sodass sie aus Fernández' Sichtweite ist. »Wenn ich es sage, dann rennst du, so schnell du kannst. Verstanden?«, flüstere ich nah an ihrem Ohr und entledige mich gleichzeitig meiner Tasche. Sie würde mir für das, was ich vorhabe, im Weg sein.

Faviola hockt sich auf den Boden, zieht ihre Beine eng an die Brust und den Pullover lang. Er ist ihr ein paar Nummern zu groß, was ihr zugutekommt, denn dadurch bedeckt er gerade genug von ihrem Körper.

»Was hast du vor?«

»Ich werde es zu Ende bringen.« Ich verziehe das Gesicht, als ich mich wieder auf die Füße stemme. Schwindel packt mich und ich muss mich an der Wand vor mir festhalten, um nicht zu stürzen. Ich schließe kurz die Augen, atme tief durch, um mich zu sammeln. Erst dann wende ich mich Fernández zu. Er steht am anderen Ende des Gangs mit erhobener Waffe im Durchgang zum Raum. Wie er meine Angriffe mit den Granaten überleben konnte, kann ich mir wirklich nicht erklären. »Geben Sie auf! Sie haben verloren. All Ihre Männer sind entweder tot oder geflohen.« Ich mache eine Geste, die das ganze Anwesen umfasst – was mir viel zu viel Kraft abverlangt.

»Noch habe ich etwas, das mir einen Vorteil verschaffen wird.« Er deutet mit dem Lauf seines Colts auf die Biegung hinter mir. Er meint Faviola.

»Womöglich. Dennoch werden Sie das Haus nicht lebend verlassen.«

»Ach?« Seine Augen leuchten schelmisch auf und er grinst mich an. »Und wer will mich aufhalten? Etwa Sie? Sie können sich kaum mehr auf den Beinen halten. Vermutlich sind Sie tot, bevor meine Kugel Sie trifft.«

Um seine Worte zu bestärken, schwanke ich absichtlich. Soll er doch glauben, dass er leichtes Spiel mit mir haben wird. Unauffällig greife ich mit meiner linken Hand an meine Hose. Dort bewahre ich die kleinen Wurfmesser auf. »Ich bin bereit, das Risiko einzugehen.« Mit einer schnellen Bewegung ziehe ich das Messer heraus und schleudere es in derselben Sekunde auf ihn. Es bohrt sich in seine linke Schulter. Der Aufprall wirbelt seine linke Körperhälfte zur Seite, er stolpert ein paar Schritte rückwärts und verzieht vor Schmerz das Gesicht. Ein Schuss löst sich, geht jedoch weit an mir vorbei.

Ich stürme aus dem Gang auf ihn zu, mobilisiere meine

letzten Reserven. Bevor er ein zweites Mal abdrücken kann, erreiche ich ihn und verpasse ihm einen Fausthieb. Sein Kopf ruckt herum, der Kiefer knackt. Mit dem Fuß meines verletzten Beins kicke ich ihm die Waffe aus der Hand, sie rutscht über den Boden und bleibt in den Trümmern eines Tisches liegen.

Fernández erholt sich von dem Schlag, richtet sich wieder auf und verpasst mir ebenfalls eine. Er trifft mich an der Wange, verursacht aber keinen großen Schaden. Mit beiden Händen packe ich ihn an den Schultern, hebe mein Knie und trete hart zu. Es presst ihm die Luft aus der Lunge, er krümmt sich zusammen und macht es mir viel zu leicht. Mit einem Aufwärtshaken trifft meine Faust auf sein Kinn. Sein Kopf ruckt zurück, ich höre es knirschen und seine Beine geben nach. Wie ein nasser Sack fällt er zu Boden. Mir fehlt plötzlich der Halt und ich stolpere zur Seite, bis ich an eine Wand stoße. Dort stütze ich mich ab, immer den Blick auf Fernández gerichtet.

Mein Atem geht hektisch. Ich fühle mich ausgelaugt, erledigt. Der Kampf hat mir die letzte Kraft geraubt.

Faviolas Onkel rührt sich, kommt wieder zu sich und richtet sich mit einem Stöhnen auf. Er zieht das Messer aus seiner Schulter, unterdrückt dabei ein Keuchen, und wirft es mit einem Klirren vor sich auf den Boden. »*Mierda*! Sie haben echt einen verdammt guten Haken.« Er wischt mit dem Handrücken über seine Nase und hinterlässt dort eine Spur aus Blut.

»Leider nicht gut genug.« ›Sonst wärst du jetzt tot‹, setze ich in Gedanken hinterher.

Fernández sieht mich direkt an, als wüsste er, was ich gedacht habe. Ein Lachen dringt aus seiner Brust. »Ich kenne Männer wie Sie.« Elegant kommt er wieder auf die Füße, klopft sich die Hände an der Hose ab. »Sie denken, Sie arbeiten für Ruhm und Ehre. Dabei ist es unerheblich, auf welcher Seite Sie stehen. Hauptsache, Sie können sich einreden, dass Sie das Richtige tun.« Plötzlich hebt er den Arm und hat wieder die Waffe in der Hand.

Scheiße! Ich bin so geschwächt, dass ich nicht einmal mitbekommen habe, dass er sie aufgehoben hat. Um nicht unwürdig gekrümmt erschossen zu werden, stelle ich mich gerade auf die Füße und beiße die Zähne vor Schmerz zusammen. Ich spüre mittlerweile die Finger an meiner linken Hand nicht mehr. In meinen Zehen kribbelt es noch, aber sicher wird dort bald auch eine Taubheit einsetzen.

»Noch letzte Wort?«

»Faviola lauf!«, brülle ich in Richtung des Gangs und hoffe, dass sie wenigstens ein Mal auf mich hört.

Ein Lachen dringt rau und wohlklingend aus Fernández' Brust. »Das wird ihr auch nichts mehr bringen. Nachdem ich den Abfall entsorgt habe, werde ich mich um sie kümmern.«

»Versuchen Sie es doch!« Ich weiß, dass mein letztes Stündlein geschlagen hat. Ich kann es in jeder Zelle meines Körpers spüren. Das hier wird mein Ende sein und ich will darüber bestimmen, wie es ausgeht.

Ich werde mit der Waffe in der Hand sterben.

Ich greife nach der Pistole in meinem Holster. In derselben Sekunde löst sich ein Schatten aus dem Gang rechts neben mir. Jemand wirft sich laut kreischend auf Fernández. Dieser ist so perplex, dass er gar nicht reagieren kann. Zusammen stürzen die beiden Personen zu Boden. Erst jetzt erkenne ich Faviolas braunes Haar. Sie schlägt, keift und kratzt den Mann unter sich. Wie eine Furie macht sie sich über ihn her, gibt ihm keine Sekunde Atempause und prügelt weiter auf ihn ein.

»Wie konntest du mir das antun? Was habe ich dir getan? Oder Mutter?« Ihre Stimme ist schrill und überschlägt sich.

Bevor sie sich noch selbst verletzt, humple ich zu ihr hinüber und ziehe sie von Fernández herunter. »Es ist gut! Hör auf!«, fahre ich sie etwas zu herrisch an.

Für einen Moment wehrt sie sich noch. Ihre Pupillen sind so groß, dass ich nicht weiß, wo sie aufhören und ihre Iriden anfangen. Erst als ihr Blick auf mich fällt, hört sie auf, sich zu wehren, und ihr Gesicht wird weicher. »Bold«, flüstert sie und wirft sich an meine Brust. »Ich habe schon befürchtet, ich würde zu spät kommen.«

Ich kann sie jetzt nicht trösten. Es steht zu viel auf dem Spiel, ich darf nicht wieder unachtsam sein. Aus diesem Grund behalte ich Fernández im Auge und ziele mit meiner Waffe auf ihn, damit er nicht auf falsche Gedanken kommt.

Ich schiebe Faviola mit meinem verletzten Arm von mir, sehe sie eindringlich an und zische: »Ich habe dir doch gesagt, dass du gehen sollst!«

Ein zartes Schmunzeln bildet sich auf ihren Lippen. »Du weißt doch, ich kann Befehle nicht so leiden.«

Ich rolle mit den Augen, schiebe sie weiter von mir, sodass sie neben mir steht. Fernández liegt immer noch halb auf dem Boden, er hält sich den linken Arm, auf den er gestürzt sein muss.

»Noch haben Sie Zeit, die Seiten zu wechseln! Rodriguez ist eine falsche Schlange, er lässt mich seit Jahren ausbluten und erst vor Kurzem bin ich hinter seine Machenschaften gekommen. Er hat den Pakt gebrochen, er ist an allem schuld. Ich habe mich nur gewehrt!«

Das würde einiges erklären. Die schlechte Ausrüstung, die veraltete Technik und die schlechte Organisation. Aber das ist keine Entschuldigung für seine Taten.

»Und dabei mussten unschuldige Menschen zu Schaden kommen?«

»Ha!« Er stößt den Laut hart aus. »Sie sind nicht unschuldig. Alle tragen ihren Teil dazu bei. Manche wissen es nur nicht.« Beim letzten Satz sieht er zu Faviola hinüber. Sie zuckt zusammen, wie ich im Augenwinkel erkennen kann.

»Knie dich hin!«, knurre ich. Seine letzten Worte haben etwas in mir ausgelöst, das ich nicht länger zurückhalten werde.

»Sie stehen auf der falschen Seite. Sehen Sie denn nicht, dass Rodriguez Sie nur benutzt?« Er spuckt aus, direkt vor meine Füße.

Ich hebe die Waffe ein Stückchen höher, bis der Lauf direkt auf seinen Schädel zeigt. »Knie. Nieder.«

Faviola stellt sich dicht neben mich, hakt sich in meinem erhobenen Arm ein und schenkt mir damit unbewusst Kraft. Der Blutverlust macht mir zu schaffen und lange werde ich nicht mehr durchhalten.

Nur noch ein bisschen! Dann ist sie in Sicherheit.

Angst zeichnet sich in Fernández' Augen ab. »Tun Sie das nicht! Rodriguez ist hier der Verräter! Nicht ich! Ich habe mich nur gewehrt. Was wollen Sie? Drogen? Geld?« Er bettelt, ringt die Hände, soweit seine verletzte Schulter es zulässt.

»Knie! Nieder!«, brülle ich ihn an. Ich verliere die Geduld, kann nicht länger an mich halten.

Er hat Faviola entführt, sie in diesen Keller gesperrt und zugelassen, dass seine Männer sie fast vergewaltigen. Ich habe mich um jeden Einzelnen von ihnen gekümmert, jetzt ist nur noch einer übrig: Julio Fernández selbst.

Zitternd erhebt er sich, begibt sich auf die Knie und hebt

beide Hände. »Sie müssen das nicht tun! Bitte! Lassen Sie mich gehen, sie ist doch meine Nichte.«

»Und das ist das Problem. Obwohl sie Ihre Nichte ist, haben Sie ihr das angetan. Seien Sie froh, dass ich nicht Gleiches mit Gleichem vergelte.«

»Bitte, wir finden sicher eine …«

Der Rest seiner Worte geht im Knall der Pistole unter. Die Kugel trifft ihn direkt zwischen den Augen, für einen Moment sieht er mich noch an, dann wird sein Blick leer. Ein Rinnsal dunklen Blutes dringt aus dem Loch in seinem Schädel, läuft ihm ins Auge und die Nase hinab. Eine Sekunde später sackt er zur Seite, tot.

Faviola rührt sich nicht neben mir, ihr Blick ist starr auf ihren Onkel gerichtet. Ich kann in ihrem Gesicht nicht lesen, was sie denkt. Es ist leer, ausdruckslos.

Ich blicke emotionslos auf ihn hinab. Er ist ein Hund, ein räudiger Köter und hat es nicht besser verdient. Als ich mich wieder zu Faviola umdrehe, rinnen ihr Tränen über die Wangen.

Endlich kann ich sie in die Arme schließen, sie krallt sich an meiner taktischen Weste fest und vergräbt das Gesicht an meinem Hals. Ich halte sie, lasse sie nicht aus meiner Nähe und höre ihr dabei zu, wie sie alles herauslässt und bitterlich schluchzt.

Ein stechender Kopfschmerz erinnert mich daran, dass mir immer noch die Zeit davonläuft. Die Ohnmacht kitzelt an meinem Sichtfeld, lässt es immer wieder verschwimmen. Ich fühle mich an die Nacht in Afghanistan erinnert, als mich eine Kugel traf und die Dunkelheit mit scharfen Klauen nach mir griff. Wir müssen hier raus, bevor ich umkippe.

Sanft schiebe ich Faviola von mir. »Wir müssen los, *Canela*. Kannst du laufen?«

Sie nickt tapfer, woraufhin ich ihr einen Kuss auf den Scheitel drücke. Danach greife ich nach ihrer Hand und gehe den Gang entlang bis zur Biegung. Meine Tasche sammle ich dort im Vorbeigehen auf, reiche sie Faviola und öffne sie. Ich nehme die letzte Ladung Sprengstoff heraus und drücke sie an der nächsten Wand fest. »Und jetzt lass uns endlich von hier verschwinden.«

Wir gehen denselben Weg zurück, den ich gekommen bin. Ich weiß zwar, dass es irgendwo noch einen weiteren Ausgang Richtung Osten geben muss, aber ich habe keine Ahnung, wo genau. Da mir die Zeit davonläuft, gehe ich lieber auf Nummer sicher.

Erst im Foyer bleibt Faviola ruckartig stehen. Verwirrt werfe ich ihr einen Blick zu und sehe dann auf ihre Füße. Sie trägt keine Schuhe und hier liegen überall Scherben und Splitter. Ohne zu zögern, hebe ich sie wieder auf meine Arme. Dieses Mal kann ich ein Aufstöhnen nicht unterdrücken.

»Bold!«, ruft sie aufgebracht.

»Schon gut, es ist nichts«, lüge ich und bringe die restliche Strecke hinter mich. Mit ihr im Arm trete ich vor die Tür. Es ist eine laue Nacht, die Sterne funkeln am Himmel und die Grillen zirpen. Würde mein Herz nicht so heftig in der Brust klopfen und mich daran erinnern, dass ich kurz vorm Kollaps stehe, würde ich den Moment mit Faviola genießen.

Ich gehe mehrere Schritte, versuche dabei, das Gewicht lieber auf das unversehrte Bein zu lenken, bis ich gut hundert Meter vom Gebäude entfernt bin. Dort stelle ich Faviola wieder auf die Beine und ziehe einen Zünder aus meiner taktischen Weste. »Willst du?«

Sie mustert den Gegenstand, der etwa so aussieht wie ein Stift. Ohne weitere Worte versteht sie, wofür dieser gut ist.

Ehrfürchtig nimmt sie ihn entgegen. Als sie zu mir aufblickt, funkeln die Sterne in ihren Augen und erzeugen einen neuen Himmel.

Mit einem breiten Grinsen drückt sie auf den Knopf. Eine Sekunde später gehen die platzierten Sprengladungen hoch. Nacheinander explodieren sie, reißen das Haus auseinander und sprengen auch das Erdreich um das Gebäude herum auf. Eine riesige Feuerwolke stiebt in die Luft, gefolgt von Funken und Rauch. Sofort erfüllt dieser die Luft und kratzt in meinem Hals.

Plötzlich wird mir kalt, alles verschwimmt. »Shit!«, murmle ich noch, bevor mich die Ohnmacht einholt und ich zu Boden stürze.

KAPITEL 27

Faviola

Mit einem lauten Plumpsen fällt Bold ungebremst zur Erde. Ich erschrecke mich so sehr, dass ich erst eine Sekunde später verstehe, dass er ohnmächtig geworden ist.

»Bold!«, schreie ich panisch, lasse Zünder und Tasche achtlos fallen und stürze zu ihm. Seine Augen sind geschlossen, sein Gesicht sieht friedlich aus. »Bold, wach auf! Komm schon! Lass mich jetzt nicht allein!« Panik erfasst mich, lässt keinen klaren Gedanken zu. Stattdessen schlägt mein Herz schneller, das Adrenalin rinnt kalt durch meine Adern und es schnürt mir die Kehle zu. Ich bekomme keine Luft mehr, kann nicht atmen. Verzweifelt zerre ich an Bolds Weste, schüttle ihn und brülle ihn an, dass er endlich aufwachen soll.

Die Angst überrollt mich. Ich sinke auf meine Knie, umklammere meinen Oberkörper und wiege mich vor und zurück. Die Schwärze der Nacht dehnt sich aus und will mich in eine enge Umarmung ziehen. Aber etwas hält sie davon ab. Bin ich es selbst?

Mein Blick klärt sich, ich starre auf Bold, der immer noch regungslos auf dem Rücken liegt. Er braucht mich jetzt! Ich darf nicht in Panik verfallen, sonst sind wir beide tot. Allein würde ich es niemals weit schaffen – nur in einem Pullover und ohne Schuhe. Ich krabble wieder auf ihn zu, durchsuche all seine Taschen. Es sind verdammt viele, doch in der Innenseite seiner oberen Weste werde ich fündig. Ich ziehe das Telefon heraus und muss vor Freude einen Schrei ausstoßen.

Mehrere Nachrichten sind auf dem gesprungenen Display zu sehen, das die ganze Aktion nicht sonderlich gut überstanden hat. Sie sind alle von meinem Vater, genau wie zwei verpasste Anrufe. In meinem Kopf rattert es, natürlich kenne ich die offizielle Notrufnummer, aber niemals wären Sanitäter oder Polizei rechtzeitig hier, um Bold zu retten. Es gibt nur einen Mann, der das könnte.

Meine Finger zittern, als ich versuche, meinen Vater zurückzurufen. Ich muss mehrmals auf das gesplitterte Glas tippen, bis die Berührung erkannt wird. Als ich es endlich schaffe, entkommt mir ein erleichterter Laut. Mit Blick auf das brennende Haus lege ich das Telefon ans Ohr.

Es dauert nur zwei Sekunden, da hebt mein Vater schon ab.

»Bold! Sagen Sie mir, dass Sie meine Tochter haben.«

Ich muss schlucken, bevor ich das Wort an ihn richten kann. »Vater, ich …« Weiter komme ich nicht, bevor mich ein Schluchzen ergreift.

»*Mi corazón!*« Sofort wird seine Stimme weicher, er wirkt wie ausgewechselt. »Wie geht es dir? Wo bist du? Hat Bold dich rausgeholt?« Er überschüttet mich mit Fragen, die ich alle nicht beantworten kann, denn ein Kloß steckt in meinem Hals. Ich kann nur wimmern und wiege mich erneut vor und zurück. Die Erlebnisse der Nacht sitzen mir in den Knochen, ich bekomme kein Wort heraus. Und schon jetzt habe ich das Gefühl, dass es ein Fehler war, ihn anzurufen.

»Was ist, Faviola!? Sprich mit mir.«

»B-bold, er ...«, stammle ich und kann den Satz doch nicht beenden.

»Was ist mit ihm? Hat er dir etwas getan?«

»Nein! Ich weiß nicht.« Meine Unterlippe bebt so sehr, dass meine Zähne klappern. Das könnte aber auch daran liegen, dass mir schrecklich kalt wird. Der Pullover ist nicht sonderlich dick und bis auf ihn trage ich nichts.

»Verdammt! Ich hab's gewusst! Gib ihn mir, ich will ihn sprechen!«

Laut schluchze ich auf. »Ich kann nicht. Er ... D-du musst uns holen k-kommen.« Endlich lösen sich die Worte aus meiner Kehle. Ich atme tief und stockend ein. Der Kloß löst sich auf, woraufhin ich wieder schlucken kann.

»Wir fahren sofort los. Wo bist du ...«

»Nein!«, sage ich mit fester Stimme. Wenn er mit dem Auto kommt, wäre er nicht rechtzeitig hier. Bold könnte dann schon tot sein. »H-helikopter!«, stottere ich und bin froh, das Wort vernünftig herausgebracht zu haben.

»In Ordnung. Ich fliege sofort los. *Mi corazón*, sag mir genau, wo du bist, damit ich dich holen kann.«

»Ich bin vorm Haus, auf Julios Anwesen.« Ich schluchze so laut, dass ich mich selbst kaum verstehe. »Bitte beeil dich.«

»Geh nicht weg, ich bin gleich bei dir!« Mit diesen Worten legt mein Vater auf.

Schluchzend werfe ich mich auf Bolds Brust. Ich schlinge meine Arme um seinen Hals, der zum Glück noch warm ist. Verzweiflung macht sich in mir breit. Wird mein Vater es rechtzeitig schaffen, um ihn zu retten? Wie lange wird er mit dem Heli brauchen?

Nachdem ich mich etwas beruhigt habe, wische ich mir die Tränen vom Gesicht. Bold liegt immer noch wie schlafend da, was mir erneut einen Schrecken verpasst, doch langsam setzt mein logisches Denken wieder ein. Sofort lege ich zwei Finger an seinen Hals und halte die Luft an. Mehrere Sekunden harre ich aus, bis ich seinen Puls endlich ertasten kann. Er geht schwach, aber regelmäßig. Bold lebt noch. Das beruhigt mich und ich kann wieder freier atmen.

Meine Finger sind kalt, weshalb ich sie aneinander reibe und mich umsehe. Dank des großen Feuers, das immer noch in den Resten des Gebäudes wütet, wird die Umgebung flackernd erhellt. Im Umkreis von hundert Metern erkenne ich nur Palmen, Büsche und Gras. Reifenspuren auf dem Untergrund verraten mir, dass hier vorher Autos gestanden haben müssen, doch es ist keins mehr zu sehen. Bold meinte, dass Fernández' Männer geflohen sind, vermutlich mit ebendiesen Fahrzeugen. Hoffentlich kommen sie nicht wieder, während wir hier auf meinen Vater warten.

Mir wird immer kälter, weshalb ich meine Hände unter die Achseln stecke. Das hilft leider nicht sonderlich. Verzweifelt reibe ich sie aneinander. Es wird immer noch nicht besser. Am Ende umgreife ich Bolds Hand, schäle sie aus den Handschuhen und verflechte unsere Finger miteinander. Zu meinem Erstaunen sind seine warm. Eine stumme Träne läuft meine Wange hinab, tropft mir vom Kinn.

Ich kann es immer noch nicht ganz glauben. Bold ist wirklich gekommen und hat mich befreit. Er hat gegen all diese Menschen gekämpft und am Ende sogar meinen Onkel erschossen, nur um mich heil da herauszuholen. Noch nie in meinem Leben hat jemand sein eigenes riskiert, um mich zu retten. Mein Vater wäre nie persönlich erschienen. Aber Bold hat vermutlich nicht eine Sekunde gezögert, bevor er sich auf den Weg gemacht hat.

Ich bedeute ihm etwas, wird mir bewusst und ein Schluchzen löst sich aus meiner Brust. Gleichzeitig breitet sich ein Lächeln in meinem Gesicht aus, das ich nicht unterdrücken kann. Ich bin so glücklich darüber, dass er meine Gefühle erwidert. Eine Wärme breitet sich daraufhin in meinem Bauch aus, der ein Flattern wie von Schmetterlingen folgt. *Ich werde geliebt.*

Ein Geräusch nähert sich, es klingt wie ein leises Knattern. Zu Anfang glaube ich noch, dass es ein Tier sein muss, dann wird es lauter. Es klingt wie ein ... Helikopter!

Sofort hebe ich den Blick und starre in den Himmel. Aus dem Westen kommt etwas angeflogen, ich kann nur die blinkenden Lichter sehen. Aber es muss mein Vater sein. Ich springe auf, fange an mit den Armen zu fuchteln. »Ich bin hier! Hier sind wir!«, schreie ich aus vollem Hals und versuche irgendwie, die Aufmerksamkeit auf mich zu lenken.

Plötzlich erscheint ein grelles Licht, ein Suchscheinwerfer. Er tastet erst das zerstörte Herrenhaus ab, wandert dann über den Boden bis zu mir. Als er mich direkt erfasst, höre ich auf zu springen und halte mir einen Arm vors Gesicht, um nicht geblendet zu werden. Schnell renne ich zurück zu Bold und winke von dort wieder.

Der Suchscheinwerfer schwenkt weiter zu einer freien Stelle, die ein paar Meter entfernt von uns ist. Dort landet der Helikopter.

Scharfer Wind zieht auf, zerrt an meinen wirren Haaren und dem Pullover. Er wirbelt Sand auf, der sich über Bold legt. Ich versuche, ihn, so gut es geht, mit meinem Körper abzuschirmen. Der Lärm ist ohrenbetäubend. Fast müsste er Tote wieder zum Leben erwecken. Aber Bold bleibt noch immer regungslos liegen. Es muss ihm noch viel schlimmer gehen, als ich befürchtet habe.

Die Tür des Helikopters öffnet sich und eine Person springt heraus, die direkt auf mich zu rennt. Ich richte mich auf und blicke meinem Vater entgegen. Zu meiner Überraschung prallt er regelrecht auf mich, um mich in eine feste Umarmung zu ziehen.

»Oh, *mi corazón*, ich hatte solche Angst um dich!«

›Und deshalb bist du nicht selbst gekommen, um mich zu retten, oder hast zumindest den Forderungen von Onkel Julio nachgegeben?‹, denke ich wütend. Ich kaufe ihm seine Heuchelei nicht ab.

Vater löst sich von mir, drückt mich eine Armlänge von sich und inspiziert mich.

»M-mir geht es gut«, stottere ich. Der Wind ist verdammt kalt und fährt mir unter den Pullover. Es ist ein Wunder, dass er mich über den Lärm der Propeller anscheinend verstehen kann.

»Hier, zieh dir die über.« Vater streift sich seine Jacke ab und legt sie mir über die Schultern. Wärme umfängt mich, kann jedoch die Kälte in meinem Inneren nicht auslöschen. »Ich bringe dich jetzt nach Hause.« Er umfasst meine Schultern mit beiden Händen, schiebt mich so vorwärts.

»Was ist mit Bold?«, schreie ich über die Geräuschkulisse hinweg.

Vater dreht den Kopf herum und wirft einen Blick zurück. »Meine Männer kümmern sich gleich um ihn.« Vehement schiebt er mich weiter vorwärts, immer näher an den Helikopter heran.

Ich sehe zurück. Es verleiht mir ein ungutes Gefühl, Bold zurückzulassen. Was ist, wenn Vater sein Wort bricht und einfach ohne ihn abhebt? Das würde ich ihm niemals verzeihen – und mir ebenso wenig. Dennoch folge ich ihm. Aus Angst? Weil ich nur noch in Sicherheit sein und das alles hier hinter mir lassen will?

Am Hubschrauber angekommen, reicht mir ein Mann eine Hand. Ich sehe zu ihm hoch und erkenne Mario. Sofort wird mein Herz leichter, wenigstens ein freundliches Gesicht. Er lächelt mich an, sieht wieder völlig genesen aus. Also hat er seine Schussverletzung gut überstanden, das beschert mir ein doppelt gutes Gefühl. Er streckt einen Arm nach mir aus und hilft mir dabei, in den Innenraum zu klettern. Mein Vater folgt dicht hinter mir und brüllt ihm etwas ins Ohr. Mario nickt nur, bedeutet dem anderen Personenschützer auf der Sitzbank, ihm zu folgen. Beide springen aus dem Innenraum und halten auf Bold zu.

Ich knete meine Hände, während ich ihnen dabei zusehe, wie sie ihn zu uns tragen. Als er auf dem Boden vor mir liegt, kann ich mich endlich entspannen.

Vater schnallt mich auf meinem Sitz fest, ich habe ganz außen mit dem Rücken in Flugrichtung Platz genommen. Doch das ist mir egal, ich habe sowieso nur Augen für Bold. Ich ergreife seine Hand und küsse seine Knöchel. »Du musst durchhalten«, flüstere ich so leise, dass mich niemand versteht.

Der Geräuschpegel steigt an, ich sehe meinen Vater in sein Headset sprechen, verstehe aber die Worte nicht, und kurz darauf heben wir ab. Mein Magen hüpft, mein Herz setzt einen Schlag aus. Ich mochte fliegen noch nie sonderlich. Als der Heli wendet, werfe ich doch einen Blick nach draußen. Von Onkel Julios Haus ist nicht viel übrig geblieben. Während ich den Flammen dabei zusehe, wie sie das Gebäude weiter verschlingen, spüre ich nichts. Ist es das, was er für mich empfunden hat? Diese Leere? Konnte er mir deshalb diese schrecklichen Dinge antun? Weil er keine Liebe empfindet?

Der Flug nach Hause dauert knapp eine halbe Stunde. Während der gesamten Zeit rast mein Puls aus Sorge um Bold. Je länger ich in diesem engen Raum sitze, desto nervöser werde ich. Weder Vater noch die anderen beiden Männer schenken mir ihre Aufmerksamkeit, worüber ich dankbar bin. So kann ich meine Gedanken sortieren.

Julio hat kurz vor seinem Tod gesagt, dass Vater an allem schuld sei. Er habe Julios Geschäfte sabotiert und damit bewusst das Abkommen zwischen den beiden Familien gebrochen. Langsam begreife ich, dass mein Onkel nicht der Böse in diesem Spiel war. Der wahre Bösewicht ist mein Vater.

Ich schiele zu ihm hinüber. Er schaut aus dem Fenster und beachtet mich keine Sekunde. Sein Körper ist angespannt, die Muskeln um seinen Kiefer verkrampft. Ich kenne diese Haltung, sie bedeutet nichts Gutes. Aus diesem Grund richte ich meinen Blick wieder auf Bold und entdecke eine Waffe in seinem Schulterholster. Ich greife danach, stecke mir die Pistole schnell in die Innenseite der Jacke. Als ich den Blick hebe, begegne ich dem von Mario. Er sieht mich mit gerunzelter Stirn an. Schnell lege ich einen flehenden Ausdruck in mein Gesicht, damit er mich nicht verrät. Mario sieht zwischen mir und meinem Vater hin und her, bevor er mich zart anlächelt. Ich sehe das als Bestätigung für sein Schweigen und strahle ihn dankbar an.

Der Helikopter wird langsamer und setzt zur Landung an. Kaum berühren die Kufen den Boden, kommen mehrere Personen zum Helikopter gerannt. Während die Propeller noch auslaufen, wird bereits die Tür geöffnet und eine Trage ins Innere gereicht. Mario und der andere Kerl kümmern sich um Bold, schnallen ihn auf der Trage fest und helfen dabei, ihn aus dem Helikopter zu heben. Ein halbes Dutzend Männer begleitet Bold zum Herrenhaus.

Ich mache mich los und will ihm folgen. Vater packt mich am Handgelenk und hält mich zurück. Ich sehe ihn an, mein Herz setzt erneut zu einem Sprint an. Wieso darf ich nicht mit? Hat er etwas geplant?

»Mach dir keine Sorgen, sie kümmern sich um ihn.«

»Was sind das für Leute?«, frage ich und ertrage seine Berührung nicht mehr, sodass ich mich von ihm losreiße.

Vater steht nun seinerseits auf, quetscht sich an mir vorbei und reicht mir eine Hand. Nur zögerlich ergreife ich sie und lasse mir beim Aussteigen helfen. Als meine Füße den Boden berühren, bohren sich kleine Steine in meine Sohlen, Vaters Jacke flattert im Wind und ich halte sie fest, damit sie mir nicht hinunterrutscht.

»Ich habe sie gerufen, damit sie seine Wunden versorgen. Es sind Ärzte. Also mach dir keinen Kopf um ihn.«

Ich weiß nicht, ob ich ihm glauben soll. Nur habe ich im Moment wohl kaum eine andere Wahl. »Kann ich ihn sehen?«

»Später.« Er winkt die restliche Gruppe zu uns. Es sind zwei Frauen und ein Mann. Sie tragen weiße Kittel, wie in einem Krankenhaus. »Diese netten Leute werden sich jetzt um dich kümmern. Bist du irgendwo verletzt?«

Ich schüttle den Kopf. Sehe in der nächsten Sekunde an mir hinab, um mich selbst davon zu überzeugen. Ich habe aufgeschürfte Knie und ein paar Prellungen an den Armen, ansonsten sind es eher die seelischen Verletzungen, die schwer wiegen.

Vater schiebt mich trotzdem in deren Richtung und sagt tröstend: »Geh ruhig mit ihnen mit, lass dich einmal durchchecken und dann sehen wir uns später.«

Ich lasse es mit mir geschehen. Die beiden Frauen gesellen sich sofort an meine Seite, begrüßen mich höflich und fragen direkt nach Schmerzen. Ich antworte ihnen nicht, sehe nur zurück zu meinem Vater, während sie mich zum Haus führen. Den Weg hinauf in mein Zimmer gehe ich wie in Trance. Dort angekommen setzen mich die beiden Frauen auf den Stuhl, der meinen damaligen Ausbruchsversuch überlebt hat. Nacheinander werden Blutdruck, Puls und mein Blutzuckerspiegel gecheckt. Außerdem untersuchen sie jeden Zentimeter meines Körpers und stellen bis auf Dehydrierung, blaue Flecken und eine Rippenprellung nichts Schlimmeres fest.

Die ganze Zeit über bin ich mit den Gedanken bei Bold. Er sah überhaupt nicht gut aus, als sie ihn mitgenommen haben. Den gesamten Flug über hat er sich nicht ein Mal gerührt. Nur das leichte Heben und Senken seines Brustkorbs war ein Hinweis darauf, dass er noch gelebt hat.

»Wie geht es ihm?«, frage ich in den Raum hinein. Mit meinem Blick fixiere ich die jüngere Krankenschwester, die gerade das Blutdruckmessgerät in eine Tasche steckt.

Sie hebt den Kopf und sieht mich mit einem Lächeln mitleidig an. »Es wird sich gerade um ihn gekümmert.« Nach diesen Worten packt sie zusammen, verlässt mit der anderen Frau den Raum und nur der Arzt bleibt zurück. Er faselt etwas davon, dass ich viel trinken, mich ausruhen und schonen soll. Mir würde es in ein paar Tagen schon wieder besser gehen.

Was weiß er schon davon, wie es mir geht? Und was ich zur Heilung brauche!

»Machen Sie sich am besten frisch, ziehen sich neue Kleidung an und schlafen etwas. Das wird wahre Wunder helfen. Und vergessen Sie das Trinken nicht.« Der Arzt verabschiedet sich von mir und folgt den beiden Frauen nach draußen.

Mein erster Impuls ist es, ihnen zu folgen und Bold zu suchen. Nur haben die Worte des Mediziners eine drückende Müdigkeit in mir ausgelöst. Mit einem Mal muss ich stark gähnen und meine Augen werden schwer. Eine Dusche und frische Kleidung klingen gar nicht mehr so schlecht. In meinem jetzigen Zustand wäre ich Bold sowieso keine Hilfe.

Aus diesem Grund streife ich den Pullover ab, werfe ihn auf den Boden und kicke ihn Richtung Tür. Dieses eklige Teil werde ich nach der heutigen Nacht definitiv verbrennen. Die Jacke hängt bereits über der Stuhllehne, eine Schwester hat sie mir ausgezogen. Nackt tapse ich hinüber ins Bad, schalte das Licht an und werde geblendet. Erst nach mehrmaligem Blinzeln habe ich mich an die Helligkeit gewöhnt. Ein Blick in den Spiegel lässt meine schlimmsten Vorstellungen wahr werden: Meine Haare sind ein Krähennest. Etwas Weißes verklebt einige Strähnen, ich denke lieber nicht weiter darüber nach, um was es sich dabei handelt. Mein Gesicht ist dreckig und meine Haut mit Blut und Schmutz bedeckt.

Ein Bild flackert in meinem Kopf auf. Hände auf meinem Körper. Berührungen, die ich nicht ertrage. Schnell wende ich das Gesicht ab, um die Spuren nicht länger betrachten zu müssen. Ich stelle mich unter die Dusche und wasche all die schlimmen Dinge ab. Als würde sich die Dunkelheit von mir lösen, fließt das dreckige Wasser in den Abfluss. Eine schwere Last fällt von meinen Schultern, die augenblicklich beben. Ich fange an zu weinen, umklammere meinen Oberkörper und lasse ein letztes Mal zu, dass mich die Erlebnisse überrollen. Julios Taten haben nicht nur körperlich Wunden hinterlassen, die seelischen werden länger brauchen, um zu heilen. Ich gebe mir die Zeit, um meinem alten Ich hinterherzuweinen.

Als ich schließlich aus der Kabine trete, nehme ich mir vor, keine Schwäche mehr zuzulassen. Lange genug habe ich mich wie einen Spielball hin- und herwerfen, mich wie ein Objekt behandeln lassen. Damit ist jetzt Schluss!

Ich schlinge ein Handtuch um mich, trete an den Waschtisch und öffne den Hahn. Meinen Kopf lege ich seitlich und lasse das kühle Wasser in meinen Mund laufen. Der erste Schluck fühlt sich rau in meiner Kehle an, aber schon beim zweiten trinke ich gierig. Nachdem ich das Gefühl habe, meinen Durst gestillt zu haben, richte ich mich auf und lecke mir das Wasser von der Oberlippe, während ich den Hahn schließe. Nur mit dem Handtuch bekleidet trete ich hinüber in mein Schlafzimmer, suche aus der Jacke die Waffe hervor und prüfe das Magazin: Es ist voll. Mit einem Klicken lasse ich es wieder einrasten und verstärke den Griff um die Pistole. Ich fühle mich mit einem Mal machtvoll und stark. Vater wird mir nie wieder etwas antun! Ich bin nicht länger bereit, zu schweigen und alles zu ertragen. Er hat den Krieg gewollt, ihn provoziert. Also muss er auch damit rechnen, dass er ihn zu sich nach Hause trägt. Und ich werde kämpfen! Um mich, und um Bold. Um eine gemeinsame Zukunft. Denn das ist es, was ich mir wünsche. Ein Leben außerhalb der Insel – zusammen mit Bold.

Die Frage ist nur, ob er sich das auch wünscht.

KAPITEL 28

Bold

Eine seltsame Wärme umgibt mich. Sie ist überall um mich herum, hüllt mich ein wie ein Kokon. Gleichzeitig ist da so viel Licht, das alles erleuchtet, ohne dass es eine Quelle gibt. Es ist einfach da, als hätte es schon immer hier existiert.

Langsam kann ich etwas anderes wahrnehmen als nur die Wärme. Etwas Schweres liegt auf mir, drückt mich regelrecht herunter. Ich kann mich nicht bewegen, nicht einmal mit einem Finger zucken. Als hätte ich den Kontakt zu meinem Körper verloren.

Meine rechte Hand hebt sich leicht, ohne dass ich damit etwas zu tun habe, bis sie auf einen Widerstand trifft. Weiche Lippen legen sich auf meine Knöchel und hauchen einen Kuss darauf. Jemand flüstert meinen Namen. Ist das der Himmel?

Das Licht verändert sich, es ist nicht mehr weiß und hell, sondern wird rot, wie durch einen Schleier aus Blut. Bildfetzen schießen durch meinen Kopf. Es sind Erinnerungen von geschlagenen Schlachten, aber nicht aus der fernen Vergangenheit. Sie sind neu, frisch. Als hätte ich das erst vor Kurzem erlebt.

»Bold, bitte, du musst aufwachen.« Die Stimme klingt verzweifelt und Trauer schwingt in ihr mit. Ich kenne sie, aber woher? »Ohne dich schaffe ich das nicht.«

Ich kämpfe mich aus dem Nichts heraus, halte auf das rötliche Licht zu, auch wenn es seltsame Erinnerungen hervorruft. Je näher ich meinem Bewusstsein komme, desto mehr will es mich von sich fernhalten. Aber ich gebe nicht auf, dringe weiter vor, bis ich mehr und mehr davon zurückgewinne. Zuerst kommt der Schmerz. Er überrollt mich wie eine Lawine. Im ersten Moment ist er kalt, eiskalt. Im nächsten brennt er sich durch jede Faser meines Körpers. Ein Stöhnen entkommt meinen Lippen. Ich kann sie wieder spüren, genauso wie meinen ausgedörrten Hals.

»Bold!«, erneut ruft diese Stimme meinen Namen. Sie klingt erfreut, fast schon hoffnungsfroh.

Ich kann sie noch keiner Person zuordnen, weiß aber, dass sie mir viel bedeutet. Nur aus diesem Grund ertrage ich die einprasselnden Eindrücke und komme endgültig in meinem Körper an. Blinzelnd öffne ich die Augen. Grelle Helligkeit reizt sie, lässt mich alles verschwommen sehen. Doch nach kurzer Gewöhnung lösen sich Konturen aus der Masse. Ich befinde mich in einem altmodisch, dennoch luxuriös eingerichteten Zimmer, das mir bekannt vorkommt. Eine Decke liegt auf mir, das muss das Gewicht gewesen sein, das ich gespürt habe.

Etwas schiebt sich in mein Sichtfeld, es ist ein Gesicht. Eine bildschöne junge Frau mit dunklen Augen und wilden Locken. Der Geruch von Zimt umhüllt mich. »Faviola«, krächze ich, als ich sie erkenne.

Tränen treten in ihre Augen und sie küsst erneut meine Hand. Sie war es, die sie vorhin gehalten hat. War sie schon die ganze Zeit hier?

»Oh, Gott sei Dank, Bold! Du bist endlich wach!« Ein Schluchzen dringt aus ihrer Brust, während sie mich breit angrinst. Ich kann ihr die Freude von ihrer Nasenspitze ablesen. Über eben jene rollt eine Träne, die ich ihr wegwischen will. Jedoch kommt das Kommando, sich zu heben, nicht bei meiner Hand an.

»Was ist passiert?«, frage ich mit rauer Stimme, die am Ende bricht.

Faviola schnieft und wischt sich schnell das Gesicht trocken. »Wir haben es rausgeschafft, dank dir. Doch kurz darauf bist du ohnmächtig geworden. Zum Glück habe ich das Handy in deiner Weste entdeckt, sonst wären wir verloren gewesen. Vater hat uns daraufhin mit einem Helikopter abgeholt.«

Die Worte ergeben für mich im ersten Moment keinen Sinn. Wo haben wir es rausgeschafft? So wie es aussieht, sind wir wieder in Rodriguez' Herrenhaus. Mit einem Blitz schießen mir Erinnerungen in den Kopf. Ein plötzlicher Kopfschmerz erwischt mich, weshalb ich die Augen zusammenkneife. Ich stöhne auf. Faviola ist sofort alarmiert und setzt sich zu mir auf die Bettkante.

»Ist alles in Ordnung? Soll ich den Arzt rufen?« Ihre Worte transportieren die reine Panik. Sie sorgt sich um mich. Ausgerechnet um mich.

»Nein, alles okay«, keuche ich. Wenige Sekunden später ist der Schmerz abgeebbt und ich kann die Augen wieder öffnen. Mein Blick trifft den von Faviola. Sie hat das Gesicht wieder vor Sorge verzogen, sieht mich kritisch an und scheint jede Regung in meiner Miene zu lesen.

»Bist du dir sicher? Du hast einiges abbekommen.«

Diese Info lässt mich den Kopf leicht heben – wenigstens das funktioniert. Oberhalb der Decke liegt mein linker Arm, er befindet sich in einer Schlinge, die um meinen Hals führt, ein Verband bedeckt den Oberarm. Als ich versuche, ihn zu heben, werde ich sofort eines Besseren belehrt. Der Schmerz ist kaum auszuhalten. Ich kann den Aufschrei nur unterdrücken, weil ich meine Zähne fest aufeinanderbeiße.

»Hör auf! Du musst dich schonen!« Sie drückt fest meine andere Hand, als wolle sie damit ihren Befehl unterstreichen.

Erschöpft fällt mein Kopf wieder ins Kissen, resigniert blicke ich zu ihr auf. Nur diese kleine Anstrengung hat mich all meine Kraft gekostet. »Kann ich ... etwas zu trinken haben?«

Sofort springt sie auf und greift nach einem Glas auf dem Nachttisch. Sie stellt sich neben mich und hilft mir dabei, ein paar zögerliche Schlucke zu nehmen. Genau in diesem Moment komme ich mir doppelt so alt vor, wie ich eigentlich bin. Ob sich ein Hundertzehnjähriger genauso fühlt?

»Danke«, murmle ich. Das Wasser hat dabei geholfen, dass meine Stimme geschmeidiger klingt. Ich sehe zu, wie sie das Glas zurückstellt und auf dem Stuhl neben meinem Bett Platz nimmt. Sofort greift sie wieder nach meinen Fingern. Ich werfe einen Blick darauf und runzle verwirrt die Stirn: Meine Hand ist gefesselt und aus meiner Armbeuge lugt eine Nadel hervor, die mit einer Infusion an einem Ständer verbunden ist.

»Oh, ich mache dich sofort los,« beeilt sie sich zu sagen, als sie meinen Blick bemerkt. »Vater hat dich ... anketten lassen, damit du nicht einfach abhauen kannst. Und über die Infusion hast du Elektrolyte und Antibiotika bekommen, vermutlich auch Schmerzmittel«, murmelt sie. In meinem

Verstand kommt die Bedeutung dieser Worte noch nicht an. Etwas klickt und die Fessel verschwindet von meiner Haut, den Zugang belässt sie in meinem Arm.

»Wie geht es dir?« Meine Worte lassen sie mich wieder ansehen. Mir sind die kleinen Schrammen in ihrem Gesicht nicht entgangen. Auch die Schatten unter ihren Augen bleiben mir nicht verborgen.

Sie senkt den Blick, schmunzelt etwas. »Typisch du, dass du zuerst an mich denkst. Ich wäre hier nicht fast gestorben.«

»Gestorben?« Das Wort lässt mich dann doch aufhorchen.

Faviola hebt wieder den Kopf. »Sie mussten dir eine Transfusion geben, weil du so viel Blut verloren hast. Außerdem haben sie dir die Einschusslöcher in Arm und Oberschenkel genäht.« *Das ist also mit meinem Arm passiert.* »Die gebrochene Rippe konnten sie nicht behandeln, damit die wieder heilt, wirst du dich in den nächsten Wochen schonen müssen.«

»Gebrochene Rippe?« Aus Reflex hebe ich den Kopf, um einen Blick auf meinen Brustkorb zu werfen. Natürlich rächt sich mein Körper direkt. »O ja, die kann ich spüren.« Sie kichert verhalten, was mich zum Lächeln bringt. »Du bist so schön«, flüstere ich und hebe die Hand an ihre Wange. Sie schmiegt sich an sie, schließt die Augen und für einen Moment verharren wir so. Dann ist er vorbei, sie öffnet die Lider wieder und sieht mich ernst an.

»Du hast mir echt einen Schrecken eingejagt! Ich dachte … ich würde dich verlieren.« Sie schluckt hart.

»Keine Sorge, so leicht wirst du mich nicht los. Wir haben doch eine Wette am Laufen.«

Perplex lacht sie auf, den Mund weit geöffnet und die Mundwinkel erhoben. Dann kichert sie, was mich zum

Lachen bringt. Doch nach nur einem Atemzug muss ich husten und meine Rippen pochen schmerzhaft.

»Autsch, also Lachen und Husten ist keine so gute Idee«, murre ich mit geschlossenen Augen.

»Ich habe doch gesagt, dass du dich schonen sollst.« Sie schlägt mir spielerisch gegen die Schulter, was mich sie wieder ansehen lässt.

»Jawohl, *Canela*«, flüstere ich ihren Namen.

Ihre Wangen färben sich rosa und sie senkt den Blick. Das finde ich so niedlich, dass ich ihr Kinn packen und sie küssen will. Nur fehlt mir dafür die Kraft. Dabei kommt mir ein Gedanke: Warum lebe ich noch? Rodriguez will mich tot sehen, warum sollte er also all die Mühen und Kosten auf sich nehmen, um mich am Leben zu halten?

Wie aufs Stichwort wird die Tür aufgestoßen und jemand platzt in unsere Zweisamkeit. Faviola schreckt sofort hoch, rückt von mir ab und starrt dem Neuankömmling entgegen. Natürlich ist es niemand anderes als ihr Vater. In seinem roten Samtanzug strahlt er wie gewohnt Autorität aus. Augenblicklich wird es im Raum um einige Grad kälter. Rodriguez' dunkler Blick bohrt sich in Faviolas, während er auf mein Bett zuläuft. Erst als er davor stehen bleibt, sieht er mich an. Ein kaltes Lächeln teilt seine Lippen. »Sie sind ja endlich wach, wurde auch langsam Zeit.«

»Ich wünsche Ihnen ebenfalls einen guten Morgen«, murre ich ihn an.

»Morgen?« Er lacht kurz auf. »Es ist halb sechs, Samstagabend. Sie waren zwei Tage bewusstlos.«

Das erklärt so einiges, auch meinen trockenen Mund und meinen Magen, der sich just in diesem Moment bei mir meldet.

»Ich verstehe«, erwidere ich, da ich das Gefühl habe, dass er eine Antwort von mir erwartet.

»Und wie ich sehe, hat Sie meine ungehorsame Tochter bereits von Ihrem kleinen Armband befreit.« Er grinst mich diabolisch an, alles an ihm wirkt kalt und unnahbar. Rodriguez rückt sein Jackett zurecht, verschränkt danach die Hände hinter dem Rücken. »Jetzt fragen Sie sich sicher, warum Sie noch am Leben sind.« Ein dunkler Glanz legt sich auf seine schwarzen Augen. »Das liegt allein daran, dass ich selbst es sein wollte, der Ihr Leben beendet.«

»Nein!«, keucht Faviola und macht einen Schritt auf ihn zu. Sie setzt zu einem Protest an, doch er bringt sie mit einer Geste zum Schweigen.

»Ich habe Sie gewarnt, Bold! Fassen Sie meine Tochter an und Sie sind ein toter Mann.« Mit jedem Wort wird seine Stimme dunkler.

Faviola wirft mir einen erschrockenen Blick zu, als würde sie fragen, ob ich ihm von uns erzählt habe. Ich spanne nur den Kiefer an, versuche sie nur durch meine Blicke dazu zu bewegen, sich ruhig zu verhalten. Ihr zu zeigen, dass es okay ist, dass ich bereit bin, für sie zu sterben.

Rodriguez zieht eine Waffe aus seinem Jackett hervor, entsichert sie und richtet sie auf mich. »Faviola, *mi corazón,* geh raus, du musst das nicht mit ansehen.«

»Das kannst du nicht tun«, flüstert Faviola. Sie scheint aus ihrer Starre erwacht zu sein und funkelt ihren Vater wütend an. »Wenn du das wagst, bringe ich dich um!«

»Es ist schon okay, *Canela*«, versuche ich sie davon zu überzeugen, einfach zu gehen. Sie muss hier raus.

Rodriguez schenkt ihr nur einen geringschätzigen Blick. »Hör auf deinen kleinen *Gringo* und geh! Wir sprechen nachher!«

»Faviola, bitte.« Ich flehe sie mit meinen Worten und Blicken an, endlich den Raum zu verlassen. In ihren Augen schwimmen Tränen und ihre Unterlippe bebt. Noch immer hält Rodriguez die Waffe auf mich gerichtet, lange wird er nicht mehr warten, und ich will nicht, dass sie das mit ansehen muss. Doch ich kann nichts machen, außer sie zu bitten, denn mein Körper ist noch viel zu sehr geschwächt.

»Du nimmst ihn mir nicht weg! Nicht *ihn*!«, brüllt sie. Plötzlich hebt sie ihre Arme und richtet eine Waffe auf ihren Vater. *Wo hat sie die her?*

»*Canela*, nein!«, rufe ich. Ist sie wahnsinnig geworden?

Überraschung huscht über Rodriguez' Züge, die er schnell beiseiteschiebt. »Mach dich nicht lächerlich, Faviola. Leg die Waffe weg.«

»Nein! Denn ich kann nicht zulassen, dass du ihn tötest! Er ist der erste Mann, bei dem ich mich geborgen fühle, in den ich ... mich verliebt habe.«

Bei den letzten Worten entgleiten mir die Gesichtszüge, ein warmes Prickeln setzt sich in meinem Bauch fest und ich weiß genau, was das ist.

»Liebe? Du bist doch noch ein halbes Kind, kannst gar nicht wissen, was Liebe ist«, spuckt ihr Vater Faviola entgegen.

»Oh, ich weiß mehr über Liebe als du! Für dich ist das doch ein Fremdwort. Du hältst sogar mich – deine eigene Tochter – wie eine Gefangene in diesem Haus. Ich habe es satt, hier eingesperrt zu sein. Ich habe es satt, immer auf der Hut sein zu müssen, wem ich vertrauen kann und wem nicht. Ich habe es satt, mich von dir herumkommandieren und erniedrigen zu lassen. Ich bin es leid, deine Tochter zu sein!«

Rodriguez zuckt bei ihren letzten Worten zusammen. Es ist das erste Mal, dass ich so etwas wie Kummer in seinem

Gesicht sehe. Er blitzt für eine Sekunde auf und ist direkt wieder verschwunden, aber er war da.

»Und egal, wie häufig du deine Schoßhündchen hinter mir herschicken wirst, wie häufig du die Männer auswechselst, denen ich zu nahe gekommen bin, ich werde immer wieder versuchen, zu entkommen! Denn ich bin lieber tot, als auch nur eine Minute länger als nötig mit dir zu verbringen.« Ihre Schultern heben und senken sich, so heftig geht ihre Atmung. Da hat sich über die Jahre viel Frust aufgestaut, der auf einen Schlag aus ihr herausgebrochen ist.

»*Mi corazón,* überleg dir gut, was du als Nächstes sagst.« Rodriguez lockert seinen Griff um die Waffe, nimmt den Finger vom Abzug.

»Oh, ich habe lange genug über all das nachgedacht!« Ihre Miene verfinstert sich. Sie legt nun die andere Hand auch auf die Waffe und scheint kurz vor der Explosion zu stehen. »Ich werde dich verlassen! Genauso wie Mutter es hätte tun sollen. Denn du hast sie nicht geliebt. Liebst mich nicht! Und dafür hasse ich dich!« Sie spuckt die letzten Worte gehässig aus.

Zu meinem Erstaunen scheint das etwas in Rodriguez auszulösen. Schmerz zuckt über sein Gesicht. »Ich wusste nicht, dass du so empfindest.«

»Das ist das Einzige, was du dazu zu sagen hast?« Enttäuschung hallt in ihren Worten mit. Natürlich hat sie eine andere Reaktion von ihm erwartet: Er ist ihr Vater. Er ist genetisch gesehen dazu verpflichtet, sie zu lieben. Umso schmerzhafter war es bestimmt, herauszufinden, dass er es nicht tut.

In diesem Moment würde ich Faviola gern beistehen, sie trösten und in ihrem Handeln bestärken, wenn nicht gerade immer noch eine geladene Pistole auf mich gerichtet und ich ans Bett gefesselt wäre.

»Faviola, leg die Waffe weg. Ich warne dich!«, knurrt ihr Vater. Ihn scheint die Geduld zu verlassen.

Statt der Aufforderung nachzukommen, reckt sie das Kinn in die Höhe und ruckt mit der Waffe Richtung Tür. »Du wirst jetzt gehen! Ich werde dich noch heute verlassen und Bold kommt mit mir. Solltest du dich dagegen wehren, werde ich ... dich töten.« Sie schluckt schwer.

»Nur kann ich dich nicht gehen lassen. Wer, wenn nicht ich, wird dann auf dich aufpassen?«

»Ich brauche niemanden, der auf mich aufpasst. Versteh es doch endlich!«

»Aber, deine Mutter ...« Rodriguez' Kiefer mahlen. Er sieht alles andere als glücklich darüber aus, dass sich seine Tochter – sein eigen Fleisch und Blut – gegen ihn stellt. Aber was hat er auch erwartet, wenn er einen Krieg anzettelt, aus dem Faviola als Opfer hervorgeht? Doch sicher keine Lobeshymne.

»Das kann ich nicht zulassen«, knurrt er. In seinen Augen glimmt eine gefährliche Glut auf. Plötzlich richtet er seinen Blick wieder auf mich, legt den Finger an den Abzug.

»Wieso nicht? Weil du mich liebst? Oder weil du die Kontrolle über mich nicht verlieren willst?«

»*Canela*«, flüstere ich in einem letzten Versuch. Sie zischt mich nur wütend an, ohne den Blickkontakt zu ihrem Vater zu lösen.

»Ich kann dich nicht gehen lassen. Vielleicht konnte ich deine Mutter nicht beschützen, aber bei dir werde ich nicht versagen«, knurrt er. Seine Augen verdunkeln sich, er senkt den Kopf mit dem Blick auf mich. Ich weiß genau, dass er jetzt abdrücken und mein Leben beenden wird. Meine

Gedanken sind bei Faviola, sie muss endlich loslassen und laufen!

»Nein!«, schreit sie. Ein Knall ertönt.

Ich zucke zusammen, warte auf den Schmerz. Er bleibt aus. Ich hebe den Kopf, entdecke Überraschung in Rodriguez' Gesicht. Er legt eine Hand an seinen Unterbauch und als er sie wieder hebt, glänzt feuchtes Blut auf seinen Fingerkuppen.

»*Mi corazón,* was hast du getan?«, keucht er, bevor ihm die Waffe aus der Hand fällt und er rückwärts stolpert. Er prallt gegen die Wand, sinkt langsam an ihr herab. Fassungslos starre ich Faviola an, die beide Arme erhoben bebend neben meinem Bett steht. Ich kann ihr Gesicht nicht sehen, höre sie aber schluchzen.

»Ich kann nicht zulassen, dass du ihm etwas tust«, flüstert sie.

»Faviola, gib mir die Waffe«, fordere ich sie auf und hebe zitternd meinen Arm. Sie dreht sich langsam zu mir um. So viel Schmerz und Schuld liegen in ihrer Mimik, dass es mir das Herz zerreißt. »Gib sie mir!«, fordere ich nachdrücklicher. Endlich kommt Faviola dem nach und überreicht mir die Waffe. Ich erkenne sofort, dass es eine von meinen ist, und sichere sie.

Derweil ist Faviola an ihren Vater herangetreten, der keuchend auf dem Boden sitzt und sich gegen die Wand lehnt. »Wieso hast du das getan?«

»Weil du mich sonst niemals gehen lassen würdest. Weil ich hier sonst sterben würde, so wie Mutter«, wispert sie.

Langsam nickt ihr Vater. »Ich will dich nicht auf dieselbe Weise verlieren, wie ich deine Mutter, wie ich Donna verloren habe.« Es ist seltsam, wie liebevoll er plötzlich von ihr spricht. Bis vor wenigen Momenten hätte ich nicht daran geglaubt, dass Rodriguez zu einem anderen Gefühl als Hass in der Lage ist. Aber hier sitzt er, ringt um sein Leben und scheint wirklich verzweifelt zu sein – und das nicht nur aufgrund seines unmittelbaren Todes.

»Du hast sie geliebt.« Faviola klingt überrascht.

Rodriguez nickt erneut. »Ich habe sie mehr als alles andere geliebt, nur leider hat sie meine Gefühle nicht erwidert. Sie ist in diese Ehe gezwungen worden, hat Julio und mir immer die Schuld an ihrem Schicksal gegeben. Egal, was ich getan habe, ich war ihr nicht genug. Also habe ich mich zurückgezogen, ihr die kalte Schulter gezeigt, um mich selbst zu schützen. Ich konnte doch nicht ahnen, dass ich sie damit in den Selbstmord treibe.« Seine Worte kommen stockend, sie kosten ihn viel Kraft.

»Hast du deshalb den Vertrag mit Onkel Julio gebrochen? Weil du ihm die Schuld dafür gegeben hast?«

Rodriguez' Kiefermuskeln spannen sich an. Im nächsten Moment schnappt er nach Luft. Immer mehr Blut färbt sein Hemd rot. »Ich habe nie alles darüber erfahren, was Donna bei ihrer Familie ertragen musste. Aber das, was sie mir erzählt hat, hat ausgereicht, um ihn zu hassen. Also habe ich dafür gesorgt, dass es ihm finanziell schlechter und schlechter geht. Ich konnte doch nicht ahnen, dass er seine Wut an dir auslässt, anstatt an mir. Es tut mir wirklich leid, was alles passiert ist. Kannst du mir verzeihen? Bitte verlass mich nicht.« Er streckt die Hand nach ihr aus, woraufhin sie einen Schritt zurückweicht. Ernüchtert lässt er sie wieder fallen. »Ich verstehe.« Rodriguez sackt in sich zusammen. Er wirkt wirklich resigniert.

Faviola wendet sich wortlos von ihm ab, kommt auf mich zu und wirkt völlig aufgelöst. »Ich muss hier weg. Kommst du mit?«, fragt sie mich mit zittriger Stimme.

Ich zögere keine Sekunde und nicke.

Mit bebenden Fingern schlägt sie meine Decke zurück, zieht mir den Zugang, was ein fieses Ziepen verursacht, und hilft mir umständlich dabei, mich hinzustellen. Zu meiner Überraschung tut es nicht so stark weh, wie befürchtet. Ich kann zwar das eine Bein nicht vollständig belasten, dennoch fühle ich mich fit genug für eine Flucht – was an den erwähnten Schmerzmitteln liegen könnte. Gemeinsam machen wir uns auf den Weg nach draußen. Dabei treten wir an Rodriguez vorbei, der schwer atmend auf dem Boden liegt und zu uns aufsieht. Trauer, Schmerz und Scham spiegeln sich in seinen dunklen Augen. Wortlos verlassen wir mein Zimmer und treten auf die Galerie. Zwei Männer stehen neben der Tür, die uns verwirrt ansehen. Sie haben vermutlich nicht mit uns gerechnet.

»Mein Vater ist verletzt. Jemand muss sich um ihn kümmern«, erklärt Faviola. Als keiner von ihnen Anstalten macht, sich in Bewegung zu setzen, fügte sie lauter hinzu: »Jetzt!« Die Männer zucken aufgrund ihres Befehlstons zusammen, stürzten dann aber beide in das Zimmer.

Humpelnd schleppe ich mich die Treppe hinunter und muss mich dabei sehr zusammenreißen, nicht wieder in Ohnmacht zu fallen. Kaum sind wir draußen, verlässt ein Jauchzen Faviolas Mund. Sie reißt beide Arme in die Luft, wodurch ich das Gleichgewicht verliere. Ich stolpere zur Seite und nur ihr hektisches Eingreifen bewahrt mich davor, auf den Boden zu knallen.

»Sorry, sorry.« Sie übersät mein Gesicht mit Küssen, schlingt dann die Arme um mich und wispert: »Ich habe es geschafft! Ich bin endlich frei!«

»Ja, das hast du. Und ich bin stolz auf dich.«

KAPITEL 29

Faviola

Bold und ich sind auf dem Weg zu seinem Strandhaus, um meinen Pass, mein Visum, das Geld und seine Habseligkeiten zu holen. Meine Tasche, in der das Wichtigste bereits gepackt war, ist auch immer noch bei ihm.

Obwohl es ihm nicht gut geht, lässt er es sich kaum anmerken. Vielleicht sind das auch die Schmerzmittel, die ihn durchhalten lassen. Zumindest fährt er das Auto dank Automatik souverän und ich habe zu jeder Sekunde das Gefühl, bei ihm in Sicherheit zu sein.

Ich werfe ihm einen Blick zu und beobachte, wie er konzentriert auf die Straße schaut. Er sieht noch immer geschunden aus, ein feiner Schnitt ziert seine rechte Braue, der hoffentlich bald verschwinden wird. Dunkle Schatten liegen unter seinen Augen, die von seinen Schmerzen und den Strapazen zeugen.

»Wirst du die Insel vermissen?«

Er dreht den Kopf zu mir und unsere Blicke treffen sich. Bold schnaubt. »Nach dieser Sache? Ganz bestimmt nicht.«

»Schade, ich könnte mir vorstellen, irgendwann zurückzukehren.«

Er hebt eine Augenbraue, die unversehrte. Natürlich glaubt er mir kein Wort. Warum auch? Mein halbes Leben lang wollte ich nichts anderes, als von hier zu verschwinden. Und nachdem ich mich endlich von meinem Vater losgesagt – sogar auf ihn geschossen habe – ist es schwer zu glauben, dennoch ist sie mein Zuhause. Meine Heimat.

»Aber ganz sicher nicht allzu bald.« Ich kichere, was ihm ein schwaches Lächeln entlockt. Seit dem einen Moment, als wir uns vor Lachen nicht mehr halten konnten, fällt es ihm immer leichter, seine Gefühle zuzulassen und zu lächeln. Ich rede mir ein, dass ich dafür verantwortlich bin. Dass ich diese harte Nuss geknackt habe. Was er vermutlich niemals zugeben würde.

Wir fahren von der Hauptstraße ab und sofort erkenne ich den kleinen Schotterweg zu seinem Haus. Kurz darauf parkt er den Wagen und wir steigen aus. Es fühlt sich toll an, zurückzukehren. Bei Bold im Strandhaus habe ich die schönsten Tage überhaupt verbracht. In seiner Nähe fühle ich mich sicher und geborgen. Mittlerweile auch geliebt.

Irgendwie schleppen wir uns beide zum Strandhaus. Bold ist fürchterlich schwach auf den Beinen und ich kann ihm auch nur wenig helfen. »Vielleicht sollten wir eine letzte Nacht hier verbringen, nur um der alten Zeiten willen.« Wir stehen mittlerweile vor der Veranda, haben den perfekten Blick auf das Meer.

»Das geht nicht. Unsere Fähre legt heute Abend ab und morgen sitzen wir schon im Flieger nach Spanien.«

»Aber es wäre doch romantisch.« Ich drehe mich zu ihm um, trete ganz nah an ihn heran und lege meine Hände auf seiner starken Brust ab, streiche sanft mit den Fingern über sein weißes Shirt. Er legt einen Arm um mich, zieht mich, so fest es für ihn möglich ist, an sich.

»Das wäre es wohl. Nur müssten wir dann umbuchen.« Er kommt mit seinem Gesicht näher und haucht einen zarten Kuss auf meine Lippen.

»Spielverderber«, necke ich ihn und löse mich daraufhin aus der Umarmung. Ich werfe einen Blick auf die Glasfront des Hauses. Es sieht so idyllisch aus, wie es versteckt zwischen all der Natur und direkt am Meer liegt. Wenn mich diese Insel nicht erdrücken würde, könnte ich hier mein ganzes Leben verbringen. Natürlich mit Bold.

»Es ist schon eine Schande, das alles hinter uns zu lassen.« Mit einer allumfassenden Geste schließe ich die gesamte Umgebung mit ein. Ich werfe Bold einen Blick zu und merke zu spät, dass ich damit einen wunden Punkt getroffen habe. Natürlich wird es ihm schwerfallen, sein Leben hier hinter sich zu lassen. Er hatte vorgehabt, sich auf Kuba ein neues aufzubauen. Die Armee lag hinter ihm und er brauchte ein neues Ziel. Das habe ich alles durcheinandergebracht und zwinge ihn nun dazu, seine Zelte erneut abzubrechen und in ein ganz anderes Land zu ziehen. Ich habe ihm zwar vorgeschlagen, dass wir nach Deutschland auswandern könnten, aber er hat abgelehnt. Das sei nicht mehr seine Heimat, hat er gemeint. Was genau das bedeuten soll, kann ich nur vermuten.

»Es tut mir leid. Sicher ist das nicht einfach für dich.«

Er sieht mich aus seinen meerblauen Augen an. Ein Sturm wütet in ihnen. »Das ist ein Neustart nie.«

»Du musst nicht mitkommen, wenn du nicht willst. Ich bin nicht wie mein Vater, ich werde dich nicht dazu zwingen.« Ich kann nicht verhindern, dass mir diese Worte die

Tränen in die Augen treiben. Ich blinzle verzweifelt, damit sich keine aus meinen Augenwinkeln löst.

Bold sieht mich bestimmt innerlich kämpfen, kommt auf mich zu und ergreift meine linke Hand. »Ich bin genau dort, wo ich sein will: direkt an deiner Seite.«

»Und das sagst du nicht nur, weil du das Schoßhündchen von meinem Vater bist?«

»Habe ich nicht schon oft genug unter Beweis gestellt, dass ich auf die Befehle deines Vaters scheiße? Du bist alles, was zählt!«

Bei seinen Worten geht mein Herz auf. Ich kann nicht anders, als ihn verliebt anzusehen. Erneut küssen wir uns, nur dieses Mal inniger. Sofort entbrennt in mir die Lust. »Wenn wir schon keine letzte Nacht zusammen hier verbringen, wollen wir dann …«, hauche ich an seinen Lippen und lasse das Ende des Satzes in der Luft hängen. Bold wird schon verstehen, was ich damit meine.

Sein Blick wandert zur Veranda hinauf. »Es kann auf jeden Fall nicht schaden, zu testen, ob das Bett uns immer noch hält.« Schelmisch grinsend sieht er mich an.

Über seinen schlechten Witz muss ich schmunzeln. Ob wohl alle Deutschen so unterkühlt sind und einen miesen Humor haben? Es wäre so schön, jemanden aus seiner Familie kennenzulernen, aber leider hat er niemanden mehr – genau wie ich.

Ich ziehe Bold hinter mir die drei Stufen zur Veranda hoch. Die Schiebetür ist nicht verschlossen, weshalb ich sie einfach zur Seite drücken kann. Im Inneren ist es kühler als erwartet. Sofort prickelt eine Gänsehaut über meine Unterarme und meine Nippel stellen sich auf. Wie so häufig trage ich keinen BH, weshalb sie sich jetzt hart gegen den Stoff meines bauchfreien Tops drücken.

Kaum betrete ich das Schlafzimmer, drehe ich mich zu ihm um, stelle mich auf die Zehenspitzen und küsse ihn. Er ist noch immer angeschlagen, besonders seine gebrochenen Rippen machen ihm zu schaffen, weshalb ich extra vorsichtig bin.

Bold erwidert meinen Kuss, legt seinen gesunden Arm um mich und seine Hand landet auf meinem unteren Rücken. Er drückt mich an sich, sodass ich in seiner Wärme versinken kann.

In meinem Bauch zieht es mittlerweile und zwischen meinen Schenkeln prickelt es. Ich will es noch einmal mit ihm in diesem Bett tun, mit dem Rauschen des Meeres in den Ohren und seinem Duft um mich herum. Will all die schrecklichen Erinnerungen durch neue, wunderschöne ersetzen. Daher löse ich mich von ihm, greife nach seiner Hand und ziehe ihn weiter Richtung Bett.

Er folgt humpelnd, wirkt zögerlich.

»Keine Sorge, ich übernehme die ganze Arbeit.« Um meinen Worten Taten folgen zu lassen, drehe ich ihn so, dass er mit dem Rücken zur Matratze steht. Ich küsse ihn wieder, während ich seine Hose öffne. Das Shirt kann ich ihm aufgrund der Schlinge nicht über den Kopf streifen, aber es wird auch so gehen. Nachdem ich ihm Hose und Shorts ausgezogen habe, drücke ich ihn sanft auf das Bett. Er streckt eine Hand nach mir aus, lässt sich mit meiner Hilfe auf die Matratze sinken.

Ich krabble auf ihn, übersäe seinen Hals mit Küssen. Mit den Händen fahre ich unter sein Shirt, erkunde seinen Körper und streiche sanft über seine Muskeln. Als ich seine rechte Seite berühre, zuckt er zusammen. Schnell richte ich mich auf und schenke ihm ein entschuldigendes Lächeln.

Sein T-Shirt ist so weit hochgerutscht, dass ich die lila

verfärbten Blutergüsse rund um seine rechten Rippenbögen sehen kann. Dort haben ihn die Kugel getroffen, die ihn aber dank der Schutzweste nicht schwerer verletzt haben. Sanft zeichne ich die blauen Flecken nach, was ihn erschaudern lässt.

Als ich mich auf seinem Schoß platziere, reibt seine Härte über meine Mitte. Ich trage nur dünne Leggings, weshalb ich ihn intensiv spüren kann. Ein Stöhnen entkommt uns beiden, woraufhin ich mir auf die Unterlippe beiße.

»Sei sanft zu einem alten, verwundeten Mann.«

»Ja, Daddy.« Ich schenke ihm ein schiefes Grinsen, sehe ihn unter schweren Lidern an.

Was als Scherz gemeint war, kommt bei ihm ganz anders an. Bold knurrt, packt mit einer Hand meinen Arsch und stemmt sich zu mir hoch, um mir einen hungrigen Kuss auf die Lippen zu drücken. Ich bin von seiner Kraft so überrascht, dass ich quietschen muss. Er lässt sich wieder in die Laken sinken, sieht mich aus dunkel verhangenen Augen an. »Braves Mädchen.«

Diese zwei Worte lösen ein heißes Verlangen in mir aus. Augenblicklich bewege ich mein Becken auf ihm, reibe mit meinem Schritt über seinen Schwanz, bis er selbst vor Lust die Augen schließen muss. Ich werde immer feuchter, der Slip reibt über meine Klit und macht es mir schwer, mich zu beherrschen. Mich zügeln zu müssen, gibt mir dann noch den besonderen Kick, weshalb ich mich aufrichte, vom Bett steige und mich langsam meiner Kleidung entledige.

Die ganze Zeit über verschlingt Bold mich mit seinen Blicken, weshalb ich extra eine Show hinlege. Als ich mir mein Höschen ausziehe, bewege ich meine Hüften, wiege mich hin und her, was er mit einem Knurren kommentiert.

Um ihn etwas zu reizen, verlangsame ich mein Tempo noch weiter, lasse die Zeit quälend langsam an uns vorbeiziehen.

Als der dünne Stoff endlich den Boden berührt, kann ich selbst nicht mehr an mich halten. Ich klettere zu ihm zurück aufs Bett, suche noch schnell ein Kondom aus dem Nachttischchen, das ich ihm überstreife, und positioniere mich über seinem Schoß. Ganz langsam setze ich mich. Seine Härte legt sich wie von selbst in meinen Schritt, er fühlt sich unglaublich gut an. Vorsichtig beginne ich, mich vor- und zurückzubewegen. Ich will sehen, wie weit ich gehen kann, ohne ihm Schmerzen zu bereiten.

Seine rechte Hand legt er wieder auf meiner Arschbacke ab, versucht mich so zu dirigieren und sich in mich zu treiben. Aber ich habe hier die Zügel in der Hand und lasse ihn noch etwas länger zappeln. Ich schließe die Augen, genieße das Gefühl, wie er immer wieder über meinen Kitzler reibt. Ein Orgasmus kündigt sich an und ich will ihn auskosten. Daher bewege ich mich schneller, drücke mich immer fester auf ihn und mit einem Mal rutscht er doch in mich. Perplex reiße ich die Augen auf, öffne den Mund und starre ihn an.

Bold sieht mich konzentriert und gleichzeitig zufrieden an. Er hat seinen Willen bekommen. Unter mir bewegt er seine Hüfte und entlockt mir damit ein Stöhnen. Sein Schwanz füllt mich aus, drückt gegen meine Innenseite und alles fühlt sich intensiv an.

Ich gebe seinen Bewegungen nach, fange seinen Rhythmus auf und setze ihn fort. Mein Po klatscht dabei gegen seine Oberschenkel und ich fürchte im ersten Moment, dass ich ihm damit wehtue. Schließlich hat er sich eine Kugel in den linken eingefangen.

»Nein, hör nicht auf«, keucht er, als hätte er meine Gedanken gelesen.

Seine Worte beruhigen mich und lassen mich wieder schneller werden. Unsere Körper sind im Einklang miteinander, unser Atem geht stoßweise. Ich will ihn so sehr, dass ich mir vor Lust auf die Unterlippe beiße. Seine Härte stößt immer wieder gegen meinen G-Punkt, der Orgasmus bahnt sich an. Ich lasse alles los, die ganze Anspannung, den Stress, und zusammen mit dem Orgasmus aus mir heraus fließen. Stöhnend kommt mir sein Name über die Lippen, woraufhin er mir heftig auf den Arsch klatscht. Der Schmerz ist elektrisierend, weshalb ich vor Erregung keuche.

In Wellen schwappt der Höhepunkt über mich, lässt mich zittern und im nächsten Moment erschlaffen. Ich stütze mich mit den Armen auf der Matratze ab, öffne die Augen und sehe Bold direkt ins Gesicht. Eine Ader pumpt an seinem Hals, er ist ebenfalls kurz davor, zu kommen. Das gibt mir neue Energie.

Mit dem Blick auf ihm bewege ich nur mein Becken vor und zurück. Beobachte fasziniert, wie sich dadurch seine Gesichtszüge verändern. Er reißt die Augen auf, öffnet den Mund leicht. Gleichzeitig werden die Bewegungen seiner Hüfte fordernder.

»Komm für mich«, wispert er.

Ich stöhne. Kann dieser Kerl noch heißer sein? Ich richte mich wieder auf, wodurch er tiefer in mich eindringt. Ich schließe die Augen, ficke ihn noch härter als zuvor. Mein ganzer Unterleib vibriert, jede Faser meines Körpers ist elektrisiert. Während ich durch meine schweren Lider linse, fixiere ich die pochende Vene an seinem Kehlkopf. Er steht kurz vor dem Orgasmus und ich will sein Gesicht sehen, wenn er kommt. Ich muss nicht mehr lange darauf warten. Zuerst spüre ich es in meinem Schoß, sein Schwanz pocht, drückt hart gegen meine Mitte. Dann verzieht er das Gesicht, hebt den Kopf an. Auch sein Blick liegt auf mir. Mit einem Stöhnen ergießt er seinen Saft in mich. In derselben Sekunde komme auch ich, gepusht von seinem Höhepunkt. Zusammen keuchen wir, verlieren den Rhythmus.

Als der Orgasmus abebbt, sauge ich die Luft tief in meine Lunge. Das war der perfekte Abschluss für mein Leben auf der Insel. Ab morgen werde ich woanders aufwachen, jemand anderes sein und mir eine neue Existenz aufbauen. Zusammen mit Bold werde ich die Welt entdecken und es gibt nichts, worauf ich mich mehr freuen könnte.

KAPITEL 30

Bold

Das Wasser unter dem Boot spritzt auf, salzige Gischt trifft mein Gesicht, doch es stört mich nicht. Ich halte Faviola ihm Arm, ziehe sie nah an mich, damit sie nicht friert. Zusammen stehen wir an der Reling, sehen der Insel dabei zu, wie sie immer kleiner wird. Unsere gepackten Taschen liegen zu unseren Füßen. Es ist seltsam, zu wissen, dass zwei Leben in zwei Koffer und ein kleines Handgepäckstück passen.

Als ich vor etwas über einem halben Jahr nach Kuba ausgewandert bin, habe ich kaum etwas mitgebracht. Ich wollte einen Neustart, fernab meines alten Zuhauses. Damals war es mir leicht gefallen, einfach alles zu verkaufen und zu gehen. Nur ist es dieses Mal etwas anderes. Ich verbinde etwas mit dieser Insel. Hier habe ich endlich das Gefühl von Heimat gefunden, mich verbunden gefühlt. Ich habe mich verliebt und das ausgerechnet in Faviola. Sie ist so eine tolle Frau, stark, selbstbewusst und gleichzeitig kann sie mich herausfordern. Mit ihr wird es sicher niemals langweilig.

Faviola bückt sich neben mir, holt einen Gegenstand aus ihrer Sporttasche. Es ist eine Urne. Dafür sind wir heute extra noch einmal am Krematorium in Havanna vorbei gefahren. In diesem kleinen, fast unscheinbar wirkenden Gefäß befinden sich die Überreste ihrer Großmutter.

»Ich glaube, ihr wird es gefallen, dass sie der See übergeben wird.« Sie blickt mich mit einem Lächeln an, öffnet dann den Deckel und die Asche rieselt hinab ins fast tiefe Wasser. Der Wind treibt sie noch weiter hinaus und fort von uns und der Insel. Faviola schließt daraufhin die Urne und verstaut sie wieder in ihrer Tasche. Leise murmelt sie ein Gebet, das ich kaum verstehe.

Um ihr meinen Zuspruch zu zeigen, schlinge ich meinen gesunden Arm wieder um sie und drücke ihre Schulter sanft.

Sie nimmt die Kette in die Hand und reibt über das Holz des Kreuzes. Ich überlege, ob ich sie darauf ansprechen soll, dass ihr Vater einen Chip dort eingesetzt hat, um sie immer wieder finden zu können. Wir beide wissen nicht, ob er seine Verletzung überlebt hat, aber ich gehe davon aus. Sie sollte wissen, dass er sie damit orten kann, ich sollte es ihr sagen.

»Ich glaube, es ist an der Zeit loszulassen.« Ihre Worte holen mich aus meinen Gedanken. Verwirrt sehe ich sie an. Faviola dreht das Gesicht zu mir und lächelt mich warm an. »Zu lange habe ich an der Vergangenheit festgehalten, mich verzweifelt an die Hoffnung geklammert, irgendwann hier wegzukommen. Jetzt habe ich es endlich geschafft und brauche keine Angst mehr zu haben.«

»Nein, denn du hast jetzt mich.« Ich erwidere das Lächeln und drücke ihr einen Kuss auf den Scheitel.

»Sie hätte nicht gewollt, dass ich in der Vergangenheit verweile. Genauso wenig wie *abuela*.« Faviola zieht sich die Kette über den Kopf, lässt sie durch ihre Hände rinnen und betrachtet sie dabei. »Wo auch immer du bist, Mama, sei dir sicher, dass es mir gut geht.« Sie legt ihre Lippen auf das Kreuz, schließt die Augen und wirft die Kette dann ins Meer.

Diese Geste verpasst mir eine Gänsehaut, als würde zusammen mit dem Schmuckstück und der Asche auch der Geist der Vergangenheit ins Meer hinabsinken. Dass sich damit auch mein Dilemma mit dem Chip geklärt hat, macht mich doppelt froh.

»Geht es dir gut?«, flüstere ich ihr ins Ohr und drücke sie noch fester an mich.

Faviola legt den Kopf an meine Schulter, schmiegt sich in meine Umarmung. »Mir ging es noch nie besser.«

Die Sonne geht am Horizont unter, taucht alles in ein angenehmes Orange. Alles glitzert und funkelt, als wären die Insel und das Meer darum magisch.

»Und dir?« Sie hebt den Kopf, sieht mich aus ihren dunklen Augen an.

»Mir ging es schon mal schlimmer.«

Sie knufft mir in die Seite, was mich zusammenzucken lässt. Zum Glück hat sie nicht meine verletzte Seite erwischt, sonst hätte das wirklich wehgetan.

»Was wirst du jetzt machen, da du nicht mehr mein Babysitter bist?«

Ich grunze vor Lachen, woraufhin sich meine Rippen mit einem Ziehen rächen. Die Kleine hatte schon immer Humor. »Ich werde mir wohl einen neuen Job suchen müssen, für dich werde ich ja nicht länger bezahlt.« Ich werfe ihr einen schelmischen Blick zu.

Faviola schiebt die Unterlippe vor, doch ihre Mundwinkel zucken und verraten sie. Kurz darauf bricht das Grinsen aus ihr heraus.

»Vermutlich werde ich mich auf einen Securityjob bewerben. In einer Botschaft oder dem Auswärtigen Amt. Und du?« Ich stupse sie mit meiner Schulter leicht an.

»Ich weiß nicht. Vielleicht mache ich meinen Abschluss und studiere danach. Ich habe noch nie eine Schule besucht. Und einen Beruf habe ich auch nicht gelernt. Ich denke, es wird Zeit, auf eigenen Füßen zu stehen.«

»Ich werde dich bei allem unterstützen, egal was du vorhast.« Ich lege meinen Kopf auf ihrem ab. Zusammen starren wir in die Glut der sinkenden Sonne, die immer tiefer im Wasser verschwindet.

»Jetzt kommt endlich mein Visum zum Einsatz.« Sie kichert leise. »Ich bewahre es nun schon so lange auf, dass ich bald ein neues gebraucht hätte.«

»Hast du von Anfang an gewusst, dass du es schaffen würdest?«

Sie dreht den Kopf zu mir um und sieht mich aus ihren warmen braunen Augen an. »Nein. Aber ich habe es gehofft.« Sie kuschelt sich wieder in meine Arme und ich bette mein Kinn auf ihren Schopf.

Wir fahren gen Westen, nach Mexiko und werden in Cancùn anlegen. Dann werden wir nach Mexiko-Stadt weiterreisen und dort ein Flugzeug besteigen, das uns nach Madrid fliegt. Der Hauptstadt von Spanien. Das ist zwar alles etwas umständlich, aber ich wollte Faviola so schnell wie möglich von Kuba schaffen und das war die beste Verbindung. Und sobald wir an unserem Ziel angekommen sind und uns gefestigt haben, werden ihr alle Möglichkeiten offenstehen. Sie soll die Wahl haben, was sie aus ihrem späteren Leben machen will. Bisher hat sie nie die Chance bekommen, zu entdecken, wer sie wirklich ist. Genauso wenig wie ich. Wer weiß, was aus mir geworden wäre, wenn mich die

Bundeswehr nicht eingezogen hätte? Wäre ich dann die Person geworden, die ich heute bin?

Als die letzten Strahlen verschwunden sind, gehen wir beide unter Deck, um die restliche Fahrt im Warmen zu verbringen. Faviola kuschelt sich die ganze Zeit an mich, döst ein bisschen vor sich hin, während ich kein Auge zu machen kann. Ich stehe wie unter Strom. Noch immer kann ich es nicht ganz glauben, dass wir beide diesem Horror entkommen sind.

Erst als wir eine Stunde später am Hafen von Miami anlegen, kann ich mich etwas entspannen. Das hält mich jedoch nicht davon ab, jedem Mann fest ins Gesicht zu blicken und nach einem Hinterhalt Ausschau zu halten.

Faviola interpretiert meine Anspannung falsch. »Bereust du es schon, gegangen zu ein?«

Ich löse den Blick von unserer Umgebung und sehe ihr fest in die Augen. »Niemals.«

»Dann entspann dich etwas.« Sie schenkt mir ein zaghaftes Lächeln. Ich kann sehen, dass sie sich unsicher ist. Das alles überfordert sie, was sie mir aber nicht zeigen will.

Mit den anderen Passagieren verlassen wir die Fähre über einen Steg. Ich werfe noch einen Blick zurück und entdecke zwei Silhouetten auf dem oberen Deck des Schiffs. Die rechte hält sich die Seite und humpelt, als sie näher an das Geländer tritt. Die linke stützt die andere Person.

Mein Gefühl hat mich nicht getrogen. Rodriguez lebt! Und er ist uns gefolgt. Scheiße!

Ich halte den Blick stur auf die beiden Männer gerichtet, traue mich nicht einmal zu blinzeln. Was hat er vor? Wird er uns angreifen? Faviola schnappen und wieder zurück ins Herrenhaus schleppen?

Ich hätte sie die Kette früher abnehmen lassen müssen! So hat er gewusst, wo sie sich aufhält.

»Passen Sie doch auf«, murrt ein Kerl im Mantel, der gegen meine Schulter rempelt und mich ins Stolpern bringt.

Der Blickkontakt zu den beiden Personen bricht ab, stattdessen richte ich mein Augenmerk auf das Ende des Stegs. Faviola ist bereits auf dem Festland, während ich noch auf halbem Weg feststecke.

»Kommst du?«, fragt sie mich.

Ich werfe einen Blick zurück zum Schiff, aber wie befürchtet sind die Personen verschwunden. Da uns noch niemand ergriffen hat, gehe ich davon aus, dass das auch nicht mehr passieren wird. Hoffentlich werde ich Rodriguez eine lange Zeit nicht sehen. Ich umgreife mein Gepäck fester und humple die restlichen Meter zu Faviola. Bei ihr angekommen, schlinge ich besitzergreifend einen Arm um sie. Dieses Gefühl ist mir gänzlich unbekannt und geht über das normale Maß, sie beschützen zu wollen, hinaus.

Ein großer Reisebus hält auf der Straße und lädt die Passagiere ein, die ebenso wie wir zum Flughafen wollen. Wir stellen uns in die Schlange und warten geduldig darauf, dass wir an der Reihe sind.

Kurz bevor wir dran sind, dreht sich Faviola noch einmal zu mir um und fragt mich: »Wird dir dein Haus nicht fehlen?«

»Nein.«

Sie runzelt die Stirn, was mich sie ansehen lässt. In ihren schwarzen Augen bricht sich das Licht der Straßenlaternen, erinnert mich daran, dass in ihnen ein kleiner Sternenhimmel herrscht: das Licht gegen meine Dunkelheit.

»Du bist meine neue Heimat. Egal wo du hingehst, dort bin ich zu Hause.«

Epilog

Ein Jahr später …

Wie ein Wirbelwind fege ich durch die Wohnung. Leider bricht kurz vor der Schule bei mir immer Hektik aus. Ich bin es einfach nicht gewohnt, nach einem strickten Zeitplan zu leben. Auf Kuba hatten wir eine ganz andere Mentalität, haben eher in den Tag hineingelebt – und ich hatte keinerlei Verpflichtungen. Sich daher an einen Stundenplan mit festen Zeiten zu gewöhnen, war für mich eine Umstellung.

Bold steht die ganze Zeit wie mein Fels in der Brandung im Raum, reicht mir immer wieder meine Sachen, wie den Laptop und meinen Mokka mit Karamellsirup, und füttert mich parallel mit dem Omelett, das er extra für mich gebraten hat.

»Morgen werde ich pünktlich sein, ich schwöre es.« Ich grinse ihn an, stelle die geleerte Tasse in die Spüle und stürze mich auf ihn, um ihm einen Kuss auf seine Lippen zu drücken.

»Versprechen ist ehrlich, Halten beschwerlich.« Er grinst an meinen Lippen und funkelt mich aus seinen meerblauen Augen an.

»Ist das so ein deutsches Sprichwort?« Ich liebe es, wenn seine deutschen Wurzeln durchblitzen, das macht mich immer scharf.

»Es ist international anwendbar.«

Ich lächle ihn breit an, drücke ihm noch einen Kuss auf die Wange und ziehe mich dann blitzschnell an. »Wann kommst du heute von der Arbeit?«

»Gegen zehn habe ich Feierabend, komme also spät wieder.«

»Kein Problem. Ich weiß doch, wie wichtig dein Job ist.«

Bold hat eine Stelle in der deutschen Botschaft bekommen als Security. Er wird abwechselnd am Tor und als Personenschützer eingesetzt. Ich bin so verdammt stolz darauf, dass er seine grimmige Ader abgelegt und wieder etwas gefunden hat, das ihm Spaß macht. Er hat dieses Leben verdient, die Freude, die er dabei empfindet.

Ich drehe mich zur Tür, umgreife die Klinke und will die Wohnung verlassen. Da legen sich zwei starke Arme um meine Taille und ziehen mich zurück. Sein Atem kitzelt an meinem Ohr, was mich zum Kichern bringt.

»Willst du so schnell einfach verschwinden?«

»Ich muss los«, keuche ich lachend. Meine Gegenwehr schmilzt mit jedem Kuss, den er auf meinen Hals haucht.

»Das kann noch eine Minute warten, dein Freund verlangt eine richtige Verabschiedung.« Er dreht mich zu sich herum und zieht mich an seine Brust.

Ich schlinge meinerseits meine Arme um seinen Hals und stelle mich auf die Zehenspitzen. Unsere Lippen prallen in einem heißen Kuss aufeinander, ich öffne meinen Mund und gewähre seiner Zunge Einlass. Das Prickeln in meinem Bauch wird immer stärker, gleichzeitig erinnert mich mein Kopf daran, dass ich es eilig habe. »Bold, ich muss jetzt wirklich los«, flüstere ich zwischen zwei Küssen.

Ein Knurren dringt aus seiner Brust. Noch einmal intensiviert er den Kuss, dann lässt er mich gehen.

Meine Wangen sind erhitzt und zwischen meinen Schenkeln pocht es. Aber dafür habe ich jetzt wirklich keine Zeit.

»Viel Spaß heute. Ich liebe dich«, flüstert er.

Ich bin etwas überrumpelt von seiner Liebeserklärung, fange mich aber in der nächsten Sekunde.

»Ich liebe dich auch.« Kaum spreche ich diese Worte aus, habe ich das Gefühl, dass mein Herz sich öffnet und eine angenehme Wärme meinen Körper erfüllt.

Dann erinnere ich mich daran, dass ich zu spät dran bin, drehe ich mich erschrocken herum und reiße die Tür auf. Da ich es so eilig habe, vergesse ich, sie hinter mir zu schließen. Aber als ich ein paar Schritte gelaufen bin, kann ich ein kleines Lachen hinter mir hören. Als ich am Treppenhaus ankomme, werfe ich einen Blick zurück zu unserer Wohnung. Bold steht im Türrahmen und grinst von einem Ohr zum anderen.

›Nein, nicht schwach werden!‹, ermahne ich mich. Wenn ich jetzt nicht gehe, werden wir das Schlafzimmer heute nicht mehr verlassen. Ich winke ihm überschwänglich und setze meinen Fuß dann auf die erste Stufe. Die Treppe renne ich hinunter, stoße die Haustür auf und trete in einen milden Frühlingsmorgen. Ich werfe einen Blick auf die Uhr: zehn vor zehn. »*Mierda*!« Ich komme wirklich zu spät. Nach dieser Erkenntnis nehme ich die Beine in die Hand und renne zur nächsten U-Bahn-Station. Zum Glück ist es nicht weit zur Schule, an der ich meinen Abschluss nachhole, um mich später bei meiner Wunsch-Universität zu bewerben.

Eine Bahn fährt gerade in die Station ein, als ich die Stufen hinunterhetze. Kurz bevor sich die Türen wieder schließen, springe ich in den Wagon und stolpere ein paar Schritte vorwärts. Die Passagiere werfen mir verärgerte Blicke zu, weil ich grinsend mitten im Wagen stehe und gleichzeitig aus dem letzten Ast schnaufe. Ich halte mir die Seite, winke verhalten und setze mich dann auf einen freien Platz.

Wie drastisch sich mein Leben in so kurzer Zeit doch verändert hat. Vor einem Jahr war ich noch Faviola, die verzogene Tochter von Rodriguez, die keinen Schritt allein vor die Tür setzen durfte. Jetzt bin ich Viola, angehende BWL-Studentin an der Universität Complutense Madrid, sollte alles nach Plan laufen. Laut Bold ist Betriebswirtschaftslehre der Standardstudiengang für alle, die nicht genau wissen, was sie mit ihrem Leben anfangen sollen. Als er mir das erzählt hat, musste ich nur lachen – denn es trifft genau auf mich zu. Auf Kuba habe ich mich so verloren gefühlt, habe meinen Platz nicht gekannt. Warum sollte ich mich jetzt nicht einfach ausprobieren dürfen? Selbst wenn ich den Studiengang nach einem Semester wechsle, die Erfahrungen kann mir niemand nehmen. Dieses Leben kann mir niemand mehr nehmen. Mein Vater hat keine Kontrolle mehr über mich. Er lebt, das weiß ich, Bold hat es mir erzählt. Aber das ändert nichts an meiner Entscheidung, meinen Vater und die Insel verlassen zu haben.

Ich habe mein Glück gefunden und das ausgerechnet mit der Person, von der ich es am wenigsten erwartet habe. Bold hat mich mehr als nur auf eine Weise befreit. Er hat die Dunkelheit vertrieben, die mich nun nicht einmal mehr des Nachts heimsucht. Er ist wahrlich das Licht meines Lebens. Ein Leben, das ich nur mit ihm verbringen will. Auf ewig.

ENDE

Danksagung

Wo soll ich anfangen? Dieses Buch war vor acht Monaten nur eine Idee, die ich dem Verlag gepitched habe. Als dann die Zusage kam, konnte ich mein Glück kaum fassen, geschweige denn kann ich glauben, dass ich dieses Buch wirklich innerhalb von zwei Monaten geschrieben habe. Daher muss ich so vielen Leuten danken, allen voran Christina, Eva, Nikolina und allgemein dem Team vom Federherz Verlag.

Ganz wichtig zu nennen sind auch meine Testleser, die mir so viel Motivation geschenkt haben und selbst so begeistert von der Geschichte waren. Ich glaube nur dank euch konnte ich dieses Buch so schnell schreiben. Daher danke an Lisa, Alicia, Blaire, Nele, Debbie, Dschamalia, Ivy, Janine, Jeanette, Josie, Kimmy, Lina, Maddi, Marie, Melissa, Madita, Sophie, Uyen, Victoria, Vivi, Lina, Adaobi und Nine.

Meiner lieben Freundin Caissy muss ich auch danken, dass sie immer so bereitwillig mit mir brainstormt und mich immer wieder aus meinen Zwickmühlen und den Plotholes herausholt. Ich bin so dankbar, dich als Freundin zu haben! Und ich weiß, aus dir kann noch jemand ganz Großes werden.

Auch wenn mein Mann noch nie ein Buch von mir gelesen hat, möchte ich mich auch bei ihm bedanken. Er versucht zumindest, Interesse zu heucheln, und hört mir zu, wenn ich mal wieder von meinen Büchern schwärme. Auch wenn er nie viel zu den Geschichten beitragen kann.

Und dann muss ich mich natürlich bei DIR bedanken, dass du dieses Buch aufgeschlagen hast, egal ob es ein physisches Buch ist oder du es als EBook gelesen hast. Du machst es mir möglich, meine Bücher zu schreiben und zu veröffentlichen. Denn wenn es keine Leser gäbe, bräuchte es keine Autoren. Daher vielen Dank, dass du Bold, Faviola und mir eine Chance gegeben hast. Ich hoffe natürlich, dass sie dein Herz genauso sehr erobert haben wie meins.

Damit ist diese Geschichte beendet, aber das heißt noch lange nicht, dass ich nichts mehr zu erzählen habe. Daher lesen wir uns sicher bald wieder.

Deine Carol

Glossar

Mierda – Scheiße
Abuela – Großmutter
Gringo – Fremder, meist jemand, der keinen romanischen Hintergrund hat
Maldición – verdammt
Canela – Zimt
Mi Corazón – Mein Herz
Arroz y Frijoles Negros – Reisgericht mit Bohnen
Dios mío – Mein Gott
Por el diablo, ¿dónde está mi hija? ¿Adónde la llevaste? – Beim gottverdammten Teufel, wo ist meine Tochter? Wo haben Sie sie hingebracht?

Ausführliche Triggerwarnung

Dieses Buch enthält mögliche triggernde Inhalte:

Blut, Suizid, Mord, Tod, Krieg, körperliche und seelische Gewalt, sexualisierte Gewalt/sexuelle Nötigung, versuchte Vergewaltigung, Entführung, psychische Krankheiten, vulgäre Sprache